Super ET

Dello stesso autore nel catalogo Einaudi

Sui colli all'alba
Cos'è accaduto alla signora perbene
Passato, presente e chissà
Sarti Antonio: un diavolo per capello
Sarti Antonio: caccia tragica

Loriano Macchiavelli
Trilogia di Sarti Antonio

Le piste dell'attentato

Fiori alla memoria

Ombre sotto i portici

Einaudi

www.einaudi.it

ISBN 978-88-06-20238-5

Trilogia di Sarti Antonio

Le piste dell'attentato

Salta la stazione radio

Vi racconto un fatto: ve lo racconto come se io fossi stato là quando è successo. E potete stare sicuri che è un fatto vero, sacrosanto. Come se lo aveste letto sui giornali. Non che sui giornali ci sia sempre la verità, ma basta che uno dica: «c'era sul giornale» e tutti annuiscono e rispondono: «beh, allora!»

La stazione radio dell'esercito sta sulle colline che fanno corona a Bologna: attorno i campi bagnati dal sudore dei contadini e i boschi coperti di preservativi usati. Il posto ideale per farci una villa: la mia, se avessi i soldi. Per adesso, c'è il centro radio dell'esercito ed è la sera del 26 luglio. Una sera come le altre; voglio dire che è caldo come se fosse estate. Dalla finestra aperta, entra un po' di aria fresca. Entrano anche le zanzare, nasano l'aria pesa della stanza e se ne tornano fuori, disgustate. Le comunicazioni, senza un senso (come tutto nell'esercito), continuano ad arrivare e vengono regolarmente registrate su nastro. Quattro militari semplici (a, b, c, d), truppa anonima; sbadigliano, premono tasti e ascoltano in cuffia. Un graduato (A maiuscola) sbadiglia anche lui ma non preme niente. Se devo dirvi che tipo di graduato è, ci rinuncio perché non ho mai capito cosa vogliano dire i fili, le stelle e i segni sul cappello.

Fuori dalla stazione c'è la sentinella regolamentare: completa di mitra ed elmetto. Passeggia attorno al fabbricato con gli occhi fissi a terra e nel buio dei campi. Proprio sotto una finestra vede qualcosa di losco. Si ferma, arma il mitra e si avvicina con circospezione. Raccoglie qualcosa, si guarda ancora attorno e entra nella stazione.

Il graduato gli parla, senza alzare gli occhi dal solitario.

– Tutto in ordine fuori?

– No signore. Ho trovato questo.

Il graduato alza gli occhi, come gli altri soldati impegnati alle apparecchiature. Chiede:

– Cos'è?

– Direi... Direi un preservativo usato, signore.

– Vuoi prendermi per il culo, sentinella?

– No signore. Eseguo gli ordini: tenere gli occhi aperti e segnalare al capo posto ogni cosa sospetta...

– E un preservativo usato è una cosa sospetta?

– Apparentemente no signore. Ma il fatto che sia arrivato fin qui... – Il graduato non ha voglia di scherzare. Urla:

– Butta fuori quella porcheria!

– Sissignore –. Torna a fare la sentinella.

– Ariete a cicogna... ariete a cicogna... – Via con un tasto.

– ... quattro sud-ovest. Ripeto...

– Quante seghe! – Il graduato A maiuscola finisce lo sbadiglio in corso e chiede:

– Cos'hai detto?

– Quanta sete!

– Sai dov'è l'acqua –. Riprende con il solitario. Il soldato va alla finestra, proprio quella che dà sulla città, dalla parte dove io, nella mia villa, farei una bella parete in cemento, tanto per non vedere né le case della città, di giorno, né le luci delle strade, di notte. Va alla finestra, respira l'aria fresca e dice:

– Adesso c'è chi si diverte. Io sto qui a rompermi le...

Il graduato A maiuscola butta le carte sul tavolo e lo raggiunge:

– A te non va mai bene niente...

– Non mi va bene perché ci sarebbero duecentoventi cose piú divertenti da fare... Ma star qui ad ascoltare quegli stronzi...

– Chi dice che siano stronzi?

– Basta ascoltare per un minuto...

– Siete in ascolto? Siete in ascolto? Comunicateci le coordinate per l'operazione Dito Due. Restiamo in ascolto...

– Pronto! Pronto! Non vi riceviamo: cambiate lunghezza d'onda...

– Qui comando Brigata: comunicazione per Alce selvaggio: Ventotto gamma piú sedici rimanda vergine a cuccia…

– Aprite bene le orecchie: se alla prossima ispezione trovo ancora dei militari con i capelli lunghi, vi faccio passare la voglia di fare gli ufficiali…

– E tu dici che non sono stronzi?

– Qui radio delle brigate rivoluzionarie! Appello ai militari: soldati, gettate gli ufficiali nelle celle. Nessuno ha il diritto di comandarvi se non il popolo al quale appartenete! I vostri ufficiali sono l'espressione del capitalismo! Chi vi comanda è al servizio dei padroni e fa di voi il sostegno della società neo-imperialista. Qui radio delle brigate rivoluzionarie…

– A te e a tuo nonno! – Ma il graduato A maiuscola non la pensa allo stesso modo: preme un bottone e alza al massimo il volume d'ascolto. Urla:

– Sta' zitto e registra!

– Qui radio delle brigate rivoluzionarie. Fra pochi istanti un comando rivoluzionario farà saltare la stazione dell'esercito dei Colli di Paderno. Soldati della stazione, siete in ascolto? Uscite immediatamente e allontanatevi: avete due minuti di tempo! Lasciate crepare i vostri superiori: non vogliamo che siate vittime del sistema. Uscite immediatamente! – Il soldato «a» ne ha piene le tasche:

– Ehi, capo! Dobbiamo stare ad ascoltare ancora per molto?

– Sta' zitto!

– Va bene, io esco a pisciare –. Se ne va. Volta le spalle alla stazione e guarda le luci della città, proprio davanti a lui, in basso; si slaccia i pantaloni. Ma il primo scoppio lo butta a terra, faccia in giú. Sente volare sulla testa le macerie della stazione radio. Dentro, il graduato A maiuscola viene gettato contro l'unica parete rimasta in piedi dopo il secondo scoppio. Vi resta attaccato come una mosca schiacciata contro il soffitto. L'ultima cosa che vede è il militare «b» nell'istante nel quale gli si apre il cranio come un cocomero maturo… Gli altri… Non vede piú niente.

Fuori, il militare «a» è semisepolto dai calcinacci e cerca di alzarsi. Gli sterpi hanno un poco attutito la caduta, ma sente ugualmente molto dolore alla schiena. Non riesce neppure a urlare. Parla solamente:

– Fanno sul serio! Fanno sul serio! Sono diventati matti? Dove siete?

Li chiama, ma non sente neppure la propria voce. Si arrampica come può sulle macerie e vede il graduato A maiuscola spiaccicato contro la parete. Gli altri... sparsi un po' dappertutto. Diventa matto e scappa nei campi. Adesso urla sul serio: sente la propria voce che chiama i compagni. Al posto della stazione radio è rimasto un ammasso di macerie fumanti. La stazione radio dell'esercito non c'è piú. Chissà, forse potrò costruire la mia villa, un giorno. Se avrò i soldi.

Emergenza

– Auto 28 a centrale: siamo in Strada Maggiore e ci dirigiamo verso la periferia. Niente da segnalare –. Al volante c'è Felice Cantoni, agente; si fuma la prima sigaretta della giornata. E anche l'ultima: il dottore gli ha detto, tre settimane fa, che due sigarette al giorno sono già troppe per la sua ulcera. Cosí Cantoni Felice, agente, ne fuma una sola. Una al giorno. A bordo c'è anche Antonio Sarti, sergente. Non fuma, non ha mai fumato, ma ha la colite e l'ulcera lo stesso. La colite soprattutto, che non gli dà pace. Anche adesso. Darebbe un'ora di straordinario per un cesso. Ma dove lo trovi un cesso a quell'ora di notte? Dice:

– Non puoi andare piú in fretta? O devo fartela sulla macchina?

Felice Cantoni, agente, lo accontenta; dice fra sé:

«Molto meglio la mia ulcera...» L'auto 28 scatta; un fulmine e Felice Cantoni ne è soddisfatto:

– Che macchina ragazzi! Non ce n'è un'altra in tutta la polizia. Metto la sirena, capo?

– Non credo che la mia colite sia prevista come situazione di emergenza.

Antonio Sarti, sergente, sale le scale di corsa: davanti alla porta di casa ha già i pantaloni slacciati.

Felice Cantoni è rimasto ad aspettarlo davanti al portone e si accorge che l'auto 28 è senza un occhio: ha un faro spento, insomma.

– Quando rientriamo ti faccio mettere a posto l'occhio.

– A tutte le auto, a tutte le auto! Emergenza! Portarsi immediatamente verso la zona di via dei Colli! Urgentissimo! Fare uso delle sirene e attendere disposizioni.

Felice entra dal portone e chiama:

– Sergente! Sergente!

– Auto 28, auto 28! Pronto auto 28. Siete in ascolto? Auto 28, auto 28.

Felice Cantoni corre dall'auto 28 alla porta senza decidersi a rispondere:

– Sergente! Sergente!

– Auto 28! Auto 28! Rispondete! Auto 28!

– Ecco: qui auto 28. Siamo in ascolto.

– Dove vi siete cacciati? Attenzione auto 28: bloccare immediatamente via dei Colli al bivio con via Roncrio. Fermare e identificare tutte le persone che transitano... – Felice non sta piú a sentirli; corre di nuovo alle scale:

– Sergente! Sergente! – Poi di nuovo all'auto...

– Ripeto...

– Auto 28 chiama centrale: non possiamo andare... Abbiamo un occhio... Abbiamo un fanale che non funziona!

– Felice Cantoni! Sei diventato matto? C'è stata un'esplosione alla stazione radio dell'esercito... Un attentato: ci sono quattro morti e tu vieni a parlarmi di un faro spento... – Felice Cantoni, agente, ha riconosciuto l'ultima voce: ispettore capo Raimondi Cesare.

– Dov'è il sergente? – Cosa gli dice: che è al cesso?

– Per Giuda, Felice Cantoni! Chiamalo: Dovete bloccare immediatamente via dei Colli. Immediatamente!

– Sí, signor ispettore capo. Farò il possibile –. Fa le scale di corsa come non le aveva mai fatte. Bussa. Dio! L'ulcera, proprio adesso. Intanto nel palazzo si sono affacciati sulle scale quasi tutti i condomini...

– Sergente! Sergente! Sbrigati! C'è l'ispettore capo che ti...

Sarti apre la porta: si tiene ancora i pantaloni con le mani.

– Cosa urli Cristo! Neanche al cesso, mestiere dei miei...

– C'è giú l'ispettore capo... Cioè, alla radio... – Corrono in basso.

Mentre l'auto 28 è a tutta velocità, Sarti non ricorda se ha chiuso o no la porta di casa. La radio continua a sgranare:

– Auto 12 bloccare via degli Scalini... auto 12...

– Qui auto 7: siamo sul posto e cominciamo il blocco...

– Qui auto 32: siamo in via di Casaglia e abbiamo bloccato la strada...

– Centrale a tutte le auto: tenersi pronti per ogni evenienza. Gli attentatori sono presumibilmente armati e tenteranno di forzare i posti di blocco. Attenzione!

– Auto 10 abbiamo bloccato via Siepelunga. Procediamo...

– Centrale ad auto 28: dove siete! – Il sergente sta ancora allacciandosi la cintura dei pantaloni:

– Auto 28 a un chilometro circa dal posto assegnato!

– Auto 28, cosa aspettate? Sergente Sarti: se ci scappano dalla tua parte, ti sbatto dentro per due anni, è vero, come si dice... – Sarti suda freddo: l'agente Cantoni sta facendo i miracoli. Le curve ai cento e passa... A tutta sirena. Sarti suda freddo ma dice:

– Piú forte Cantoni, piú presto!

– Piú di cosí, non posso, sergente... – Poi arrivano. Sarti afferra il microfono:

– Auto 28 sul posto: procediamo al blocco e all'identificazione...

La radio gracchia di continuo. Sul fondo, Sarti sente l'ispettore capo: – Era ora! – Felice Cantoni, agente, è piegato sul volante e bestemmia: l'ulcera si fa sentire sempre quando non dovrebbe. Meglio la colite del sergente.

– Il tuo mitra, Cantoni! – Glielo butta e va a mettersi sulla destra di via dei Colli. Proprio vicino al fosso. Sulla collina non si sente niente; non si vede niente. È una notte con la sua luna e tutte le stelle regolamentari. A guardare bene, però, dietro la cima della collina, si vede un bagliore: è la stazione radio dell'esercito che sta bruciando oppure ci sono già le fotocellule che illuminano le macerie. Se qualcuno è stato lassú ed è scappato subito dopo lo scoppio, non può essere ancora sceso. Sarti ne è sicuro: sa dov'è la stazione e sa che per quelle strade di collina, buie, ci vuole mezz'ora e piú per arrivare qui, dov'è lui adesso.

Anche se al volante c'è un matto. Guarda dall'altro lato della strada e vede Felice Cantoni, agente, già in ordine. Bel colpo se dovranno usare il mitra; proprio bello.

– Cosa ne dici?

– Niente, spero solo che scendano da un'altra parte. L'ispettore ha detto che sono armati…

– Cristo, bell'agente di merda!

– E tu?

– Pure…

Stanno tranquilli per un poco, poi si sente un motore a tutto giri che sta scendendo. Sarti accende la lampada e segnala. Stop. È una 500 con a bordo due: un lui e una lei. Patente di lui e carta d'identità di lei. A Sarti sembrano in regola: due che hanno appena fatto l'amore. Si vede dagli occhi; di lei. Una occhiata sulla macchina, tanto per vedere che non ci siano armi:

– Potete andare –. Ha voglia di poggiare a terra quel mitra; che poi non sa neppure cosa farsene: adesso avrebbe solo bisogno di un cesso:

– Un bel cesso. Grande come una sala da pranzo…

– Ancora?

– Sí, ancora, maledetta colite!

– Meglio la mia ulcera. Perché non vai dietro la siepe?

– Poi intanto quelli arrivano… Oppure chiama la centrale…

Infatti: – Auto 28: segnalare alla centrale tutti i passaggi…

– Auto 28: segnalo due individui in 500. Un uomo e una donna, fidanzati… Niente di sospetto, dopo il controllo loro e dell'auto…

– Passare i nominativi alla centrale… – Sarti guarda Felice Cantoni: e chi se li ricorda i nominativi. Quelli chissà dove sono.

– Auto 28, siamo in ascolto: procedete –. Sarti bestemmia fra i denti; poi decide:

– Lui: Antonio Spinelli, via Cesare Battisti 8. Lei: Antonietta Salò, via dello Scalo 15…

– Registrato. Auto 28, possono andare…

– Ricevuto –. Felice Cantoni, agente, guarda il sergente, bocca spalancata.

– Smettila di guardarmi! Cosa dovevo fare? Dire che li avevo... Ma va... – Poi arriva il bolide a motore imballato, giú per la discesa. Sono trascorsi circa venti minuti dall'esplosione. Stop! Stop! Stop! Col cavolo che quello si ferma. Felice salta in macchina e dice:

– Coraggio bella –. Sarti è già attaccato alla radio:

– Auto 28 a centrale: sono passati di qui, a tutta velocità. Hanno evitato la nostra auto di traverso sulla strada e sono fuggiti. Fiat 128 scura, fari spenti. Stiamo inseguendo. Si dirige verso la porta San Mamolo. Ripeto...

– Auto 28 ricevuto: non perdete il contatto visivo. Sparate in alto alcune raffiche. Auto 32 da via Casaglia, dirigersi verso i viali e intercettare Fiat 128 scura che viaggia a fari spenti. Auto 12 da via degli Scalini dirigersi verso i viali e intercettare 128 Fiat scura, fari spenti... Auto 13 dalla centrale dirigersi verso porta San Mamolo. Non può scapparvi. Auto 28, auto 28...

– Auto 28: seguiamo la Fiat. È molto veloce... Mi sembra che a bordo ci siano tre uomini... Non ho sparato in alto perché sono nella zona abitata. E poi penso non servirebbe; quelli non mi sentono!

– Bravo Sarti: non perderli di vista –. È sempre l'ispettore capo. Adesso bravo Sarti, prima... Che mestiere!

– Qui auto 28, siamo a porta San Mamolo e la Fiat ha girato verso porta Castiglione... Ma quelli sono matti: in curva, hanno sfiorato gli alberi dei viali... Per poco non... sono matti! Sei matto anche tu, Cantoni!

– Auto 12: viene verso di voi, attenzione...

– Qui auto 12: eccola!

Quelli della 128 Fiat si accorgono che li hanno davanti e dietro. Chi guida la 128 cerca di imboccare il viale pedonale centrale. Non ci riesce e l'auto si rovescia, striscia su un fianco per cento e piú metri e si ferma contro un albero. Sarti è il primo che arriva:

– Fuori e niente scherzi... – Quelli non hanno nessuna voglia di fare scherzi. Sono in tre, come aveva detto Sarti. E sono piuttosto scassati: sangue dappertutto. Un macello!

Le schede dei tre

Ecco, vi ho detto come sono andate le cose e come è stato facile per le forze dell'ordine (che bello!) arrestare i responsabili. Adesso, mentre i tre della Fiat 128 scura sono in una corsia del Maggiore piantonati da diciotto agenti, l'ispettore capo Raimondi Cesare ha fra le mani le schede. Ci sono tutti ad ascoltarlo: anche Sarti che bestemmia perché sono già le quattro e qui nessuno parla di andare a letto. Il turno finisce alle due. Raimondi Cesare, ispettore capo, comincia:

– Dunque, è vero come si dice, questi sono i tre: Antonio Sterza, 29 anni, residente a Bologna in via Tagliapietre numero 10. Operaio; già noto alla polizia per la sua appartenenza a un gruppo extraparlamentare di sinistra. In prima linea durante le ultime manifestazioni di piazza. Già diffidato dalla politica, ha in corso accertamenti per percosse e resistenza agli agenti durante una manifestazione. Non è che io voglia influenzare i vostri giudizi, è vero come si dice, ma sono sicuro... Sia ben chiaro che è solamente una mia opinione personale e che non deve assolutamente... Insomma, io penso che questo sia il nostro uomo... Come dire, la mente. Né possono esserci dubbi, è vero come si dice, sulla loro... Bene: andiamo avanti... Giorgio Velluni, 27 anni di Castelbolognese, incensurato, per ora. – Vedremo se sarà poi il caso di addossargli qualche reato politico, è vero come si dice... Pare non appartenga a nessun partito. È però un operaio e, come tale, simpatizzerà certamente per qualche sinistra piú o meno ufficiale. Non ha una forte personalità e credo si lasci trascinare, è vero come si dice, dallo Sterza Antonio, il rivoluzionario. Oh, prendete sempre quello che dico come mie deduzioni personali. Però, è vero come si dice, sapete bene che io raramente, è vero... Bene, andiamo avanti: Pasquale Nunno di Foggia, senza fissa dimora. Operaio, imbianchino, per la precisione, quando trova da imbiancare... Per il resto, disoccupato. Non può essere che un comunista, minimo. Abita, per adesso e provvisoriamente, assieme allo Sterza Michele. Non mi stupirei se fosse anche un invertito, come si dice, è vero? Il quadro è abbastanza chiaro. Abbiamo tutto: il movente, gli esecutori... Insomma, ho già fatto quasi tutto io. Adesso voi dovete completare le informazioni e cercare di individuare i complici. Non è poi molto. Infine, penso di affidare a Sarti, visto il suo brillante comportamento, penso di affidare a Sarti il coordinamento, è vero come si dice...

«Ti pigliasse un colpo!» Ma solo con il pensiero.

– ... per cui, potete andare e ci risentiamo domani mattina presto.

Escono tutti contenti, tranne Sarti e appena fuori dall'ufficio lo dice chiaramente:

– Ti pigliasse un colpo! Ci vediamo domattina presto. Come se adesso fosse ieri sera –. Gli altri fanno finta di niente e si augurano la buona notte a vicenda. Sarti sale sull'auto 28 e dice:

– Portami a casa. Spero di aver chiuso la porta, prima di uscire.

Felice Cantoni, agente, si mette a ridere forte:

– Sarebbe proprio bella, sarebbe... Che ti fossero entrati i ladri in casa mentre tu eri fuori a caccia di ladri... – Sarti non gradisce e allora Felice Cantoni la smette. Dice solamente:

– Gran brutta cosa la colite. Meglio la mia ulcera –. Spinge nel gas. L'auto 28, sempre senza un occhio, salta avanti come un fulmine. Mi pare di averla già detta questa cosa del fulmine...

A letto, Sarti non chiude occhio: gli ballano davanti i visi insanguinati dei tre indiziati e ha nelle orecchie le parole dell'ispettore capo. Cosí decide il programma per domani, cioè per oggi perché è già mattino presto. Quando è solo, parla forte cosí gli restano meglio le cose. Se pensa solamente, può anche dimenticare. Spesso dimentica; succede a molti, anche a me. Niente di strano. Se si parla forte è come se qualcuno ci aiutasse. Dice:

– Primo: quelli hanno cercato di tagliare la corda appena ci hanno visti. Secondo: è stata fatta saltare la stazione radio dell'esercito e quindi l'attentato viene da sinistra. Non è che ce l'abbia con loro...

– Anche l'ispettore capo è di questa idea... Cosa frega a me dell'ispettore capo. Questo fatto delle sinistre mi ha già rotto. Ma non c'è altra soluzione. Mi pare chiaro. Dunque, domattina, cioè oggi, per prima cosa faccio un salto alla stazione radio per vedere come stanno le cose. Poi vado a trovare quei tre... terroristi. Sí, bei terroristi. Non avevano neppure un cacciavite in macchina... Bei terroristi. Questo non vuol dire: possono aver gettato le armi da qualche parte, prima di scendere... Mi sembra una buona idea: ispezionare tutta la strada che i tre hanno fatto prima di arrivare in città.

– Tutta la strada? Un po' lunga. Vedremo domani, cioè oggi.

Riesce a chiudere gli occhi. Per un attimo, perché suona subito il telefono:

– Chi è?

– Qui è l'ispettore capo Raimondi Cesare. Sarti?

– Sí, sono io, ma...

– Allora, che novità?

– Come?

– Che novità? Mi sembri un po' intronato oggi...

– No, no. Ma che ore sono?

– Sono le otto, Sarti, e suppongo che tu sia già stato su... – Lo dice in un modo:

– No, ecco, stavo appunto dicendomi se era il caso...

– Sarti: era il caso. Te lo assicuro io. Era il caso che tu ci fossi andato appena uscito dal mio ufficio. Se aspetti ancora un poco, finisce che se ne vanno non solo eventuali indizi, ma se ne vanno anche le macerie della stazione... Mi sono spiegato, è vero come si dice?

– Io stavo proprio per andare. Pensavo che la scientifica... Anche i carabinieri dovrebbero andare, immagino.

– Certo, ma certo. Le indagini dobbiamo farle noi, Sarti Antonio.

Dall'altra parte del filo, l'ispettore capo Raimondi Cesare deve essere rosso, dal modo come urla:

– Allora io vado…

– Mi fa proprio piacere. Buon viaggio.

– Ti pigliasse un colpo –. Solo che il microfono è già sulla forcella.

Dalla parte dell'ispettore capo, naturalmente, perché Sarti lo tiene ancora attaccato all'orecchio mentre si sente tu-tuuuut.

Primo sopralluogo e primo interrogatorio

Sarti è arrabbiato: avrà dormito tredici minuti in tutto; poi qui, alla stazione radio, nessuno ha niente da dirgli.

– Nessuno sa. Nessuno ha visto. Ci sono quattro morti, c'è un massacro e nessuno sa, nessuno ha visto –. Prende per la giacca un contadino e lo trascina fino dentro quello che resta della stazione. Gli urla:

– Vedi? Vedi quello attaccato a quel muro? Vedi quei due sparsi là in terra? Li vedi? – Il contadino dice sí con la testa perché sta vomitando. Lo lascia e quello cade come un sacco vuoto. Vorrei vedere voi, davanti a quel massacro...

– Anche questa adesso. Portatelo fuori di qui –. Arriva un'ambulanza a tutta sirena. Due infermieri corrono verso i campi con una barella. Sarti li vede, di lontano, raccogliere uno straccio.

Lo mettono sulla barella e di corsa all'ambulanza. Ancora la sirena e giú verso il Maggiore. Sarti è rimasto a bocca aperta a guardarli partire. Cerca con gli occhi qualche agente e ne trova uno che si sta allacciando una scarpa. Gli urla:

– E quello chi è?

– Quello chi?

– Quello che hanno portato via in barella! Chi è?

– Mi è parso un soldato! Credo fosse un soldato...

– E chi lo ha trovato?

– Quei due là –. Sarti li chiama:

– Voi due! Quello...

– Lo abbiamo trovato nei campi. Era ancora vivo: ha un buco nella schiena, ma è ancora vivo. Cosí abbiamo chiamato l'ambulanza...

Sarti ci vede già poco; è come se gli tirassero il sipario davanti agli occhi. Succede, qualche volta, quando uno si arrabbia piú del necessario. Dice, piú calmo che può:

– Giusto. L'ambulanza. Sentite: se trovate per caso qualche terrorista, nascosto nei dintorni, potreste avvertirmi prima di chiamare la polizia? Grazie –. Se ne va. Preferisce bestemmiare da solo, senza testimoni: non si sa mai, con il mestiere che fa. Anche i due agenti se ne vanno a cercare attorno, dopo essersi guardati in faccia: non hanno capito il discorso di Sarti. Questo, intanto, arriva alla macchina 28 e si mette sul sedile posteriore. Arriva anche Felice Cantoni, agente:

– Trovato niente, sergente?

– Sí, idioti vestiti da agenti della polizia –. A Felice Cantoni succede come ai due agenti di prima: non capisce il discorso del Sarti.

Cerca di darsi un contegno e si tocca le tasche alla ricerca di una sigaretta. Non la trova; è logico, non l'ha.

– Chiamami quelle due –. Quelle due arrivano e Sarti prova ancora:

– Dunque: ieri sera verso la mezzanotte qui è successo l'inferno, me lo avete già detto. Visto che voi abitate a meno di cinquecento metri, cosa potete dirmi ancora? – Una delle due donne, la piú giovane direi, lo guarda bene in faccia:

– In che senso, scusi? – Come per dire: «mi prende per scema, scusi?»

– Nel senso che vorrei sapere se prima dello scoppio avete udito dei rumori. Che so, una macchina che si fermava... Roba del genere, insomma. Mi sono chiarito... Spiegato? – Questa volta è la vecchia che prende la parola:

– Ma guardi che noi a mezzanotte dormiamo, sa?

– Già: voi a mezzanotte dormite. Io invece... – Adesso tocca alla giovane:

– In che senso lei invece, scusi...

– Niente, niente. Si fa per dire –. Poi a voce alta, che lo sentano:

– Qui siamo tutti sordi e ciechi, vero? Nessuno ha sentito

niente! – Chiude lo sportello e fa per andare. Sente uno di quelli che dice:

– Io ho sentito un cane che abbaiava… – Sarti chiude gli occhi e si rilassa:

– Sí, e io i grilli. Andiamo Felice. Al Maggiore –. Quello del cane insiste e gli viene anche vicino. Dice:

– Guardi che il cane di Cleto, se ha abbaiato, ci deve essere una ragione. Quello non abbaia mai. È sordo e cieco. Abbaia solo se qualcuno gli passa sotto il naso.

– Allora, quando gli passa sotto il naso, me lo saluti –. E l'auto 28 se ne va. Il tale che ha parlato del cane, pensa un po' e poi decide che non vale la pena perdere troppo tempo con i questurini; se ne va anche lui a casa, a dar da mangiare alle bestie.

Arrivano al Maggiore e Sarti sale con l'ascensore. Felice resta sul piazzale a parlare con l'auto 28 che oggi ha tutti e due gli occhi in ordine.

– Michele Sterza, sei messo meglio di quanto pensassi.

– Anch'io credevo peggio. Era solo sangue e paura. Niente di grave, ha detto il dottore.

– Meglio per te. Adesso mi racconti tutto, in ordine e cosí risparmiamo un sacco di tempo –. Un po' fiacco come inizio, ma non si sa mai come cominciare. Io avrei cominciato con il chiedergli: «Dov'eri questa notte verso le 23 e 45?» Ma ognuno ha i suoi metodi. Michele Sterza non si fa pregare e attacca:

– Va bene. Cos'è che vuol sapere, sergente?

– Tutto e dal principio –. Michele Sterza pensa un po' e poi parte:

– Allora, l'abbiamo caricata verso le dieci a porta Mascarella; ci ha detto di portarla sui Colli di Paderno e poi ha cominciato il Napoli… Voglio dire Pasquale. Ha cominciato lui, fuori dalla macchina, naturalmente, perché non mi va che si sporchi con quella roba che poi non va piú via neanche con lo smacchiatore. Alla macchina ci tengo… Dopo di lui è toccato a Giorgio. Io sto sempre per ultimo perché posso fare con comodo. Magari è piú sporco, ma posso fare con comodo. Appena ho finito anch'io, mi viene vicino Giorgio e mi dice: «Guarda che io i soldi non ce li ho. Devi prestarmeli tu». Si figuri, sergente, che io avevo intenzione di chiederli in prestito a lui perché avevo fatto il pieno ed ero rimasto senza una lira... Avrò il diritto di fare pagare a loro? Io ci metto la macchina, la benzina e tutto il resto: mi pare che basti, no? Naturalmente anche Pasquale era a secco: quello non ha mai una lira. Cosí, qualcuno di noi ha detto: «Perché non la piantiamo qui e ce ne andiamo?». Gli altri hanno risposto: «Va bene». Salto in macchina e avvio il motore: ma la macchina non parte subito e quella si attacca alla portiera e comincia a urlare. «Stronzi! Vigliacchi! Ve ne approfittate perché sono una donna...» E via di questo passo. Pasquale le dà una botta sulle dita cosí quella, cioè la signora che era con noi, lascia la presa e ce ne andiamo. Facciamo un pezzo di strada poi a me viene un rimorso che magari quella trova qualche delinquente e cosí poi siamo nei guai noi: fermo la macchina prima di arrivare in fondo e l'aspettiamo un bel pezzo. Aspettiamo un bel po' tanto che sentiamo anche un paio di esplosioni, mi è sembrato... Dopo un altro po' di tempo passa una 500 e Pasquale dice: «Guarda che si è fatta dare un passaggio da quella 500. L'ho vista a bordo». Io dico che con quel buio chissà cosa ha visto, ma lui insiste e allora ce ne andiamo anche perché comincia a farsi tardi. Quando arriviamo in fondo ai Colli, c'è già una delle vostre macchine che non capisco come abbia fatto ad avvertirvi tanto presto, quella... Ci avete preso subito e io ci ho rimesso la macchina che chissà in che stato è ridotta –. Chiude proprio cosí; Sarti è caduto a sedere sulla sedia che se non se la fosse trovata già pronta, sarebbe finito lungo disteso sul pavimento. Non dice niente, si alza alla meglio e va a trovare Giorgio Velluni, 27 anni da Castelbolognese. Stessa storia: anche per l'ordine delle prestazioni da parte della prostituta. Idem per Pasquale Nunno detto il Napoli, di Foggia, senza fissa dimora.

Antonio Sarti, sergente, esce dal Maggiore che gli ride anche il sedere: ha una fretta matta di raccontare la storia all'ispettore capo Raimondi Cesare. Le sue intuizioni, i suoi quadri chiari... «Abbiamo il movente, abbiamo gli esecutori... terroristi». In macchina si sfoga:

– Terroristi dei miei due! A puttane sono andati i tre terroristi! Roba da non credere! E quello, l'ispettore capo: «Insomma ho fatto quasi tutto io...» Voglio proprio guardarlo bene in faccia.

Lo guarda bene in faccia e lo vede diventare giallo. Comincia a urlare:

– Bene benissimo, è vero, Sarti? Cosí tu ci hai fatto togliere il blocco a tutta la zona per correre dietro a tre stronzi che vanno a puttane, è vero come si dice? Adesso stiamo a vedere cosa cavi dal buco. Perché, caro il mio sergente, tu mi trovi la donna che è stata con loro e me la porti qui. E prega che quello che ti hanno raccontato i tre sia una storia inventata perché se no, è vero come si dice, ti metti naso a terra e mi trovi tutti quelli che erano nei pressi della stazione radio ieri sera e che, grazie alle tue segnalazioni, abbiamo lasciato andare tranquillamente per i fatti loro, magari dopo che avevano fatto saltare la stazione, è vero come si dice.

Quando Sarti Antonio, sergente, esce dall'ufficio dell'ispettore capo, non ha piú la forza di reggersi; prende un taxi e si fa portare a casa. Si sdraia sul letto, cosí vestito com'è e pensa; a voce alta, naturalmente. E bestemmia: a voce alta, naturalmente.

La prostituta conferma

Non so se siete mai passati da porta Mascarella dopo le undici di sera: io ci vado spesso. Mi siedo su una panchina del viale pedonale e me le guardo tutte; dalla piú scassata a quella messa meglio.

Di qualcuna di loro posso anche raccontarvi la storia completa. So tutto: so di quando aveva diciotto anni, bella come un fiore e so della prima volta che è arrivata sul marciapiede. Posso dirvi della sua faccia pallida e della sua paura. Poi, posso dirvi di com'è oggi, ancora giovane ma già demolita. Magari ve ne parlo un'altra volta; adesso vi dico di Sarti Antonio, sergente. Alle undici in punto è a porta Mascarella e piomba sulla donna che Michele Sterza gli ha descritto: non si sbaglia. È seduta sul muretto di fronte. Allora lui gira la macchina e l'accosta. Quella non si muove neppure e Sarti deve scendere e andar vicino. Dice:

– Vieni con me –. Quella guarda l'ottocentocinquanta dalla quale è appena sceso Sarti e resta seduta sul muretto. Dice:

– Non credo proprio –. A Sarti ha sempre dato fastidio mostrare al prossimo la tessera: quando può, ne fa a meno volentieri. Questo fatto di mostrare la tessera fa tanto film giallo e lui non l'ha mai potuto soffrire. Poi quelli attorno, di solito, gli ridono in faccia. O gli sembra. Cosí insiste con le buone. Ripete:

– Vieni con me –. E la prende per un braccio. Ma quella strappa e insiste.

Chissà di dove, salta fuori un tipo con due baffetti scuri e sottili, gli occhi fuori dalle orbite. Un collo gonfio da far paura: tiroide allo stadio avanzato. Bene, quel tizio va vicino a Sarti e gli molla un calcio negli stinchi:

– Gira, bello, gira –. Sarti ne ha proprio abbastanza: un calcio negli stinchi dal primo venuto. Si china per massaggiarsi la gamba colpita e mentre passa di lí, lascia andare una testata nello stomaco del Tiroideo che, senza dir niente a nessuno, si sdraia sul marciapiede. Poi Sarti (deve proprio farlo) mostra la sua tessera: c'è la foto che pare quella di un ricercato. La donna cambia faccia, monta sull'ottocentocinquanta scavalcando il Tiroideo. Se ne vanno; gli altri, tutt'attorno, pensano ai fatti loro: compreso il Tiroideo.

Sarti porta la donna all'ex stazione radio. Qui c'è ancora qualcuno che fruga fra le macerie, alla luce delle fotocellule. Le guardie lo fanno passare. I cadaveri non ci sono piú, ma resta la traccia di sangue e di materia grigia un po' qua e là.

– Niente di nuovo? – Uno degli agenti gli mostra una bobina da registratore:

– Questo. Pare vi siano registrate le ultime trasmissioni. Si può sentire se c'è qualche cosa di interessante. Sarti annuisce.

– Fammi sapere… – Si accorge che tutti hanno smesso di raccattare e lo guardano. Guardano anche la troietta. In macchina chiede:

– Come ti chiami?

– Felicita Corradini –. Sarti è soprappensiero e il mestiere gli prende la mano. Continua:

– Professione? Cioè: dov'eri sabato sera? – Lei ha capito di cosa si tratta. Dice:

– Io ero proprio da queste parti, signore… Ma senta, io non ho niente a che fare con quella storia, quel massacro… Ho anche sentito il colpo… I colpi, perché sono stati due. Ma io non c'entro proprio. Anzi, c'è qualcuno che può testimoniare. Tre figli di… Insomma, tre che mi hanno piantata in mezzo alla strada come una cagna. Comunque io e loro eravamo qui vicino, ma non ho niente a che fare… – Per Sarti è tutto. Comunque, dice:

– Li sapresti riconoscere?

– Certo: quei tre non me li dimentico di sicuro… – Ecco fatto: il signor Raimondi Cesare, ispettore capo, è servito. I tre terroristi sono sistemati. Sarti Antonio, sergente, può darsi ammalato per un paio di mesi. La colite... ecco quello che ci vuole: un bell'attacco di colite. Sta parlando forte, come al solito, e la donna gli chiede:

– Come dice, scusi? – Sarti scuote il capo:

– Niente, riflettevo –. Comunque la porta al Maggiore e glieli mostra.

Gli mostra i tre «terroristi che vanno a puttane». Primo, Michele Sterza:

– È lui! Beccamorto! – Secondo, Giorgio Velluni:

– È lui! Porco! – Terzo, Pasquale Nunno:

– È lui! Stronzo! – A ognuno il suo. Sarti riaccompagna Felicita verso porta Mascarella: cosí è tutto risolto; quelli hanno l'alibi.

Ci mancava solo che questa li avesse denunciati già da sabato sera, giorno dell'esplosione... Già, perché non lo ha fatto? È la prima cosa che queste donne fanno, in certi casi. Sarti continua a voce alta, sempre per via che gli riesce meglio concentrarsi:

– In questi casi è la prima cosa che fate, no? E allora perché tu non lo hai fatto? – L'idea gli è venuta di colpo e di colpo gira l'ottocentocinquanta che quasi si ribalta.

A tutto gas (si fa per dire, perché è una ottocentocinquanta) porta in questura Felicita Corradini.

– C'è l'ispettore capo? – Gli dicono di no. Guarda l'ora: le due e mezza di notte. Sorride e telefona. Quello tarda a rispondere, ma Sarti è paziente e aspetta.

– Pronto...

– Pronto, capo? Senta, io credo che...

– Chi parla?

– Sarti. Sono Sarti: ho qualcosa da dirle di molto importante...

– Ma che ore sono? – Sarti glielo dice, sorridendo. Poi continua:

– Sono sicuro che i tre sono implicati...

– Ah sí?

– Proprio cosí e non possiamo rilasciarli, assolutamente. Mi vuole dire perché Felicita Corradini non ha denunciato i tre individui che l'avevano piantata sui colli? Fanno tutte cosí in questi casi. Perché non l'ha fatto?

– Sarti, vai piano. Intanto: chi è questa Felicita...

– Felicita Corradini, signor capo, è la prostituta che quei tre... – Il capo non lo lascia finire:

– Perfetto, Sarti. Trattieni la donna. Trattieni i tre. Arrivo: forse siamo sulla strada –. E interrompe senza aspettare altro.

– Forse siamo? Forse sono. Io sono sulla strada buona, Cristo!

Alle due e quarantacinque Raimondi Cesare è in questura. Credo non si sia neppure lavato il viso. Attacca subito con Felicita. Ci manca solo la lampada e il fumo delle sigarette.

– Allora, cosa facevi assieme a quei tre, di notte, sui Colli di Paderno? Rispondi subito senza stare a pensare...

– L'ho già detto a lui.

– Devi dirlo anche a me. Cosa facevi?

– Ma Diosanto, non si può immaginare? – Raimondi Cesare fa il duro:

– Poche storie: i tuoi amici hanno confessato. Ti conviene dire tutto se vuoi cavartela meglio di loro –. Felicita Corradini comincia a piangere e le lacrime si tingono di nero appena escono dagli occhi e tingono di nero anche le guance.

– Io... io... è il mio mestiere: non ne so niente di quel brutto lavoro...

– E allora perché non li hai denunciati? Perché non sei andata alla polizia a denunciarli per percosse e furto? Perché non lo hai fatto?

Felicita continua a piangere e per la verità mi fa pena.

– Non mi hanno picchiata! Non mi hanno rubato. Mi hanno solo lasciata in mezzo alla strada. Ecco: sulle dita della mano sí, ma non è niente; è stata solo una botta perché lasciassi lo sportello della macchina... Ma non mi hanno fatto altro...

– Ah sí? – Raimondi Cesare guarda Sarti. – È vero?

– Se lo dice può anche essere vero. Però le prostitute denunciano le percosse e il furto anche quando non c'è, in modo che la polizia ci si mette piú d'impegno… Di solito fanno cosí; io le conosco bene. E poi hai tutto il braccio graffiato. Cos'è stato? Il gatto? – Raimondi Cesare, ispettore capo, non gradisce. Interviene:

– La polizia non ha bisogno di aggravanti. La polizia ci si mette sempre con impegno, sergente Sarti Antonio.

– Volevo dire che queste signore…

– Ho capito perfettamente ciò che volevi dire.

Raimondi ne ha abbastanza ed esce. Fa cenno a Sarti di seguirlo. Nel corridoio sta per mangiargli la faccia, ma l'agente che è rimasto dentro con Felicita li chiama. Rientrano. L'agente dice a Felicita:

– Vuoi dire loro quello che hai appena detto a me? – Felicita asciuga le lacrime nere e riprende:

– Dopo che mi hanno lasciata lassú, ho anche incontrato un ragazzo. Potete chiederlo a lui. Aveva gli occhiali ed era alto circa cosí. Piuttosto carino –. Raimondi Cesare, ispettore capo, le va vicino:

– E come si chiama questo ragazzo?

– Non lo so. Abbiamo fatto un po' di strada assieme, mentre tornavo verso la città. Poi, è scomparso anche lui. Ma potreste trovarlo e chiederglielo.

– Cosa vuol dire è scomparso? In che modo è scomparso? Ti dispiace raccontare tutto per benino dall'inizio? – Siede. Sarti gli sta dietro e non perde una parola. Felicita tira su col naso e parte dal principio:

– Ecco: appena quei tre mi hanno piantata, mi sono seduta ai lati della strada a piangere un poco e ad aspettare che passasse qualcuno. Ma quella schifosa sera, nessuno era in giro da quelle parti. Sento i due colpi… sí, le esplosioni e mi prendo paura. Cosí decido: mi alzo e mi avvio a piedi. Per un po', perché sento dietro un tale che fischia e mi raggiunge. Gli dico buona sera e facciamo un bel pezzo di strada assieme. In due… Fino a quando sentiamo le sirene della polizia o della croce rossa, non lo so. Comunque, non ho neanche il tempo di dire «cosa sarà successo» che sento quel tale bestemmiare; poi salta la siepe e se la dà a gambe in mezzo ai campi. Ho un bel da chiamarlo io...

– E come lo chiamavi?

– Cosí: signore! Ehi, signore! Dove va? Ma lui niente: come non sentisse. Poi non l'ho piú visto –. Raimondi Cesare, ispettore capo, è felice; guarda Sarti e dice:

– Bravo Sarti. Bel colpo. Valeva la pena alzarsi... È vero, come si dice? – A Felicita:

– Sapresti riconoscerlo?

– Certo: io per le facce sono un fenomeno –. Guarda Sarti: – Come per quei tre; è vero che li ho riconosciuti subito? – Sarti accenna di sí con il capo. L'attacco di colite è rimandato. Si sente molto meglio, veramente. Entra un agente con il nastro rinvenuto alla centrale radio saltata. Raimondi Cesare manda Felicita all'archivio fotografico. Dice:

– Proiettatele prima tutti quelli di sinistra: anarchici, rivoluzionari, comunisti... Tutti quelli lí, insomma. Poi, avvertitemi: siamo a sentire la registrazione.

Ci va con Sarti. Dopo le solite cose che noi sappiamo già perché ne abbiamo parlato all'inizio, arriva il punto:

– Qui radio delle brigate rivoluzionarie... – Lo ascoltano ventisette volte, poi Sarti ha un'altra idea. Questa è la sera delle idee:

– Chiamami la donna –. Quando arriva le fanno ascoltare la registrazione. Sarti le chiede:

– È la voce di quel tale? – Felicita scuote la testa:

– No, no. Sono sicura di no. Io per le voci sono un fenomeno –. Sarti comincia a dubitarne. Comunque è andata male. Raimondi Cesare chiede:

– Ancora niente con le diapositive?

– Niente –. La rimandano alle foto e si guardano in faccia: Sarti e Raimondi. È quest'ultimo che parla:

– Ti dice niente? – Sarti scuote il capo. – A me sí. A me dice che siamo sulla strada giusta. Attentato di sinistra. E tu sai che il mio intuito, è vero come si dice... Se insistiamo su questa strada arriviamo a un bel risultato. Non sono poi molte le teste calde: basta cercare, cercare, cercare, è vero come si dice... – Entra un agente di corsa:

– Ci siamo! – Ancora di corsa fino all'archivio fotografico. Sullo schermo c'è la faccia, in bianco e nero, di un ragazzo con un paio di occhiali grossi cosí. E c'è Felicita che urla:

– È lui! È lui! – Raimondi Cesare.

– Ci siamo, Sarti! Ci siamo! – Guarda la ragazza: – Ti ringrazio. Per il momento non devi parlarne con nessuno e devi tenerti a disposizione... – Guarda ancora la diapositiva: – A noi due... – Poi, a Sarti:

– Rilascia i tre e falli seguire per un po' di tempo. A scopo precauzionale; non si può mai sapere... Tu lo conosci? – Sarti fa segno di sí con il capo. – Chi è?

– Si chiama Rosas. È un anarchico, uno di sinistra: non ho ancora capito bene di che genere. Comunque è uno che ha una testa... Ne sa piú di noi tutti messi assieme –. Raimondi Cesare, ispettore capo, non ne è convinto e rettifica:

– Piú di voi messi assieme. Comunque, come volevasi dimostrare: attentato rosso. Il mio intuito, è vero come si dice... – Si sdraia sulla poltrona e respira profondo. Ha una bella faccia rotonda, grassottella e felice. Dice ancora:

– Molto bene, Sarti, molto bene. Questa volta gli facciamo un sedere cosí a quei quattro stronzi di eversivi, teppisti. Gli facciamo un sedere che se lo ricordano per un pezzo.

Entra in ballo Rosas

I giornali sono una cosa che fa schifo. Uno dice: «l'ho letto sul giornale» e l'altro risponde: «beh, se è sul giornale!» Il giornale è sacrosanto; il giornale è vangelo, il giornale è la verità fatta carta stampata... Il giornale è un letamaio. Tutti quelli che hanno una cosa qualsiasi da dire e non sanno a chi raccontarla, scrivono sui giornali. E noi beviamo le favole di gente che spaccia per oro colato le proprie chiacchiere e ci ronfa attorno che il giornalismo è una missione e che il pubblico ha il diritto di sapere la verità. Pluralismo dell'informazione, la chiamano. Sul giornale c'è scritto:

«Le indagini per la strage dei colli di Paderno hanno dato i primi frutti. La polizia ha già proceduto all'arresto di tre terroristi che hanno preso parte al vile attentato che ha causato la morte di valorosi soldati nell'espletamento del proprio dovere. I tre sono Michele Sterza, già noto alla polizia come attivo membro di un gruppo extraparlamentare di sinistra, piú volte fermato in occasione di scontri con le forze dell'ordine e indiziato di vari reati fra cui: resistenza e oltraggio a pubblico ufficiale. Il secondo arrestato è Giorgio Velluni di 27 anni che risulta essere uno stretto collaboratore dello Sterza e, come questi, implicato in gravi fatti politici nel mondo del lavoro. Da ultimo, Pasquale Nunno, amico dei due precedenti e loro complice in altre imprese a sfondo politico. I tre, fermati dagli agenti mentre a bordo di una 128 Fiat tentavano la fuga subito dopo l'attentato, sono ricoverati al Maggiore per le ferite riportate nello scontro con le forze dell'ordine e sono strettamente sorvegliati. Si teme un colpo di mano da parte dei complici, per tentare di liberare i tre. Le autorità, comunque, hanno predisposto un forte apparato di vigilanza. I tre non hanno riportato gravi ferite e si pensa che verranno trasferiti alle carceri nelle prossime ore...» Infatti Sarti Antonio, sergente, sta salendo le scale del Maggiore con in tasca l'ordine di rilascio per i tre terroristi. Bella figura di merda quel giornalista! Sarti cerca la firma sul fondo, ma non la trova. Deve essere il suo amico Lino «Lucciola» Deoni. Mai che gli facciano mettere il nome sotto l'articolo. Per questa volta gli è andata bene non firmarlo; con tutte le castronate che ha scritto...

– Rosas. Non ci credo neanche se vedo. Un'altra bella cantonata dell'ispettore. E gli starebbe come un vestito nuovo a quel pallone gonfiato... Credo proprio che Felicita Corradini, di professione prostituta, ne sappia piú di quello che ha raccontato... Mi sa che è piú furba di me e dell'ispettore capo. Bisogna che ci faccia due chiacchiere. Da solo, questa volta. Per conto mio è un errore lasciare liberi questi tre figli di buona donna... – Felice Cantoni, agente, lo ascolta e annuisce:

– La penso come te, sergente. Quei tre non rischiavano la pelle a quel modo... voglio dire che per una prostituta non si taglia la corda a quel modo. E poi per andare dove? Con la targa intestata a Michele Sterza? Per andare dove?

– Prova a dirlo all'ispettore capo. Dove pensi possa essere un gabinetto? – Felice si guarda attorno:

– Tutte le porte sono uguali. C'è una suora: chiedo?

– Lascia stare, lo trovo da solo –. Entra da una porta, ma esce subito e chiede scusa. Al terzo tentativo ci riesce. Dopo è piú disteso, tranquillo e può dire ai tre:

– Vestitevi e toglietevi di torno. Fatevi trovare sempre; o lasciate detto dove siete reperibili –. Scende, assieme a Felice Cantoni, agente. L'auto 28 è parcheggiata nel piazzale:

– Gran bella macchina. Solo che un sacco di gente non la capisce... – Una carezza sul cofano e poi via, a cercare Rosas.

In Santa Caterina 19, centro storico. Che razza di centro storico: una lunga teoria di portici in piedi per chissà quale miracolo; una stradina puzzolente e stretta; una sequela di casette piene di topi, vermi e altre bestiacce schifose; cortili e baracche, dietro la facciata, che ci corrono i ranocchi, dopo piovuto... E chi ci vuole mettere mano, lo chiamano distruttore dei valori culturali, profanatore della storia popolare...

In questa strada puzzolente c'è un giornalaio che strilla: «arrestati i terroristi di via dei Colli»; e ci abita Rosas.

Rosas è... Vi dico subito che io non sono mai riuscito a raccontare il viso di una persona. Comunque Rosas ha gli occhiali; un paio di occhiali cosí e la faccia da scemo. Le donne gli dicono: «che carino», e lo accarezzano come fosse un gatto. Lui prende tutto e si lascia accarezzare. Ma sono cose che non mi interessano. Neppure a Sarti interessano piú di tanto. Il fatto è che Sarti lo conosce già da un bel po' eppure non è mai riuscito a capirlo. Fa dei discorsi... Lo ha sempre trovato dove c'era da discutere per mettere in buca le forze dell'ordine. Davanti alle fabbriche, dentro le scuole, durante le manifestazioni e nessuno, dico nessuno, è mai riuscito ad attaccargli un reato. Neanche uno grande cosí. In principio Sarti era seccato di trovarsi fra i piedi quel tipo con la faccia da scemo ma poi è finita che lo stava anche a sentire quando parlava.

Arrivano davanti al numero 19 e Felice Cantoni, agente, dice:

– Prendo il mitra?

– Sí e poi te lo infili nel culo –. Entrano tutti e due e trovano Rosas che sta bevendosi il caffellatte, seduto al tavolo. Non si alza neppure e fa cenno come per dire: «visto che siete qui, potete anche sedervi che intanto io finisco di bere il caffellatte caldo. Poi vediamo cosa siete venuti a fare e magari ne parliamo un po' fra noi...»

La casa di Rosas, dentro, dove abita, è tutto il contrario del centro storico perché non c'è nessuna cultura da conservare, né elementi popolari da rispettare. C'è tutto quello che serve e niente di piú. Rosas finisce di bere il latte con il caffè e poi guarda Sarti.

Dice, piano, a se stesso:

«Guarda un po'».

– Vieni con noi.

– Dove?

– In questura.

– A fare che?

– Due chiacchiere.

– Facciamole qui.

– Vuole ascoltare anche l'ispettore capo. Raimondi Cesare.

– Poteva venire qui lui.

– Non credo avesse tempo.

– Peggio per lui. Gli verrà un infarto. E quel giorno sarà una gran festa per tutti noi.

– Andiamo.

– Fammi vedere.

– Credi che io venga a prenderti cosí, senza il mandato? Di mia iniziativa? Ti conosco troppo bene...

– Fammi vedere.

– Ce l'ho, ce l'ho. Non ci credi?

– Ci credo. Deve essere stata quella signora.

– Perfetto: è stata quella signora. Ma come riesci a essere cosí intelligente?

– Non faccio il questurino.

– Cosí, tutto quello che ci ha raccontato quella signora è vero?

– Sacrosanto, come se fosse scritto sul giornale.

– E tu cosa ci facevi da quelle parti mentre saltava la stazione radio dell'esercito e quattro disgraziati ci lasciavano la pelle?

– Vorrei saperlo anch'io...

– Questo atteggiamento non migliora la tua posizione.

– Vorrei saperlo anch'io nel senso che non so proprio cosa sono andato a fare sui colli sabato sera. Cioè, adesso lo so, ma allora non ne avevo la piú pallida idea –. Felice Cantoni, agente, appoggiato alla porta perché non si sa mai come può reagire un pregiudicato in procinto di essere arrestato (comma quattro del regolamento del perfetto poliziotto eccetera...), ascolta i due e non capisce. Ma non si preoccupa molto: succede spesso. Lui ascolta e annuisce cosí, se uno lo guarda nell'esercizio delle sue funzioni, pensa subito: «guarda quello com'è intelligente». Sarti, intanto, continua:

– Se vuoi che io ti capisca, devi sforzarti di parlare piú chiaro. Lo sai che sono solo un questurino...

– Lo so. Ecco: mi telefona domenica mattina un tale e mi dice. «Ti aspettiamo sabato notte in cima a via dei Colli, vicino alla stazione radio dell'esercito: abbiamo da dirti qualche cosa di molto importante per te e per tutti gli altri compagni». Cosí, io, che non ho mai molto da fare, ci vado. Mentre sono lassú, qualcuno fa saltare la stazione, ma io sul momento non posso saperlo; lo capisco quando sento le vostre sirene e capisco anche perché mi hanno fatto salire. Perché mi possiate trovare e mi possiate sistemare per un bel po'. Magari assieme a qualche altro compagno che, come me, avete mandato lassú. Perché mi pare chiaro, adesso, che tutta la storia è nata in questura.

– E pensare che ci sono andato solo per vedere in faccia quel tipo che voleva fare dello spirito e parlava dei compagni come se parlasse di cospiratori...

– È tutto molto chiaro. Il difficile sarà farlo capire all'ispettore capo. In particolare il fatto della storia nata in questura...

– Ma io non ci provo neanche a farglielo capire.

– E allora?

– Allora andiamo –. Tutto qua. Il guaio è che Sarti crede a quello che Rosas gli ha appena raccontato; meno la parte che riguarda la questura, è chiaro. Se no, che questurino sarebbe? Prima di uscire chiede del gabinetto. Dice:

– La colite –. E si chiude dentro per un po' a pensare, sottovoce. Poi decide che non gli importa niente di Rosas e che se la sbrighi lui e l'ispettore capo. «Per conto mio, nessuno mi toglie dalla testa che quei tre... Andrò a trovare Felicita Corradini; per conto mio quella è piú furba di tutti noi. Ci scommetto». Rosas lo chiama:

– Stai male, sergente? – Il sergente tira l'acqua ed esce:

– Non darmi del tu!

– Perché?

– Perché… non darmi del tu!

– Ottima ragione. Non vuoi che ti dia del tu perché non vuoi che ti dia del tu. Eppure sei un disgraziato, non lo sai ancora e meni gli altri disgraziati che, invece lo sanno.

– Adesso non cominciare con la tua solfa. Andiamo.

In questura, l'ispettore capo Raimondi Cesare, non gli cava altro. Alla fine gli urla nelle orecchie:

– E pensi che noi ti crediamo?

– No! Ma non posso farci altro. Anche perché vi fa comodo non credermi.

– Peggio per te! Starai dentro fino a che non ti deciderai: abbiamo abbastanza elementi per incastrare te e i tuoi compagni! – Agli agenti che stanno sulla porta perché non si sa mai come può reagire un pregiudicato in procinto di essere arrestato (comma quattro del regolamento eccetera):

– Sbattetelo in cella e lasciatelo marcire fino a che non vi dirò io di andare a prenderlo –. Lo fanno. Sarti è rimasto pensieroso.

L'ispettore capo gli chiede:

– Cosa ne dici?

– Non c'entra. Rosas non c'entra.

– Tu sei matto.

– Per conto mio dentro ci devono stare i tre della 128 e la donna. E già che ci siamo, anche il Tiroideo.

– Tu sei matto!

– Allora mi spieghi come può uno, dopo che ha fatto saltare una stazione radio, mettersi con una donna, mai vista e mai conosciuta e fare la strada con lei. O è matto…

– E chi ti dice che non lo sia?

Quando Sarti se ne va, ha le idee chiare, come se fossero stampate su un giornale. Rosas può essere tutto, ma non matto: di questo ne è sicuro!

Identikit

Davanti al palazzo della questura c'è sempre Felice Cantoni e la sua auto 28 che aspettano.

– Ti offro il caffè –. Felice è sbalordito e preoccupato, ma non dice niente. Neppure che il caffè fa male sia all'ulcera che alla colite. Entrano nel bar:

– Due espressi.

– Eccoli, sergente. Sarti è contento e beve il suo tutto d'un fiato.

Dice:

– Caro Felice, credo proprio che questa volta ci siamo. Ho una certa idea… Come va quella carretta?

– È la migliore di tutta la polizia.

– Bene, fa il pieno che oggi si viaggia… – Hanno appena fatto cinquecento metri che la radio comincia: – Auto 28, auto 28: portarvi immediatamente in via Bastia numero 13. Ripeto: via Bastia numero 13. Ignoti hanno svaligiato un negozio di alimentari… – Felice Cantoni guarda il sergente e aspetta disposizioni:

– Cosa faccio? – Sarti non sorride piú. Afferra il microfono come se volesse mangiarlo:

– Qui auto 28: non possiamo. Abbiamo altre indagini. Parlatene con l'ispettore capo… – E la radio: – Queste sono le disposizioni: ripeto via Bastia…

– Tu non ripeti niente. Fammi parlare con l'ispettore capo.

Passa qualche secondo e poi è proprio l'ispettore capo che parla:

– Qui Raimondi Cesare.

– Cos'è questa storia? Non ho già un incarico io?

– Stai calmo sergente: non ci sono altre macchine libere: devi andare in via Bastia...

– E la nostra auto sarebbe libera? Ho il caso della stazione radio...

– Il caso della stazione radio non è piú tanto urgente: ormai può dirsi risolto, è vero come si dice... – Sarti lo interrompe:

– Risolto un cavolo! Ho un'idea che può... – La risposta viene subito:

– Sergente: mettiti in testa che il caso è già risolto! Recati immediatamente in via Bastia numero 13!

– Sissignore! – L'auto 28 cambia direzione con un cigolio di gomme.

È circa mezzogiorno quando l'auto 28 rientra in questura e Sarti Antonio, sergente, va diretto dall'ispettore capo. Gli dice:

– Senta un po': è mai possibile che Rosas vada a far saltare una stazione radio a piedi? Mette le cariche, le fa saltare, torna verso la città, sempre a piedi, con le mani in tasca e fischiettando; poi si mette a parlare con la prima donna che incontra... Senza contare che per arrivare lassú, si è trasportato a spalla otto chili di dinamite come fosse un sacco di fagioli, una radio trasmittente e magari anche qualche mitra in caso di conflitto a fuoco. E poi, dove l'ha messa la radiotrasmittente? Abbiamo setacciato tutta la zona, fino in città... È talmente assurda tutta la storia che non ci crederebbe neppure un bambino deficiente... – Ma «deficiente» non lo ha detto. Si è fermato a «bambino». Il «deficiente» gli è rimasto in gola. L'ispettore capo lo guarda come si guarda un povero anormale. Lo fa sedere e gli racconta la storia; secondo lui.

– Caro Sarti, io non avrei pensato a quelle belle cose che mi hai appena raccontato, è vero come si dice? Ascoltami bene: cosa ti dicono questi due nomi? – Prende un foglio e legge: – Antonio Spinelli, via Cesare Battisti 8 e Antonietta Salò, via dello Scalo 15? – Aspetta la risposta e guarda Sarti Antonio. Ma quei due nomi non dicono proprio niente a Sarti; cosí finisce che la faccia del povero anormale la fa sul serio.

– Allora te lo dico io chi sono. Sono quei due che sono passati dal tuo posto di blocco a bordo della 500, circa venti minuti dopo lo scoppio. E che tu hai lasciato andare, probabilmente senza perquisire l'auto come si deve... Se tu avessi guardato meglio avresti trovato una radio trasmittente e qualche chilo di esplosivo. È chiaro come il sole che quei due erano i complici ed è con quella macchina che Rosas è salito ai colli, ha messo le cariche, ha comunicato con la stazione e poi i due sono scesi da soli, mentre Rosas se ne è venuto a piedi. Se a bordo della 500, assieme ai due fidanzati tu avessi trovato anche Rosas, li avresti fatti passare?

Sarti è a bocca spalancata, come un pesce. Quello insiste:

– Li avresti fatti passare? – Sarti fa segno di no con la testa. L'ispettore capo è raggiante:

– Ma ti dirò di piú: Antonio Spinelli e Antonietta Salò non esistono.

– Questo lo sapevo...

– Come lo sapevi?

– Cioè: lo immagino –. L'ispettore continua:

– E neppure abitano dove mi hai comunicato: Cesare Battisti lui e via dello Scalo lei. Adesso è tutto molto chiaro, è vero come si dice? Tu li hai visti bene in faccia quei due e non ti sarà difficile fare un discreto identikit. Li distribuiamo a tutta Italia e anche all'estero: ci scommetterei che li abbiamo in mano entro 48 ore. Cosí l'ultimo pezzo del mosaico, è vero come si dice... Tutto quadra al millimetro... – E Sarti siede davanti al disegnatore:

– Baffi?

– Sí.

– Fronte?

– Alta.

– Capelli?

– Radi.

– Naso?

– Affilato e inclinato.

– Bocca?

– Stretta e sottile –. Alla fine, quando guarda i due visi disegnati che gli mettono sotto il naso, si meraviglia molto perché lui assomiglia a suo nonno e lei alla zia di sua madre. Ma non lo dice in giro.

Sa benissimo che i due della 500 non c'entrano niente in tutta la storia. Non c'entrano perché gli hanno fatto vedere i documenti senza alcuna esitazione: dei documenti veri, autentici; compreso il libretto di circolazione. Non si mostrano i documenti se non si vuole essere riconosciuti. Inoltre sa che Rosas non li ha mai veduti.

Sa che i due della 500 non li troveranno mai a meno che non mettano un annuncio sul giornale; sa un altro sacco di cose. Sa che, in un modo o in un altro, lui, Sarti Antonio sergente, arriverà in fondo a questa schifosa storia nata male e continuata peggio. Soprattutto per lui.

Per prima cosa, va a trovare Rosas, a San Giovanni in Monte.

È sdraiato sul tavolone e legge il giornale:

– Ti passano anche il giornale?

– Siamo in una nazione democratica.

– E cosa dice?

– Dice che avete trovato l'assassino. Chi è? – Sarti non sa bene come cominciare. Intanto siede.

– Tu non lo sai? – Rosas alza le spalle. Dice:

– Senti, si possono avere dei libri? – Ma è roba da matti! Questo è qui, accusato di strage, terrorismo, e un sacco di altre cose e sta a pensare ai libri. Sarti dice sí con la testa e poi:

– Cosa ti serve?

– Sono da comprare. Dovresti andare a prenderli. Mi porti: *Stato e rivoluzione* di Lenin e *Poesia e rivoluzione* di Majakovskij –. Sarti scuote la testa un'altra volta:

– Tu sei matto! – Rosas riprende il giornale. Come per dire «caro Sarti, ti saluto». Ma Sarti segue ancora la sua idea:

– Adesso mi racconti tutto di quella maledetta sera...

– Io non parlo piú senza un avvocato.

– È una cosa fra noi; niente di ufficiale. Ho una certa idea… Non fare il testone se no ti lascio nei guai e ti arrangi.

– Io sarò anche nei guai, ma resta il fatto che non ho messo la dinamite e non mi preoccupo di niente.

– Sí, però te ne stai qui e chissà fino a quando –. Rosas non ha sentito e continua a leggere. Sarti se ne va. Prima gli dice: – Sei uno stronzo –. Esce ma ci ripensa e torna da Rosas. Dice:

– Adesso ti racconto io quello che ha detto Felicita Corradini. Tu ascolti, buono, buono e poi mi dici se è tutto a posto. Va bene?

Come se avesse parlato da solo. Ma Sarti parla spesso da solo, per cui parlare qui o al cesso di casa sua è la stessa cosa.

– Dunque: Felicita sale sulla macchina di quei tre, vanno sui colli di Paderno e li sistema, a turno. Quando si tratta di pagare i tre si accorgono di non avere soldi; se ne vanno e la lasciano a bestemmiare sulla strada. Lei prende e torna a piedi. Incontra un tale, che sei tu; scendete assieme chiacchierando del piú e del meno, poi, quando sentite lo scoppio e le sirene della polizia, tu tagli per i campi e lasci sola Felicita. Felicita, piano piano, arriva in città, non avverte la polizia, come fanno tutte in questi casi, e se ne va tranquillamente a letto, come se niente fosse accaduto. Il giorno dopo legge il giornale, ascolta la radio: ne parlano tutti, ma lei continua a far finta di niente. Devo andare io a cercarla e a farmi dare un calcio negli stinchi dal suo protettore. Mi chiedo se è possibile credere a una storia come questa, tanto idiota… – Aspetta che Rosas gli risponda. Ma non lo fa.

– Almeno dimmi se è giusto quello che ti ho raccontato; Cristo!

– Tutto giusto, tranne due particolari. Il primo: non sono io che ho raggiunto lei sulla strada; è lei che ha raggiunto me, mentre io stavo scendendo. Secondo: quando mi ha raggiunto, gli scoppi c'erano già stati.

– E perché hai tagliato la corda?

– Sarà stata una reazione condizionata: sono abituato a scappare appena vi sento arrivare…

– Aspetta un poco... – Sarti comincia a capire qualcosa. Non tutto.

Per esempio: Felicita ha raccontato un sacco di bugie. Perché? Intanto Rosas continua:

– O sarà perché solo allora ho collegato gli scoppi alle sirene. Per me non era certo igienico trovarmi dove c'era stato uno scoppio. Mi porti i libri che ti ho chiesto? Sono stanco di leggere questi giornali di merda che passa il convento.

– Ma cosa te ne fai di quei libri? Potrei portarti...

– Sí, *Fantozzi* di Paolo Villaggio. Ascolta, sergente, non ho nessuna voglia di discutere con te sulle mie letture. Tu e i tuoi soci, continuate a pestare il prossimo. Non vi pagano per questo? Che stipendio poi... – Si sdraia sul tavolone e volta le spalle a Sarti che se ne va senza salutarlo. Intanto ha saputo qualcosa che prima non sapeva. Circa il caso, naturalmente, perché che il suo fosse uno stipendio da straccione, lo sapeva anche prima, senza bisogno che fosse Rosas a ricordarglielo. Solo che cerca di pensarci il meno possibile. E qualche volta ci riesce.

Mentre mangia, continua a pensare a Rosas, non sa perché. Anch'io ci penso spesso. Ha una faccia da scemo che non gli daresti due soldi, eppure, quando parla, devi starlo ad ascoltare fino alla fine e poi dici che ha ragione. Non lavora (non mi risulta abbia un lavoro e non risulta neanche a Sarti), non va all'università anche se è iscritto. Non ho mai saputo quanti anni abbia, non so cosa mangi né cosa faccia per mangiare. Poi: va in giro a raccontare che chi non lavora non ha diritto di mangiare eppure lui non lavora e mangia. Un giorno gli ho chiesto di spiegarmi questo fatto.

Mi ha risposto:

– Questa è una società nella quale mangia solo chi non lavora e chi lavora fa del suo meglio perché chi non lavora possa mangiare piú di lui –. Non ho capito bene, ma non ho insistito. Un'altra cosa che voglio dirvi di Rosas è che gli piacciono le donne, ma non l'ho mai visto andarle a cercare. E fischia. Quando è solo non fa che fischiare delle storie che inventa lui. Ecco perché, appena Felicita ha parlato di uno che fischiava, io ho pensato a Rosas. Se Sarti non porterà i libri a Rosas, i secondini lo sentiranno sempre fischiettare e diventeranno matti. A meno che non esista una norma che vieta ai detenuti di fischiettare in carcere. Può anche esistere, per quello che io ne so.

Piano Sarti

Sarti vede che Felicita monta su un'auto e se ne va. Cosí, visto che c'è, lui si avvicina alla biondina che ha tenuto d'occhio da un po' di tempo. Le dice:

– Ciao, hai visto Felicita?

– Se n'è andata.

– Tornerà presto?

– Che razza di domanda. Quando si sale su una macchina, non si sa quando si torna. Dipende da tante cose, carino. Se vuoi, ci sono io. So fare le stesse cose…

– Va bene: vieni con me.

– Sono qui per questo, carino. Dove mi porti?

– In macchina…

– Niente da fare, carino. Non voglio che mi succeda come a Felicita. O in albergo o niente –. Sarti la guarda meglio. Già che c'è potrebbe anche… Non ricorda quando è stata l'ultima volta. Dice:

– Ti va a casa mia?

– Mi va –. Sale sull'ottocentocinquanta e aspetta che salga anche Sarti.

Non è male, proprio non è male; per niente: un visino piccolo e un bel po' di capelli biondi, tutt'attorno. Vista cosí, uno non direbbe proprio che facesse la prostituta di mestiere.

– Di cosa hai paura?

– Dopo la storia di Felicita, ci vuole un bel coraggio andare sui colli in macchina… È un mestiere schifoso il nostro –. Sarti pensa al suo. Dice:

– Perché lo fai?

– Cos'altro potrei fare, secondo te?

– Non so: la sarta, la camiciaia...

– Per cinquantamila al mese! – A Sarti torna in mente il discorso di Rosas sul suo stipendio di sergente. Cambia pensiero e discorso:

– Dimmi com'è andata con Felicita –. Lei non risponde ma si guarda attorno e chiede:

– Abiti lontano?

– No, qui dietro. Allora?

– Allora niente.

– Tu li hai visti quei tre che l'hanno caricata?

– Li ho visti. Ma non mi sono sembrati tipi diversi dagli altri. Come te e tutti quelli che... Uno di loro era distinto –. Michele Sterza, operaio, 29 anni.

– Si conoscevano già con Felicita?

– Non credo. Non li ho mai visti prima. Senti, dove mi porti?

– A casa mia. Siamo arrivati –. Mentre salgono le scale, Sarti prega che nessuno lo veda. Un sergente che si porta a letto una puttana... C'è da scriverci un romanzo. Non lo vedono e Sarti chiude la porta delicatamente.

– Vuoi bere qualcosa?

– Hai una bella casa...

– Una bella casa? Tu scherzi. Con i soldi che mi danno non posso fare di meglio –. Gli torna in mente Rosas. Siedono e bevono:

– Parlami di Felicita...

– Non ti sarai innamorato di quella... quella...

– Cosa c'entra: mi piace parlarne.

– Se vuoi che ti dica cosa penso di lei, io te lo dico: è egoista, non guarda in faccia a nessuno e considera gli altri delle pezze da piede. Ecco. Però fa la puttana esattamente come me; né piú né meno.

– Conosce molta gente?

– Conosce quelli che possono darle dei soldi. Per i soldi si farebbe anche... – «Potrebbe averlo fatto per i soldi. Perché no. Si fa tutto per i soldi! Hanno bisogno di un alibi e meglio di questo dove lo trovano? Prendono Felicita che è una che vuol bene ai soldi, le raccontano una parte della storia e le danno magari un anticipo.

«Solo: dove hanno messo la trasmittente? Bisognerà fare un salto a guardare meglio attorno alla stazione. Se qualche loro socio non l'ha già fatta sparire...»

– ... è capace di vendere sua madre per pochi soldi. E lui è lo stesso. Dio li fa e poi li accompagna... – Tiroideo: bella coppia. Non può che essere cosí. Adesso si tratta di torchiarli un po' tutt'e due. «Quanto ti hanno dato perché tu dicessi quello che ci hai raccontato? Parla! Sappiamo già tutto! I tre hanno cantato! È meglio per te se non nascondi niente...» Sta già parlando sottovoce. Lei gli chiede:

– Mi hai portato qui per metterti a parlare da solo? – Vanno in camera e mentre la spoglia, pensa che poi non è male la biondina.

Si ricorda che non le ha chiesto il prezzo. Non può farlo adesso: spera non sia molto cara. Non ci pensa piú e si sbriga presto.

– Sei veloce. Quanto tempo era?

– Non ricordo –. Nessuno dei due si alza.

Quando si sveglia, sente subito odore di caffè e vola in cucina, nudo. La biondina gli dice:

– Buon giorno. Hai dormito tutta notte come un bambino –. Torna sotto le coperte perché tanto, adesso, non può certo mandarla a spasso senza lasciarle bere il caffè. Lei gli porta la tazzina a letto:

– Non ho trovato niente da mangiare. Bevi –. Beve. Beve e pensa a cosa gli costerà questa storia. Intanto qualcuno suona il campanello.

– È già Felice. Che ore sono?

– Le otto e mezzo –. Salta dal letto e infila le mutande e tutto il resto. Suonano ancora. Va alla finestra:

– Arrivo, arrivo! E come esco con questa? Senti, facciamo cosí; io vado. Appena ti sei sistemata te ne vai anche tu. Chiudi la porta –. Fa per andarsene: – Quanto? – È sempre imbarazzante questo momento. Io credo che se non fosse perché a un certo punto bisogna pur chiedere quant'è, andrebbe piú spesso a donne. La biondina sorride.

– Per cosa? Questa notte ho solo dormito. Avevo bisogno di riposare un poco. Ciao –. E sorride ancora. Sorride anche Sarti e se ne va.

– Proprio carina.

Sull'auto 28, Felice Cantoni, agente, comincia ad annusare in giro.

Poi guarda il sergente e sorride. Sorridono tutti, oggi.

– Auto 28, auto 28. Incidente sul lavoro in un cantiere di via Gramsci. Recarsi sul posto. Auto 28, auto 28…

– Qui auto 28. Ricevuto: andiamo –. Sembra proprio che il caso della stazione radio sia chiuso. Sarti bestemmia:

– Che razza di idiota!

– Chi?

– L'ispettore capo –. Poi guarda la radio. Sí, è chiusa.

In cantiere c'è anche l'ispettore capo:

– Alle nove meno dieci, due operai sono caduti dall'impalcatura e sono morti. Accertati che non ci siano responsabilità da parte del datore di lavoro o che non si tratti di omicidio e poi riprendi il giro.

– Come hanno fatto a cadere?

– Fatalità, caro Sarti, fatalità, è vero come si dice.

– È chiaro –. L'ispettore se ne va. Sarti lo chiama:

– E per Rosas?

– Tutto in ordine: stiamo cercando i due complici. Fammi avere un rapporto della disgrazia…

– Ma Felicita Corradini ci ha raccontato un sacco di bugie. Per esempio: non è stato Rosas a raggiungere lei, ma lei a raggiungere Rosas. Poi…

– Cosa cambia? Non credo che qui ci siano responsabilità, è vero come si dice…

– Certo, come no –. Ma l'ispettore capo è già lontano e non lo sente.

Continua il pianc Sarti

Arriva a casa stanco marcio e quando scende dall'auto 28 sbatte la portiera e fa male a Felice Cantoni, agente, che brontola:

– Ci avessi in mezzo una mano –. Accarezza il sedile dell'auto, mette in moto e, dolcemente, la porta a dormire. In centrale. Sarti non riesce a infilare la chiave nella serratura perché la porta si apre subito e la biondina gli sorride.

– Sei ancora qui? – Lei fa sí con il capo e con la gola:

– Ho preparato qualcosa da mangiare. Ma non c'era niente nel frigo, cosí sono andata a comprare un po' di roba… – «Bene, cosí l'avranno vista uscire e rientrare. E chi se ne frega? Avrò il diritto di fare i fatti miei fuori dal mio mestiere di merda, Cristo? Per quattro schifosi soldi che mi danno…» Riprende a voce alta:

– Hai fatto benissimo.

– Poi avevo ancora qualche cosa da raccontarti di Felicita, visto che si tratta del tuo lavoro. E qualche altra cosa da fare con te, visto che ieri sera non eri in forma…

Si mettono a tavola e la biondina parla, parla…

– … cosí mi dice che è stanca del suo mestiere e che, se dio vuole, fra poco la farà finita e si godrà la vita.

– E come? Può aver risparmiato soldi?

– Nel nostro mestiere non si risparmiano soldi: si spendono solamente.

– E allora?

– Mi ha detto che ha un certo affare e che non avrà piú bisogno di battere. Ma io ci credo fino a un certo punto. Si dicono tante cose, nel nostro mestiere... Hai finito? – Sarti fa di sí con il capo e la biondina porta i piatti in cucina.

«È quello che mancava al quadro. Adesso le è andato bene quel certo affare: i soldi dei tre. Certo che dovevano darle parecchio per farla tacere. Ma come fanno a fidarsi di una donna come quella? A meno che... Giusto, è cosí!!!»

Urla:

– Quando l'hai vista l'ultima volta?

– Ieri sera, prima che arrivassi tu –. Sarti chiama la centrale al telefono:

– È già andato via Felice? Non c'è piú? Allora mandatemi un'altra auto. Cosa vuol dire che ci vuole il buono? La questura non ha un'auto da mandarmi... La mia? La mia la uso per i fatti miei –. Butta il microfono e si chiude nel gabinetto. Tutte le volte questa storia: appena si arrabbia, un attacco di colite. Io glielo ripeto sempre: «non devi arrabbiarti che poi ci rimetti tu». La biondina lo sente bestemmiare.

– Mi pagano una miseria e devo anche usare la mia macchina per servizio? Io me ne sbatto –. Esce e sta meglio. Dice alla biondina:

– Adesso devi proprio venire con me: ho paura che succeda qualche altro guaio alla tua collega. Se non è già successo... – Va piú veloce che può; ma con l'ottocentocinquanta c'è poco da spingere... Si ferma a porta Mascarella. Non vede Felicita. Chiede:

– Tu la vedi? – La biondina dice di no. – E lui? Dove sta lui?

– Di solito l'aspetta in quel bar –. Ci vanno e trovano subito Tiroideo.

Anche lui vede Sarti e porta le mani sui coglioni: ricorda la testata nello stomaco e protegge il suo tesoro.

– Dov'è Felicita?

– Io non conosco nessuna Felicita... – Lo prende per la giacca e lo porta fuori dal bar. È pesante e Sarti fa una fatica boia.

Urla come un matto perché questa storia gli ha già fatto venire tre attacchi di colite:

– Io ti riempio la faccia di calci se non mi dici subito dov'è Felicita. Vuoi capire che faccio sul serio? – Tiroideo ha capito:

– È andata via con uno...

– Quando?

– Sarà mezz'ora ..

– Chi era?

– Non lo so: aveva una macchina scura. Una 128.

– Ti venga un colpo! È cosí. È come dico io. Vogliono farla fuori... Com'era quello al volante? – Non ci spera molto, ma prova. Il discorso deve aver fatto male anche a Tiroideo perché quando ha sentito che qualcuno vuol far fuori la sua fonte di guadagno, è diventato pallido. Dice, anzi, balbetta:

– Ho segnato qui la targa... – e mostra un libretto. Sarti glielo strappa di mano mentre quello continua: – Dopo quanto è successo l'altra sera, non mi fido piú e segno le targhe di tutte le auto che caricano Felicita –. Sarti è contento. Un colpo di fortuna. Sfoglia il libretto e trova il numero di targa.

– Corrisponde. Lo immaginavo –. Guarda Tiroideo e gli soffia:

– Bel mestiere fai –. L'altro, sottovoce:

– Bello il tuo.

– Lo so anch'io, ma non tocca a te dirlo –. E siccome gli ha rotto le tasche, lo sbatte contro il muro e lo lascia rotolare a terra. Gli occhi ormai escono dalle orbite del poveraccio.

Intanto la biondina si è messa in disparte e pensa se non è il caso di chiamare il 113. Però deve averci pensato qualcun altro perché si sente una sirena che si avvicina.

Appena li vede, Sarti urla:

– E voi cosa volete? Chi vi ha chiamato? – Poi si getta dentro l'auto:

– Tieni d'occhio quel balordo –. Alla radio: – Voglio parlare con l'ispettore capo Raimondi Cesare.

– Qui centrale: sai che ore sono?

– Non lo so e non mi interessa...

– Interessa l'ispettore capo Raimondi Cesare che è già a casa da piú di tre ore.

– Me ne frego. Chiamalo e digli che lo aspetto fra dieci minuti nel suo ufficio. Hai capito? – Chiude senza aspettare la risposta.

Salta sull'ottocentocinquanta e dice ai due agenti:

– Quello potete lasciarlo andare, – e alla biondina: – Vuoi che ti accompagni da qualche parte? – Lei sorride. Sorride molto dolce:

– No, grazie. Io sono già arrivata. Il mio ufficio è proprio là, sotto quel tiglio... – Sarti non sa cosa dire:

– Verrò a trovarti. Mi dispiace proprio –. Se ne va perché queste cose non sono il suo forte. Per niente. In centrale controlla la targa della 128. Il numero corrisponde: l'auto che ha preso a bordo Felicita Corradini, questa sera, è la stessa che aveva a bordo i tre terroristi quella stramaledetta, infame notte dell'attentato. Aspetta l'ispettore capo, ma arriva invece una telefonata.

– Pronto.

– Sergente Sarti, tu hai il raro pregio di rompermi l'anima nei momenti meno adatti, è vero come si dice. Cosa vuoi? – Sarti parla tutto d'un fiato, senza interrompersi:

– Quei tre che abbiamo rilasciato, sono andati a caricare Felicita Corradini di professione prostituta, proprio mezz'ora fa...

– E cosa m'importa? Sergente Sarti! Non posso arrestare tutti quelli che vanno a prostitute... Non avrei abbastanza celle e poi dovrei arrestare anche dei miei agenti, è vero come si dice? Sarti mormora fra sé:

– Sa già che ho dormito con una puttanella: che mestiere!

– Cosa dici? Cosa dici? Sei ubriaco?

– No. Cioè, volevo dire: lei, signor ispettore capo, lei tornerebbe in macchina con quelli che l'hanno piantato sui colli, se lei fosse... se fosse una di quelle? – Raimondi Cesare non apprezza:

– Io non sono una di quelle, è vero come si dice, e non vado sui colli. È chiaro? – Chiude la comunicazione senza attendere la replica di Sarti Antonio, sergente, che però non si rassegna. Fa il numero di Felice Cantoni, agente:

– Pronto?

– Sí, pronto. Vestiti, vieni alla centrale e tira fuori l'auto 28 dalla rimessa...

– Ma come? A quest'ora?

– A quest'ora. Perché? – Quando Felice Cantoni arriva, trova il sergente sulla porta che lo aspetta. Non lo saluta neppure e va diritto in garage. Parla un poco con l'auto 28, prima di avviarla e portarla fuori. Sarti salta in macchina e dice:

– Dove andresti se tu volessi uccidere una donna?

Felice Cantoni, agente, non ha capito bene, per cui non risponde. Dice, invece:

– Almeno mi pagassero gli straordinari... – Brontola per un bel poco.

– Andiamo verso porta Zamboni e poi verso la periferia di San Donato.

Felice Cantoni attacca la sirena.

– Senza sirena.

– Credevo fosse un'emergenza... Almeno mi pagassero gli straordinari...

– Te li pagano, te li pagano.

– Trecento lire l'ora –. Ma Sarti non lo ascolta piú: ha altri pensieri. Intanto quello continua:

– Con trecento lire l'ora non ci compro neanche le sigarette...

– E perché dovresti comprare le sigarette se non fumi?

– Fumo, fumo! Una al giorno.

– Guarda se vedi qualcosa, attorno...

– Qualcosa, come?

– Come se qualcuno uccidesse una donna –. Felice Cantoni, agente, non ha capito se Sarti dice sul serio o se scherza; in ogni caso non risponde ed è contento di essere solo un agente. Vorrebbe non avere l'ulcera e vorrebbe non aver già fumato la sua sigaretta: ma chi lo sapeva che questo rompitore lo avrebbe fatto saltare dal letto? Averlo saputo, non avrebbe fumato la sua sigaretta davanti al televisore e potrebbe fumarla adesso. Un po' complicato, no?

– Almeno mi pagassero gli straordinari...

– Quanto la fai lunga! Non lo sapevi quando ti sei arruolato? Bene, adesso lo sai e non ci puoi fare niente. Gli straordinari non te li pagano eppure sei qui e fai quello che ti chiedono. Sta' un po' zitto e guardati attorno –. Felice Cantoni, agente, si guarda attorno, ma è troppo buio e non vede niente, oltre i fari dell'auto 28.

– Non si vede un accidente –. Anche Sarti si è reso conto che non c'è maniera di trovare Felicita e allora è un po' giú di corda. Aver le idee chiare e non poterci fare niente. Dice:

– Torniamo indietro e andiamo a letto. Cercheremo domani.

– Ma cos'è che dobbiamo cercare?

– Un accidente –. E pensare che aveva un suo piano; adesso non potrà piú eseguirlo per mancanza di Felicita Corradini, professione prostituta. Perché nessuno, nessuno gli toglie dalla testa che domani si troverà Felicita Corradini morta.

La quinta vittima: Felicita Corradini

Ed è proprio cosí. Una volta tanto Sarti Antonio, sergente, ha visto giusto. Non dico una volta tanto per dire che Antonio Sarti è un povero deficiente che non ne indovina mai una. Antonio Sarti è un uomo come voi o come me; solo che fa quel mestiere ed è terribilmente difficile prevedere cosa passi per la testa degli altri. E ancora piú difficile è mettere insieme una serie di avvenimenti che ti sembrano privi di qualsiasi legame l'uno con l'altro. Bisognerebbe ricordare tutto, pensare a tutto... Ci vorrebbe un calcolatore elettronico con una memoria cosí. Sarti, come tanti altri, non è proprio il tipo. Ma certe cose, quando si riesce a metterle assieme come si deve, danno un solo risultato. E questa volta il risultato è Felicita Corradini la quinta vittima. Lo impara alle dieci di mattina mentre sta setacciando la periferia. Glielo dice per radio l'ispettore capo che lo vuole subito in questura; Sarti risponde:

– Lo sapevo. Dove l'hanno trovata?

– A Sabbiuno. Uccisa con un colpo di rivoltella e poi gettata nei calanchi. Vieni subito in ufficio da me... – Questa volta Sarti non se lo lascia mettere:

– Verrò appena ho visto come sono andate le cose –. Chiude il collegamento e dice a Felice Cantoni:

– Portami a Sabbiuno piú presto che puoi.

– È un piacere. Fa vedere al sergente cosa sai fare, bella –. A tutta sirena su per i tornanti della collina di Sabbiuno; le gomme cigolano sull'asfalto e Sarti incollato alla portiera, i denti stretti fino a sentire male:

– Ho detto piú presto che puoi, ma arriviamoci, per favore...

– Sei in una botte di ferro, sergente –. E striscia con la fiancata destra contro il guardrail. – L'auto 28 non mi tradisce.

La vede, raggomitolata su un fianco, irriconoscibile, le gambe spezzate ripiegate sotto il corpo massacrato. Il viso gonfio: sangue dappertutto. Sarti si volta da un lato. Il corpo ha fatto un volo di 40-50 metri e, nel punto dove ha cominciato a rotolare in basso, c'è una striscia di sangue di quasi dieci metri. L'hanno uccisa, l'hanno trascinata fin sull'orlo e l'hanno gettata in basso. Nel punto preciso dove le hanno sparato, trovano due bossoli di 38. Due colpi, le hanno sparato. Appena la polizia ha fatto quello che deve fare, qualcuno porta via il corpo e Sarti, dopo aver frugato un po' attorno, va in macchina. Chiede a Felice Cantoni:

– Mi porti giú? – L'auto 28 parte, lentamente:

– Brutto affare, sergente –. Sarti non risponde. A lui di tutto questo affare, ormai, non importa piú niente. Non ha voglia di parlare con l'ispettore capo.

– Sergente, chi ti aveva detto ieri sera che la donna correva qualche pericolo?

– Qualche pericolo? L'hanno ammazzata. Ispettore capo, ho mal di testa e la colite: non ho voglia di sentire urlare... Se quella disgraziata è morta, qualcuno di noi, qui, è responsabile. Bastava che lei mi avesse dato un paio di macchine, ieri sera e forse l'avrei trovata ancora viva. Ma Sarti è un povero cretino e non ne indovina mai una... Adesso ci crede che Rosas non c'entra in tutto l'affare?

L'ispettore capo non lo lascia finire:

– E chi sarebbe il responsabile? Chi? Mi telefoni che sono a letto, mi racconti che, non so chi, è andato a puttane e io dovrei capire che ci sarà un assassinio? È questo? Senti sergente, ti hanno mai detto che è molto facile saltare fuori dalla polizia? E non mi venire a difendere quel Rosas. Rosas sta bene dov'è e presto lo raggiungeranno i suoi colleghi di fede. Mettitelo bene in testa e non farmelo ripetere piú, è vero come si dice. E c'è un'altra cosa che devi ricordare: i complici di Rosas, quei due che tu hai veduto la sera dell'attentato, sono ancora in giro e possono benissimo aver fatto sparire una testimone che forse aveva qualcos'altro da dire... – Sarti gli spiega, calmo:

– Non è vero niente. Ieri sera sono passati i tre della 128 a caricare Felicita Corradini. Perché sarebbe montata se non per andare a ritirare i soldi che le avevano promesso in cambio della testimonianza? Si può tornare a bordo con tre individui che, pochi giorni prima, ti avevano piantata in mezzo alla strada? Si può? Solo che quelli, invece dei soldi per la testimonianza, le hanno dato il piombo di una 38... Mi sembra tanto chiaro che è perfino stupido –. Smette di parlare e si stringe la pancia: ha un dolore tremendo.

– Sergente Sarti Antonio, lei ha le traveggole. Hanno ucciso una mondana e il suo compito è di portarmi chi l'ha uccisa. Tutto qui. E prima sarà, meglio sarà per lei, è vero come si dice –. Gli dà del lei, come nelle grandi occasioni: – Si tolga dalla testa quelle fantasie da libro giallo. Tutti gli elementi raccolti parlano contro Rosas... Dimostrerò a lei e a chi non vuole ancora crederlo, ammesso che ci siano individui così sciocchi; che Rosas e i suoi complici hanno fatto saltare la stazione radio dell'esercito. Troverò i complici e ne riparleremo... Dovesse costarmi un occhio, è vero come si dice –. Sarti se ne va: esce dall'ufficio; ma l'ispettore capo apre la porta del corridoio e gli urla dietro:

– E si ricordi che gli ordini, qui dentro, li do io!

– Lo ricorderò. Adesso devo proprio andare, ispettore capo. Ho bisogno di un gabinetto... Questa maledetta colite...

Sarti è distrutto, fisicamente e nella testa. Non ha nessuna voglia di pensare né di muoversi.

Sdraiato sul letto, sfoglia il libretto strappato a Tiroideo. Assieme al numero di targa della 128 ci sono anche molte altre targhe. Lavorava forte la donna. Ci sono anche dei nomi: Quelli che Tiroideo conosceva, clienti abituali. Nelle ultime pagine trova un nome segnato da un'altra mano. Dice: Adriano Gaia e poi, fra parentesi: «verme». Sarti mette in tasca il libretto, ne riparlerà domani. Non ha voglia di niente se non di dormire. Ma non ci riesce; le idee gli ballano in testa e sono tante. Tutte arrivano allo stesso punto: Michele Sterza, operaio, 29 anni, assieme ai suoi due amici Giorgio Velluni e Pasquale Nunno e magari assieme a chissà chi ancora, ha fatto saltare la stazione radio dell'esercito. Felicita Corradini, ex prostituta, è la loro carta vincente. Adesso è defunta e non è piú un problema per nessuno tranne che per la polizia. Gli viene in mente, per la prima volta, che ci possa essere mischiato anche Rosas. Non è piú sicuro di niente e non vede perché costui dovrebbe esserne fuori. Tre o quattro, non cambia niente. E già che c'è, ci mette anche Tiroideo. È cosí chiaro adesso... Anche troppo! Tutti d'accordo, quei figli di puttana: tutti d'accordo per farlo ammattire.

Pasquale Nunno: e fanno sei

Il giorno dopo non è piú chiaro niente. Appena gli dicono che Pasquale Nunno è stato assassinato, non è piú chiaro niente perché questo non entra nella logica. L'ispettore capo gli dice:

– È morto a bordo della 128. È sbandato ed è finito in fondo al burrone. È bruciato insieme all'auto: la famosa 128. E adesso?

– Adesso un accidente. Ho bisogno di un permesso. Ho bisogno di riposo. . – L'ispettore ripete:

– E adesso?

– Adesso cosa?

– Adesso cosa mi inventi, visto che uno dei tuoi dinamitardi è morto la stessa notte che è morta Felicita? L'ha ucciso Felicita Corradini e poi, presa dal rimorso, si è sparata e si è buttata dai calanchi?

– È molto piú semplice: quel disgraziato è caduto nel burrone mentre tornava in città, dopo aver ucciso Felicita Corradini –. Non sa come gli sia venuta questa storia, ma adesso che l'ha detta, ci crede anche lui. L'ispettore dice:

– Devi essere proprio matto. Abbiamo interrogato, mentre tu dormivi, Giorgio Velluni, uno dei tre. «Io non so niente: sono stato a letto tutta notte e non so cosa abbiano fatto né dove siano Michele Sterza e Pasquale Nunno». Tutto quello che siamo riusciti a tirargli fuori.

– E Michele Sterza titolare della 128 Fiat?

– Non si è presentato a lavorare. Sparito, per il momento –. Poi ne interrogano un altro, presente l'ispettore: Tiroideo che dice:

– Ieri sera verso le dieci e quaranta, una 128 scura si è arrestata davanti a Felicita –. Si ferma un momento per piangere il giusto e perché la gente sappia che voleva molto bene alla povera Felicita, poi ricomincia: – A bordo c'era uno solo.

– È questo? – Gli mostrano la foto di Pasquale Nunno. Si asciuga le lacrime, se le riasciuga e fa sí con la testa:

– Avevo anche segnato la targa della 128 su un libretto...

– Lo so –. Tiroideo non ha altro da dire o non può dire. Allora Sarti lo prende per la giacca. Chissà perché, quella faccia da culo non la può digerire. È un figlio di puttana, protettore di puttana. Gli dice:

– Tu conoscevi quel tale che stava sulla macchina. Tu sapevi che era lo stesso di qualche sera prima... Allora si può sapere perché hai lasciato che Felicita andasse con lui? Me lo spieghi, brutto figlio di troia?

Lo sbatte a sedere, lo alza di nuovo e di nuovo lo sbatte a sedere. Quello chiede aiuto e urla che lui non lo aveva riconosciuto e che se solo avesse pensato che era lo stesso, non avrebbe permesso a Felicita... e via cosí. Non ci cavano niente altro. Secondo all'interrogatorio è ancora Giorgio Velluni. Ripete quello che già aveva detto l'ispettore capo:

– Sono andato a letto alle nove perché non stavo bene e mi sono alzato la mattina per andare a lavorare. Non so niente di Michele Sterza, né di Pasquale Nunno. Sono giorni che non li vedo: da quando siamo usciti dall'ospedale. E non voglio piú saperne di loro... Io non c'entro... Non c'entro! Come devo dirvelo?

– E che Pasquale Nunno è crepato, lo sai? – Non risponde.

– Lo sai? – Antonio Sarti, sergente, giura che appena è finita questa storia, si cerca un altro lavoro. Garantito.

– Non lo sapevo... – E anche questo si mette a piangere. Ma sul serio, con tanto di lacrime.

– Non ci capisco piú niente: vorrei sapere cosa sta succedendo.

– Anch'io vorrei saperlo. Portatelo dentro. Portateli dentro tutti. Manca solo Michele Sterza, ma lo troveremo. Sono tutti d'accordo. Tiroideo, quello là, quell'altro crepato, la prostituta. Tutti quanti! Anche Rosas è d'accordo. Vogliono che non ci si capisca piú niente... E ci sono riusciti.

Terzo della serie è il medico che ha fatto l'autopsia a Felicita e a Pasquale. E con quello che dice il medico, Sarti finisce che diventa matto sul serio. Ecco:

– Felicita Corradini è stata uccisa da un colpo di pistola alla testa. La stessa pistola ha sparato a Pasquale Nunno.

– Cos'è? Ma Pasquale Nunno non è morto nell'incidente d'auto?

– Cosí pareva: ma in effetti, Pasquale Nunno è morto con una palla in testa e poi il suo corpo è stato bruciacchiato nell'incendio dell'auto –. Quarto è uno della scientifica. Dice che nel luogo dove hanno sparato a Felicita Corradini sono stati trovati due bossoli. E questo Sarti lo sapeva già. Quello che non sapeva è il seguito:

– I due bossoli appartengono a due pistole diverse. Uno dei bossoli è quello che conteneva la pallottola che ha ucciso la donna. Non abbiamo trovato l'altra pallottola anche se abbiamo cercato dappertutto. È probabile che sia ancora nel corpo di qualcuno. Sul corpo della donna abbiamo trovato tracce di sangue che non appartengono a lei. Dall'esame della mano destra della donna, risulta che è stata lei a sparare almeno uno dei due colpi.

Sarti si alza, prende la giacca:

– Vado a casa, vado a letto. Ho bisogno di dormire... – L'ispettore capo, invece, è felice. Felice come un ragazzo che ha un gioco nuovo.

Dice:

– È tutto chiaro. È una questione di prostitute e di protettori, è vero come si dice. Michele Sterza, che ancora non siamo riusciti a prendere, ha ucciso la donna e Pasquale Nunno. Magari il Nunno voleva sfruttare la donna e sostituirsi al Tiroideo. È tutto chiaro. Non dimentichiamo che Pasquale Nunno non aveva un lavoro eppure riusciva a vivere. Per ora teniamo dentro tutti quelli che abbiamo e cerchiamo di pescare Michele

Sterza. Quando l'avremo, l'affare della mondana uccisa si potrà dire concluso... E niente fantasie, sergente Sarti. Niente collegamenti segreti fra questi omicidi e l'affare della stazione radio, è vero come si dice. Non mischiare la politica con le puttane: non è il caso. Tutto quadra –. Se ne va radioso, il sorriso sulle labbra: tutto quadra, no?

Dentro anche Michele Sterza

Passa un bel po' di tempo prima che Sarti riesca a mettere le mani su Michele Sterza. Ma poi ha un colpo di fortuna. Ci vuole ogni tanto, se no… È andata cosí: sta a letto che dorme, quando il telefono comincia a suonare. Prima sembra che lui non voglia rispondere, poi decide:

– Chi è?

– Sono io, la biondina. Non ricordi? – Sarti ricorda, eccome! Ricorda molto bene. È un po' di tempo che pensa di andarla a trovare per finire il discorso di quella sera. Poi ci ha messo su piede e con tutto il caos che c'è stato in giro…

– Ciao. Come mai?

– Senti, l'ho visto.

– Chi?

– Quel tale della 128. È venuto qui e mi ha chiesto di andare con lui. L'ho riconosciuto subito e ho detto che ero impegnata. Cosí lui ha cercato un'altra e se n'è andato con quella. Penso che tornino fra poco. Almeno lo spero…

– Com'era? Cioè: a piedi o in macchina?

– A piedi. Sono andati in un albergo qui a due passi.

Sarti Antonio, sergente, salta dal letto e si veste piú in fretta che può.

Arriva dalla biondina e la fa salire sull'ottocentocinquanta. Dice la ragazza:

– Di là. Sono all'albergo «Riposo».

L'auto si ferma davanti al povero alberghetto da prostitute; uno di quelli che chiuderebbe se, attorno, non fiorisse la fiorente industria della prostituzione.

– Adesso che facciamo?

– Tu niente. Aspettiamo che esca. Non scendere –. Sarti Antonio, sergente, si mette a fianco della porta e non passa molto tempo che Michele Sterza scende le scale e si ferma, inquadrato nella luce pallida che viene da dentro. Si accorge di Sarti Antonio e cerca di scappare: fa due passi e Sarti lo blocca per la giacca e lo trascina verso l'ottocentocinquanta. Michele urla:

– Che cazzo vuoi ancora da me! Perché non mi lasci in pace questurino dei miei...

– Sta' buono e sali: facciamo due chiacchiere –. Le due chiacchiere cominciano in centrale.

– Io non so niente: avete preso la solita cantonata.

– Perché sei sparito proprio la sera che hanno ucciso il tuo amico e Felicita?

– Avevo paura, va bene? Avevo paura di essere coinvolto: c'era la mia macchina di mezzo, no?

– Giusto. E come mai Pasquale aveva la tua macchina?

– Me l'aveva chiesta a prestito per una sera e io gliel'ho data. Bell'affare! Ma cosa ne sapevo io di dove voleva andare o di cosa voleva fare... Cosa sapevo io?

– E tu dove sei stato quella sera?

– Io sono andato a letto presto perché ero stanco. Provate voi a stare alla catena di montaggio... – E nessuno riesce a tirargli fuori altro.

A casa la biondina si prepara un bagno poi raggiunge Sarti sotto le coperte fresca come una bimba, Quanti anni può avere? Sarti ci pensa un po' e poi lascia perdere: cerca di non fare la figura dell'altra volta. Ma non sa se ci riesce...

Di sicuro, dopo, riesce a fare un buon caffè: la sua specialità. Porta le due tazzine in camera. La biondina siede sul letto, nuda: il seno fresco di ragazzina. Beve e guarda Sarti Antonio. Gli sorride:

– Buono.

– Sí, buono –. Le passa una mano sul seno, delicatamente. La biondina sorride.

Incontro Sarti-Rosas

– I libri?

– Non te li ho portati. Puoi leggere questi –. Rosas sfoglia i due fascicoli dell'indagine che Sarti ha svolto fino a quel momento. C'è tutto: dall'inizio alla fine. La stazione radio dell'esercito, la storia di Felicita Corradini, Michele Sterza, Pasquale Nunno e tutti gli altri. Rosas legge forte, per sé e per il sergente.

Alla fine lascia i due fascicoli sul tavolone e chiede:

– E io cosa c'entro?

– C'entri perché adesso ci sei dentro fino al collo e se non ti aiuti a uscirne, non so cos'altro potrò fare per te. Tanto piú che comincio a dubitare di tutto. Anche di te… – Adesso che lo ha detto, restano in silenzio entrambi. Poi Rosas dice:

– E i due della 500 che stanno cercando? Quelli che, secondo i giornali, dovrebbero essere i miei complici?

– Lasciali perdere: quelli sono colpevoli come me. L'identikit, poi, serve a mio nonno. I due nomi me li sono inventati perché li avevo già lasciati ripartire: non potevo certo raccontarlo all'ispettore capo, no? A questo punto l'unico colpevole che resta a disposizione, sei tu. Felicita Corradini è stata uccisa da un colpo di pistola. La stessa pistola ha ucciso Pasquale Nunno prima che lo gettassero nel burrone assieme alla macchina. Cosa resta? Rosas e i suoi complici: di questo il mio capo è molto contento. Posso assicurartelo.

– Non solo il tuo capo è contento: sono in molti. Comunque, non capirete mai voi della polizia. Vedi di spiegarmi perché avrei ucciso quei soldati… Non è cosí che si fanno le rivoluzioni; non è cosí che si applicano le tesi per i rivolgimenti sociali. Sergente, a noi non servono soldati morti: a noi servono soldati vivi e masse operaie coscienti della loro forza e delle loro possibilità. Non solo qui da noi, ma in tutto il mondo. Di' al tuo ispettore capo e ai soci che lo manovrano che nessuno di noi si muove di casa per andare a uccidere soldati. Ci muoviamo solo per spiegare loro che stanno servendo uno Stato che non è il loro e che se dovranno sparare dovrà essere contro il nemico di tutti: il capitalismo. Di' al tuo ispettore capo che lui è come sei tu, uno dei pilastri di questo capitalismo. Ma neppure lui e neppure te proveremo mai a uccidere. A cosa servirebbe? Via lui e via te, cento altri sono già pronti, preparati ed educati, integrati, per prendere il suo e il tuo posto. Capisci cosa vuol dire rivoluzione? Quella vera, quella che si deve fare? Tutto il resto è merda, populismo, terrorismo che non cambia un accidente –. Antonio Sarti, sergente, non batte ciglio. Anche se ha capito, non batte ciglio. Ricomincia a parlare da dove era rimasto prima che Rosas facesse la sua tirata; come se Rosas avesse detto niente:

– Cosí, se tu vuoi provare a uscire, devi darmi una mano. Perché io, a questo punto, non so proprio cosa pensare o cosa fare...

– Ma allora non sei piú recuperabile. Non hai capito: se hanno deciso che sono io il responsabile, non c'è niente da fare. Poi arriveranno anche gli altri compagni, prima che tu e io... Ma cosa t'importa? – Sarti si arrabbia:

– Di te niente, m'importa! Mi interessa far rimangiare a quel figlio di buona donna dell'ispettore capo... – Si guarda attorno e abbassa il tono. – Mi interessa far rimangiare a Raimondi Cesare i suoi sorrisi di compatimento nei miei confronti. Le sue teorie. Hai capito? E voglio che la smetta di guardarmi come se fossi il cretino di turno da ricoverare...

Si piega in due e si tiene la pancia con le mani. Riprende sottovoce:

– Voglio dimostrargli che se c'è uno che non capisce, quello è proprio lui. Maledetta colite.

Continua a massaggiarsi il ventre in silenzio. Rosas ha preso a fischiettare un suo personale concerto. Poi:

– Ascoltami bene; se non è giusto, interrompimi. Felicita ti ha raccontato che io l'avrei raggiunta prima dello scoppio mentre in realtà è stata lei a raggiungere me. E dopo lo scoppio. Se ha detto questo ci devono essere le ragioni. Cercale. Attorno alla stazione non avete trovato niente?

– Sí, un tale ha sentito abbaiare un cane mezzo cieco e sordo del tutto. Pare che la cosa non si verificasse da chissà quanti secoli. Ci ho pensato solo ora...

– Sarà bene che tu vada a vedere dove si trova quel cane; e cerca attorno. Poi: tu sostieni che sono stati i tre della 128 a fare il massacro e che si sono serviti di Felicita per alibi, ma che poi abbiano deciso di disfarsi di lei o perché li ricattava, o perché non volevano testimoni. Trovi due bossoli di rivoltella mentre Felicita ha solo un buco in testa. Felicita ha sparato a sua volta prima di crepare, non si sa a chi. Difatti c'è un bossolo in piú... Il proiettile che cresce, dov'è? La stessa notte, qualcuno uccide Pasquale Nunno, sempre con un colpo in testa e lo getta in un burrone. Il proiettile che gli trovate addosso viene dalla stessa pistola che ha ucciso Felicita. Allora: c'è una rivoltella che ha sparato due volte e una rivoltella, forse di Felicita, che ha sparato una volta non si sa a chi. È tutto qui?

– No.

– Cosa manca?

– Felicita era coperta di sangue ma non tutto era suo.

– Di Pasquale Nunno?

– Neppure di Pasquale Nunno.

– Bene: è tutto chiaro...

– È chiaro questo qui –. E fa un gesto che non posso spiegarvi perché io sono una persona seria mentre il sergente Sarti, quando è in certe condizioni di spirito, perde ogni senso di civismo e di buona creanza. Rosas fa finta di niente (che forse è un po' piú educato), considera di essere solo e continua a parlarsi addosso sottovoce, che Sarti diventa matto a seguirlo:

– Il proiettile che manca è, presumibilmente, nel corpo dell'assassino dei due. Che poi non so ancora perché debba essere lo stesso che ha fatto saltare la stazione radio... A meno che Felicita non ne sapesse di piú di quello che ha detto. Ma adesso è morta e nessuno può farla parlare. Il che è molto comodo per chissà chi... Quel tipo che li ha uccisi... Può anche non essere lo stesso dell'attentato, fino a prova contraria... e può trattarsi anche di un semplice regolamento di conti, fino a prova contraria... Quel tipo che li ha uccisi, deve essere uno che di armi se ne intende. Gli è bastato un colpo solo per fare secca Felicita e uno solo per far secco Pasquale. È un tipo che sa bene dove tirare, anche se è ferito. Perché è chiaro che Felicita ha sparato per prima, ma senza fortuna, si direbbe, visto che lo ha solo ferito. Conosci un tipo cosí? – Sarti nega con il capo: – Allora devi informarti: chi è stato ucciso prima? Se Felicita o Pasquale. Poi: c'è qualcuno, da qualche parte, che si è fatto estrarre un proiettile dal corpo?...

– E dove?

– Cosa ne so? Non faccio il questurino io. Da qualche dottore, in qualche clinica privata... Perché è chiaro che uno non va in ospedale e dice: toglietemi questa pallottola che mi ha sparato Felicita... Non aprire bocca con quella tua specie di capo, se no è capace di farti sparire gli indizi sotto il naso...

– Ci puoi giurare.

– Poi, devi chiedere a quel tale, all'uomo di Felicita...

– Al Tiroideo.

– ... se Felicita aveva una rivoltella e la portava con sé la notte che... Poi devi informarti su quel tale che hai trovato scritto nel libretto con una grafia diversa: Adriano Gaia, verme. E poi vedi di imparare cos'ha fatto il Tiroideo la sera dell'attentato e la sera che hanno ucciso Felicita e Pasquale. E poi cerca di sapere dov'erano i due amici di Pasquale la stessa sera...

– E poi? – Vuole fare dello spirito, ma Rosas gli urla:

– E poi portami i due libri che ti ho chiesto un mese fa, se no, sparati –. Sgombera il tavolone, butta a terra i due fascicoli e si sdraia. Sarti lo sente fischiettare, mentre, raccolte le carte, se ne va lungo il corridoio di San Giovanni in Monte. Qualcuno, lí dentro, deve avere già le tasche piene di questo fischiettare...

Rivolta in carcere

Felice Cantoni, agente, pulisce il vetro anteriore dell'auto 28, mentre il sergente si allontana con il contadino del cane cieco e sordo. Vanno verso un porticato, lontano dalle case coloniche. Felice parla all'auto 28:

– Come stiamo a olio? Sarà meglio dare un'occhiata. Quelli dell'officina non sanno neanche se ci sei... – Apre il cofano.

Sarti sarà distante cento metri. Il contadino gli dice:

– È qui. Il cane è sotto quel porticato –. Si avvicinano, ma per il cane è come se non fosse arrivata anima viva. Solo quando Sarti gli passa a due dita dal naso comincia ad abbaiare: cieco e sordo. Sarti guarda un po' in giro, poi sale la scala a pioli che c'è sul fondo del porticato.

Una scala a pioli che lo porta al piano di sopra, dove tengono il fieno. Però adesso è quasi vuoto. Di qui, in linea d'aria, ci saranno tre o quattrocento metri e poi si vede quello che è rimasto della stazione radio. Si vedono le macerie attraverso una finestra, senza infissi, sul fianco del fabbricato. In terra, proprio sotto la finestra, un bel po' di cicche; come se uno fosse stato qui ad aspettare per chissà quanto tempo. Ne raccoglie qualcuna: sono Gitanes. Francesi, senza il marchio del monopolio italiano: Vengono direttamente dalla Francia. Sarti comincia a ragionare a voce alta:

– Di qui possono benissimo aver trasmesso il pezzo alla stazione prima di farla saltare. E da questa distanza, basta una trasmittente da niente da tenere in tasca. Naturalmente nessuno della polizia ha messo piede qui, durante le ricerche. E poi si meravigliano se non riusciamo a combinare...

Felice Cantoni, agente, lo sta chiamando. Lo vede che gesticola, sulla strada. Al contadino dice:

– Ho visto, grazie tante.

– Di niente. Io avevo già detto con uno della polizia che il cane aveva abbaiato, ma non mi ha creduto: c'è gente che pensa di essere il padreterno...

– Lo so, cosa ci vuoi fare... – Raggiunge Felice che sta sempre ad agitarsi:

– Dobbiamo andare. Hanno chiamato: c'è un gran casino alle carceri di San Giovanni in Monte... – Partono:

– Dicono che stavano prendendo aria nel cortile...

– Chi?

– I detenuti. Poi, a un certo punto, si sono tutti messi a gridare... Non so altro.

– Ci mancava anche questa, ci mancava –. Ma Felice non gli ha detto ancora tutto. E quando lo dice, Sarti perde la calma:

– Hanno chiesto cosa stavamo facendo...

– Chi?

– Loro, quelli della centrale.

– E tu glielo hai detto?

– Ho detto che non lo sapevo...

– Hai parlato che eravamo qui?

– Per forza: hanno voluto sapere la nostra posizione...

Quando l'auto 28 arriva alle carceri di San Giovanni in Monte, tutto l'edificio è circondato dalle forze dell'ordine. Sarti chiede:

– Cos'è successo? – L'ispettore capo, per poco, non lo prende a morsi. Gli urla proprio sul naso che Sarti sente l'alito cattivo:

– Cosa vai in giro? Cosa c'è ancora ai Colli che non hai visto?

Sarti vorrebbe magari dirgli che è andato a cercare il portafoglio, ma quello è una bestia:

– Non hai ancora capito che devi smetterla di fare di testa tua? Ecco: guarda il tuo Rosas. Guarda il casino che ha combinato... – Sul tetto delle carceri ci saranno venti o trenta detenuti: urlano e battono con i piatti di latta. C'è anche Rosas: non si può sbagliare. Quella sagoma e gli occhiali: non si può sbagliare. Difatti è proprio lui che getta un biglietto verso le forze dell'ordine. Viene subito raccolto. C'è scritto: «1°: libertà a tutti i detenuti di scegliersi le proprie letture e i propri giornali; 2°: permesso di discutere di politica durante le ore di ricreazione; 3°: possibilità di parlare con i secondini sulla gestione delle carceri; 4°: costituzione di una commissione di detenuti per continuare le trattative sia per il miglioramento delle condizioni sia per una maggiore libertà politica all'interno delle carceri...» L'ispettore capo non finisce di leggere che subito si mette a urlare:

– Vi sistemo io a voi e alla vostra libertà politica... Una manica di delinquenti... Feccia della società.

Quando partono i primi candelotti, Sarti se ne va lontano: aspetta che finisca per andare a trovare Rosas. Nell'infermeria del carcere; su un lettino, attorno altri detenuti. Rosas, senza occhiali e con gli occhi arrossati dai gas, sembra piú miope del solito. Ha un braccio fasciato e posato su un cuscino. Sarti Antonio, sergente, lo guarda per un po' senza parlare e poi fa per uscire. Scuote il capo e torna verso il lettino. Rosas ha chiuso gli occhi perché devono bruciare maledettamente. Sarti dice:

– Guarda qua –. Porge una manciata di cicche. Rosas apre gli occhi e cerca di distinguere; non ci riesce per vari motivi: per gli occhiali che non ha sul naso e per le lacrime dei gas.

Desiste e chiede:

– Che roba è?

– Cicche: le ho trovate sul posto dal quale hanno trasmesso. Hanno fumato e poi se ne sono andati. Tu fumi?

Rosas non lo degna di risposta e, visto che ha cominciato, Sarti Antonio finisce:

– Hanno trasmesso da un portico a tre o quattrocento metri dalla stazione. Hanno fumato di queste e poi se ne sono andati –. Rosas fa di sí col capo; che ha capito. Prima di andarsene, Sarti dice, ma solo per se stesso:

– Che cavolo sei andato a combinare in carcere? Che cavolo

ti è venuto in testa? Non ne hai abbastanza di guai? Ci voleva anche questa storia della rivolta in carcere, adesso. Sentirai i giornali: ci voleva proprio.

L'auto 28 lo scarica davanti a casa: si cambia ed esce ancora. Chissà perché gli è tornata in mente la biondina. La trova al solito posto e la carica. È lei che gli dice:

– Non hai paura che ti vedano?

– Fuori servizio faccio i comodi miei –. Lo dice, ma non ne è tanto sicuro. Infatti si guarda attorno, per precauzione: non si sa mai. La biondina si spoglia subito e sorride; è una bellezza vederla quando sorride cosí. Chissà, pare molto giovane. Come sarà ridotta fra qualche anno? Può anche fare una brutta fine... Non ci pensa appena quella gli viene sopra. Nuda, fresca come una donna seria; che razza di distinzione: una donna seria! Sarti, a volte, ragiona come un razzista.

Auto 28: sorvegliata speciale

– Auto 28, comunicare la posizione.

Sarti Antonio bestemmia come un infedele e urla nel microfono:

– Duecento metri da dove eravamo trenta secondi fa quando me lo avete chiesto –. Silenzio dall'altra parte. Poi: – Sono le disposizioni. Dovete comunicare ogni spostamento.

– Avete paura che ci perdiamo? – Dall'altra parte nessuno gli risponde. Sarti chiude poi dice:

– Ispettore capo dei miei! Ha paura che gli scombini i suoi piani e gli mandi a monte il castello che ha costruito attorno a Rosas –. Prende le due foto dell'identikit che stanno sul cruscotto e le butta nel portacenere:

– Come questi due: chissà dove vanno a trovarli –. Felice Cantoni, agente, non fiata. Guida lento, ma sempre con gli occhi aperti.

– Fermati –. Scende ed entra nella libreria Rizzoli. Non trova i due libri che gli ha chiesto Rosas. Prova da Cappelli: stesso risultato.

Prova in tutte le librerie che incontra: niente. Gli resta Feltrinelli, ma non decide; lo conoscono e non ha nessuna voglia di andarci a comprare Lenin e Majakovskij; anche se non sa chi sia questo Majakovskij. Lenin lo conosce bene, almeno per sentito dire.

– Auto 28… – Non li fa finire:

– Siamo in Piazza Ravegnana, davanti alla libreria Feltrinelli e credo che andrò a comprare un paio di libri, se non ci sono difficoltà –. Scende. Felice Cantoni chiude gli occhi, incassa la testa fra le spalle e aspetta il botto della portiera. Arriva. Felice parla piano:

– Pazienza. Succede, qualche volta... Poi vediamo cosa si può fare.

Accarezza il volante e pulisce, con uno straccetto giallo, il cruscotto e il vetro del tachimetro.

In libreria, Sarti viene subito riconosciuto e salutato. C'è anche uno che lo chiama sergente. Ci mette diciotto minuti prima di decidersi e quando lo fa, parla tanto piano che deve ripetere due volte.

– Glieli incarto? – Fa segno di sí con la testa. Quando sale in auto, Felice gli tiene lo sportello e lo richiude piano. A Sarti non era mai successo che gli tenessero lo sportello aperto, ma non ci fa caso perché ha troppi pensieri. L'ispettore capo non lo lascia in pace un momento; sempre sotto controllo; non vuole che si muova e lo inchioda in quell'auto 28 maledetta. Lascia andare una pedata all'auto, da seduto com'è.

– Perché?

– Perché ne ho piene le tasche di quest'auto. Tutto il giorno seduto qui dentro. Ho certe cose da fare io...

– Ma lei, la macchina, che colpa ne ha?

– Ho da fare certe cose ed è un mese che ci provo. Devo parlare con il perito che ha fatto la necroscopia a Felicita e a Pasquale; devo andare... – E la smette perché tanto è inutile continuare a discutere.

– Perché non chiedi all'ispettore capo il permesso per continuare le indagini? – Felice Cantoni, nella sua innocenza è anche sciocco:

– Già, è una buona idea –. E non apre piú bocca. – Auto 28, comunicare la posizione... – Sarti non fiata. – Auto 28, comunicare la posizione.

È Felice Cantoni, agente, che prende il microfono:

– Stiamo dirigendo verso porta Galliera da via dell'Indipendenza...

Un attimo di silenzio e poi, di là, riprendono: – Il sergente è lí con te?

– Sí.

– Perché non risponde lui?

– Credo… stia poco bene. Ha una brutta colite –. Ancora un po' di silenzio e poi: – Perché non si cura? Forse dovrebbe andare in malattia per un po'. Che ne dici, sergente?

– Fatti… – Il guaio è che la colite si fa sentire sul serio e sempre piú spesso.

L'auto 28 ferma davanti alla Casa di Cura Villa Erbosa. Sarti dice:

– Se mi cercano, sono al cesso –. Scende: ha ancora parecchie cliniche private da visitare. Poi gli restano sempre i medici, quelli che operano a casa loro e che possono anche non denunciare una ferita da arma da fuoco. Ce n'è qualcuno e Sarti lo conosce. Ma ci vuole un sacco di tempo per fare tutto quello che Rosas gli ha suggerito: adesso che lo tengono d'occhio e non gli lasciano fare un passo. Neanche fosse un delinquente. O fosse lui, Sarti Antonio, il criminale dell'attentato.

Indagini private

Chiede di parlare con il Tiroideo e gli rispondono che non c'è piú, è fuori, l'hanno dimesso. Sarti diventa verde e parte. Va dall'ispettore capo. Chiede, con educazione:

– Perché è stato rimesso in libertà il noto pregiudicato Gualtiero Vice detto Tiroideo?

– Perché non c'era motivo di tenerlo dentro; perché non c'è niente a suo carico, è vero come si dice.

– Come non c'è niente? Non ha alibi per la sera dell'esplosione; non ha alibi per la sera che hanno ucciso la sua donna... – L'ispettore capo sorride e parla a Sarti con una certa pazienza, come si parlerebbe a un bambino scemo:

– Vedi caro Sarti, nessuno ucciderebbe la donna che gli procura il cibo, la casa e l'automobile, è vero come si dice.

– Ma come si fa a metterlo fuori? Come si fa? E Rosas? Sono mesi che lo tenete a marcire là dentro, senza nessun indizio a carico. Solo per delle idee, cosí... – L'ispettore capo adesso non è piú sorridente:

– Delle idee cosí? E tu le chiami idee cosí? Lo ha riconosciuto una donna. Lo hanno visto scappare...

– Rosas non fuma né sigarette italiane né sigarette francesi. Rosas non sa niente di esplosivi. Rosas è dentro perché... – Si ferma in tempo perché tiene ancora al suo lavoro. Come il Tiroideo tiene al suo, io tengo al mio e voi al vostro. O mi sbaglio? L'ispettore gli ride in faccia. Chiede:

– Perché?

– Niente. È dentro e basta. Ma non è stato lui.

– E chi lo dice?

– Lo dico io.

– Ecco, bene, appunto: lo dici tu. Solo tu. Adesso fuori che devo lavorare, è vero come si dice? – Nessun accenno alle sigarette che ha detto Sarti. O non ha capito o ha fatto finta di non capire. Oppure sta già pensando di chiarirlo personalmente quel fatto. Sarti bestemmia, dentro, per essersi lasciato andare con la storia delle sigarette. Comunque va al bar dei ruffiani (è Sarti che lo chiama cosí, non io). Ci va di sera, fuori servizio, in modo che nessuno lo può tenere sotto controllo con «auto 28 comunicare la posizione». Prima passa a salutare la biondina. È lí, sempre sorridente e con il solito bel visino fresco. Si chiede come può sorridere con quel lercio mestiere che fa... A lui, il mestiere, ha fatto venire la colite e niente altro: non riesce piú a sorridere neppure se gli raccontano una barzelletta nuova. Ha perso il gusto alla vita. Ma è quell'ispettore capo che gli rompe tutto. Sarti vorrebbe vederlo soffrire un po' e poi morirebbe felice. La biondina lo saluta:

– Ciao.

– Se mi aspetti un minuto... Prima voglio parlare con Tiroideo –. La biondina scuote il capo:

– Non lo trovi. È un po' di tempo che non lo vediamo. Da quando è morta Felicita. Avrà cambiato mestiere.

– Vado al bar. Chissà che qualcuno non sappia dove si è fatto la tana.

Entra: anche qui, ormai lo conoscono. Tant'è che il barista lo saluta con un sorriso largo cosí. Gli sorridono tutti, questa sera.

– Dov'è l'uomo di Felicita?

– Non si vede piú, capo. Non si vede piú da allora... – Serve un paio di caffè e aggiunge:

– Dopo che lo hanno rilasciato, non si vede piú. Almeno di sera.

– E di giorno? – Il barista gli mette un caffè sul bancone e lo zucchero vicino:

– Quasi tutti i giorni. Ha messo su una Citroën GS 1000. Da quando è morta quella, si è tolto dagli stracci lui... – Sarti si beve un caffè che non aveva ordinato ed esce senza pagare. Dice fra sé:

«E chi glielo aveva chiesto?» Carica la biondina e ci va a letto.

Spera che la colite lo lasci vivere, almeno mentre gioca con la biondina. Quella si spoglia e dice:

– La mia sarà una vita schifosa, ma anche la tua. Senza un cane che ti sistemi la casa. E non sarebbe una brutta casa se qualcuno ci mettesse le mani piú spesso –. Sarti non la fa finire. Ne ha voglia, subito, e la colite non gli dà fastidio. Cosí ne approfitta.

Davanti al bar dei ruffiani c'è una Citroën GS rossa. Una 1000. Sarti prova lo sportello, ma è chiuso. Prova l'altro e sente che il Tiroideo gli urla, dalla porta del bar:

– Cosa stai facendo tu… – Poi riconosce Sarti e cambia tono. Dice:

– Buon giorno, signor sergente. Credevo fosse qualche deficiente che ci provava…

– E invece sono solo io, guarda un po'… – Sale sulla GS 1000 rossa e aspetta. Entra anche Tiroideo:

– Cosa vuol dire? Questa è casa mia. Non credo si possa fare…

– Bella. Consuma molto? Si dice sempre cosí, no? quando uno che conosciamo si è fatta una macchina nuova. Non che a me interessi il consumo della macchina degli altri… Poi si chiede del bollo e dell'assicurazione.

– Sono in regola. Libretto, tassa di circolazione, assicurazione. Tutto –. Gli sbatte in mano la patente. Sarti l'apre e legge: Gualtiero Vice, nato a Bologna il 17 luglio 1934; residente a Bologna, Via del Frassinago 25. Gli restituisce la patente e gli chiede:

– Dove li trovi i soldi? Hai anche un bel vestito, vedo.

– Sono fatti miei.

– Bene, bene. Vedremo se sono proprio fatti tuoi –. Si vede che Tiroideo ha cambiato idea perché comincia:

– Insomma, erano di Felicita. Quella non mi dava mai una lira. Adesso me li godo tutti io. Alla faccia sua.

– Le volevi proprio bene, vedo. È per i suoi soldi che l'hai uccisa?

Tiroideo (lo chiamo ancora cosí perché ormai mi ci sono affezionato), Tiroideo spalanca ancor piú gli occhi:

– Cos'è?

– Senti, mi sono informato: la sera dell'attentato alla stazione radio, qui nessuno ti ha visto. La sera che è stata uccisa Felicita, dopo che io me ne andai con il libretto che mi avevi consegnato tu…

– Io non ho consegnato niente: me lo ha strappato lei il libretto. Adesso lo rivoglio. Io posso denunciare il fatto…

– … dopo che io me ne andai con il libretto che mi avevi consegnato tu e sul quale segnavi i numeri di targa e le altre cose, sei sparito dalla circolazione e nessuno ti ha piú veduto fino al giorno dopo. Adesso sei pieno di soldi. Due piú due, uguale a?… Uguale a?…

– Quattro. Ma io non c'entro niente. Sono andato a letto tutte due le sere. E in questura mi hanno creduto perché mi hanno rimesso fuori.

– Giusto, ti hanno creduto. Ma non tutti: c'è qualcuno che non ti ha creduto. C'è qualcuno, testone, in questura che non ti crede. E neanche io ti credo, se proprio vuoi che te lo dica –. Esce dalla Citroën GS 1000 e guarda la sua ottocentocinquanta Fiat, cinque anni, sessantaseimila chilometri, la fiancata sinistra scassata, il paraurti anteriore storto eccetera, eccetera…

– Dimmi un po', dove posso trovare quel tale… quel tale Adriano «verme» Gaia?

– Non so chi sia…

– E perché è segnato su quel tuo libretto?

– Non l'ho segnato io: è stata Felicita.

– E tu non le hai chiesto chi fosse?

– Io gliel'ho chiesto; mi ha risposto: «Un tale. Uno che conosco». Non mi ha detto altro –. Sarti pensa a voce alta, come fa sempre:

– Gualtiero Vice, di professione mantenuto, pieno di soldi, attualmente disoccupato. Dov'è la rivoltella di Felicita? – Quello sembra non abbia capito bene. Esce anche lui dall'auto e chiede:

– Come?

– La rivoltella di Felicita, dov'è finita? – Tiroideo è in crisi. Si vede lontano un chilometro che non sa cosa rispondere. Allora Sarti Antonio, sergente, tira una pedata sulla fiancata della Citroën GS 1000 e Tiroideo chiude gli occhi. Inghiotte l'amaro che gli viene in bocca. Cosí, quando Sarti sta per mollare un altro calcio alla fiammante Citroën GS 1000 s'affretta a dire, prima che arrivi la catastrofe:

– Non lo so. La teneva nella borsetta e credevo l'aveste trovata voi...

– Da quanto tempo la portava dietro?

– Da un paio di giorni dopo l'affare di quei tre delinquenti che l'avevano piantata in mezzo alla strada. E poi, c'era anche quella donna in macchina... – Si morde il labbro inferiore e chiude gli occhi. Sarti chiede ancora:

– Dimmi di questa donna che salta fuori adesso.

– Niente, niente di strano, nel nostro mestiere...

– Nostro?

– Nel mestiere di Felicita, voglio dire. A volte si incontra gente anormale. E poi, l'ho già detto all'ispettore capo...

– Dillo anche a me che sono solo sergente –. E lascia andare un'altra pedata alla Citroën GS 1000, proprio sulla portiera anteriore. Tiroideo si affretta:

– Ecco: da un po' di tempo veniva tutte le sere una donna con i capelli rossi. Si metteva ai lati della strada, dentro una 500 chiara, e non faceva altro che guardare Felicita. Cosí, ecco, Felicita era un po' preoccupata e mi aveva chiesto di procurarle una rivoltella... Quella poteva anche essere un travestito...

– Sí, sí: potevo anche essere io –. Tiroideo si mette a ridere. Dice:

– Sí, poteva anche essere il sergente Sarti travestito.

– Ne hai parlato all'ispettore capo... Felicita Corradini aveva ragione: è meglio essere prudenti –. Se ne va perché ha molte cose da sbrigare e se non le fa oggi che è domenica, chissà quando finisce…

Di gente che si fa togliere pallottole dal corpo senza che si venga a sapere in giro, secondo Sarti, non ce ne dovrebbe essere molta.

Invece lui ne trova cinque. Cinque individui che, nel giro di poco tempo, si sono fatti togliere una pallottola di dosso da medici poco seri. Che tempi! Per tre di loro è successo prima della morte di Felicita e quindi niente da dire. Cioè, intanto andrebbero arrestati in attesa di sapere come mai avevano delle pallottole di rivoltella sotto la pelle. Ma Sarti non lo può fare perché non saprebbe cosa raccontare all'ispettore capo e poi perché non gliene importa niente, almeno per adesso che ha altre cose da fare piú importanti. Per gli altri due, è successo pochi giorni dopo la faccenda di Felicita. Uno di loro si chiama Federico Barti e l'altro Giacomo Casetti. Intanto, il tempo passa, Rosas è sempre dentro, le ferite dei due si sono già chiuse, le pallottole chissà dove sono finite e via di questo passo. Ma Sarti Antonio, sergente, continua con la sua inchiesta privata e con la sua colite cronica, fra un viaggio e l'altro a bordo della stramaledetta auto 28, che le scoppiassero le valvole, il giunto, il parastrappi e la scatola del cambio.

– Ferma questo cesso –. E Felice Cantoni, agente, inchioda vicino al marciapiede. Chiede:

– Cosa c'è? – Sarti scende.

– Aspetta qui –. Sono le otto di sera e la gente per bene dovrebbe essere a tavola. La gente per bene, non lui. Cosí suona al secondo piano dove c'è un cartellino in bronzo con la scritta Adriano Gaia.

Manca «verme». L'indirizzo lo ha trovato all'anagrafe e gli è costato piú di tremila lire che nessuno gli rimborserà mai piú. Garantito. Quello che gli apre deve proprio essere Adriano Gaia perché se non è un verme quello… È liscio come un verme; magro e lungo come un verme; gli occhi piccoli e vicini al naso affilato. Non so come siano gli occhi dei vermi perché non ci ho mai fatto caso, ma devono essere proprio come quelli di Adriano Gaia. E anche il naso, se i vermi hanno naso... Sarti chiede:

– Come va? – Quello non risponde e aspetta, sulla soglia, senza lasciarlo entrare. Cosí Sarti deve fargli vedere la tessera. «Verme» allora lo fa entrare nella mela, cioè in casa, e Sarti si meraviglia che non sia venuto ad aprire il maggiordomo: quella è una signora casa, altro che mela.

– Di cosa si tratta? Stavo mangiando e se non è una cosa importante...

Sarti capisce subito che qui c'è del duro e che il «verme» deve avere molti amici. Dice:

– Ce la caviamo subito. Lei conosceva Felicita Corradini?

– Sí –. Come sí! Sarti sta un poco a pensare e poi:

– Come e quando l'ha conosciuta?

– Non ricordo: credo di averla conosciuta da sempre. Durante la guerra mi pare e lei era una bimba...

– Sa qual era il suo lavoro? Voglio dire, adesso? – Il «verme» fa segno di sí con la testa.

– E l'ultima volta che l'ha vista? – Il «verme» si mette un dito sulla fronte e socchiude gli occhietti da verme: si concentra.

– Molto, molto tempo fa: anni, credo.

– Motivo? – Quello fa un altro sorrisetto come per dire: «se ho voglia di donne, non vado a prostitute come fai tu; ho altra merce sotto mano io...» Poi dice:

– Non per quello che pensa lei. Mi pare avesse bisogno di un favore... – Sarti gli mostra il libretto, cosí, che veda il «verme», scritto bello chiaro vicino al nome «Adriano Gaia». Chiede:

– Come mai c'era il suo nome qui, sul libretto di appunti della donna?

Il «verme» alza le spalle, cioè, non le spalle perché i vermi non hanno spalle, come non le ha lui, ma alza quelle cose che gli stanno ai lati della testa:

– Forse voleva tornare a chiedermi un altro favore. Ho molti amici, io. E in alto –. Se vuoi capire, Sarti... Sarti capisce e toglie il disturbo. Prima però chiede:

– Può dirmi dov'era lei la sera del 26 luglio?

– Si, posso dirglielo: ero a Cadaqués, Spagna, Hotel Mediterraneo, stanza 27. Ho preso molto sole –. Niente da fare con questo tipo. È un duro. Giú, chiede a Felice Cantoni, agente:

– Hanno chiamato quelli della centrale? – Felice Cantoni, agente, fa no con la testa.

– Bene, stanno allentando la sorveglianza all'auto 28: buon segno.

A che punto sono le indagini ufficiali e un discorso sui giornali

Il tempo passa che è una bellezza e nessuno parla piú dell'attentato alla stazione radio dell'esercito, né di Felicita Corradini, prostituta defunta, né di Pasquale Nunno, terrorista, né di Rosas, imputato di strage, massacro, rivolta in carcere e chissà cos'altro ancora. Non è proprio esatto, perché, qualche volta sui giornali di destra, si tira fuori la storia che un tale Rosas, terrorista-assassino-criminale è in carcere in attesa che i suoi complici lo raggiungano e in attesa anche del meritato castigo. Sui giornali di centro, invece, si dice che Rosas è certamente l'assassino dei quattro soldati; che è un cinico criminale, che non si pente del male fatto alla società in generale e alle famiglie povere dei militari in particolare; che anzi, invece di pentirsi, si dà da fare anche in carcere per creare subbugli, sofferenze e via cosí…

Su quelli di sinistra si dice che sí, Rosas può anche essere il delinquente che ha fatto saltare la stazione radio, ma che, prima di accusare cosí la gente, ci vogliono, come minimo, le prove di quello che si dice. Ci sono poi i giornali di centro- destra-sinistra-sopra-sotto-davanti-dietro che si chiedono cosa diavolo aspettino le autorità competenti ad assicurare alla giustizia i complici sparsi un po' in tutta l'Italia. E che fine hanno fatto i due famosi indiziati della cinquecento che non si trovano.

Il fatto che i due non si trovino, ha dato molto da pensare all'ispettore capo che ha anche parlato della cosa con Sarti e gli ha fatto l'esame identikit almeno sedici volte: sempre lo stesso risultato. Il nonno e la zia della madre di Sarti Antonio, sergente. Cosí, l'ispettore capo Raimondi Cesare dice a Sarti:

– Io credo che non li troveremo piú, è vero come si dice.

– Non lo so.

– Li avevi in mano e te li sei lasciati scappare... Non possono essere spariti.

– Chissà...

– E non possiamo tenere in sospeso per sempre le indagini e il processo a quel Rosas. Dobbiamo concludere: la gente, i giornali, è vero come si dice.

– Giusto: e non possiamo neppure tenere in sospeso due omicidi...

– Di chi parli?

– Di Felicita Corradini e di Pasquale Nunno...

– Cosa m'importa di quei due...

– Idiota. Ignorante –. Glielo urla quando è a casa sua, completamente vestito e chiuso nel cesso a pensare. – Solo un idiota ignorante può pensare che quei due omicidi non c'entrano con l'attentato. Idiota. Ignorante.

Non serve, ma tira l'acqua: può urlare forte, tanto nessuno lo sente. Neppure gli inquilini.

Per tornare ai giornali. Che parlino a quel modo, è piú che normale: nessun giornalista dice quello che pensa. Dice soltanto quello che vogliono il direttore e il padrone del giornale e poiché, sia al padrone che al direttore va bene che Rosas sia dentro in rappresentanza di tutti i terroristi, si può in tutta tranquillità parlare di lui come di un delinquente.

Per quello che ne so io, potrebbe anche esserlo, dal momento che non si può prendere per oro colato ciò che va raccontando a Sarti. Da parte sua, Rosas si diverte molto e legge tutti i giornali: del tempo ne ha quanto ne vuole, visto che Sarti non gli ha ancora portato i libri che gli aveva chiesto. A Sarti non posso dargli torto.

Si è vergognato come un delinquente quando è andato a comprare quei due libri da Feltrinelli e, adesso, almeno, vuol leggerli. Vuole sapere di cosa si tratta. Vorrei vedere voi andare da Feltrinelli, dove tutti sanno che siete di quelli che picchiano in piazza, davanti alle scuole, alle fabbriche, all'università e dire, chiaro a voce alta: «Mi dia un Lenin e un Majakovskij».

Cosí Rosas è costretto a leggere tutti i giornali che passa il convento, dalla prima all'ultima riga. Perché, qualsiasi cosa dicano i disfattisti di questa nostra società moderna, in prigione c'è libertà di leggere sia «Il Resto del Carlino» che «L'Avvenire», sia «La Stampa» che il «Corriere della Sera». E adesso che hanno fatto quel caos di rivolta che vi ho detto, gli passano anche la «Domenica del Corriere», «Bolero teletutto» e «Grazia». A chi ne faccia richiesta, possono anche dare «Mani di Fata». È da questi giornali che Rosas impara, per esempio, che Milva e Mario Piave hanno delle grane, non vanno piú molto d'accordo e, forse, non si amano piú; che «un pacco esplosivo uccide a Londra un israeliano»; che «le indagini sull'attentato alla stazione radio proseguono in tutte le direzioni»; che «a Venezia è tempo di canzoni»; che «si rifà il pavimento della chiesa dei Servi». Per quest'ultima notizia c'è anche un paio di fotografie. E poi: «Nel Cimitero della Certosa scoperta una centrale della droga. Nel sottotetto dei vecchi fabbricati cimiteriali che, verso il Mille appartenevano all'antico convento dei cappuccini e che ora, invece, sono adibiti a sepolcri, sono state rinvenute fiale, siringhe e cotone idrofilo. Il sottotetto dei fabbricati rappresenta un vero e proprio labirinto, praticamente sconosciuto a tutti e difficilmente accessibile. Per questo si fa strada l'ipotesi che un gruppo di persone, dedite alla droga, utilizzassero i segreti sottotetti della Certosa appunto per le pratiche illecite.

«Il luogo nel quale si sono rinvenuti gli oggetti, appartato e difficilmente raggiungibile, era provvisto di panni, paglioricci, candele.

Si fa anche strada l'ipotesi che vi si tenessero delle vere e proprie orge. Il nascondiglio è stato scoperto casualmente in seguito al sopralluogo ad alcune strutture del coperto da parte dei tecnici comunali. Le autorità stanno esaminando i reperti per stabilire la loro provenienza e la qualità. Com'è noto, durante la guerra, nei sottotetti del Cimitero della Certosa avevano trovato rifugio e sicuro asilo, centinaia di partigiani che sfuggivano cosí ai rastrellamenti dei tedeschi, nonostante questi avessero piú volte tentato di individuarne il nascondiglio compiendo anche improvvise irruzioni nella Certosa stessa. Il labirinto aveva cosí salvato molti partigiani che, durante la notte, potevano uscire indisturbati dal nascondiglio per compiere le loro azioni di guerriglia. Ora pare che il sottotetto sia stato trasformato in luogo di ritrovo per giovani diseredati senza fissa dimora che hanno cosí profanato, oltre che il luogo sacro, anche le memorie della nostra Resistenza. Alle Autorità competenti il compito di far luce sulla macabra, allucinante e fosca vicenda».

Ditemi voi se questo è il modo di scrivere. Mi piacerebbe parlare come scrivono i giornali. Sentite un po': «Ieri mattina, mentre mi recavo sul posto di lavoro, mi imbattevo in una prostituta che, senza tener conto della presenza dei miei superiori, mi faceva proposte scurrili e allettanti allo stesso tempo, alle quali io cedevo non senza aver prima avvertito della cosa le competenti Autorità. Mi assentavo quindi momentaneamente dal mio posto di lavoro per espletare le formalità del caso, dopodiché riprendevo la mia attività in seno alla società...» Non è bello? Rosas si diverte. Anche perché, dove si trova adesso lui, non ci sono altri modi di divertirsi.

Rapporto Sarti-Rosas

L'ispettore capo Raimondi Cesare guarda le carte sparse sul tavolo ma Sarti ci scommetterebbe che non le vede. Vede rosso, a giudicare dalla faccia. È da un po' che quello vede rosso dappertutto. Poi, parte con degli urli che li sentono fino al portone. Ma Sarti non si sbilancia: ha delle notizie che quello non immagina neppure.

– E cosí, dobbiamo indagare ancora, è vero come si dice? E cosí noi siamo tutti dei cretini, è vero come si dice, e solo tu... E cosí vai in giro a rompere le tasche al prossimo, senza che nessuno ti abbia autorizzato... E cosí ti fai i fatti tuoi in servizio, anziché pensare a quello per il quale sei pagato... E cosí, è vero come si dice... – Non ha piú fiato e si ferma a riprenderlo; poi ricomincia piú forte di prima, se fosse possibile:

– Ma lo sai chi è Adriano Gaia? È un pezzo grosso... È uno che ha combattuto, è vero come si dice, e che conosce tutti i pezzi grossi: deputati di destra, sinistra e centro, è vero come si dice. Tu vuoi metterti nei guai e a me non importa; ma non devi metterci anche me. Chiaro? Ho parlato chiaro, ho parlato? Sai da chi è andato a protestare quello? Dal Prefetto, hai capito? Dal prefetto. Cosa ti è venuto in mente di andare a interrogare Adriano Gaia?

– Detto verme...

– ... detto verme! E allora? E allora? – Sarti ci prova:

– Posso dire la mia?

– No! Tu non devi piú parlare neanche quando io ti dirò buongiorno, se mai un giorno te lo dirò. Sai dov'era quel Gaia quando è successo il fatto della stazione radio? Credi proprio che qui, in questura, siamo tutti cretini come te? Abbiamo controllato gli alibi di tutti i sospetti, anche quelli che hai dimenticato tu. Capito? E adesso, fuori: va in ferie, va dove ti pare; curati la colite, fatti ricoverare in clinica, al manicomio, dove ti pare, ma che io non debba piú parlare con te almeno per tre mesi –. Sarti Antonio, sergente, fa per uscire, ma quello non ha ancora finito:

– ... e poi c'è una denuncia a tuo carico. Molestia, abuso di potere, perquisizione non autorizzata... In gamba, sergente, in gamba.

– E chi ha fatto la denuncia?

– Gualtiero Vice...

– Tiroideo! Maledetto figlio di...

– Adesso e fino a prova contraria, quello è un cittadino uguale agli altri e come tale lo devi trattare. Chiaro? – Sarti vorrebbe parlare ma non ci riesce. Ci rinuncia. Inutile dire che anche Rosas è un cittadino come gli altri ed è inutile parlare dei risultati delle indagini che lui ha fatto per conto proprio. Finirebbe come al solito. Chiede solamente:

– Qualcuno sapeva che Felicita Corradini era tenuta d'occhio da una donna coi capelli rossi, tutte le sere?

– Si sapeva, si sapeva. E con questo? Uomini e donne anormali se ne trovano dappertutto –. Anche qui dentro. Ma invece dice, prima di uscire:

– Ci sono tante prove che nessuno si dà la pena di considerare. Ci sarebbe da ragionarci sopra un anno –. Per cui se ne va a smaltire la colite nel cesso privato, a casa sua. Troppe cose, una dopo l'altra; alcune slegate, altre legate... Troppe cose: e Sarti Antonio, sergente, non riesce a condizionarle tutte. Bestemmia. Dovrà parlare con Rosas, un giorno o l'altro. Ma non è ancora il momento. Ci sono altri punti da chiarire prima. Per esempio: era proprio in Spagna Adriano «verme» Gaia, quando è saltata la stazione radio sui colli?

Ha una gran voglia di rompere le scatole a questo Adriano «verme» Gaia, ma si limita a seguirlo e a sperare che quello non se ne accorga: è un osso troppo duro per Sarti Antonio, sergente, che fra l'altro, neppure ha fatto la Resistenza. «C'è da vergognarsi, gli ho detto già parecchie volte. Alla tua età non hai fatto la Resistenza». Lui mi risponde che, a quel tempo, aveva paura ed è rimasto nascosto sotto terra durante tutta l'occupazione tedesca. Neanche in Certosa, nei sottotetti; proprio sotto terra, chiuso in una botte. Deve essere stato lí che ha preso la colite. Quella umidità. Poi un giorno si accorgerà di avere anche i reumatismi, sempre per via dell'umidità presa in quella botte. «Dovevi fare la Resistenza, combattere!» Adesso però sta seguendo Adriano «verme» Gaia che, invece, ha fatto la Resistenza. Solo che «verme» prende sottobraccio un bel pezzo di berta mora, sale sulla 500 di lei e se ne vanno. Antonio Sarti è a piedi e non può seguirli. Resta sotto il portico, davanti alla porta dov'è uscita la berta mora; resta a guardare i due che si allontanano. La portinaia gli passa sui piedi con la scopa, senza chiedere permesso.

– Dov'è andata la signora...

– La signorina Caterina Allui...

– Ecco, proprio lei. Dov'è andata? Avevo appuntamento e l'ho vista uscire... – La portinaia si appoggia alla scopa e lo guarda in faccia:

– È per una puntura?

– Sí, è per una puntura –. Riprende a scopare i piedi a Sarti:

– Si vede subito che lei è malato. Se le aveva dato appuntamento, tornerà subito. Quando prende un appuntamento, la signorina non lo dimentica –. Se ne va a pulire il cortile, le scale, l'atrio, l'ascensore, le cantine, i garage e tutto il resto; cosí Sarti ha tempo per salire di sopra, rovistare in casa dell'infermiera e farsi una cultura su di lei e sul suo amico. Fra l'altro, c'è una bella foto di lui quando era partigiano e faceva la Resistenza. A me sa che quello era partigiano e faceva la Resistenza per modo di dire, infatti, sotto un bel pacco di cartoline, Sarti trova un'altra foto di lui, del verme. Ma questa volta è in divisa nera. Mitra al collo e teschio sul berretto. In tutt'e due le foto è molto giovane, sorridente e felice, ma ha sempre la solita faccia da verme che si trova ad avere oggi che non è piú giovane.

Poi Sarti passa in rivista una serie di abiti che neanche un'attrice... Poi: pellicce, profumi, parrucche e un mucchio di cose che una che si guadagni la vita facendo le punture, se le può sognare. Va bene che c'è un sacco di gente che si fa punturare, ma bisogna bucarne di natiche a trecento lire l'una. Ruba un po' di foto qua e là, poi toglie il disturbo, ché la portinaia è appena arrivata, con la sua scopa, al sottoscala dove c'è l'ascensore.

Se ne va con un altro nome da segnare, assieme agli altri probabili responsabili: Gualtiero «Tiroideo» Vice, Michele Sterza, Giorgio Velluni, Adriano «verme» Gaia, Federico Barti con pallottola in corpo, Giacomo Casetti idem. E adesso Caterina «infermiera bucaculi» Allui. Sarti fa uno sforzo e, in fondo alla lista, ci aggiunge anche Rosas. Tutta gente che non si sa bene dove fosse e che abbia fatto nelle due sere. Anche se Adriano «verme» Gaia dice di essere stato in Spagna a prendere il sole, Sarti lo lascia in lista: gli fa piacere. Intanto è ancora da dimostrare che fosse in Spagna. Come è da dimostrare che sia stato nella Resistenza. Chissà perché, gli piacerebbe poter presentarsi dal «verme» e dirgli in faccia: «in nome della legge ti dichiaro...» Si culla in quest'idea fino a quando gli arriva il telegramma da Cadaqués, Spagna, Hotel Mediterraneo. «Señor Adriano Gaia nostro cliente abituale stop dal primo al trenta luglio presso di noi stop distinti saluti stop a vostra disposizione stop».

– Bastardo! – Lo dice di cuore e non ci pensa piú. Anche l'ispettore capo deve aver ricevuto una bella serie di quegli stop. Poi va da Rosas a raccontargli tutto.

Ci sono anch'io e mi diverto: sono curioso di sapere come va a finire la storia. Lo spettacolo è il modo nel quale Sarti racconta: è come se avesse registrato. Ha una testa che non gli serve molto per ragionare, non mette le cose al loro posto, non collega insieme gli avvenimenti, però ci resta dentro tutto: come se riprendesse con la cinepresa o col registratore. Comincia cosí:

– Primo: non sono riuscito a sapere perché Felicita Corradini ha detto di averti incontrato prima dell'esplosione invece che dopo, come sostieni tu. Lo stesso, non ho capito perché abbia detto che sei stato tu a raggiungere lei anziché lei a raggiungere te. Secondo: come ti ho già detto, il cane cieco e sordo ha abbaiato perché vicino a lui, sotto il suo naso, è passato quello o quelli che hanno fatto saltare la stazione. Sempre lí, ho trovato dei mozziconi di Gitanes che non sono marcate dal monopolio ma che vengono direttamente dall'estero. Terzo: Pasquale Nunno è stato ucciso poco prima di Felicita Corradini. Circa mezz'ora o poco piú. Quarto: due tipi, Federico Barti e Giacomo Casetti, si sono fatti estrarre un proiettile qualche giorno dopo l'uccisione di Felicita. Nessuno dei due ha un alibi; sono pregiudicati entrambi e le pallottole non sono piú recuperabili per un eventuale analisi. I dottori che hanno eseguito l'estrazione sono disposti, a scanso di guai, a testimoniare. Federico Barti presentava una ferita alla spalla sinistra, molto superficiale. Il secondo, Giacomo Casetti, alla mano sinistra. Come ti ho detto non ricordano piú dov'erano la sera dell'attentato e non vogliono dire come si sono procurate le ferite. Si tratterrebbe di arrestarli con l'accusa di omicidio e allora, se c'è un alibi, può darsi che salti fuori. Salterebbe fuori anche l'eventuale sparatore, nel caso che esistesse. Non credo che si lascerebbero accusare di assassinio. Quinto: Felicita possedeva una rivoltella. Gliel'aveva procurata Tiroideo pochi giorni prima che la uccidessero. Pare che gliel'avesse chiesta lei per paura di una donna dai capelli rossi che la osservava tutte le sere, dopo l'esplosione alla stazione radio, da bordo di una cinquecento chiara. Non ho trovato né la pistola né la rossa. Ho scoperto però che Tiroideo è pieno di soldi e si dà alla vita. Non so dove li ha presi ma lo immagino, anche perché sono saltati fuori solo dopo che Felicita è sparita. Sesto: Adriano «verme» Gaia, ex fascista, ex brigata nera, ex combattente per la Resistenza, continuamente a galla, è un tipo che ha sempre capito quando era il momento giusto per cambiare camicia e lo ha fatto sempre. Questa è la sua foto nel periodo fascista e questa nel periodo della Resistenza. Oggi è cosí. È un osso duro e ha delle protezioni da tutte le parti. Dopo che gli ho fatto visita, si è mosso anche il prefetto. Può darsi che oggi abbia già nasato che i tempi stanno per cambiare ancora e si prepari il nido nuovo. Intanto a sinistra lo proteggono perché ha fatto la Resistenza, al centro lo tengono al caldo e alla destra, va bene cosí com'è perché può sempre far comodo un ex. È un verme, insomma. Dal primo al trenta luglio era in Spagna a godersi il sole all'Hotel Mediterraneo, come puoi leggere in questo telegramma.

– È al di fuori di tutto e mi dispiace. Ha un'amica, Caterina Allui, di professione infermiera (fa punture al prossimo), che vive in una specie di reggia che si può permettere solo chi ha una cava d'oro o di diamanti. Ho trovato in casa sua decine di abiti con tanto di etichetta di sartoria, pellicce, profumi e affini. Le foto che ti ho mostrato sono state prelevate dal suo appartamento. Settimo: Michele Sterza, Giorgio Velluni amici, colleghi, compagni o come accidenti vuoi tu, di Pasquale Nunno... (due dei tre, insomma, che avevano piantato Felicita sui Colli dopo essersi fatti servire di sesso e controsesso) non hanno alibi per la sera dell'uccisione di Felicita e dell'amico Pasquale. Per il momento restano dentro in attesa di ulteriori sviluppi. Ottavo: sto per essere cacciato dalla polizia per abuso di potere, perquisizione senza mandato, offese a un superiore in servizio, trascuratezza nell'espletamento delle mansioni e un'altra serie di motivi che non ricordo ma fra i quali, d'ora in poi, ci sarà anche la divulgazione di segreti d'ufficio.

– Ho finito! E se non mi aiuti tu... io non so piú da che parte voltarmi –. Rosas, sempre sdraiato sul tavolone della cella, lo ha ascoltato senza battere ciglio. E anche adesso che Sarti ha finito, continua a guardarlo, ma giurerei che non lo vede. Sarti aspetta che si decida. Poi dopo un secondo e anche piú, siede, si stira, si toglie gli occhiali e si frega gli occhi. Dice:

– Bene, bene –. Resta cosí, senza occhiali e Sarti lo guarda e gli sembra di stare guardando un altro, non Rosas. Oppure gli pare che Rosas, senza occhiali, sia nudo: ha una faccia che non gli daresti una lira. Sarti comincia a pesare di aver contato troppo su quel tipo con la faccia da scemo. Piú lo guarda, piú si sente giú e gli pare che attorno balli tutto: le carceri, il palazzo di giustizia, la questura... Resta in piedi solo l'auto 28 sulla quale, molto difficilmente, potrà rimettere piede. Alla fine Sarti Antonio, sergente, non ne può piú:

– Che mestiere di merda –. Guarda ancora Rosas e gli cade l'ultima speranza. Quello si è sdraiato di nuovo, gli occhi chiusi, senza occhiali e le mani dietro la testa. Sarti ripete:

– Che mestiere –. Si avvia alla porta della cella. Rosas gli dice:

– Te ne accorgi solo adesso: non te l'ho sempre detto? – Sarti torna indietro e gli va sopra, proprio sulla faccia, che qualche sputo di saliva, mentre parla, cade anche su Rosas:

– E cosa vuoi che ci faccia? Non so fare altro… Cosa vuoi che ci faccia? Nessuno mi ha insegnato di meglio –. Rosas si pulisce il viso con il dorso della mano. Dice:

– Il fatto è che non sai fare neppure il questurino.

– Lo sai fare tu. Crepa! Ma cosa mi è venuto in mente di volerti aiutare?… Chi me lo ha fatto fare?

– È come dico io: non sai fare neanche il questurino. Il tuo lavoro ti impone di non interessarti di me e di quelli come me che vanno in giro a far saltare e ad accoppare… E invece no: ti interessi. E allora non sai fare neanche il tuo mestiere di questurino –. Il discorso fila, non fa una piega, e lo capisce anche Sarti. – … e se ti cacciano via, meglio. Meglio per te, perché cosí avrai la possibilità di capire che la giustizia non abita né in questura, né in questo cesso di cella; e neppure nei tribunali che gli avvocati e la classe capitalistica hanno fatto costruire per avere in mano un altro strumento di oppressione. Se ti cacceranno via, ti starà a meraviglia: imparerai che le botte che tu e i tuoi soci distribuite in tutte le piazze, fanno male e servono solamente a conservare l'ingiustizia sociale. Quell'ingiustizia che, adesso, ti pare stia colpendo anche te…

– All'inferno!

– Non mi pare un buon argomento per rispondere a quello che ti sto dicendo io.

– Vengo qui con dei dati e tu mi fai un corso di teoria…

– Non è teoria. Per te diventa pratica d'ora in poi –. Sarti vede rosso e comincia a urlare:

– … mi metto nei guai per tirarlo fuori dal letamaio e mi viene a raccontare delle favole... – Urla tanto forte che il secondino si affaccia:

– Bisogno di qualcosa, sergente?

– No –. Siede sulla sponda del tavolaccio e si massaggia la pancia.

Dice:

– Maledetta colite! Maledetto te! Maledetti tutti! Ma io me ne sbatto. Ho tanti elementi che posso... che posso... Qualche cosa farò –. Rosas gli dice:

– Certo che farai qualcosa: sei tu il poliziotto. Sei tu la legge. Sei tu la giustizia.

– E tu sei uno che creperà qui dentro. Perché se a me va male, a te va peggio. E quattro stronzi pronti a giurare che ti hanno visto mentre facevi saltare la stazione radio li trovano dove vogliono e quando vogliono, capito? Perché pensi che non si preoccupino piú di indagare ancora? Perché il colpevole lo hanno già. Basta solo costruirgli attorno le prove. E lo stanno facendo. Capito? Capito tu. Che sai tutto? – Rosas infila gli occhiali. Adesso è di nuovo Rosas e Sarti lo guarda piú volentieri. Anche Rosas guarda Sarti Antonio negli occhi e credo che prima, quando era senza occhiali sul naso, non lo vedesse proprio. Deve essere peggio di una talpa, quello. Dice:

– Capito. Tutto questo bel discorso io lo conoscevo già. L'ho saputo fin dal giorno che mi hai portato in questura. E prima di me l'hanno saputo migliaia di disgraziati che tu e i tuoi colleghi avete portato dentro per ragioni politiche. Poi ti meravigli se Adriano «verme» Gaia cambia spesso la camicia? E voi della polizia, quante volte l'avete cambiata la camicia? Sempre a dire sí al padrone che prima era il re, poi il duce, poi il presidente della repubblica e poi chissà chi ancora. Senza neanche accorgervi che dietro tutti questi, c'è sempre un tale con la bombetta in testa. Che è poi un cardinale, un agrario, un industriale e tutti quanti messi assieme.

Antonio Sarti, sergente, è vuoto. Non ha piú un muscolo che lo tenga in piedi: niente. Tutto questo discorso e ciò che gli è capitato attorno, lo hanno distrutto: fa pena.

Quando si alza, tiene la testa bassa sul petto come se i nervi del collo non ce la facessero a tenergliela su. Se ne va. Rosas gli chiede:

– Dove vai adesso? – Alza gli occhi senza però alzare la testa e risponde:

– Al gabinetto. Non ne posso piú. La colite mi distrugge. È tutt'oggi che mi tormenta –. Anche Rosas si alza e gli va al fianco:

– Sarti, ci riesci a non farti cacciare via ancora per un paio di giorni? – Torna un filo di speranza:

– Penso di sí –. Rosas gli mette una mano sulla spalla:

– Allora, credo proprio che ce la caveremo tutti due. Io me ne andrò fuori e tu terrai quel mestiere che ti sei scelto e che, fra l'altro, ti sta piuttosto bene –. Sarti, adesso, ha anche la forza di alzare la testa e prova perfino a sorridere. Quando Rosas parla cosí, gli ritorna la fiducia nella vita, in se stesso, nelle istituzioni democratiche e, soprattutto, in Rosas.

Che debba ridursi cosí, mi fa proprio schifo: per cui, esco dalla cella perché non mi va di assistere a quelle cose. Lo aspetto fuori e decido che Rosas ha ragione. Sarti Antonio, sergente, non merita che di essere un questurino.

Quando esce gli chiedo: allora? Non mi risponde, scuote il capo. Mi pare un poco piú sollevato. Non molto, ma un poco mi pare proprio.

Faccio un tratto di strada con lui e lo sento che ragiona a voce alta.

Poi tira fuori dalla tasca un pezzo di giornale. Dice:

– Me lo ha dato Rosas. Quello si diverte a tenere i ritagli dei giornali che legge e che gli piacciono. Non capisco cosa c'entri in tutta questa storia. Adesso mi prendo un caffè –. Si ferma e ordina:

– Un caffè –. Intanto che lo preparano, si massaggia la pancia e io scorro il ritaglio di giornale:

– Nel cimitero della Certosa scoperta una centrale della droga... – Chiedo:

– Che roba è?

– Non ne ho idea: me l'ha dato Rosas e mi ha suggerito di

informarmi meglio. Mi ha anche chiesto di interessarmi ancora di Tiroideo. Dice che a casa di questo tipo potrei trovare delle sorprese –. Si dedica al caffè. Beve e chiede:

– Quant'è? – Quasi non sapesse il costo di un caffè... Ma non è normale, poveretto, e bisogna aver pazienza. Figuratevi che non mi ha offerto il caffè. Non so se avete fatto caso, ma ne ha ordinato uno solo. Cosí lo lascio in pace. Mi piacerebbe mandargli la sua biondina. Chissà? Gli farebbe bene. Ha cominciato ad affezionarsi a lei e quando torna a casa, la sera, spera di trovarsela in cucina. Poveretto.

Felice Cantoni, agente, porta sempre con molta calma l'auto 28. Oggi è come fosse solo, perché Sarti Antonio, sergente, non dice una sola parola. Felice ha provato: ha discusso di quello che gli aveva detto il medico sulla sua ulcera; ha chiesto, notizie della colite del suo capo: ha discusso, fra sé e sé, sulle qualità di ripresa dell'auto 28. Poi, ha deciso: «se non parla lui, non parlo neanche io». Solo che starsene sei ore e passa, seduti al volante, senza dire un accidente, è dura. Ha provato a cantare, ma quello lo ha fulminato. Cosí, decide e si accende la sigaretta. Una al giorno. Di solito se la tira la sera, dopo mangiato, davanti al televisore; oppure, se è in servizio, se la pipa al volante; ma sempre di sera. Oggi decide e accende la sigaretta. E non sono neppure le dieci. Sarti lo guarda, ma non apre bocca. Felice Cantoni, agente, tiene ancora il pacchetto in mano e dice:

– Una, sergente? – Sa benissimo che quello non gli risponderà... E invece gli risponde:

– Non fumo: lo sai che non fumo e che mi dà noia il fumo degli altri...

– Io me ne fumo una al giorno. Me lo ha consigliato il medico. Mi ha detto che con la mia ulcera, due sigarette al giorno sono già troppe. Cosí me ne fumo una. Ma sto male lo stesso. Soprattutto quando cambia il tempo. Maledetta ulcera –. Sarti non lo sta piú ascoltando, tant'è vero che dice fra sé:

– Sono tre giorni che ci penso e credo di aver capito dove vuole arrivare quel tipo. Ma io non so come fare... Mi controllano e non riesco a muovere un dito senza che lo si sappia in centrale...

Felice Cantoni gli chiede:

– Dici a me, sergente? – Scuote la testa:

– No, faccio per passare il tempo. Penso a voce alta. Ci riesco meglio...

– Fai, fai pure: non mi disturbi. Anch'io riesco meglio a capire certe cose se le dico a voce alta. È mia moglie che non lo crede e non mi lascia fare. Dice che sembro un matto... – La smette perché ha visto la faccia del sergente. Tira l'ultima boccata dalla cicca che poi getta dal finestrino aperto. La cicca, ancora accesa, cade in braccio a un tale, in motorino, che sta superando l'auto 28. Ma il tale non dice niente. C'è di piú: quel tale che gli è arrivata la cicca in braccio, sorride pure. Guarda dentro e sorride. Ci manca solo che si scusi per essere passato proprio mentre Felice gettava la cicca dall'auto.

Sarti continua con i suoi discorsi e Cantoni è finalmente tranquillo: il sergente parla ancora.

– L'unica cosa da fare è darsi ammalato. Oppure chiedere un permesso. Ho bisogno di un paio di settimane di tranquillità e sono sicuro che riuscirei. Tu cosa ne dici? – Ma Felice Cantoni, da un pezzo, non lo ascolta piú. Cosí Sarti, deve ripetere:

– Tu cosa ne dici? – È come se si svegliasse:

– Dici a me, sergente?

– No. In quanti siamo su quest'auto? Dico a te. A chi, se no?

– Io pensavo che tu stessi ancora pensando ai fatti tuoi...

– Non sono fatti miei. Sono fatti di tutti e anche tuoi, se proprio lo vuoi sapere. Sono fatti che dovrebbero interessare tutti quei fessi che girano su quel marciapiede. Ma tu te ne freghi, loro se ne fregano, l'ispettore capo se ne frega.

– E fregatene anche tu –. Sarti lo guarda e fa una smorfia:

– Io non me ne frego. E vuoi sapere perché? – Aspetta la risposta, ma Felice Cantoni, agente, non muove muscolo. Gli urla:

– E vuoi sapere perché? – Felice Cantoni alza le spalle.

– Perché io non sono solo un questurino: sono anche un uomo che ha dei doveri. E se questa società piena di ingiustizie... un'ingiustizia, io ho il dovere... – La pianta lí perché tanto non riesce a spiegare quello che vuole far capire. La pianta lí. Felice Cantoni non ha afferrato gran ché di tutto il concetto, ma annuisce e dice:

– È giusto –. Accende un'altra sigaretta: la seconda.

– Fumi ancora?

– Ne ho bisogno. Mi pare di non avere ancora fumato la prima... – Sarti gliela strappa dalle labbra, prima che quello riesca ad accenderla e la getta sul marciapiede. Questa volta la sigaretta capita sulla faccia di un distinto signore, con valigetta da viaggio, cappello e ombrello grigio. Questo si mette a urlare. Sarti Antonio, sergente, dice:

– Crepa anche tu –. Poi, a Felice Cantoni, agente:

– Fermati a quel bar. Ti offro un caffè, cosí non ti metti a piangere per la sigaretta –. Fermano sul piazzale di Filicori: qui si beve il caffè migliore di Bologna. E ci sono delle bariste con delle cosce lunghe cosí. E tutte quante hanno il loro bel seno che è un piacere starle a guardare mentre ti preparano il caffè. La rossa dice:

– Giorno, sergente, il solito? – Sarti fa segno due con la mano e aspetta. Guarda i seni sparsi in giro e lo stesso fa Felice Cantoni, agente. Beve adagio. Felice Cantoni, invece, gratta con il cucchiaino sul fondo della tazzina e si succhia lo zucchero non ancora sciolto. Dice:

– Ottimo.

– Per la tua ulcera va benissimo.

– Anche per la tua colite... – Davanti alle donne, Sarti non gradisce che si parli della colite perché dire colite significa richiamare alla mente il cesso e tutto il resto.

– Quant'è? – La rossa sorride; forse non ha sentito il discorso della colite. Dice:

– Offre la ditta, sergente.

– Ringraziamo la ditta, signorina –. Se ne tornano sulla maledetta auto 28 (dopo un'altra occhiata ai seni), piú distesi tutti due. Dice Felice Cantoni:

– Dopo un buon caffè, ci vorrebbe una buona sigaretta.

– Se ci provi, butto anche te dal finestrino, questa volta –. E riprende con i suoi pensieri. Ricomincia a parlare forte:

– ... e cosa gli dico all'ispettore capo? Mi serve un po' di tempo per indagare su certi indizi che voi avete trascurato? Gli dico cosí? – Felice Cantoni non sa mai se quello parla da solo o dice a lui. Questa volta risponde:

– Gli dici che se non ti lascia fare il tuo lavoro, lo denunci per aver occultato delle prove di reato... Si dice cosí? – Sarti spalanca gli occhi. Chiede:

– Come hai detto? – Felice Cantoni, agente, teme di aver cappellato, ma ripete:

– Voglio dire che se quegli indizi li conosceva anche lui, perché non ha indagato? Gli faceva comodo che nessuno sapesse –. Sarti gli batte una mano sulle spalle:

– Felice Cantoni, agente, meriti una promozione o uno scatto d'anzianità anticipato; gira la carriola e punta sulla centrale –. Felice esita:

– Forse sarebbe meglio pensarci ancora un momento...

– Sono tre giorni che ci penso. Anzi, punta sulla redazione del giornale. Mi serve «Lucciola» –. Si fermano davanti alla redazione del giornale e Sarti scende. Torna due minuti dopo e butta dentro l'auto 28 uno straccio di individuo con i capelli a spazzola sul davanti e lunghi sul collo; due occhialini sul naso e le mezze maniche che spuntano da sotto la giacca. Gli dice:

– Tu vieni con me e non apri bocca. Devi solamente dire sí tutte le volte che te lo chiederò io... – Quello protesta: ha una vocina sottile che innamora. Dice:

– Ma io stavo lavorando... Il mio pezzo è in macchina... Il direttore... – Si toglie gli occhiali e li pulisce con un fazzoletto cavato chissà dove.

– Ti preparo il piú bel colpo giornalistico della tua carriera e ti lamenti. Meriteresti che io ti scaricassi e andassi a cercare un altro giornalista... – Quello prova ancora:

– Non è questo, è che il mio pezzo deve essere pronto per le otto e il direttore...

– Di cosa parla il tuo pezzo?

– È sulla riunione dei dipendenti degli enti locali...

– Butta via tutto. Lucciola, stai per scrivere un pezzo da finimondo –. Lino «Lucciola» Deoni, giornalista per la cronaca di Bologna, si lascia andare contro lo schienale dell'auto 28. Sospira:

– Povero me –. Poi rizza le orecchie e urla:

– Ferma, ferma! Non ho preso niente per scrivere...

– Non serve che tu scriva. Basta che tu sia presente a un certo colloquio. Ti spiegherò poi io cosa devi scrivere e quando... – Le ruote della 28 cigolano, davanti al portone della questura. Sarti scende, apre la portiera posteriore e prende per la giacca il povero Lucciola. Se lo tira dietro che quello non riesce neppure a fare i passi ma striscia le scarpe tanto che qualche passante dice al vicino: «visto? ha preso un delinquente e lo sta portando dentro. Bravo sergente. Se non ci fosse la polizia...» E non aggiunge altro, o, anche se lo aggiunge, Sarti Antonio non lo può sentire perché è già davanti alla porta dell'ufficio dell'ispettore capo. Si ferma un attimo a riprendere fiato, aggiusta alla meglio gli abiti di Lucciola e cerca di fargli sparire sotto la giacca le mezzemaniche che spuntano. Dice:

– Coraggio –. Ma lo ha detto per se stesso, perché Lucciola proprio non ha bisogno di nessun coraggio. Bussa ed entra. Anzi, prima spinge dentro Lucciola. L'ispettore capo Raimondi Cesare è seduto al suo tavolo e sta mangiando un panino al prosciutto. Non fa a tempo a nasconderlo nel cassetto aperto, che Sarti è già davanti alla scrivania. Raimondi Cesare lascia cadere il panino sotto il tavolo e lo allontana con un piede. C'è la stampa: non si deve mangiare davanti alla stampa. Un funzionario di polizia non deve farlo. Con il sergente farà i conti dopo. Sarti Antonio parte sparato:

– Signor ispettore capo Raimondi Cesare, io chiedo il permesso per continuare le indagini sull'attentato alla stazione radio dell'esercito che ha provocato quattro morti, sull'assassinio di Felicita Corradini, di professione prostituta, e su quello di Pasquale Nunno, operaio. Chiedo un permesso speciale per potermi dedicare a tali indagini senza venire, contemporaneamente, assegnato al servizio di pattugliamento con l'auto 28. Chiedo il permesso di interrogare Gualtiero Vice detto Tiroideo, Michele Sterza e Giorgio Velluni, amici del Pasquale Nunno. Chiedo di poter interrogare Federico Barti e Giacomo Casetti, sull'origine della ferita da arma da fuoco riscontrata sui loro corpi. Desidero indagare a fondo su Adriano «verme» Gaia e sull'amica di questi, Caterina Allui, sedicente infermiera. Tutti i citati personaggi, oltre al Rosas che è già stato assicurato alla giustizia, possono essere implicati, direttamente o indirettamente, con i fatti criminosi da me sopra citati –. Ha detto tutto come un libro stampato o come un rapporto alle autorità superiori. L'ispettore capo è stupito:

– Io credo che le indagini che tutti noi stiamo conducendo, è vero come si dice... – Ma Sarti è lanciato: o la va, o la spacca. Riprende:

– Tutti gli indizi da me fin qui raccolti e completamente trascurati da altri uffici mi fanno pensare che ci siano interessi particolari che inducono qualcuno a celare o a distorcere la verità sui fatti... – Lascia perdere il tono ufficiale: – ... e poiché il sottoscritto non ha piú niente da perdere (se non l'impiego, il che non è poi un danno tanto grave) è anche pronto, sempre il sottoscritto, a sporgere denuncia contro ignoti per occultamento di prove durante l'inchiesta. O anche per trascuratezza nelle indagini. E magari per aver permesso che si uccidesse Felicita Corradini: perché qualcuno sapeva che l'avrebbero uccisa. Sarebbe bastato mobilitare un paio di auto della polizia, quella sera... – L'ispettore capo Raimondi Cesare diventa giallo. Prima però era già passato dal rosso scuro al verde. Adesso è giallo e non sa cosa dire. Guarda con gli occhi fuori dalle orbite un po' Sarti e un po' Lino «Lucciola» Deoni, giornalista per la cronaca di Bologna. Anche quest'ultimo non ha molto da dire: passa il suo tempo ad annuire con la testa e a pulire gli occhiali con il solito fazzolettino. Penso che pulisca gli occhiali tanto spesso perché, mentre fa questa operazione, non vede nessuno e gli sembra di essere fuori dagli avvenimenti e solo al mondo. Rimette gli occhiali sul naso ed è di nuovo nella stanza dell'ispettore capo Raimondi Cesare.

– … e per parecchi altri fatti che, se qualcuno li conoscesse, potrebbero suscitare uno scandalo mai visto. Come dico, io non ho piú niente da perdere e, come dicevo al mio amico giornalista qui presente Lucciola: rotto per rotto, ne venga fuori quello che deve venirne fuori –. Sarti ha finito. Aspetta il risultato. Può succedere di tutto. Anche il suo arresto immediato. In ogni caso è sempre un favore che fa a Lino «Lucciola» Deoni. Sarebbe l'occasione che questi aspettava da anni: assistere all'arresto di un sergente, non è da tutti, e se lui non è un coglione, può smetterla di dedicarsi alla cronaca anonima e senza la firma sotto gli articoli.

Quando l'ispettore capo riesce ad aprire bocca, dice:

– … Ma… ma che discorsi sono?… Io non capisco… Dobbiamo pensarci, vagliare… – Sarti deve battere ferro fin che è caldo:

– Niente da fare. Decidere subito: o mi si arresta, o mi si concede quello che ho chiesto. Adesso, qui e subito –. L'ispettore guarda «Lucciola» e si chiede cosa diavolo passi per la testa di quell'ometto che continua a fare sí col capo e a pulire le lenti degli occhiali. Adesso che gli è anche caduto il fazzoletto e non se n'è accorto, pulisce le lenti con il pollice e l'indice della mano destra.

– Arrestare? E chi dovrei arrestare? – ride. – Non capisco proprio. Arrestare perché uno chiede di fare il proprio dovere? Nessuno si è mai opposto alle indagini… La giustizia, è vero come si dice, innanzi a tutto –. Ha già ripreso il controllo e ha già deciso:

– … e noi siamo qui per farla trionfare questa giustizia. E se lei desidera avere piú spazio in queste indagini, non vedo ostacoli, è vero come si dice. Bastava chiederlo in maniera piú civile e non importava scomodare è vero come si dice, la stampa… – Sarti raccoglie il panino al prosciutto e lo mette sul tavolo. Dice:

– Adesso è tutto chiaro. Buongiorno –. Prende sottobraccio Lino «Lucciola» Deoni e se ne va.

Al bar, sotto la questura, ordina da bere per tutti. Beve il caffè d'un fiato e che la colite vada a farsi benedire. Continua a battere una mano sulla spalla di Lucciola e a dirgli bravo. Quello non ha ancora capito perché. Quando lo scarica, davanti al giornale, gli dice:

– Da domani starai con me notte e giorno. Meriti in esclusiva tutti i particolari dell'indagine. Diventerai un giornalista come si deve –. Lino «Lucciola» Deoni continua a fare sí col capo; sparisce all'interno della tipografia.

Ancora Michele Sterza e Giorgio Velluni

Antonio Sarti, sergente, si presenta in cella da Michele Sterza e comincia la sua storia:

– A tuo carico ci sono tanti indizi che non c'è avvocato che ti possa tirare fuori: tu e il tuo amico Giorgio Velluni. Ti conviene lasciar perdere la storia che avete imbastita, perché non vi crede piú nessuno –. Michele Sterza si difende come può:

– Non abbiamo imbastito niente. Tutto quello che abbiamo raccontato è vero, sacrosanto... Avete sentito anche quello che ha detto Felicita Corradini, no?

– Il guaio è che adesso lei è morta e non è piú valido niente di quanto ha detto e sottoscritto... Mio caro, è la legge. Adesso ci sono questi fatti: la notte del massacro alla stazione radio, vi becchiamo mentre state scappando. Qualche tempo dopo muore la vostra teste a discarico che, fra l'altro, ha già testimoniato in vostro favore e cosí credete di essere in una botte di ferro e che nessuno possa piú farvi niente. Chissà perché, muore anche uno dei vostri. Lo sai che Felicita aveva una pistola? Lo sai che è stata lei a sparare a Pasquale Nunno? Certo che lo sai: quando è successo c'eri anche tu... – Sarti ci prova, ma gli va male. Michele Sterza gli sorride sotto il naso. Dice:

– Sergente, i giornali si leggono anche in carcere. La pistola che ha ucciso Felicita è la stessa che ha ucciso Pasquale. Sono balle che Felicita ha sparato al mio amico. Pasquale voleva solo scopare. E non si spara a un uomo per questo.

– Può anche essere cosí. Resta il fatto che tu puoi benissimo avere ucciso l'una e l'altro per non avere rischi. Di sicuro c'è questo: voi tre siete andati a caricare la donna per avere un alibi. Le avete promesso dei soldi e lei c'è stata. Dopo che avete fatto saltare la stazione radio sotto i suoi occhi, ve ne siete venuti via inscenando tutta la storia dell'abbandono. Solo che Felicita ha cominciato a ricattarvi e a voler altri soldi. Chi vi finanzia (non so ancora chi) vi ha detto basta con i soldi e allora avete deciso di farla fuori. Bada che tutto questo non me lo sono inventato, me lo ha raccontato l'uomo di Felicita. Adesso è lui che se la spassa con i soldi che avete passato a Felicita prima di farla fuori.

– Quel tipo può raccontare quello che vuole. Io vorrei sapere dove avrei preso gli esplosivi. Non ho nemmeno fatto il soldato io. Non so da che parte si comincia a manovrare esplosivi...

– Adesso mi fai proprio ridere. Lo sai che nella sezione del tuo partito... – Lo interrompe:

– Movimento, non partito. Il mio è un movimento rivoluzionario.

– Chiamalo come ti pare: là dentro abbiamo trovato dei detonatori e delle pallottole...

– Ci servivano per tirarle in faccia ai questurini durante gli scioperi, visto che non avete trovato né armi, né esplosivi... – Sarti lo lascia un po' sulle sue e poi gli chiede:

– Conosci Rosas? – Quello dice sí con la testa. Aggiunge:

– Ci ho parlato, qualche volta. Noi siamo in pochi, per vostra fortuna, e ci conosciamo tutti –. Quando Sarti lo lascia, gli gira in testa l'idea che Rosas lo stia prendendo per i fondelli. Che tutti lo stiano usando a loro piacere. Perché, se fosse cosí, sarebbe tutto molto chiaro. I tre della 128 assieme a Rosas, preparano l'attentato. Rosas resta nelle vicinanze con la prostituta e gli altri se ne vanno appena saltata la stazione. La prostituta testimonia in loro favore, la polizia toglie il blocco stradale per inseguire i tre che hanno l'alibi di Felicita e cosí Rosas se ne torna a casa indisturbato. La donna, in seguito, denuncia Rosas per far capire ai tre che non scherza e che se non scuciono altri soldi, ha intenzione di denunciarli tutti. I tre, per non correre rischi, sparano a Felicita. Resta un morto di troppo: Pasquale Nunno. Per il resto tutto fila liscio come l'olio.

Sarti non ci pensa piú. Non pensa a Rosas come responsabile, perché, se no, c'è veramente da diventare scemi.

E ancora Gualtiero Tiroideo Vice

Quando Tiroideo vede Sarti appoggiato alla sua Citroën GS 1000, smette di sorridere, ma gli si avvicina. Gli dice:

– Guardi sergente che io ho già sporto denuncia contro di lei per maltrattamenti, abuso di potere… – Non riesce a dire tutto perché il ginocchio di Sarti, quello destro, gli si pianta nel ventre e cosí, per non cadere, deve appoggiarsi con tutto il peso sul cofano della GS 1000. Sarti gli dice:

– Per questo sono qui. Proprio per la denuncia. Adesso, appena io me ne sarò andato, parti a palla e vai a ritirare la denuncia, se non vuoi finire in fondo a un calanco assieme al tuo bolide rosso. Chiaro? – Tiroideo si alza come può e si guarda attorno:

– Questa volta me la paghi, questurino. Ho dei testimoni che mi hai picchiato e minacciato. Questa volta me la paghi, questurino –. Vuole andare dai suoi amici che lo guardano dalla porta del bar, ma Sarti lo prende per il collo e gli ficca il naso contro il vetro della Citroën GS 1000.

– Che non ti serviranno a niente mentre rotolerai nei calanchi di Sabbiuno, dentro la tua bella macchina nuova, chiaro? – Tiroideo non riesce a parlare e allora annuisce con il capo. Sarti lo lascia libero e lo guarda in faccia: gli occhi completamente fuori dalle orbite. Si massaggia il collo. Dice:

– A momenti mi strozza –. Sarti gli apre la portiera della GS 1000 e gli dice:

– Adesso andiamo a casa tua –. La casa puzza di vecchio e di fritto. Chissà da quanto tempo non apre le finestre. Sarti dice:

– Siediti –. E comincia a vuotare i cassetti. Trova un pacco di libri porno e delle foto pure porno. Gli sbatte sotto il naso il tutto e quello dice:

– Non è roba mia. È la prima volta che vedo quelle cose lí. Erano sue, di Felicita. Servivano per il suo lavoro. Ci vuole il mandato di perquisizione: non è legale quello che sta facendo, sergente. Quando lo dirò all'avvocato... – Sarti gli va ancora sotto il naso:

– Tu non dirai niente a nessuno, vuoi scommettere? – Ricomincia a buttare tutto all'aria e Tiroideo pagherebbe per sapere se quello porta la pistola o no. Deve averla per forza. A Sarti non passa per la testa. La rivoltella che ha in dotazione è dentro il cruscotto dell'auto 28 e la sola volta che ha provato a sparare (in aria) non c'è riuscito perché qualcosa non ha funzionato. E ogni volta che consuma una pallottola, deve dimostrare all'economato dove la medesima è finita e perché ne richiede altre... Diventa una storia tanto complicata che è meglio lasciar perdere la pistola.

Trova il libretto della banca e lo sfoglia; la data del primo versamento è posteriore alla morte di Felicita Corradini. Glielo fa notare e chiede: – Come mai? – Quello risponde sottovoce:

– Era una tirchia maledetta. Teneva i soldi nascosti in casa. Quand'è morta io ho fatto un libretto. È meglio non fidarsi, con i ladri che circolano oggi... – Sarti guarda le cifre sul libretto: un milioneottocento la prima, altre quattrocentomila e settecentocinquantamila un'altra volta. Sarti lo guarda e quello capisce. Dice:

– Man mano che li trovavo, facevo i versamenti. Li nascondeva dappertutto, quella. Ne ho trovato anche in cantina, sulle tavole delle bottiglie.

– Andiamo in cantina –. Tiroideo esita.

– A far che? – Sarti Antonio, sergente, gli ride in faccia:

– Chissà che non ne troviamo altri, eh? E magari facciamo a metà... Ci stai? – E lo alza dalla sedia. Quello prende una chiave dal cassetto, ma non è molto convinto:

– Non è regolare... Ci vorrebbe un mandato.

– Ehi, ma io ho il mandato. Solo che mi sono dimenticato di mostrartelo –. Fa una smorfia e mette la mano sotto la giacca. Tiroideo, chissà cosa capisce perché si avvia subito alla porta e dice:

– Andiamo, andiamo pure –. Gli è venuto in mente che forse Sarti tiene la pistola proprio sotto la giacca. In cantina c'è una lampada che sarà, sí e no, da cinque candele. Tiroideo gli indica uno scaffale e dice:

– Ecco, li ho trovati lí sopra –. Sarti guarda un po' dappertutto e poi gli chiede:

– Dove va quella porta? – Tiroideo diventa bianco:

– In centrale. In centrale termica. Nella caldaia.

– Apri.

– Non ho la chiave. Non è mia: è del condominio...

– Apri –. Ma Tiroideo non si muove; cosí Sarti apre con una scarpata. Dentro non c'è altro che la caldaia e il bruciatore. Non capisce perché quello non abbia voluto aprirgli. In alto, proprio sopra la porta, c'è una cassetta in metallo che copre i collegamenti elettrici e le valvole della centrale. Sarti ci butta l'occhio e, chissà perché, va a prendere una sedia sgangherata dalla cantina. Tiroideo non si muove piú: è bianco come uno straccio e sta per cadere a terra. Sarti sale sulla sedia e proprio mentre mette la mano sopra la scatola dei collegamenti elettrici, Tiroideo scivola lungo la parete della centrale, senza un gemito e si trova lungo disteso sul pavimento. È un colpo di fortuna per Sarti Antonio, sergente, perché proprio là sopra, ci trova una rivoltella fasciata in un foglio di plastica. A volte succede: non gli sarebbe mai passato per la testa di mettere le mani là sopra: eppure lo ha fatto. Chissà perché. Tiroideo è ancora lungo disteso sul pavimento e il suo vestito si è tinto di nero con la fuliggine che c'è un po' dappertutto, là dentro. Non servirà a niente portarlo in lavanderia. È un vestito da buttare. Sarti glielo dice, mentre lo aiuta ad alzarsi. Gli dice:

– Guarda: ti sei rovinato un abito nuovo. Adesso chi te lo paga? – E lo porta dentro, in cella. Non è ancora sicuro, ma quella deve essere la rivoltella che Felicita Corradini ha usato la sera in cui è stata uccisa. Se è cosí, la pistola e il bossolo sono trovati: si tratta di trovare il corpo nel quale è finita la pallottola sparata da quella pistola. Allora si risolverà tutto.

Quando Sarti racconta la storia a Rosas, è quasi sicuro di essere vicino alla fine. Gli dice:

– Felicita aveva sparato con la pistola che ho trovato a casa di Tiroideo. Il bossolo trovato sui calanchi corrisponde. Lui ha raccontato una storia diversa, ma è chiaro che è nei guai fino al collo e cerca di venirne fuori meno sporco che può –. Rosas lo ha ascoltato come al solito, ma questa volta scuote la testa. Chiede:

– Cosa ti ha raccontato?

– Dice che la sera dell'assassinio di Felicita, dopo che io l'avevo lasciato per correre a cercare la sua donna, a lui erano venuti brutti pensieri e cosí pensò di andare anche lui a cercarla. Prese l'auto e andò verso i calanchi, perché, lui dice, è lí che Felicita porta di solito i clienti. Portava. E fu lí che trovò il cadavere di Felicita e, nel prato, la pistola della donna. La raccolse e se ne scappò via senza dir niente per paura che lo accusassero dell'assassinio. Sarebbe anche stato logico, visto che la pistola l'aveva comprata lui. Poi racconta un altro sacco di cose: le stesse che raccontano quei tipi, in casi come questi. Che non è stato lui e che giura... ne ho sentiti altri. Ma la verità è che la rivoltella l'aveva lui, che ha un pozzo di soldi e li ha fatti dopo che Felicita è sparita dalla circolazione. Tutte cose che vanno in una sola direzione, mi pare. Tu cosa ne dici? – Rosas non dice niente per un bel pezzo. Sta pensando e Sarti lo lascia fare. Dopo, quello, si mette a fischiare. Cosí Sarti, che non ha piú niente da comunicare e non ha voglia di ascoltare la sinfonia fischiata, pensa sia venuto il momento di andare. Ma non fa a tempo. Rosas gli dice:

– Bel colpo, sergente. Forse hai ragione tu. Io però continuerei con i due delle pallottole in corpo: come si chiamano?

– Federico Barti e Giacomo Casetti...

– Ecco: hai una memoria di ferro. E poi ancora con il «verme» e la sua amica «bucaculi». E mi interesserei anche a quella storia del cimitero, che ti ho detto l'altra volta: quella del giornale... Non si sa mai...

– Non ho detto di aver finito. Mancano ancora parecchie cose, lo so anch'io. Chi c'è dietro? Perché hanno fatto saltare la stazione? Per Pasquale Nunno: perché lo hanno ammazzato? Può anche essere che siano tutti d'accordo: i due compagni rivoluzionari, il «verme» Tiroideo, la sua donna, la donna rossa della 500...

Si alza e se ne va. Adesso è convinto che non ha niente da imparare da Rosas. Se ne va, ma prima di uscire, dice:

– Anche tu puoi esserci immischiato e anche i tuoi compagni. Per cui cerchi la maniera di fregarmi... – Glielo ha detto: è da un po' di tempo che lo pensa e adesso glielo ha detto. Però, l'ultima è sempre di Rosas che gli urla, quando Sarti è già nel corridoio:

– Faresti bene a portarti dietro il giornalista: un testimone può sempre servirti; e poi sarebbe scomodo per qualcuno che volesse romperti il collo...

E difatti se lo porta dietro il Lino «Lucciola» Deoni: ogni passo che fa, lo tiene attaccato al sedere, quasi fosse una bella donna. Non si sa mai: Rosas può avere ragione. Cosí se lo tiene sull'ottocentocinquanta per tutto il tempo che stanno dietro al «verme» e alla sua infermiera. Ma non ne viene fuori niente, tanto che Sarti ha il sospetto che i due si siano accorti di lui. Casa e ristorante; oppure casa e cinema. Non si capisce bene che lavoro facciano per vivere, tutti e due. O hanno un sacco di soldi... Dopo una settimana li lascia perdere e proprio allora si trova «verme» fra i piedi, senza averlo cercato. Se lo trova seduto in poltrona che legge il giornale, come se fosse nel salotto di casa sua. E invece è in casa sua (di Sarti, voglio dire). La prima cosa che gli viene è:

– Vuole anche un buon caffè? – Quello dice no grazie e ripone il giornale con cura. Lo piega e lo mette nella tasca della giacca. Una bella giacca scura, tagliata su di lui e cucita da uno che il sarto lo sa fare. Aspetta che il sergente si metta comodo; anzi gli dice di accomodarsi e poi:

– Come vedi, anch'io sono capace di entrare in casa degli altri senza chiedere il permesso: proprio come hai fatto tu a casa della signorina Caterina Allui –. Sarti rimane di sasso: e a questo chi glielo ha detto? L'unico a saperlo è Rosas. Fa finta di non aver capito e chiede:

– Prego?

– Non devi fare il furbo con me: hai messo sottosopra la casa della mia amica; sono giorni e giorni che ci stai dietro... – Sarti vede che il ragionamento non fa una piega, però non risponde.

Aspetta di vedere dove vuole arrivare «verme». E ci arriva:

– Vedo che non è servito a niente farti avvertire con le buone. Adesso non ti avverto piú. Né avverto piú i tuoi capi. Ti dico solo: o la smetti o ti faccio smettere io. Capito? – Sarti continua a guardarlo in silenzio; non ha di che dire. Quello è proprio un verme senza spalle e con la faccia da topo. Intanto l'altro continua:

– Cosa vuoi sapere? Me lo chiedi e non ne parliamo piú, va bene? Vuoi sapere dove prendo i soldi per vivere? Vai all'ufficio delle imposte e ti dicono quello che desideri. Se invece ti piace di giocare all'investigatore intelligente, sbagli. Sbagli perché tu sei tonto e non caverai mai un ragno dal buco. Ti ho già detto, mi pare, che nel periodo dell'attentato alla stazione radio, io ero in Spagna. E in Spagna con me c'era anche la signorina Caterina Allui. Abbiamo preso il sole, abbiamo fatto delle passeggiate, abbiamo fatto l'amore... – Sta buono un po', poi ricomincia:

– Lascia che Rosas marcisca dov'è e non pensarci piú. Qualcuno lo tirerà fuori. È un consiglio –. Adesso Sarti gli dice:

– Io la ringrazio per il consiglio –. Non riesce proprio a dargli del tu, come fa lui; forse per via del vestito, della casa e degli amici che ha. Ma quello, evidentemente, non ha ancora finito:

– Io conosco della gente che mi racconta tutto: perfino quello che ti passa per la testa. Hai capito? Siamo d'accordo? Voglio vivere in pace, senza un rompiscatole che mi sta dietro tutto il giorno... – Si alza, schiaccia una mezza sigaretta nel portacenere e se ne va, chiudendo piano, da persona educata, la porta dell'appartamento di Sarti Antonio, sergente. Il quale resta a guardarsi le scarpe e il portacenere per un po' di tempo. Poi ragiona a voce alta, come al solito: – Chissà perché mi tengo i portacenere sui tavoli? Forse per quei tipi... Io non fumo. E come può conoscere i miei movimenti quello? Deve andare cosí: io racconto tutto all'ispettore capo Raimondi Cesare che racconta tutto al suo capo. Questo capo racconta al suo capo cosa faccio io e dove vado e come intendo procedere. Quest'ultimo ne parla con il segretario del ministro che ne parla con il ministro e questi, a sua volta, al capo del governo. Costui va dal presidente della repubblica e gli dice: «guardi che Sarti sta per fare questo e questo...» Il presidente telefona subito a «verme» e lo informa –. Si butta sul letto e cerca di dormire: non si preoccupa se la porta è chiusa o no, dal momento che tutti possono entrare e uscire.

Quando va alla scientifica trova proprio un tale che conosce da chissà quanto tempo. Gli mostra l'articolo di giornale avuto da Rosas e che parla delle fiale trovate in cimitero. Sarti gli mostra l'articolo, ma quello scuote il capo e dice:

– Non posso proprio dirti niente...

– Non voglio che mi dici niente: mi dai la cartella dove sono i risultati delle analisi sui reperti e ci penso io a leggere. Tu mi devi solo...

– Non posso –. Sarti si scalda:

– Ma cosa dici? Non puoi farmi vedere un rapporto?

– Sai cosa devi fare?

– Certo che lo so. Prendo un foglio di carta e ci scrivo: al signor ispettore capo della sezione investigativa. Si chiede, con la presente, l'autorizzazione a consultare il fascicolo relativo alle indagini espletate dall'ufficio narcotici circa i materiali rinvenuti nel sottotetto della Certosa in data eccetera...

– Allora se sai cosa fare, non hai bisogno che te lo dica io...

– E tu sai quanto tempo passa dal momento che faccio la domanda al momento che mi mostrano i documenti? Passano sei mesi.

– Non è colpa mia.

– Ne ho bisogno subito. Adesso.

– È la burocrazia, cosa vuoi farci. Scrivi, scrivi... – Sarti esce da quell'ufficio di burocrati imprecando contro tutti quelli che fanno carriera, prende un foglio di carta intestata della sua sezione e si mette a scrivere. Quando ha finito, porta la domanda all'ispettore capo per la firma. Costui gli dice:

– Metti lí: appena ho un minuto libero, firmo e la inoltro –. Sarti gli risponde:

– Vorrei poter vedere oggi stesso i risultati di quelle analisi –. Raimondi Cesare alza il capo dalle carte. Dice:

– Tu sei matto: ci vogliono almeno tre o quattro settimane; deve fare il giro degli uffici...

– Voglio vedere quel fascicolo oggi stesso. È molto importante.

– Lo immagino –. Lo dice come... come... Beh, avete capito? Ma Sarti insiste:

– Se intanto lei firma la richiesta, io la porto a mano dove deve essere inoltrata –. Raimondi Cesare firma e gli restituisce il foglio. Dice:

– Al protocollo e scaricalo a tutti gli uffici competenti –. Sarti protocolla, scarica, fa firmare, protocolla, scarica una decina di volte, poi arriva dal tale amico degli anni migliori e gli sbatte sotto il naso la carta piena di timbri, firme, date e scarichi, che non riesce piú a leggere cosa c'era scritto all'origine. Ma quello che conta è la prassi.

– Hai fatto presto.

– Adesso vedi di far presto tu –. Il tipo comincia a cercare il fascicolo. Ogni tanto appare da dietro una sequela di scaffali. Dice:

– Era qui. Strano che non si trovi –. Sarti crede che non si troverà:

– Vorrei sapere chi l'ha toccata? Qui siamo in troppi a metterci le mani: non si troverà mai niente. Sarà sempre un caos... – Da dietro le quinte arriva un urlo straziante e il rumore di scatole che rotolano a terra. Poi il silenzio per un po'. Ancora un urlo: – Ecco qua! – e il tipo spunta di nuovo, gli occhiali di traverso.

Consegna un fascicolo che Sarti sfoglia. Risultato: le fiale contenevano:

a) sostanze chimiche ricostituenti usate in farmacologia;
b) antibiotici;
c) sostanze tranquillanti;
d) alcol denaturato.

Alza la testa e chiede:

– Tutto qui? – Il tale raccoglie i fogli, li sistema per benino nella cartella e porta via il tutto. Dice, mentre scompare dietro i soliti scaffali:

– Cosa ci volevi? Cocaina? Eroina? Lsd? – Quando torna, gli mette sotto gli occhi un registro:

– Firma qui; per regolarità –. Sparisce ancora dietro trentadue scaffali e Sarti non lo vede piú. Forse si è addormentato appoggiato ai pioli di una scala. Chissà se un giorno si rivedranno? Cosí Sarti esce alla luce del sole e all'aria pulita; la testa piena di antibiotici, tranquillanti, ricostituenti... Dovrà raccontare a Rosas: chissà cosa si aspettava da quell'analisi. Anche i cervelloni possono sbagliare; e Sarti ne è contento.

Lo scherzo sta per finire

Sarti Antonio, sergente e «Lucciola» Deoni entrano nella cella di Rosas proprio mentre costui cerca di mandare giú la brodaglia nera che passa il convento. Ci prova e, per riuscirci meglio, chiude pure gli occhi.

– Buon appetito –. Rosas non risponde e allontana il contenitore di brodaglia. Dice:

– Fa schifo: quasi peggio della mensa universitaria. Di bello c'è che qui non devo fare due ore di coda per mangiare.

Sono convinto che Rosas è al corrente circa il contenuto delle fiale perché, appena Sarti glielo racconta, quello scuote la testa e sorride. Si alza, va vicino a Lino «Lucciola» Deoni e gli chiede:

– Cosa ne dici? – Lucciola incassa la testa fra le spalle:

– Non so… – A Sarti:

– E tu? – Sarti ha capito, come me, che Rosas ne sa piú di lui su tutto l'affare; e questo gli dà fastidio:

– Cosa vuoi che dica? Si sarà nascosto qualcuno nel sottotetto per fare l'amore e poi si è fatto delle punture ricostituenti per tenersi su. Cosa vuoi che dica? – Lascia perdere e continua su un altro tono: – Non sei tu il padreterno che sa tutto? Se sai anche questo, vieni giú dal pero e raccontalo a noi, che siamo dei poveri cretini –. Rosas non lo ha ascoltato: parla con Lucciola: – Di cosa ti occupi al giornale? – La voce di Lucciola è come un filo: sottile.

– Cronaca, per adesso. Poi, chissà… – Rosas scuote il capo. Dice:

– Anche poi: ti occuperai sempre di cronaca. Come lui sarà

sempre un questurino. Uno che scrive su un giornale come il tuo, o è un fascista, o è un... – Non finisce e cambia discorso: – Che due esemplari: uno serve il capitale con la penna e l'altro con il manganello –. E Sarti:

– E tu chi servi? Credi di essere molto meglio di noi? – Lucciola dice:

– Sarti, io ti aspetto fuori –. Bussa contro la porta e si fa aprire.

Anche Sarti fa per uscire:

– Vengo anch'io. Non ho piú niente da fare qui –. Rosas lo accompagna e gli dice:

– Se tu facessi un sopralluogo nel cimitero... Chissà che non sia rimasto qualcosa da vedere. Qualcosa che gli altri, quelli della narcotici, non hanno notato o non hanno cercato. Che so: qualche indumento, qualche giornale, una cicca... – Si mette a ridere: – Non è con questi indizi che gli investigatori in gamba scoprono gli assassini? – Quando la porta si richiude, Rosas urla:

– Sergente, io so chi è stato. Sergente. Credo che fra qualche giorno potrò invitarti a cena in un bel ristorante... se mi presterai i soldi per pagare il conto –. Sarti torna alla porta della cella, apre lo spioncino, ci va dentro con tutta la faccia. Urla:

– Crepa.

Si carica Lucciola sull'ottocentocinquanta e se lo porta dietro.

– Dove andiamo? – Sarti non risponde. Tutte le volte cosí: Rosas gli dà l'imbeccata, gli dice quello che deve fare, senza che lui, Sarti Antonio, se ne renda conto. E lui, Sarti Antonio, fa quello che Rosas gli suggerisce. Adesso, per esempio, Rosas viene a raccontare che sa chi è stato a combinare tutto quel massacro.

– Tu ci credi? – Ma Lucciola ha altri pensieri.

– Io dovrei andare al giornale: non combino piú niente e ho paura che il direttore sia stanco dei miei giri senza risultato. Adesso la cronaca la cura un altro e non vorrei perdere anche il posto... – Sarti gli batte una mano sulle gambe:

– Allegro, non hai sentito? Rosas sa già chi è stato e, prima o poi, finirà col dircelo. Allora, che articolo. Questa volta ci metti la firma sotto: Lino «Lucciola» Deoni. Non sei contento?

– Certo, sarei contento... – Sorride come se avesse i dolori di pancia. L'ottocentocinquanta di Sarti (sempre a spese sue) ferma sul piazzale del Cimitero della Certosa, ingresso posteriore. Lucciola chiede:

– Dove vai?

– Non hai sentito cos'ha detto Rosas? Sto facendo quello che mi ha consigliato. Andiamo –. Scende, ma Lucciola non si muove: è inchiodato al sedile e scuote il capo:

– No, no, no. Io non vengo. Ti aspetto qui. Non mi va di entrare nei cimiteri. Non vado neanche a trovare la mia povera nonna che è morta nel '59. Io... io ti aspetto qui.

– Non sai cosa perdi –. Il portoncino è seminascosto dietro il campanile. Forza la chiusura e sale i gradini scassati fino a un pianerottolo. Si guarda attorno e scopre una botola proprio di fianco alla rampa che sale ancora. Dentro, c'è una scaletta a pioli e Sarti si cala giú per un paio di gradini. Adesso c'è un corridoio stretto, senza luce e senza finestre. Lo percorre tutto a tentoni e si riempie il viso di tele di ragno. C'è un'altra scala stretta e ripida, sempre senza luci, tanto che Sarti cade tre volte e tutte tre le volte picchia il ginocchio sinistro. Dietro i muri della scala, devono esserci le casse con i cadaveri regolamentari: si sente dal cattivo odore che rivolta lo stomaco. La costruzione è vecchissima (deve essere una parte del convento dei frati con i suoi segreti, le sue trappole) e i muri sono crepati e sconnessi. Lasciano passare il fetore dei corpi in decomposizione.

Mentre Sarti sale fino al coperto, pensa che Lucciola ha fatto bene a restarsene in macchina. In quel buco ha un po' di paura; e non solo un po'... Finalmente è nel sottotetto: respira meglio, ma c'è sempre pochissima luce. Una lama qua e là dagli abbaini stretti. La prima cosa che Sarti vede è una lunga fila di capriate in legno e proprio contro la prima va a picchiare la testa perché non ha preso bene le misure. Il rumore della testata si sente fino in fondo, dall'altra parte del sottotetto. Cade anche una pioggia di segatura: i tarli. È il regno dei tarli e dei ragni, oltre che dei morti. Non c'è proprio da stare allegri: buio, puzzo, vermi e cadaveri tutto attorno. Comincia a parlare forte:

– Quasi quasi me ne torno indietro. Chissà cosa posso trovare… – Ma va avanti, a capo chino, e con una mano sulla fronte, dove ha preso la botta. Nel centro, sotto le capriate e dove il tetto è piú alto, c'è uno strato di paglia ancora soffice:

– Qui ci dormivano durante la guerra, credo… – Avanti ancora, trova il posto. Siede su un legno tarlato e si guarda attorno. La paglia è mossa di recente perché non c'è, sopra, lo strato di polvere e di segatura che c'è sulla paglia attorno. Sparsi in terra, un po' di cotone idrofilo e giornali sgualciti. Ne raccoglie uno e legge la data. Sei agosto di quest'anno. Guarda ancora in giro e scopre un mucchietto di cicche e cerini bruciati… Proprio in quel momento sente un rumore, verso il fondo, come di una persona che ha fatto un salto sul solaio lasciandosi cadere da un posto piú alto. Sarà il luogo, il buio o chissà che accidente, ma a Sarti Antonio, sergente, vengono i brividi lungo tutta la schiena. E sarebbero venuti anche a voi, scommetto quello che volete. A me ha fatto un brutto effetto. Sarti guarda verso il fondo, dove è venuto il rumore.

«Sarà pieno di topi, questo posto. Potevo prendere la rivoltella». Per farne cosa, Sarti Antonio? L'unica volta che ha provato a sparare non c'è riuscito. Vorrei proprio sapere cosa ne avrebbe fatto adesso, anche se l'avesse avuta in mano. Torna a guardare il suo posto e raccoglie un po' di cicche, le orecchie tese. Legge: nazionale, nazionale, nazionale, astor, nazionale, nazionale… Poi gli viene un colpo. L'ultima: Gitanes. La gira tra le dita e non trova la scritta «monital». Gli tremano le mani quando raccoglie ancora. Trova altre due cicche di Gitanes, piú lunghe della precedente e ancora niente marchio «monital». Si china ancora e allora vede qualcuno, piú lontano dietro una capriata in legno. Non è un'impressione: c'è proprio qualcuno. Adesso si è abituato al buio. Si butta pancia a terra e grida:

– Fermo o sparo! – Con cosa, non lo sa proprio, ma ci prova con la mano destra puntata a pistola, come nel gioco dei bambini. Un proiettile si schiaccia contro il legno che sta proprio dove lui teneva la testa un istante prima. Il colpo non si sente però: silenziatore. Si sente invece qualcuno che si allontana di corsa, nel sottotetto e poi, piú niente. Sarti resta schiacciato sulle volte piene di polvere, ragni, tarli; ma non si preoccupa. Si preoccupa di non muoversi. Chissà se quel tale è andato via sul serio o se lo aspetta da qualche parte? E chissà da quanto sta lí, immobile, con la faccia piantata in quel lercio... Lucciola potrebbe avvertire che qualcuno lo venisse a cercare, no? Poi decide: si alza piano, strisciando sotto le capriate arriva fino alla scala. Urla ancora, prima di scendere:

– Fermo o sparo –. Quel figlio di brava donna che gli ha sparato deve aver creduto di averlo preso, perché Sarti non incontra piú nessuno. Alla luce si accorge delle condizioni del suo abito: un massacro! Ragnatele, polvere e animaletti neri gli corrono sul collo e in testa. Lino «Lucciola» Deoni non è in macchina. È stato lui che gli ha sparato: a Sarti vengono in mente le cose piú assurde. Adesso che ci ha pensato, si mette a ridere: non riesce a immaginare Lucciola con una pistola in mano. Sarà l'ambiente dal quale viene, sarà la paura... Comunque Lucciola non si vede. Cerca un po' in giro, nel piazzale. Lo vede accartocciato dentro un chiosco di fioraio.

– Cosa fai qui?

– Beh, star lí solo... mi ero stancato... – Guarda Sarti con gli occhi spalancati: – Cosa ... cosa ti è successo? – Sarti Antonio tiene ancora i pugni chiusi e le unghie gli si piantano nel palmo; la gente che entra o esce dal cimitero, lo guarda strano.

Seduto al volante si rilassa e apre le mani: ha ancora una Gitanes senza il marchio «monital».

– Andiamo da Rosas. Andiamo da Rosas subito –. Lucciola non ne vuole proprio sapere e trova un sacco di scuse per farsi accompagnare al giornale. Ma Sarti tiene duro. Ha l'impressione che la soluzione di tutto, sia lí, a due dita: ma non riesce a toccarla. Passa da casa per sistemarsi alla meglio: lascia Lucciola in cucina a fissare la cicca e si chiude nel cesso. La colite è feroce e quello che ha appena passato, lo ha scosso fino alla colite.

Quel porco che ha cercato di fargli la pelle... Se ci fosse riuscito, chi avrebbe piú trovato Sarti Antonio, sergente, in quel sottotetto? Morti a destra, morti a sinistra, morto lui e salute a tutti. Adesso Sarti è sicuro di avere tutto il materiale che ci vuole per la soluzione e di poterne parlare a Rosas con una certa calma. Solo, gli viene in mente di sentire da Lucciola. Lo chiama forte:

– Lucciola, senti un poco... – Lucciola si avvicina alla porta del gabinetto e gli chiede:

– Cosa c'è? – Sarti gli parla attraverso la porta chiusa:

– Hai visto qualcuno uscire, mentre mi aspettavi? – Lucciola ci pensa un poco e poi dice:

– Non è entrata molta gente nel tempo che ti ho aspettato. Un paio di vecchietti con dei fiori... Senti, ma tu ce l'hai una rivoltella? – Sarti si mette a ridere. Tira l'acqua ed esce. La faccia di Lucciola è pallida come quella di un cadavere. Tutte queste cose...

Lui non deve esserci abituato. Gli chiede Sarti:

– Prima che uscissi io?

– Non mi pare. E poi me ne sono andato dentro al chiosco della fioraia... – Ci pensa ancora: – Un uomo e una donna, mi pare. Non li ho visti bene perché c'erano in mezzo i fiori. Sono saliti su una 500 chiara... Lei era una bella... – Ha i riflessi piuttosto tardi, Lucciola, ma ci arriva: – Sí, sí: lei aveva i capelli rossi.

È già la seconda volta che una rossa gira per questo affare. E questa volta Sarti Antonio, sergente, per poco non ci lasciava la pelle. Mette la cicca in una scatola di svedesi e infila il tutto in tasca. Sente ancora le gambe tremare e non è molto stabile sui piedi. Dice:

– Un caffè, un buon caffè –. Mentre lo prepara, continua a parlare forte: – Il miglior caffè lo preparo io. Per sapere che andavo in cimitero, devono averci seguiti. Lo sapeva Rosas, io e tu –. Si mette a ridere. Lino «Lucciola» Deoni non trova niente da ridere. Pulisce le lenti degli occhiali un po' troppo spesso. Dice:

– Non è molto simpatico che io ti stia dietro: può essere pericoloso. Perché non vai alla polizia e glielo dici? – Sarti versa i due caffè e siede:

– Senti che profumo? Non c'è bar che tenga. Bevi: sono io la polizia.

– È vero anche questo. Ma non mi piace che io debba venirti sempre dietro... È pericoloso anche per me, adesso –. Bevono lentamente il caffè. Sarti dice:

– Devi pur guadagnarti il pane... – Sta un po' meglio. – Se scopriamo chi mi ha sparato, allora abbiamo scoperto l'autore del massacro, l'assassino di Felicita e l'assassino di Pasquale...

– E come fai a scoprirlo?

– Vado... Andiamo da Rosas.

– Ancora?

– Sí, andiamo da Rosas.

Fine della storia

Io, che non sono un poliziotto e neppure ho la testa di Rosas, credo di aver capito. Forse sarà perché so chi ha sparato a Sarti, nel sottotetto del cimitero. Ero lí a due passi quando quel tale se n'è scappato di corsa e l'ho visto in faccia. Per poco non mi viene un colpo. Cosí ho ricostruito tutto. Ma è meglio ve la racconti Rosas la fine della storia; anche perché io non capisco ancora quali siano i motivi per i quali è successo tutto quello che è successo.

Sarti e Lucciola scendono le scale e, prima di uscire, si guardano bene attorno: niente 500 chiara e niente donna con i capelli rossi. Allora Sarti tira fuori l'ottocentocinquanta ma gli viene il dubbio che ci sia dentro una bomba. Dal colpo di pistola in qua, le pensa tutte. Ha una paura matta. Mette il contatto e tira lo starter: tiene gli occhi chiusi. Non succede niente. Per me ha visto troppi film gialli...

Arrivano da Rosas che, al solito, gli hanno appena passato la broda e sta cercando di mandarla giú. Anche lui a occhi chiusi. Chissà perché, quando qualche cosa ci dà noia o abbiamo paura, chiudiamo gli occhi. Si ripete la storia.

Sarti dice:

– Buon appetito –. Rosas grugnisce e lascia da parte il tegame.

– Fa schifo –. Si sdraia sul tavolone e dice:

– Sentiamo –. Sarti Antonio, sergente, fa il suo rapporto e Lino «Lucciola» Deoni prende appunti e, quando non riesce piú a tener dietro con la penna, spera di ricordare. Rosas sorride; è felice. Alla fine dice:

– Molto bene: come ti dicevo io. Molto bene.

– E cosa mi dicevi tu, per favore? Perché io non devo aver sentito...

– Adesso tutto quadra, caro Sarti Antonio...

– Quadrano questi due...

Lucciola ha scritto anche l'ultima frase, ma poi la cancella. Aspetta il seguito che viene da Rosas:

– Devo partire da principio?

– E da dove? Non farmi incazzare anche oggi, per favore...

Rosas si sistema meglio che può sul tavolaccio, chiude gli occhi e parte senza piú fermarsi fino alla fine; io vi trascrivo tutto quello che lui dice, parola per parola, come se fosse stato scritto su un giornale indipendente di sinistra.

– Allora comincio dal momento che ricevo la telefonata che mi dice di andare ai Colli di Paderno. Di questo fatto, nessuno di voi ha mai tenuto conto: ma è la parte piú importante di tutta la storia. Io ne ho tenuto conto perché so che è vera: a voi non è neppure passato per la testa che io avessi detto la verità, per cui ve ne siete dimenticati completamente. Allora: mi telefonano e io vado, come un povero questurino quando gli dicono «vieni che c'è una bomba». Io vado e non trovo nessuno. Aspetto un poco e mi avvio per tornare in città. Dopo un po' di strada sento che mi chiamano: «Ehi, signore!» È Felicita che mi ha raggiunto: facciamo la strada assieme fino a che sentiamo i due botti della stazione radio. È scoppiato qualcosa, non so ancora cosa, ma è meglio che il sottoscritto non si faccia trovare nei paraggi, per cui salto la siepe e me la batto. Felicita riprende la strada da sola, con una fifa maledetta per cui, appena sente un'auto che si avvicina pensando che possano essere i tre che tornano a menarla o che so io, si nasconde dietro la siepe e aspetta che l'auto passi. L'auto è quella dei due fidanzati che poi fermerai tu. Ma c'è qualcun altro che ha sentito l'auto e che non desidera farsi vedere nei paraggi... Anche questo tizio si butta dietro la siepe a poca distanza da dove sta nascosta Felicita. E Felicita Corradini vede quel tale, non solo, ma crede anche di sapere chi è. Siccome Felicita non è cretina del tutto, si guarda bene dal farsi notare, da un tipo che si nasconde dietro la siepe per non farsi vedere. L'auto dei due fidanzati passa tranquilla e il tipo se ne va.

Felicita non ha piú dubbi. In piedi e alla luce della luna è proprio lui! Resta schiacciata contro la siepe e si spelacchia le mani. Solamente quando è certa che il tipo è lontano, si alza e torna a casa. Naturalmente si guarda bene dal denunciare quello che è successo. Il giorno dopo impara la storia dell'attentato e va a parlare con il tipo che ha riconosciuto. Gli racconta tutto e gli racconta anche che lei è dispostissima a dimenticarsene in cambio di qualche cosa di solido. Il tipo non ha scelta: accetta e magari versa anche un anticipo. Pone però una condizione: lei deve raccontare alla questura che sui colli ha trovato Rosas (che fra l'altro la questura non ha beccato com'era nei piani del tipo), dopo lo scoppio. Deve anche confermare che Rosas ha tagliato la corda quando ha sentito le sirene. Cosí, che io sia il dinamitardo, diventa piú credibile. Ed è quello che lei fa: anche perché quelli della 128 confermano. Cosí sono contenti tutti: voi, che mi mettete dentro e dite in giro che avete già preso l'assassino, il dinamitardo, il terrorista, l'anarchico, il rivoluzionario e cosí via; il tipo, che ha raggiunto, in un modo o nell'altro, lo scopo di farmi mettere dentro; Felicita, che pensa di aver risolto il problema dei soldi. Ma non va come pensa lei: quel tale non solo non ha intenzione di pagare, ma per stare al sicuro, decide di farla fuori. Qui entra in scena la donna dai capelli rossi e la 500 chiara che, per un paio di sere, controlla le abitudini di Felicita fino a quando quel disgraziato di Pasquale Nunno decide che ha voglia di farsi una scopata. Doveva essere rimasto soddisfatto di Felicita perché è proprio da lei che si dirige: prende in prestito la 128 dell'amico Michele Sterza. È anche la sera che il tipo decide di farla finita con Felicita. Segue i due e appena si trovano in una posizione favorevole, li raggiunge, fa scendere Felicita, spara un colpo in testa a Pasquale, tanto per stare tranquillo e non avere altri testimoni, getta la 128 nel burrone, carica Felicita sulla sua auto e la porta ai calanchi, che stanno lí a due passi. Felicita capisce che è la fine... Ci vuol poco a rendersene conto, dal momento che per il tipo è cosí facile sparare. Decide di provarci prima lei: estrae la pistola che Tiroideo le aveva procurato e spara. Felicita non è molto brava; non come il tipo: infatti quello che riesce a combinare è un buco da niente sulla pelle del tipo che, senza pensarci piú di tanto, le tira il colpo in testa. Si carica la donna e, alla meglio, poiché è ferito, la trascina nei calanchi e ve la getta. Sporca il corpo della donna con il proprio sangue. Se ne va, ma non si preoccupa della pistola di Felicita che resta sull'erba. Ecco perché si trovano due bossoli, uno diverso dall'altro, ma un solo proiettile. Uno è rimasto nel corpo dell'assassino.

Mentre succede tutto questo a Sarti Antonio, sergente, viene la grande idea che qualcuno possa far fuori Felicita. Prende e va a cercarla, sempre troppo tardi, come al solito. Anche Tiroideo, sparito il sergente con il suo libretto famoso, si mette in cerca di Felicita. Solo che il sergente non la trova, mentre Tiroideo, che sa dove Felicita è solita portare i clienti, la trova. Morta. Trova anche la pistola e se la porta via perché è chiaro che se la vedono lí, il primo indiziato diventa lui. È lui che ha comprato l'arma. Il sergente la troverà poi dove sappiamo, a casa di Tiroideo. Rimane il tipo ferito da Felicita. Se va in un ospedale a farsi curare, deve pur raccontare qualche cosa; se va da un medico, è possibile che la polizia lo trovi. Infatti il buon Sarti ha scovato ben cinque o sei individui con buchi di pallottole in corpo. Ma non quello giusto, sebbene due di loro non avessero alibi. Non trova quello giusto perché lui, quello giusto, non è andato né all'ospedale né dal medico. Va in un posto piú che sicuro. Va nel sottotetto del Cimitero della Certosa dove, durante la guerra, è riuscito a sfuggire perfino alle «Esse Esse» tedesche. E se non lo hanno trovato i tedeschi, figurati se lo trova la questura. In piú c'è anche la sua amica, la rossa della 500 chiara, che lo può curare e cosí, per puro caso, si trovano delle fiale di antibiotici, ricostituenti, tranquillanti. Si trovano, al solito, quando è tardi: il merlo è già guarito e ha cambiato nido. Sarti Antonio, che è piú bravo degli altri, trova anche delle cicche targate Gitanes; le stesse che ha trovato a pochi passi dalla stazione radio fatta saltare.

Le Gitanes sono francesi, senza il marchio «monital» e questo vuol dire solo una cosa: chi le ha fumate è stato in Francia o, per lo meno è passato dalla Francia, perché non mi risulta che le Gitanes siano vendute di contrabbando. Guarda caso, per venire o per tornare in Italia dalla Spagna con l'aereo si fa tappa proprio in Francia –. Rosas si ferma un momento a pensare e poi dice ancora:

– Ecco, mi pare proprio che non ci sia altro. Hai segnato tutto, Lucciola? – Lino «Lucciola» Deoni scuote il capo:

– No, ma posso ricordare... – Pulisce le lenti degli occhiali. Sarti per ora, si limita a sorridere. Poi, va sotto il naso di Rosas e gli sussurra:

– Tutto bene, genio, tranne un paio di cosette. Queste: quel tale che dici tu, Adriano «verme» Gaia, per intenderci, è sí stato in Spagna, è stato sí partigiano durante la guerra di liberazione, ha sí una donna che fa l'infermiera-bucaculi e che avrebbe anche potuto curarlo, ma si dà il caso che per tutto il mese di luglio sia stato in un albergo spagnolo, in riva al mare a prendersi il sole. Quindi, non era qui quando qualcuno (non lui) ha fatto saltare la stazione radio dell'esercito. Secondo: la sua donna, Caterina «bucaculi» Allui per l'anagrafe, non ha i capelli rossi. Terza cosa che non quadra: la 500 dei due fidanzati fantasma è passata prima della 128 dei tre, dal mio posto di blocco, mentre, secondo il tuo racconto, prima avrebbe dovuto passare la 128 che aveva già scaricato Felicita e poi la 500. E spiega anche come mai «verme» ha cercato di farti arrestare con l'accusa di massacro quando tu sei quasi dalla sua parte: di sinistra lui e di sinistra tu. Prova un po', genio! Dopo io andrò a raccontare tutto all'ispettore capo e tu potrai tornare fuori a rompere ancora le palle alla questura –. Siede sul tavolaccio e aspetta, con pazienza. Rosas non si fa attendere:

– Primo: Adriano «verme» Gaia va in Spagna e ci resta fino al 25, giorno nel quale prende un aereo e arriva a Bologna. Al suo albergo, in Spagna, racconta che fa un salto a Madrid perché il 26, domenica, c'è una corrida che gli interessa. Che turista è uno che va in Spagna e non assiste almeno a 23 corride?

Fa tutto quello che deve fare e il 28 mattina è di nuovo sulla spiaggia a prendere il sole con la sua «bucaculi». Vai a Cadaqués e informati: mi gioco la testa se non è come dico io. Secondo: la sua donna non è rossa, ma tu, proprio tu, sergente, non hai fatto che dire che in casa sua di lei hai trovato un sacco di cose: profumi, pellicce, cosmetici, parrucche... Terzo: Michele Sterza ti ha detto che quella famosa sera si sono fermati ad aspettare Felicita, dopo che l'avevano abbandonata, perché volevano riprenderla a bordo. Non erano poi cosí delinquenti. In quel periodo, sempre secondo il racconto di Michele, una 500 ha superato la 128 ed è arrivata al tuo posto di blocco prima dei tre. Ultimo: Adriano «verme» Gaia, non è di sinistra. È stato fascista, poi repubblicano, poi partigiano. Un uomo cosí non è di sinistra: è un verme e basta. Il suo piano, o quello di coloro che lo hanno pagato, è di scaricare su di noi la responsabilità: io non sono che il primo della serie. E sta' pure certo che non sarò neppure l'ultimo: dietro di me si possono arrestare tutti quelli che mi somigliano... – Questa volta pare proprio che abbia finito, ma dopo un poco aggiunge:

– Anche se fai arrestare Adriano «verme» Gaia, la storia finisce lí. Gli altri, i suoi colleghi, non riuscirete mai a trovarli, ammesso che a qualche questurino venga mai l'idea di provarci. E un'idea cosí non viene certo al tuo ispettore capo Raimondi Cesare, sta' pure sicuro.

Ha finito sul serio. Infatti prende un libro e si mette a sfogliarlo. Sarti ci butta un occhio e legge: L. Trotsky, *Terrorisme et communisme*. In francese. Chissà chi glielo ha procurato. A Sarti viene il dubbio che qualcun altro, oltre a lui, abbia svolto indagini, fuori di qui. Magari proprio in Spagna, all'Hotel Mediterraneo di Cadaqués, Costa Brava. E poi, di ritorno, passando dalla Francia, in luogo delle Gitanes abbia comprato quel libro che sta leggendo Rosas. Perché uno non può inventare tutte le cose che Rosas gli ha appena raccontato: anche se quell'uno ha la testa di Rosas. Proprio non può! Ma non chiede, anche perché Rosas ha già cominciato a fischiare, piano, in sordina. Se ne va tirandosi dietro Lino «Lucciola» Deoni. Corre a casa perché deve controllare una cosa che gli è appena venuta in mente.

È cosí, come dice Rosas! Nel portacenere di casa sua c'è un mozzicone di Gitanes, ma c'è la scritta «monital». Adriano «verme» Gaia deve aver finito la scorta presa in Francia. Ringrazia di non avere una donna che gli pulisca il portacenere... ed è contento di avere il portacenere anche se non fuma.

Lino «Lucciola» Deoni è chiuso nell'ufficio di redazione da due ore e quaranta minuti. Non ha ancora parlato con nessuno: vuole il colpo e deve essere suo. Le mani gli tremano e non fa che gettare fogli nel cestino. Questa volta vuole il nome sotto l'articolo: lo firmerà Lino «Lucciola» Deoni. Niente «Lucciola»: solo Lino Deoni. Ma i fogli continuano a finire nel cestino. Di certo su ogni foglio che infila nel rullo c'è: «Adriano Gaia e Caterina Allui arrestati per la strage alla stazione radio e per l'assassinio di Felicita Corradini e Pasquale Nunno. Chi c'è dietro di loro?» Di piú non riesce proprio. Pulisce gli occhiali e si sistema meglio le mezze maniche. Io non posso aiutarlo: non riesco neppure a scrivere tre righe a mia madre che non vedo da sedici anni. Figuratevi se dovessi scrivere un articolo su un giornale. Neanche morto: sono allergico alla penna io.

Sarti Antonio, sergente, invece ha altre preoccupazioni. La prima: deve giustificare all'ispettore capo i due fidanzati fantasma. In qualche modo ne verrà fuori. Secondo: questa notte qualcuno gli ha infilato sotto la porta di casa un foglio di carta intestata dell'Hotel Mediterraneo di Cadaqués - Costa Brava. Chi? La lettera finisce cosí:

«... il giorno 25 luglio el señor Gaia ha lasciato il nostro Hotel per recarsi a Madrid e assistere a una corrida molto importante. El señor Gaia ha fatto ritorno in Hotel nella giornata del 28 luglio per poi lasciarlo definitivamente la mattina del 31 luglio...»

Dovrà chiedere a Rosas notizie su questi fogli: c'è gente che va in giro per l'Europa senza avvertire nessuno.

Appendice

Questo brano è stato pubblicato in *Le piste dell'attentanto*, Einaudi Stile libero noir, 2004, con il titolo *Alcuni ringraziamenti e altro in occasione di questa ristampa*.

Luglio del 1974 (ne è passato di tempo): nei «Gialli Italiani Calibro 90» (inventati da Raffaele Crovi per Campironi Editore) usciva, con il numero 4 di collana, *Le piste dell'attentato*. Ristamparlo oggi da Einaudi, mi sembra un bel modo per festeggiare il trentesimo anniversario della nascita di Sarti Antonio, sergente. E il trentesimo anniversario del mio primo romanzo edito. Gli inediti si contavano a decine e sono ancora nel mio garage. Tutt'ora inediti, come lo saranno per sempre.

Il titolo che io avevo dato al romanzo era *26 luglio: attentato* e devo dire che mi piaceva. Ma quando Raffaele Crovi l'ebbe fra le mani, storse il naso e disse: «Si intitolerà *Le piste dell'attentato*».

Aveva ragione. Non ho mai preso un buon titolo e gli editori me li hanno quasi sempre cambiati. Quelli che sono rimasti, me li ha suggeriti Franca.

Poi c'è la storia dell'editing. Massimo Carloni, nel libro che con Roberto Pirani mi ha dedicato (*Loriano Macchiavelli, un romanziere, una città*, Pirani Bibliografica Editrice, 2004), ci ha fatto uno studio piuttosto interessante.

Per esempio, nel mio testo originale avevo scritto:

«Molto bene, Sarti, molto bene. Questa volta gli facciamo un culo cosí a quei quattro stronzi rossi. Gli facciamo un culo che se lo ricordano per un pezzo ..» È proprio felice e stringe le chiappe per la felicità.

Nel libro è diventato:

«Molto bene, Sarti, molto bene». È proprio felice.

Cazzo diventa una *c* con tre puntini, *stronzo* diventa *fesso* e via dicendo. Per dirvi come eravamo. Nel senso di com'era l'editoria italiana di quegli anni.

Ma io che ci potevo fare? Rinunciare alla pubblicazione per una questione di principio?

Non l'ho fatto e adesso sono qui e scrivo quello che mi pare.

Io non so quando è cominciata la mia vita di scrittore. Forse un secondo dopo che la mia maestra della prima elementare, una grassona dai capelli rossi e mani pesanti, che non dimenticherò mai, mi aveva dato uno schiaffo in faccia perché avevo scritto la g con il pancino (cosí chiamava lei la gambina che scendeva sotto la riga e poi tornava su facendo una sorta di cappio) troppo stretto. Già me ne aveva dato uno il primo giorno di scuola per via dei puntini, dei quali ci faceva riempire pagine e pagine e ancora oggi mi chiedo a che mi siano servite le migliaia di puntini dal momento che ce ne vuole uno solo per ogni frase. I miei puntini venivano sempre con un baffo laterale. Mai belli, puliti come i suoi alla lavagna.

Dunque io non so quando è cominciata la mia vita di scrittore. So quando gli altri hanno deciso che sí, io ero uno scrittore. E gli altri sono sei persone che vorrei aver ringraziato, ma quando ho pensato di farlo, per molti di loro era troppo tardi.

Comincio con Alberto Tedeschi.

In risposta a un mio manoscritto, mi inviò una lettera che ancora conservo e che dimostra quanta onestà intellettuale lo animasse. Mi comunicava che la collana gialla Mondadori non pubblicava piú, da tempo (e per vari motivi che sarebbe stato lieto di discutere con me) romanzi di autori italiani e mi consigliava di inviare il manoscritto al «Gran Giallo Città di Cattolica», che quell'anno avrebbe premiato per la prima volta un romanzo giallo inedito, appunto, di autore italiano.

Il premio consisteva nella pubblicazione da parte di uno degli editori che avevano sponsorizzato l'iniziativa. Tedeschi concludeva avvertendomi di non aver letto il mio manoscritto proprio perché sperava di leggerlo come commissario del premio e quindi non riteneva né onesto né giusto farlo prima e fuori dalla sede istituzionale del premio stesso.

Non ci pensai neppure a inviarlo, «tanto si sa già chi vincerà». Per mia fortuna, lo inviò Franca e adesso sono qui che continuo a scrivere romanzi gialli.

Enzo Tortora. Con lui il mio primo contatto fu traumatico. Per me. Lo conoscevo per il suo lavoro televisivo in bianco e nero...

Sí, confesso che guardavo la tv e confesso anche che mi piaceva e divertiva. O ero piú ingenuo io o sono piú idioti i programmi di oggi. Non ho nessuna intenzione di indagare.

Una sera... Meglio, una notte, perché erano già passate le undici e per me la notte comincia alle dieci e un quarto, ricevo una telefonata che, dopo il mio assonnato «pronto» si presenta con un «Sono Enzo Tortora» e continua con il mio immediato «Sí, e io sono Stalin».

Avevo un amico che amava fare scherzi del genere. Una volta si presentò come Palmiro Togliatti. Io rispondevo con la prima puttanata che mi veniva in mente, lui ci faceva su una risata e si parlava di ciò di cui si doveva parlare.

Quella notte la risata non arrivò. Arrivò un lungo, drammatico silenzio che ancora, quando ci penso, mi dà un doloroso brivido allo stomaco. Quel lungo, drammatico silenzio mi fece venire un altrettanto drammatico dubbio.

Ma come potevo pensare che Enzo Tortora si prendesse la briga di telefonare a loriano macchiavelli?

Quando dio volle, il silenzio fu rotto da un «Prego?» che mi fece definitivamente capire in quale accidenti di pasticciaccio mi fossi ficcato.

Il giorno seguente, in occasione della premiazione, cercai di spiegare a Tortora, in separata sede e con imbarazzo, l'equivoco, ma mi è sempre rimasto il dubbio, e ce l'ho ancora a distanza di trent'anni, che non mi abbia creduto.

Da Tortora mi arrivò, dunque, la patente di scrittore.

Infine Oreste del Buono e un'altra telefonata, anche questa con brivido, ma di piacere perché mi offriva la possibilità di pubblicare, nella mitica, e da me sempre, prima di allora, criticata collana gialla Mondadori, tre romanzi tre, con protagonista Sarti Antonio, sergente. Avvenimento impensabile anche solo un secondo prima di ricevere la comunicazione del mitico OdB.

Quando mai nella collana Mondadori si pubblicavano autori italiani? L'ultimo era stato stampato nel lontano 1956[1] (*Tresoldi e il duca*, di Giuseppe Ciabattini). Dopo di che, ecco Loriano Macchiavelli con *Sarti Antonio, un diavolo per capello* (1980); *Sarti Antonio, caccia tragica* (1981); *L'Archivista* (1981). OdB aveva aperto una porta (e io mi ci ero infilato) dalla quale sono poi passati, e ancora oggi passano, nuovi autori italiani.

Una prefazione di OdB comincia cosí: «Io non so se Loriano Macchiavelli sia il piú bravo giallista italiano. In questa faccenda delle classifiche è facile sbagliare, dato che parecchi, poi, sono ancora convinti che il giallo italiano non esista. So, però, e di questo sono sicuro, che è il piú coraggioso giallista italiano, e, se il giallo italiano non esiste, pazienza, si tratta pur sempre del romanzo, non discutiamo troppo sulle etichette...»

Uno scritto del 1980 che mi pare potrebbe essere ancora di attualità. Per il giallo italiano, non per Macchiavelli.

Ecco perché avrei voluto ringraziare (ma non l'ho fatto e lo faccio ora, con questa prefazione) Oreste del Buono, Alberto Tedeschi e Enzo Tortora. Non solo per me: per quello che hanno fatto per il giallo italiano.

[1] Con l'eccezione di *Petrosino e i baffi a manubrio*, di Secondo Signoroni, 1977. Ma questo romanzo veniva pubblicato nella collana gialla Mondadori perché vincitore del «Gran Giallo Città di Cattolica», nell'anno in cui, per regolamento, l'editore del romanzo vincente era Mondadori

Fiori alla memoria

1. Quando si dice la sfortuna...

La sfortuna piú grande è stata quella di venire assegnato all'ufficio dell'ispettore capo Raimondi Cesare. Tutto il resto è venuto dopo: la colite, l'inappetenza, lo stipendio sempre troppo corto, l'auto 28, l'agente Felice Cantoni, il desiderio di buttarsi dalle due torri invece che andare in servizio, le periodiche crisi sessuali, il desiderio di non sposarsi, il desiderio di sposarsi, una pistola in dotazione chiusa dentro un cassetto, sotto i fazzoletti e i calzini puliti, un caricatore ammuffito...

Quando apro il giornale mi aspetto, ogni mattina, un titolo su quattro colonne: «Sergente strangola il diretto superiore, ne sevizia il cadavere, ne occulta il pene e disperde in giro le martoriate membra». Un bel giorno Sarti Antonio, sergente, esce dal bagno, si tiene le mani sulla pancia e mi dice:

– Vado da «lui» e gli chiedo il trasferimento –. Quando è arrabbiato lo chiama «lui».

Io gli dico:

– Fai bene! – Si massaggia un po' e fa una smorfia:

– Altro che colite! Quello mi fa morire... Ma io non ne ho nessuna voglia –. Lo guardo in faccia e lo vedo un po' giallo:

– La colite?

– E cosa se no? – Ci pensa sopra e continua a massaggiarsi. Dice:

– Ieri sera mi ha fatto venire una crisi di nervi e adesso soffro le pene dell'inferno. Proprio ne ho abbastanza! – Cosí lo porto in ottoecinquanta fino alla Centrale; durante il viaggio Sarti Antonio, sergente, riprende un po' di colore, con l'aria fresca che gli entra dal finestrino abbassato.

Appena Raimondi Cesare, ispettore capo, se lo trova davanti, non gli dà il tempo di aprire bocca. Gli sorride:

– Giusto te, Sarti. Capiti proprio, è vero, come si dice, come il cacio sui maccheroni... – Sarti lo guarda e riesce a reprimere un conato. Quello gli sfoglia sotto il naso il giornale fresco di stampa e gli indica, col dito, un articolo che è già segnato in rosso:

– Leggi, leggi pure! Cose da pazzi! – Sarti Antonio, sergente, legge:

– Avvertimento intimidatorio dei banditi neri al monumento ai Caduti. Ignoti, ma di chiara provenienza politica, incendiano la baracca degli addetti ai lavori.

Testo: «Questa notte è scoppiato un incendio all'interno della baracca contenente gli abiti di lavoro e gli attrezzi degli operai addetti alla costruzione del Monumento ai Caduti Partigiani che sta per essere ultimato in località Pieve del Pino, a circa 50 chilometri dalla nostra città. Tutto è andato distrutto. L'attentato, perché di attentato si tratta, è una ennesima offesa alla memoria di chi è caduto per la libertà del nostro paese e dimostra chiaramente che le autorità di polizia non vogliono far niente per assicurare alla giustizia i criminali. Nel verbale della questura, infatti, si parla di incendio dovuto a cause imprecisate. Cosa vuole la polizia?»

«Vuole che i delinquenti lascino sul luogo degli attentati una dichiarazione di colpa?»

«O vuole che siano i veri democratici a far giustizia?»

«Ci siamo recati sul luogo e abbiamo raccolto prove piú che sufficienti per dimostrare che si è trattato di un vile atto di sabotaggio...»

Raimondi Cesare, ispettore capo, gli strappa il foglio dalle mani, quando ancora non ha finito di leggere. Dice:

– Visto? Visto che roba? Noi... è vero, come si dice... siamo degli incapaci, degli incompetenti... Bisognerebbe arrestarli tutti!

Sarti Antonio, sergente, gli chiede:

– Chi ha steso il verbale?

– Ho mandato una pattuglia del 113! Cos'altro dovevo fare? Dovevo andare io? Il sopralluogo è stato eseguito assieme agli ufficiali dei Vigili del Fuoco, è vero, come si dice... Ma per quelli, noi non facciamo mai niente di logico, noi...

Getta il giornale nel cestino, ma poi lo raccoglie, lo stira, lo piega in quattro e lo infila nella tasca della giacca, appesa dietro la porta.

Si rimette alla scrivania e borbotta chissà cosa. Sarti aspetta che «lui» alzi gli occhi dalle sue carte, ma «lui» non ci pensa neppure. Dice, questa volta piú forte, tanto da farsi intendere:

– Mi farebbe proprio un piacere, è vero, come si dice...

– Prego?

Ecco che alza gli occhi, benigni, verso Sarti Antonio, sergente:

– Dico che mi farebbe proprio un piacere se lei andasse a dare un'occhiata lassú...

Sarti non ha mai avuto il piú piccolo desiderio di fare dei piaceri a «lui», però dice:

– Senz'altro!

Fa per uscire, ma poi si volta e dice:

– Cosa ne penserà quello che ha fatto il primo verbale?

– Cosa vuoi che gliene importi? Basta che lo stipendio corra tutti i mesi...

«L'amor proprio degli altri tu te lo sbatti sotto le suole, vero?» Ma non lo dice, lo pensa ed esce.

È già sul portone quando un agente lo chiama da una finestra sul cortile:

– Sarti! sergente Sarti! Ti vuole l'ispettore capo!

Risale le scale, rientra dalla porta da cui era appena uscito, guarda di nuovo in faccia l'ispettore capo Raimondi Cesare, reprime di nuovo il conato e aspetta di nuovo gli ordini.

– Lascia stare, lascia stare: manderò qualcun altro!

«Ottimo!» Anche questo non lo dice. «Lui», invece, continua:

– Mi ha telefonato il prefetto: vuole che tutte le notti ci sia qualcuno di guardia al monumento. Non vuole che si dica che la polizia protegge chissà chi...

Sarti Antonio, sergente, è proprio contento, ma quello non lo lascia contento per molto:

– Cosí andrà lei, è vero, come si dice... almeno fino all'inaugurazione –. È proprio una mazzata sul collo.

– Non sto molto bene: la colite... Anche oggi... Ero proprio venuto per dire...

– Naturalmente di giorno starà a riposo... Mi sembra logico, è vero, visto che sarà in servizio durante la notte.

– Grazie.

E questa volta se ne va sul serio. Neanche se lo chiama il presidente della repubblica, torna indietro!

Il presidente della repubblica non lo chiama e neppure Raimondi Cesare, ispettore capo. Cosí Sarti Antonio, sergente, può andare al bar a prendersi un caffè. Lo manda giú, paga e dice:

– Fa schifo!

Al ritorno, l'ottoecinquanta la guida lui e non apre piú bocca. Gli chiedo:

– Va meglio con la colite?

Non vi dico quello che mi risponde perché riguarda la mia persona e non la presente storia. Non mi preoccupo e continuo:

– Potevi parlargli del trasferimento...

Ho proprio paura che, stavolta, quello che mi risponde riguardi anche la presente storia e le storie future.

Sarti Antonio, sergente, finisce di bestemmiare poi dice:

– Quando ti parla e ti dà del lei, sta pure tranquillo che è il momento che ti frega. Ti frega che non c'è Cristo!

2. Una notte piuttosto fredda...

La baracca bruciacchiata doveva servire per i materiali e per gli abiti degli operai addetti alla costruzione del monumento. Ma da quando aveva preso fuoco (o le avevano appiccato il fuoco) non serviva piú a niente. Adesso si vede bene da dove è partito l'incendio: il pavimento di legno, vicino alla porta d'ingresso, non c'è quasi piú. O meglio, ci sono del carbone e della cenere.

Di qui, il focolaio si è allargato, su, verso l'attaccapanni (bruciacchiato anche quello) e da ogni parte.

– Cosa c'era lí? – Sarti indica il punto da dove è partito il fuoco.

– Ci si mettevano le scarpe buone; qui i panni, i soldi, gli occhiali, i documenti e tutto il resto. Uno di noi, un manovale, ci ha rimesso la dentiera...

– Cosa?

– La dentiera! La mette solo quando mangia. Per il resto la tiene in tasca o dentro la borsa del mangiare, avvolta in un fazzoletto. L'altra sera l'aveva dimenticata in baracca e cosí se n'è andata assieme al resto. Sono piú di quarantamila lire...

– Era di seconda mano?

Il muratore non capisce la finezza. In effetti, l'umorismo di Sarti non è afferrato da molti: è un fatto che ho potuto constatare piú volte.

– Qualcuno di voi fuma?

– Tutti!

Non c'è traccia di bottiglie rotte, non c'è traccia di materiale combustibile, non si sente odore di benzina... Niente di niente. Dice Sarti:

– Per me ha preso fuoco un paio di calzini. Qualcuno ha gettato una cicca e hanno preso fuoco i calzini...

Il muratore lo guarda storto e se ne va. Brontola:

– Già! I calzini. I calzini neri! Cosí è sistemato tutto no? E noi che non ci avevamo pensato...

Sarti non si lascia andare:

– Il fumo fa male: dovete ricordarlo!

In baracca non ci si può stare, è come se si rimanesse all'aperto: c'è un vento che taglia, su quella cresta; cosí Sarti rientra in macchina.

L'ultimo ad andarsene è il muratore che ha parlato dei calzini neri. Dev'essere il capo operaio: salta sulla bicicletta e passa di fianco all'auto 28 canticchiando:

Se non ci conoscete
guardateci dall'alto:
noi siam le calze nere
del battaglion d'assalto...

A Sarti viene la mosca al naso, perché non gli piace che lo sfottano.

Lo chiama:

– Ehi, tu! Senti! – «Ehi tu» torna indietro e si ferma all'altezza della portiera dell'auto 28.

– Dica, capo.

– Come ti chiami? – Al muratore è già passata la voglia di cantare: si vede subito. Domanda:

– Perché?

– Perché mi piace sapere con chi parlo...

– Golfarini.

– E poi?

– Golfarini Antilio.

– Bel nome! Senti Antilio: io non so se i calzini che hanno preso fuoco in baracca erano neri o rossi, però ti assicuro che lo scoprirò. E allora, caro Antilio, può darsi che te ne faccia ingoiare un paio di quei calzini. Ciao. Stai bene.

Antilio se ne va, senza piú cantare.
Canta Sarti Antonio:

Avanti popolo
ci son dei fossi,
calzini rossi, calzini rossi...

Felice Cantoni, agente, guarda Sarti, a bocca spalancata. A sua memoria, il sergente non ha mai cantato.

– Bella voce, sergente.

Poi viene la notte, fredda da far schifo, buia da spedire una lettera di protesta all'Enel e lunga, lunga da non finire mai.

Felice Cantoni, agente, sbuffa:

– Ci vorrebbe una sigaretta –. La trova da qualche parte, nelle tasche, e la mette in bocca.

– Se vuoi fumare, esci dalla macchina –. Felice Cantoni si allunga piú che può sul sedile, e sospira:

– Non fumo! Questa è per domattina. Sta' tranquillo, sergente.

Ma dopo un po' ricomincia a sbuffare:

– Ci vorrebbe un caffè caldo!

Sarti allunga una mano nel cruscotto e trova il contenitore. Toglie il cappuccio e si beve un lungo sorso. Felice lo guarda:

– Cos'è?

– Cos'è cosa?

– Cos'è quello che hai bevuto...

– Caffè. Perché?

– Ah! – Cantoni aspetta, ma non succede niente, proprio niente di quello che lui vorrebbe... Cosí decide:

– Se ne può avere un sorso?

– Di che?

– Di caffè, accidenti! – Sarti glielo passa ed esce dalla macchina.

– Mi sgranchisco le gambe. Tu fai un pisolino che poi mi dai il cambio –. Si allontana. Felice Cantoni ingoia un sorso di caffè caldo, aromatico. Dice:

– Buono, sergente, molto buono!

– Lo so. Io faccio sempre un caffè molto buono.

E corre per scaldarsi. Non ricorda che in aprile abbia mai fatto tanto freddo come questa notte. Conta i massi del monumento. Ogni masso è un caduto, e sono cinquantatre.

Legge i nomi, tutti.

Poi c'è una lapide con un discorso nel quale ci si perde...

Poi c'è un muro in cemento lungo trenta metri e alto tre, dal quale spuntano i mitra. Mitra tedeschi, puntati al petto di chi guarda. Poi c'è Felice Cantoni, agente, che sta già dormendo e c'è un vento gelido che fa rizzare il pelo.

Basta che Sarti Antonio, sergente, prenda un po' di freddo che subito gli scoppia la colite nella pancia. Come adesso: dei morsi da sudare.

Prima di tornare in macchina, guarda l'orologio: sono le due. Si allontana un po' e trova un posto tranquillo. Facile, quando si è in montagna, fra gli alberi e i cespugli di un bosco.

Dopo sta meglio e decide di dare il cambio a Felice Cantoni. Cosí, torna alla macchina proprio mentre un raggio di luna, il primo in quella maledetta notte, esce dalle nuvole e illumina il muro curvo, grigio e opprimente. Illumina anche una scritta nera, alla base del muro, che solo cinque minuti prima non c'era.

«A morte i rossi. No al 25 aprile».

Sono belle lettere, a spruzzo, alte dai venti ai venticinque centimetri, fresche di stampa, che colano goccioloni neri, sbrodolando lungo il muro.

– Puttana! Felice! Felice! Accendi i fari!

Ma quello dorme e allora Sarti gli piomba sopra e lo scuote.

– Accendi i fari, Cristo!

E quando i fari picchiano sul muro, le scritte appaiono ancora piú nitide, belle, brillanti, come bagnate di rugiada.

Felice Cantoni, agente, salta dalla 28 e si avvicina al muro:

– Chi è stato?

Sarti cerca la torcia e bestemmia perché è sempre stata lí e adesso che serve non riesce a trovarla.

– Chi è stato, sergente?

– Sono stato io, Cristo!

Felice Cantoni, agente, sbarra gli occhi:

– No! Ma... ma perché?

L'ho già detto che l'umorismo di Sarti Antonio, sergente, non è capito da tutti: Felice Cantoni è fra quelli che non lo capiscono.

– Prendi il mitra e cerca... Cerca qui attorno, Cristo, invece di perdere tempo in domande stupide! Non può essere lontano quel figlio di puttana!

Corre a destra e a sinistra con la torcia accesa, come uno che sia diventato matto di colpo. Anche Felice Cantoni, agente, si dà da fare e urla; adesso ha capito tutto.

– Vieni fuori, delinquente! Fatti vedere, delinquente!

Sarti bestemmia come aveva bestemmiato solamente nel lontano 1948:

– Ti volti per pisciare e quelli ti fregano! Aspettano solo che ti volti, figli di puttana! Cristo, se ne trovo uno! Se ne trovo uno...

Uno lo trova: sdraiato nel fosso, a pancia in giú...

Proprio come se volesse nascondersi.

Ha la testa cosí spappolata che non si capisce bene quale sia il viso e quale la nuca.

Sarti gli tiene il faro puntato sulle scarpe. Chiama:

– Felice! Felice! – Ma dalla bocca non deve uscirgli niente perché neppure lui sente la sua voce.

Chiude gli occhi e gli rimane la testa spappolata impressa dentro. Ingoia un po' di saliva, si volta e urla, con tutto il suo fiato (devono sentirlo fino alla centrale):

– Felice!

Felice Cantoni arriva di corsa:

– Cosa c'è, sergente?

Sarti gli accende la torcia, ma non guarda, cerca di non guardare. Sente la voce di Cantoni:

– Oddio!

Sarti gli passa la torcia. Ordina:

– Resta qui!

Si avvia all'auto 28 che se ne sta ancora a fari accesi a circa trecento metri dal fosso con il cadavere.

– Qui auto 28! Qui auto 28! Chiamo la centrale. Sergente Sarti... Abbiamo trovato un morto... Abbiamo trovato un morto... Abbiamo trovato un morto...

Non gli riesce di dire altro: poi, fa appena a tempo a voltarsi da un lato.

3. Giacinto Gessi tutto casa e chiesa

Quando un giornalista trova un cadavere, uno qualunque, è a nozze. Adesso non è ancora giorno fatto (sono le sei del mattino), di cadaveri ce n'è uno già pronto e i giornalisti sono lí che ronzano attorno.

Gianni «Lucciola» Deoni salta come un grillo, le lenti spesse dei suoi occhiali, un po' appannate per la rugiada, spuntano dappertutto: fra i cespugli, in mezzo ai lampi dei fotografi, sotto le ruote delle auto degli agenti... E parla, parla...

Si avvicina a Sarti e gli sussurra:

– Poi mi racconti tutto...

Sparisce di nuovo dietro a uno della scientifica e rispunta, poco dopo, dietro il camice di un infermiere.

Chi non parla, invece, è Raimondi Cesare, ispettore capo. Sta a guardare le scritte sul muro. Poi fa un cenno a Sarti e si allontana un po' dal caos. Abbastanza per non essere ascoltato dagli altri e attacca, sottovoce, ma con una gran rabbia dentro. A denti stretti, per intenderci:

– Io mi chiedo come abbiano potuto fare le scritte senza che lei se ne sia accorto... Io mi domando, è vero, come si dice, come abbiano potuto massacrare quel disgraziato a due passi da lei, senza che lei se ne rendesse conto. Io mi domando, è vero...

E il tono della sua voce si fa piú nitido e sostenuto:

– Io mi domando, è vero, come si dice, cosa l'ho mandata qui a fare!

Sarti Antonio, sergente, crede che sia inutile, adesso, spiegare come sono andate le cose... (io sono del suo parere). Cosí, senza aprire bocca, se ne torna verso il muro.

– Dove va?

– A cercare qualcosa...

– Cosa vuole mai cercare adesso? Doveva tenere gli occhi aperti prima! Doveva tenere gli occhi aperti prima! Cosa vuole mai cercare adesso? Non mi faccia ridere. Sa cosa le dico? I giornalisti li mando da lei: glielo spiega lei com'è successo e perché! Lei gli dice che è venuto qui a dormire perché giú, in città, faceva troppo caldo! È vero?

– Li mandi pure da me.

Ma Sarti non ci crede: Raimondi Cesare può rinunciare a mangiare e a fare l'amore, ma non rinuncerà mai a parlare con i giornalisti.

Quello gli trotta dietro e continua a sbraitare:

– Lo sa, sergente, cosa ci sarà sui giornali domani? «Un attentato e un omicidio sotto gli occhi della polizia che guarda e lascia fare. La polizia e le trame nere sono d'accordo».

Continua per un pezzo. Ma Sarti se ne sta davanti al muro e lo guarda: il maledetto muro grigio, curvo e opprimente, con i mitra all'altezza del suo petto. Non riesce proprio a ricordare se ieri sera quelle tavole di legno che adesso stanno appoggiate sulla terra smossa e corrono dalla strada fino al muro, fossero già lí. O forse sono state messe questa notte dallo «scrivano», per non lasciare impronte sulla terra fresca?

Non riesce proprio a mettere a fuoco il fatto: glielo potrà dire, magari, Golfarini Antilio, appena tornerà in cantiere.

Quando Sarti lo vede arrivare sulla solita bicicletta, gli piomba sopra e lo trascina al muro:

– Senti: quelle tavole erano lí, ieri sera?

– No. Non lasciamo mai le cose fuori posto, quando stacchiamo.

L'uomo si guarda attorno piuttosto meravigliato di trovare che si è mossa tanta gente per una scritta sul muro. Dice:

– Quella scritta deve essersi fatta da sola, stanotte, vero sergente?

Glielo portano via dalle mani e lo accompagnano a vedere il cadavere. C'è un casino, in giro, da perderci la testa. Io la sto già perdendo e Sarti pure. Non c'è da meravigliarsi: dopo una notte intera trascorsa senza chiudere occhio.

Ma riesce ancora a fare due conti. Se hanno dovuto piazzare lí otto tavole, lunghe quattro metri e scrivere la frase, Cristo! avranno pure impiegato tre minuti! Un minuto per avvicinarsi senza far rumore e un altro per andarsene:

«E io non sono stato via piú di tre minuti!»

E poi vorrei che Sarti mi spiegasse, come si possono muovere delle tavole di quattro metri senza far rumore...

Lui prova senza tavole e io gli prendo il tempo: di corsa alla catasta delle assi (che è anche un po' distante) e di corsa a sbatterle in terra. Poi, ancora alla catasta e cosí via per otto volte. Sempre di corsa, il sergente finge di scrivere, con una bomboletta spray: «A morte i rossi. No al 25 aprile».

Totale: quattro minuti e venti secondi, senza paura di far casino. Allora Sarti torna da Golfarini Antilio:

– Sei proprio sicuro...

Quello è sicuro. Vuol dire che dovevano essere in piú d'uno. Ci saranno delle impronte sulle tavole e la scientifica le troverà.

Alla fine, il sole è già alto, arriva il prete (un marcantonio di 1,80 e passa, sui cinquanta) di Pieve di Pino. Guarda il cadavere con una smorfia di disgusto sul viso (e lo capisco), e dice:

– Dagli abiti mi pare proprio Giacinto Gessi. Poveretto: un gran bravo giovine. Tutto casa e chiesa. Poveretto! Che fine orribile. È il figlio del contadino del mio podere. Poveretto! Che fine orribile –. Direi che sta per piangere, ma invece si inginocchia e comincia le litanie. Tutti si fermano e si dimostrano molto religiosi.

Si segnano, anche.

Poi, quando il prete si alza, ognuno riprende il lavoro che aveva sospeso.

Verso sera, Sarti e tutti gli altri che si interessano alle indagini, hanno in mano gli elementi che mancavano e che lasciano le cose esattamente come prima.

Uno: il cadavere appartiene a Giacinto Gessi «casa e chiesa». Ventisei anni, contadino, benvoluto da tutti i compaesani e abitante nel podere annesso alla chiesa di Pieve del Pino. Comunione tutte le domeniche e niente, assolutamente niente, da dire sul suo conto. Parola di prete di campagna.

Due: è morto, in seguito allo spappolamento del cranio, attorno alle due di notte. Lo spappolamento è stato lodevolmente ottenuto mediante un grosso sasso rinvenuto nelle vicinanze.

Tre: niente impronte sul sasso di cui sopra.

Quattro: molte impronte, invece, sulle tavole attorno al muro curvo, grigio e opprimente. Le impronte di tutti i muratori, manovali di prima e di seconda categoria che le hanno spostate da mesi, durante la costruzione del monumento.

Cinque: probabile motivo del massacro: «lo scrivano» o «gli scrivani», durante la fuga si è (o si sono) imbattuto (i) nel Giacinto Gessi «casa e chiesa» e lo ha (o lo hanno) soppresso in qualità di testimone oculare.

Sei: non resta che trovare «lo scrivano» (o «gli scrivani») per avere in mano l'assassino (o gli).

Ecco tutto! Quando Raimondi Cesare, ispettore capo, ha finito la relazione ai suoi uomini, chiede se qualcuno di loro ha per caso qualche idea.

È uno spettacolo vedere come tutti sono occupati in mille cose. Un paio si guarda le scarpe come se fossero anni che non aveva il piacere di incontrarle. Altri tre se la prendono con le mani. Uno ha smontato la penna a sfera e bestemmia perché lei, la penna a sfera, non vuole saperne di farsi rimontare.

Sarti ha mal di testa e un attacco di colite, per cui non fa altro che comprimersi la pancia con le mani.

Il finale e la chiusura sono questi:

– Allora, è vero, come si dice, speriamo che le idee vengano con il sonno. Sarti, stanotte, naturalmente, lassú, andrà qualcun altro. Nella speranza che riesca a stare sveglio.

È come se a Sarti lo avesse morso un topo. Scuote la testa e guarda Raimondi Cesare dritto negli occhi. Dice:

– Non è vero niente! Andrò io! Ho un conto aperto, lassú. Desidero chiuderlo il piú presto possibile!

Volta la schiena agli astanti e toglie il disturbo. «Lui» non ha il tempo di ribattere perché Sarti è già in cortile.

– Sarà un mestiere del cavolo, prenderò uno stipendio da fame, ma che io sia già rimbambito non lo credo proprio! E non credo neanche ai fantasmi!

Felice Cantoni, agente, lo ascolta senza intervenire. Almeno per un po'. Prima di lasciarlo davanti al portone di casa gli dice:

– È proprio un mestiere del cavolo. Si prendono soltanto calci in faccia... Per quello che ci danno... non è neppure uno stipendio! Non capisco perché non la piantiamo!

– Io lo capisco: non sappiamo fare altro che questo schifo di mestiere –. Sarti scende e Felice gli dà il colpo di grazia:

– Perché, questo schifo di mestiere, lo sappiamo proprio fare? – Il sergente sbatte la portiera con forza: sa che questo fa molto male a Felice Cantoni, agente. E brontola:

– Vieni a prendermi alle otto.

– Cosa?

– Hai capito bene: facciamo alle nove. Questa notte io e te torniamo lassú!

– Ma sono già le cinque! Appena quattro ore di sonno... Non dormiamo da quarantotto ore...

– Ti pagheranno gli straordinari.

Quando Felice Cantoni, agente, riavutosi un po', mette in moto l'auto 28, Sarti è già sul letto, vestito, che si massaggia le tempie.

Felice Cantoni, agente, continua le sue litanie:

– Bella soddisfazione: cinquecento lire l'ora, gli straordinari. Bella soddisfazione!

E fila a casa, con la sirena spiegata, per guadagnare qualche attimo da spendere per il sonno.

4. Vigilanza rivoluzionaria

L'auto 28 arriva al monumento verso le dieci di sera. C'è gente che razzola attorno e allora Sarti lascia l'auto e Felice Cantoni a una certa distanza e si avvicina a piedi. Gli intrusi saranno in sei, e uno è Rosas.

Di Rosas vi ho già parlato un'altra volta e non sto a ripetervi chi è o com'è fatto.

Sarti preferisce stare fuori dal gruppo a guardare la valle. Di là si vede benissimo il fiume Reno, una striscia umida d'argento lasciata da una lumaca a passeggio sui sassi...

Non c'è vento: c'è la luna. E l'autostrada, sempre laggiú, che viaggia a lato del fiume, è una cordella grigia, stracciata dalle auto a fari accesi. Si perde, a monte, come si perde il fiume, fra le curve delle colline che diventano sempre piú alte, verso la Toscana.

Nel gruppetto hanno smesso di blaterare e adesso si può sentire, attutito, il rumore delle auto. Poi comincia il fischio di Rosas, anche questo attutito, quasi in sordina. Sempre uguale, monotono...

Sarti è stanco di guardare la valle e si decide: li trova uno qua e uno là, seduti sull'erba o sdraiati e avvolti in una coperta. Va verso quello che sta fischiando in sordina:

– Cosa ci fai qui?

Rosas si volta e dice:

– Quello che avresti dovuto fare tu ieri sera, sergente.

– Sarebbe?

– Vigilanza. Vigilanza rivoluzionaria! – E riprende a fischiare.

– Anche quelli?

Rosas annuisce. Sarti fa segno a Felice che può venire avanti con l'auto 28.

– Andiamo bene! Stanotte ci farà compagnia l'asilo nido...

– Meglio l'asilo nido che un paio di questurini addormentati.

Non è stato Rosas a parlare, ma un altro. Uno di quelli sparsi là attorno: ma Sarti Antonio, sergente, non saprebbe dire chi. Si volta verso il punto da cui è venuta la voce e cerca. Intanto è arrivato anche Felice Cantoni, agente, che gli domanda:

– Tutto bene, sergente?

Sarti Antonio non fa a tempo a rispondergli perché lo precede il solito tipo, nascosto da qualche parte, nel buio.

– Tutto bene, agente! Dormi tranquillo.

Sarti va verso il primo che si trova a portata e lo guarda in faccia. Poi, uno per uno, passa tutti gli altri. Ce ne sono due, uno e una, avvolti assieme in una coperta. Dev'essere stato il giovanotto e Sarti giurerebbe che, sotto il panno, stanno senza mutandine lei e con l'oggetto fuori lui. Prende un angolo della coperta e tira: rotolano via come due legnetti. Ma sono a posto, tutti e due.

Sarti Antonio, sergente, chiede a quello che gli sembra il maschio:

– Perché non le dici in faccia le cose che hai da dire?

Ma quello non ci fa neppure caso: raccoglie il panno, lo stende di nuovo e di nuovo ci si mette sopra. Fa posto alla donna e ci si riavvolgono insieme, stretti che sembrano uno solo.

Sarti torna da Rosas, ma prima dice:

– Stronzo! – E a Rosas:

– Mi vuoi spiegare?

– C'eri tu, sergente, ieri notte? – Sarti annuisce. – Ci avrei scommesso un esame. Dormivi, sergente?

– Un colpo che ti pigli! A te e a loro! Adesso ve ne andate tutti quanti a nanna e ci lasciate in pace, d'accordo?

Rosas non è dello stesso parere:

– Per niente! Proprio per niente! Vogliamo vedere se almeno riusciamo a conservare le basi di questo monumento ai caduti?

Sarti Antonio, sergente, sa che non può farci niente e non gli dispiace proprio di aver trovato Rosas. Prima di domani mattina si può anche fare due chiacchiere su quello che è successo e sentire cosa ne pensa lui. Cosa ne pensa Rosas, voglio dire. Cosí va in macchina e si versa un caffè. Felice Cantoni, agente, gli chiede:

– Chiamo la centrale?

– Perché?

– Per farli sgomberare…

– Che fastidio ti danno?

– Nessun fastidio, a me! Nessun fastidio –. Ci pensa un po' e conclude:

– Chissà se all'ispettore capo Raimondi Cesare danno fastidio?

– Bevi e dormi! – Sarti gli mette in mano il bicchiere-tappo e torna da Rosas:

– Hai letto del morto? – Rosas fa sí con la testa.

– Ti rompe parlare? – Rosas fa ancora sí con la testa.

Un tale, uno di quelli buttati là attorno, si avvicina e chiede:

– Mi vende una sigaretta, sergente?

Sarti si limita a guardarlo in faccia: tutti sanno che Sarti Antonio, sergente, non fuma. Non ha mai fumato. Non fumerà mai!

Da dove arriva, questo?

Il tale deve aver capito perché dice:

– Va bene –. E se ne torna da dove è venuto.

Sarti si siede di fianco a Rosas e, come Rosas, si limita a guardare la valle. Poi, chissà quanto tempo dopo, è proprio Rosas che comincia:

– Se vogliamo essere onesti, non è che il loro sacrificio sia stato del tutto utile: oggi ce ne accorgiamo bene. Ma loro, poveretti, non immaginavano che sarebbe finita cosí.

Sarti ha capito di chi sta parlando e lo lascia dire:

– Fare un monumento alla loro memoria, oggi, non ha proprio nessun senso: ci siamo dimenticati perfino del perché sono morti. Può essere solo una sfida a chi vuole che dimentichiamo anche la loro morte. Una sfida che poi è inutile, perché non possiamo venire qui tutte le notti; prima o poi metteranno un paio di candelotti...

In giro, da qualche parte, un giovane deve aver acceso un fuoco perché Sarti ne vede il riverbero tutto attorno e anche sul viso di Rosas che si tinge di fiamma.

Rosas si leva gli occhiali, chiude gli occhi e si sdraia. Dice:

– Erano in cinquantatre e li hanno uccisi tutti. Massacrati senza che potessero neppure difendersi.

Indica col braccio teso la collinetta che sta sopra le loro teste e domina il monumento:

– Di là hanno sparato, sparato, e sparato. Fino a quando ne hanno visto uno muovere un dito. Un lavoro ben fatto, con tutto il tempo che ci vuole per mettere in posizione le mitragliatrici e il resto...

Né io e, credo, neppure Sarti, sapevamo come si fossero svolti i fatti: siamo molto ignoranti. Ma non so se è solamente colpa nostra. Poi, Rosas si rimette gli occhiali e si rialza: cerca attorno con gli occhi. Dice:

– Lo vedi? È nato tre mesi dopo il fatto. E suo padre era uno dei cinquantatre che ci hanno lasciato la pelle... Suo padre è morto qui perché suo figlio, quello là, potesse vivere in una repubblica democratica fondata sul lavoro e dove la sovranità appartenesse al popolo... Lui, infatti, lavora! Proprio come dice la Costituzione. E appena si azzarda a esercitare la sua sovranità, arrivate voi e lo mettete in galera. D'altra parte, tu e i tuoi soci, fate il vostro dovere, perché: «articolo 52. La difesa della patria è sacro dovere del cittadino». Certo che quello là, se lo lasciate fare, chissà dove la porta questa nostra Patria Democratica e Repubblicana...

Poi, Rosas, la smette di parlare e riprende a fischiettare, sempre in sordina, per non disturbare gli altri che si sono sistemati attorno al fuoco. Tranne i due del panno: quelli non hanno freddo e Sarti Antonio sa che, adesso, stanno proprio facendo l'amore. Ma non si alza e non va a scoprirli. Quando un fiato di vento glielo porta all'orecchio, sente il respiro della ragazza, irregolare, caldo e soffocato. O forse gli pare soltanto. Ma non si volta per accertarsi.

5. Calzini neri e calzini rossi

Per tutto il tempo che Sarti Antonio, sergente, gli racconta gli avvenimenti, Rosas non smette un istante di fischiettare. Dà noia, urta i nervi, vien voglia di tappargli la bocca, ma non ci si può far niente. Se ne sta sdraiato, occhi chiusi, viso da faina miope (cosí senza occhiali che tiene in bocca per le stanghette), e fischietta... Chissà poi cosa? Non si riesce mai a capire.

Il fuoco è morto e gli altri, anche Felice Cantoni, agente, dormono. Alla fine, quando Sarti non ha piú niente da dire sui fatti che sono accaduti, Rosas si alza e gli chiede:

– Vogliamo provare?

– Proviamo pure.

– Vediamo quanto tempo ci si mette in due. Non credo che fossero piú di due! Te ne saresti accorto! Tu, sergente, vai a metterti dov'eri l'altra notte, fai quello che devi fare e torni. Felice Cantoni, il tuo agente...

– Non è il «mio» agente!

– Felice Cantoni prende i tempi.

E partono: è uno spettacolo vederli lavorare. Sembra quasi che siano stati loro, per la precisione dei movimenti, per la sveltezza dell'esecuzione e per il resto.

Ma ci mettono troppo e quando Sarti Antonio torna dall'aver fatto quello che aveva fatto la notte prima, la scritta è ancora a metà.

Sarti scuote la testa:

– Avete fatto un casino da svegliare un morto!

– Credi proprio che loro avrebbero fatto meno rumore? Prova a muovere delle tavole di corsa e te ne accorgi. Chi ti ha detto che le tavole non erano già sul posto, ti ha detto una balla! Proviamo a fare solo la scritta.

Sarti Antonio, sergente, torna fra i cespugli, ma questa sera la colite non si fa sentire: è un peccato perché avrebbe potuto approfittarne.

Quando torna, sono tutti seduti, come se non fosse successo niente. Manca Rosas. Sarti si guarda attorno.

Gli dice Cantoni:

– Ha scritto e poi è scappato. Avrebbe potuto benissimo farcela che tu non te ne saresti accorto.

– E neppure tu!

Rosas lo chiama e quando Sarti lo raggiunge, si trova proprio vicino al fosso del cadavere. Dice Sarti Antonio:

– Deve essere andata cosí –. E Rosas:

– Ne sarebbe bastato anche uno solo. Le tavole erano già sistemate.

Sarti torna all'auto 28:

– «Calzini rossi»! Mi ha detto una balla! Perché?

– Chiedoglielo.

È quello che fa. Golfarini Antilio «calzini rossi» si presenta in cantiere poco prima delle sette e mezzo e trova Sarti che lo aspetta. Tutti gli altri (quelli della «vigilanza rivoluzionaria») se ne sono già andati da un pezzo: la corriera torna in città verso le sette e a quest'ora sono in viaggio.

Sarti prende Golfarini da parte e gli dice:

– Senti un po' «calzini rossi»: tu mi hai raccontato una storia per quelle tavole.

– In che senso, scusi?

– Nel senso che le tavole erano già pronte sul terreno vicino al muro e aspettavano solo «lo scrivano». C'erano prima che io arrivassi qui...

– Non è vero! Può chiederlo agli altri, sergente!

– È quello che farò!

Sarti va in baracca. Gli operai si stanno cambiando: alcuni sono in mutande, altri nudi. Dice:

– Qualcuno di voi ricorda se l'altra sera c'erano le tavole messe come sono messe ora, vicino al muro? – Tutti escono a guardare verso il muro, anche quelli nudi. Ma nessuno risponde: tornano in baracca, semplicemente, e finiscono di vestirsi.

– Allora?

Ancora niente. Sarti si arrabbia. Mi sarei arrabbiato anch'io che sono piú calmo di lui. E anche voi, ci scommetto!

Vedere questi tipi che si infilano i calzoni davanti a voi, come se fossero soli, mentre voi siete lí che aspettate i loro comodi... Ci si può anche arrabbiare. Come Sarti Antonio, sergente. Che urla:

– Allora? Vi ho chiesto qualcosa!

Quello che si decide ad aprire bocca tiene ancora in mano un paio di calzini sporchi di cemento e di sabbia. Nell'altra mano ha un pezzo di salsiccia appassita. Dice:

– Prima di andar via, mettiamo tutto in ordine. Non si lascia un cantiere in quelle condizioni... – E indica con la testa le tavole appoggiate sul terreno smosso, vicino al muro. Finisce di infilarsi i calzini. Golfarini Antilio è raggiante. Dice: – Visto?

– Andiamo a casa tua!

– Ma perché?

– Te lo spiego mentre andiamo...

– Io devo lavorare: non posso lasciare gli operai senza nessuno! Io sono il capo cantiere: devo organizzarli...

– Si organizzeranno da soli. Sono già grandi. E poi è ora di finirla con i capi! Questa è una Repubblica democratica. Andiamo, «calzini rossi».

Se lo trascina dietro fino alla macchina 28 e lo spinge dentro. «Calzini rossi» non si dà pace:

– Vorrei sapere perché! Vorrei proprio sapere perché!

– Da che parte?

– Di là! Vorrei sapere perché! Vorrei proprio sapere perché!

Sarti Antonio, sergente, lo guarda in faccia:

– Quando io sono arrivato, l'altra sera, tutti gli operai, tutti quelli con i quali abbiamo appena parlato, se n'erano già andati! Te lo ricordi? Tu avresti benissimo potuto sistemare le tavole dopo la loro partenza e prima del mio arrivo e nessuno se ne sarebbe accorto. Né loro, già partiti, né io, ancora da arrivare. Chiaro? E poi cosa ci facevi a quell'ora, ancora in cantiere? Tu solo?

«Calzini rossi» non si dà pace. Scuote il capo:

– Io sono sempre l'ultimo ad andarmene… Potete informarvi… Io sono l'ultimo perché devo controllare un sacco di cose, prima di andare a casa…

– E devi sistemare anche le tavole. A che partito sei iscritto?

Adesso Golfarini non risponde piú, ma credo proprio che non serva una sua risposta.

Arrivano davanti alla casa di Golfarini Antilio «calzini rossi» proprio mentre un bimbo di sei, sette anni sta verniciando un'automobilina a pedali.

Sarti Antonio, sergente, scende dall'auto 28 e si avvicina al bimbo. Gli dice:

– Ciao.

Quello lo guarda ma non risponde: ha da fare. Sarti torna alla macchina e domanda:

– È tuo figlio?

Golfarini Antilio fa di sí con la testa. Adesso il problema è togliere al bambino la bomboletta spray di vernice nera che sta usando per verniciare la sua automobilina a pedali, senza farlo piangere.

Per il padre, Sarti non si preoccupa: sta piangendo, con la testa fra le mani, ma non si preoccupa. Il pianto dei grandi non gli ha mai fatto impressione.

O ci si è abituato. Non ricorda.

6. Riparliamo un po' di «casa e chiesa»

Raimondi Cesare, ispettore capo, è in perfetta forma: ha gli occhi lucidi per la gioia e parla, parla, senza prendere fiato.

Ogni tanto deve asciugarsi le lacrime che gli si formano ai lati degli occhi e che tendono a scendere sulle sue gote rotonde.

Quando Raimondi Cesare, ispettore capo, è molto felice piange. I giornalisti prendono nota di tutto: Gianni «Lucciola» Deoni registra, ma non sembra soddisfatto. Io lo conosco.

– ... e cosí, a sole quarantotto ore dal delitto, posso dirvi che siamo già arrivati alla soluzione del caso: i miei uomini hanno lavorato bene, secondo le istruzioni che io, è vero, come si dice, avevo loro impartito. Soprattutto uno di loro ha scrupolosamente osservato gli ordini ed è arrivato immediatamente alla conclusione e all'arresto del presunto colpevole. Questo dimostra che, è vero, come si dice, dove c'è disciplina, lí c'è efficienza, dinamismo, coordinazione...

E va avanti cosí per tre quarti d'ora, ma non una sola volta che gli esca il nome di Sarti Antonio, sergente.

Gianni «Lucciola» Deoni, quando l'orazione è finita, aspetta Sarti sul portone della questura. Gli dice:

– Ti offro il caffè.

E si avviano al bar. Lucciola continua:

– Potevi avvertirmi: ti ho sempre aiutato. Potevi telefonarmi e dire: l'ho preso! Cosí nell'articolo ci avrei messo anche il tuo nome. Adesso scrivo quello che ha detto «lui». Ma lo scriveranno anche gli altri e di te non parlerà nessuno. Il direttore mi avrebbe... Mi avrebbe... Be', mi aspettavo un trattamento da amico.

Parla e non sta fermo un attimo.

Poteva essere una buona occasione per «Lucciola» e il suo direttore lo avrebbe... lo avrebbe...

Insomma, poteva essere una buona occasione per «Lucciola».

Ma è chiaro come il sole che Sarti Antonio, sergente, non ci ha pensato. Perché Sarti è uno che se può farvi un favore, lo fa. Agli amici non nega niente. E «Lucciola» è proprio un amico. Si ignora il motivo, ma Sarti lo considera un amico.

Io credo che sia perché gli somiglia un po': mai che venga fuori alla luce, proprio come Sarti. Mai che abbia il coraggio di osare un articolo sul tavolo del direttore senza il patema d'animo e senza il pensiero di vederselo massacrato... Ma è un buon ragazzo: solo, ha paura; non è mai sicuro di quello che fa.

Dopo il caffè, dice a Sarti:

– Ho fatto un po' di ricerche sul morto. Giacinto Gessi.

– Ah sí? «Casa e chiesa»...

– Naturalmente il direttore non sa niente...

– Naturalmente! Poi mi spiegherai perché il direttore non deve saper niente...

Gianni «Lucciola» Deoni non sa spiegarlo. Dice:

– Non so se è d'accordo. Tutto qui!

– Allora?

– Su di lui so tutto e non riesco a capire cosa ci facesse alle due di notte nel posto dove lo hai trovato morto. Puoi dirmi qualcosa tu?

Sarti non si è mai chiesto niente del genere, per cui non fa che stringersi nelle spalle e raccogliere col cucchiaino i residui di zucchero scuro, nella tazzina del caffè.

– Allora ascoltami e dimmi se ti pare logico...

Sarti comincia a perdere la calma:

– Nel mio mestiere schifoso, non c'è niente di logico! Ti pare logico che mi mandino di notte a far la guardia a un muro? Ti pare logico che un tale ci si metta a scrivere sopra solo per fare dispetto a me? A un questurino? Ti pare logico che io trovi chi è stato e quello, «lui», parli di ordini osservati e di disposizioni impartite? Ti pare logico che non mi si dica neppure crepa?

Ma Gianni «Lucciola» Deoni ha da dire e dice senza stare ad ascoltarlo:

– Giacinto Gessi, contadino, ventisei anni...

– ... tutto casa e chiesa...

– Tutto casa e chiesa, sí! Infatti va a messa tutte le domeniche...

– ... andava...

– ... andava a messa tutte le domeniche e si confessava pure. E poi c'è un altro fatto: quasi tutte le sere andava a letto dopo Carosello. O, al massimo, appena terminava il primo spettacolo. C'è un sacco di gente che è disposta a giurarlo. Aveva anche alcuni amici, due o tre, e quando usciva, usciva con loro. Poi, improvvisamente, non si sa bene perché, questo tipo, una sera, una notte, decide di andare a spasso da solo e si fa trovare nei pressi di un monumento proprio quando un tale sta scappando, dopo averci fatto sopra delle scritte. Alle due di notte...

Sarti non lo lascia finire. Dice:

– Tutte belle chiacchiere! Poteva tornare a casa dopo essere stato a morosa. Non mi dirai che anche dalla sua ragazza andava con gli amici –. Adesso è Gianni «Lucciola» Deoni che l'interrompe:

– Non l'aveva! Non risulta che avesse donne! Alle dieci di sera andava a letto e si alzava alle cinque del mattino. Lo dicono tutti. Quella sera è andato a letto alle dieci, dopo aver guardato la televisione assieme al prete. In casa dal prete. Nessuno l'ha piú visto o sentito uscire...

– Perché non lo dici nel tuo articolo?

Esce: sale sulla sua ottoecinquanta e avvia il motore. Gianni «Lucciola» Deoni gli chiede un passaggio fino al giornale.

Nessuno apre piú bocca. Solo quando sono fermi nel piazzale della redazione, Sarti Antonio, sergente, ripete:

– Perché non lo dici nel tuo articolo?

– Non so se il direttore è d'accordo... Si tratta di parlar male di voi, della questura e lui non ci tiene molto...

– Allora vallo a raccontare a Raimondi Cesare, ispettore capo.

– Credi che possa interessargli?

Come ho già detto parecchie volte l'umorismo di Sarti Antonio non è capito: solo io e pochi intimi abbiamo questo privilegio.

Il sergente se ne va bestemmiando mentre Gianni «Lucciola» Deoni gli urla dietro:

– Pensi che potrebbe interessare all'ispettore la mia storia?

Sarti gli fa un gesto con la mano tesa fuori dal finestrino dell'ottoecinquanta.

Ha sonno. Aveva sonno! Adesso la storia di Raimondi Cesare, ispettore capo e di Gianni «Lucciola» Deoni gli ha fatto passare tutto.

Si butta sul letto lo stesso, vestito com'è. Gli viene in mente il buon caffè che gli preparava la biondina...

A quest'ora non è certo sui viali, la biondina...

– Adesso dormo: sono piú di venti ore che non chiudo occhio. Adesso dormo e poi vedrò!

Ma è destino che non debba dormire, almeno per ora, perché il telefono suona (gli sembra) proprio dentro la sua testa. Risponde:

– Pronto!

È Raimondi Cesare, ispettore capo:

– Caro, carissimo Sarti. Te ne sei andato via prima dei giornalisti, e non mi hai lasciato il tempo, è vero, come si dice, di scambiare due parole con te e di congratularmi...

– Avevo sonno. Ho ancora sonno!

Ma quello non capisce la finezza:

– Lo sai? È iscritto! Sono proprio curioso di vedere cosa diranno domani certi giornali. Io sono del parere che sia tutta una montatura per incolpare gli altri... e far fare a noi una brutta figura. Ma noi, è vero, come si dice, noi non dormiamo...

Gli sembra un'ottima battuta e allora si mette a ridere da solo, come un povero matto. Continua:

– Scusa, sai, ma mi è venuta cosí, soprappensiero. Noi non dormiamo! E invece tu dormivi proprio...

Continua a ridere che non gli riesce piú di parlare. Sarti dice:

– Torno a letto: buona notte!

Attacca e torna sul letto, ma non fa a tempo a rilassarsi che il telefono ricomincia; questa volta è Gianni «Lucciola» Deoni. Che gli dice:

– Io penso proprio che dovresti andare a fondo in questa storia. Ne ho discusso con il direttore e dice che un poliziotto intelligente dovrebbe... Insomma, anche a lui pare impossibile che Giacinto Gessi si trovasse fuori alle due di notte. Tu dovresti parlare con il prete di Pieve del Pino, con l'ispettore capo Raimondi Cesare, con...

– Con sant'Antonio!

– Il prete me lo ha detto chiaramente: «Cintino» (lo chiamavano tutti cosí) «Cintino è andato a letto alle dieci, l'altra sera. Ne sono sicuro perché ha guardato la televisione in casa mia e poi mi ha detto buona notte, vado a letto».

– Ascolta, Lucciola...

– Non mi chiamo «Lucciola»!

– ... io ne ho abbastanza di tutta la storia! Ho fatto quanto potevo e ritenevo giusto! Adesso, se c'è dell'altro, la polizia lo scoprirà. Buona notte!

Quello insiste:

– Ma può essere che il cadavere non sia di Giacinto Gessi. Pensa che colpo: e io ti ho messo sulla strada. Hai visto com'era ridotto, no? Irriconoscibile! Io ti ho messo sulla strada. Sarò un amico?

Sarti Antonio, sergente, comincia a sentire i primi sintomi della colite.

– Lucciola!

– E non chiamarmi «Lucciola»!

– Ho sonno!

Getta il microfono sulla forcella, bestemmia e scende in garage, con una coperta sotto il braccio. Bestemmia anche quando incontra la signora del piano di sopra che va alla spesa.

Appena seduto sull'ottoecinquanta, Sarti si addormenta. Di colpo. In casa sua, il telefono continua a suonare.

7. Un giorno in un fosso…

Avete mai assistito? Se no, vi consiglio di farlo appena potete: non credo vi mancheranno le occasioni, con i tempi che corrono. Io ho assistito a un'inaugurazione una sola volta: quella al monumento di Sarti. Non al monumento di Sarti per dire dedicato a Sarti, per dire che Sarti se n'è occupato.

Un'inaugurazione (non lo sapevo) è una cosa seria!

Si presenta un tale, di solito piccolo e grassottello, con una sciarpa arrotolata attorno ai fianchi; c'è gente un po' dappertutto, seria; alcuni hanno il cappello in testa e altri lo tengono in mano. Le signore, tutte piccole e grassottelle, possono avere i fiori nella sinistra e la borsetta nella destra, oppure la borsetta nella sinistra e i fiori nella destra.

Tutti si salutano con un ampio cenno del capo o, al piú, con un cenno della mano: nessuno dice «ciao, come mai sei qui?» Oppure: «Buongiorno, come sta?»

Un cenno del capo e una stretta di mano. Serietà e dignitosa, deferente, attiva presenza.

Poi uno, che nessuno tranne i familiari conosce, si mette in piedi sul palco e presenta quello con la sciarpa che tutti conoscono già perché può essere il sindaco, il prefetto, il ministro, il re, o, a volte, un presentatore della Tv.

Non si deve assolutamente dimenticare il prete. Può essere che, a volte, ci sia un vescovo o un papa, per le benedizioni del caso. Al monumento di Sarti c'è il prete che abbiamo già visto. Butta acqua da tutte le parti e nel discorso che anche lui tiene, dice di essere lieto della possibilità offertagli, perché dei cinquantatre caduti, ben quaranta erano suoi parrocchiani e lui li conosceva molto bene. E anche lui, insieme a loro, aveva sopportato e condiviso le pene della guerra, i disagi della fame e tutte quelle cose lí...

Si va avanti per un bel po' e dopo ognuno se ne torna a casa a bere un'aranciata.

Piú o meno...

Ma Sarti Antonio, sergente, non torna a casa: aspetta che gli altri se ne vadano e si avvicina a Rosas. Gli dice:

– Pensavo che queste cose non t'interessassero...

– Tutti abbiamo dei difetti...

– Mi dispiace per il tuo compagno di partito che ho dovuto arrestare.

– Non sono iscritto a nessun partito, lo sai bene, sergente.

– Fra l'altro, sei stato proprio tu a darmi il via...

– Giusto!

Sarti ha altre cose da domandargli, ma non sa come cominciare. S'informa.

– Torni giú? – Rosas scuote il capo.

– Resti qui? – Rosas scuote il capo.

– Cosa fai, si può sapere?

– Vado in paese: ho certe cose da sbrigare.

– Se vuoi un passaggio... – E si avvia all'ottoecinquanta. Ma non parte. Parte invece Rosas e va verso Pieve del Pino. Sarti lo segue con la macchina per un po', poi lo raggiunge e gli dice:

– Sali, ti accompagno –. Quando Rosas è seduto, lui ricomincia:

– Cosa ne dici? È possibile che sia stato «calzini rossi»?

Rosas non gli risponde.

– Eppure, tutto sembra cosí chiaro: scrive, scappa, incontra Giacinto Gessi, che lo conosce, lo ammazza per non avere testimoni... Tutto sembra cosí chiaro!

– Già: tutto sembra chiaro. Però c'è qualcosa che non ti convince. È cosí?

– Sono convintissimo, se no, non lo avrei arrestato! Solo, volevo il tuo parere.

– Ah! – Sarti Antonio, sergente, gli chiede:

– Cosa vuol dire «ah»?

– Un giorno, in un fosso, pascolava un elefante rosso. Passa un cacciatore e non lo vede. I suoi amici gli chiedono: «Hai visto un elefante rosso pascolare nel fosso?» Lui dice: «No! Ci sono molte fragole sul bordo del fosso e può essermi sfuggito l'elefante rosso che pascolava».

– È proprio una bella favola: dovrò ricordarla per quando avrò dei nipotini. Va a farti fottere!

Nessuno dei due parla piú, fino al paese. Quando scende, Rosas dice:

– Se vieni con me, sergente, andiamo un momento in chiesa...

Sarti spalanca gli occhi:

– In chiesa?

– Sí. A fare due chiacchiere con il prete...

– Tu vai a parlare con il prete? – Rosas fa di sí con la testa e si avvia. Sarti scende e lo segue, senza neppure chiudere a chiave l'ottoecinquanta. Non c'è pericolo che gliela rubino. Basta che guardino il numero di targa...

Il prete è in chiesa a pregare. Quando ha finito ed esce, Rosas gli dice:

– Buon giorno –. Poi aspetta. Aspetta anche Sarti e anche il prete. Ma nessuno si decide. Finirà che dovrò dire qualcosa io. E non so proprio cosa.

Sarti fa cenno a Rosas, ma Rosas guarda la chiesa, il campanile, il portale e il resto... Cosí è Sarti che comincia:

– Sono della polizia... – Il prete dice:

– Difatti, mi pare di averla vista, quel giorno. Povero Giacinto, che brutta fine! Questo giovanotto, però, non mi pare che ci fosse...

– Sí, lui non c'era. Ma credo che voglia chiederle qualcosa, padre.

Adesso, se Rosas non parla, credo proprio che Sarti gli lascerà andare una pedata negli stinchi. Non ce n'è bisogno. Rosas dice:

– Mi hanno riferito che Giacinto Gessi si confessava tutte le settimane.

– Eh, sí! Gran bravo figliolo. Proprio una brutta fine. Sembrava quasi che lo sapesse di dover finire cosí. Proprio la sera prima della disgrazia, l'ho trovato qui, in chiesa, inginocchiato a pregare. Gli ho detto: «Su, Cintino, che devo chiudere». Mi ha sorriso e se n'è andato. Trovarlo in chiesa mi è sembrato molto strano perché, tranne la domenica mattina, non ce lo avevo mai visto...

– Le ha mai confessato di avere una ragazza?

Il prete è a disagio. Sarti anche, ma non interviene. Non dice neppure che Rosas non è della polizia.

– Per la verità non dovrei dire cose che mi sono state rivelate in confessione...

– Voglio sapere solo se aveva delle donne. Nient'altro! Non mi pare un segreto da confessionale –. Il prete si è un po' tranquillizzato:

– Direi proprio che non avesse una ragazza. Lo si saprebbe in paese. E lo saprei anch'io. Povero ragazzo!

Rosas continua l'esame del campanile. Dice, fra sé:

– Aveva ventisei anni! – Lo dice come per far intendere: «qualche disturbo al basso ventre avrebbe pur dovuto averlo». Il reverendo capisce e Sarti anche. Il pretone si gratta la testa. Brontola:

– Forse, qualche scappatella in città... Alla sua età, è difficile non cadere in certe tentazioni.

– Forse? – Adesso che sa di cosa parlare, può intervenire anche Sarti Antonio, sergente. Dice:

– Se sa qualcosa, padre, ha il dovere di rivelarcelo. Non credo che il segreto della confessione... Insomma, si tratta di aiutarci ad arrestare l'assassino.

Il prete spalanca gli occhi:

– Ma non lo avete già arrestato?

Adesso, cosa gli racconta?

– Ecco, sí, per la verità. Solo che ci servono certe prove... Insomma, dobbiamo sapere se Giacinto Gessi aveva delle relazioni. Tutto qui.

– Venite dentro.

Li precede in chiesa. Il prete si fa il segno della croce, come pure Sarti Antonio, sergente. Il pretone chiude la porta con la chiave e si siede su una panchina. Comincia:

– Il povero Giacinto... Ecco, aveva... Cioè, andava qualche volta in città. Un paio di volte al mese, a quanto mi diceva. Ma non so dove. Questo proprio non lo so. Povero Giacinto –. Rosas crede di saperlo perché dice, sottovoce che non so se il prete ha sentito o no:

– Andava in qualche casino. Dove altro, se no?

Di sicuro Sarti ha sentito, perché ripete, forte:

– Un paio di volte al mese, padre? – Il padre fa di sí con la testa. Rosas parla ancora, sottovoce:

– Si potrebbe dare un'occhiata alle sue cose? Alla sua camera, insomma?

Il prete è confuso. Vedere un bestione come quello confondersi fa un po' impressione. Si capisce che non è abituato a certi discorsi. Dice:

– Aspettate qui –. E se ne va. Sarti scoppia:

– Lo sai che ci vuole un mandato? Lo sai che se qualcuno viene a sapere che ti sei spacciato per agente di polizia ti cacciano dentro? – Rosas adesso sta osservando i quadri. Dice:

– Io non mi sono spacciato per agente: io non ho detto niente di simile.

– Ma lui lo crede. Lui pensa che tu sia un agente, come me! – Rosas scuote il capo:

– Che errore! Che grosso errore, mio Dio!

– Ma va...

– Ssst! Siamo in chiesa, sergente! – Torna il pretone. Dice:

– Ecco: i genitori mi hanno dato la chiave. Dicono che non è piú entrato nessuno in quella camera, neppure loro e si raccomandano...

È una cameretta proprio sotto i tetti: il coperto in legno cala fino al pavimento e, fra legno e legno, filtra qualche raggio di sole. D'inverno dev'essere uno spettacolo, qui dentro!

C'è un letto, un armadio scassato e una sedia. Sotto la sedia, un paio di scarpe sporche di terra scura, già secca. Rosas le prende in mano e le osserva per bene.

In un angolo c'è una cassa con sopra delle cartoline. Sarti è occupato con queste, le guarda, una per volta e legge le firme, dietro.

Rosas apre l'armadio: qualche abito (due), un cappotto coperto con vecchi giornali e un altro paio di scarpe a punta, molto lucide. Quelle della festa, o quelle per andare in città, chissà in quale casa d'appuntamento. Sarti mostra a Rosas la firma su una cartolina con un panorama di Venezia:

– Guarda! Porta la data del mese scorso ed è l'ultima. Dice: «Un bacione al mio Cinto bello. Clara». È l'unica con la firma di una donna.

Rosas incassa la testa: non ha niente da dire. Si mette a fischiare e ricomincia a frugare attorno.

Sulla porta, il prete li guarda, sembra confuso e preoccupato. È come se aspettasse che, da un momento all'altro, saltasse fuori dall'armadio o dalle tasche di un abito una scatola di preservativi. Ma non succede e quando Sarti dice: – Possiamo andare, – tira un sospirone.

Rosas rimette le scarpe infangate sotto la sedia ed esce.

Nel ritorno, Sarti ha di che pensare e cosí pure Rosas. Sarti vorrebbe già essere a casa, nel suo bagno: è lí che riesce a pensare veramente bene. È lí che, qualche volta, gli vengono delle buone idee. Qualche volta... E poi è abituato a pensare a voce alta. E lo fa:

– Posso sbagliarmi, ma Clara... Clara... Mi sa tanto che sia una certa Clara di Via Solferino 10. Una che affitta alle troie... La cartolina non è stata spedita: gliel'ha data a mano. Se no, in paese avrebbero saputo...

Non ha timbro postale e non ha francobollo: è l'unica con la firma di una donna...

Rosas lo ascolta, ma continua a fischiare; sospende solo un attimo per dire:

– Hai visto quelle scarpe infangate?

Sarti annuisce e bestemmia perché un tale con una Honda da chissà quanti cicí, lo supera e gli si mette davanti al cofano per non essere investito dalle auto che arrivano in senso opposto. Lui gli suona, ma quello gli fa un gesto con la mano, senza neanche voltarsi. Agita il pugno chiuso dall'alto in basso, poi un dito di gas e nessuno lo vede piú.

Dice Sarti:

– Sono quelle che aveva addosso quando l'ho trovato nel fosso...

– Lo hanno seppellito scalzo?

– Il padre gli ha messo un paio di scarpe nuove, comprate in città. Lo stesso che ha fatto con l'abito.

– Chissà perché le hanno conservate? E l'abito, dov'è finito?

– L'abito era insanguinato e stracciato. Lo hanno bruciato.

Rosas riprende a fischiettare le sue arie che non si capisce bene dove le vada a trovare.

8. E poi c'è il lavoro di piazza!

Sull'auto 28 non è che il lavoro sia eccessivo: a volte si può anche dormire. L'importante è che resti sveglio Felice Cantoni, agente e che la radio sia costantemente in posizione d'ascolto…

Subito dopo il pranzo ci starebbe un buon caffè, ma non del bar: di quelli che si fa Sarti Antonio, sergente.

Pranzato proprio, non so… Dice Sarti:

– Cosa c'era in tavola da te, oggi?

Felice Cantoni, agente, deve pensarci un po' prima di rispondere:

– Dunque: tagliatelle al ragú, una braciola di maiale ai ferri, piselli al pomodoro…

– È quello che ci vuole per la tua ulcera. Poi lamentati che soffri!

– Non ho detto che ho mangiato. Mi hai chiesto cosa c'era in tavola. Mio figlio, mia moglie e mia suocera hanno mangiato tagliatelle al ragú, una braciola ai ferri, piselli…

– Io ho la colite…

– Lo so!

– Fammi finire: io ho la colite e il mangiare che mi passa la cucina della polizia è l'ideale per soffrire ancora di piú. Senti un po': minestrone di verdura, una bistecca al sugo e verdura cotta. Per frutta, pere cotte al forno.

– E tu non andare: mangia a casa tua.

– Non ho tempo per preparare. Adesso vorrei un buon caffè.

Dopo un po' di silenzio, Felice mugugna:

– Io, invece, ho mangiato una tazza di latte, un formaggino e delle patate lesse schiacciate, con un po' di sale…

– Buono! Meglio la cucina della polizia. Passa da Filicori: voglio un buon caffè.

Felice Cantoni inverte la marcia, senza segnalare; un tale bestemmia. Poi la radio comincia a sacramentare:

– Auto sedici... auto sedici... Auto trentotto, auto trentotto...

Sarti tiene gli occhi fissi sulla radio e aspetta. Sa che, prima o poi, arriva anche la sua. Allora, addio al caffè da Filicori! Infatti:

– Auto ventotto... auto ventotto... Dirigersi immediatamente verso via Quattro Novembre. Un folto gruppo di studenti, provenienti dalla zona universitaria, ha inscenato una dimostrazione non autorizzata. Bloccare via Quattro Novembre, prima che gli studenti arrivino davanti alla prefettura dove sembra siano diretti... Auto ventotto...

Felice Cantoni inverte di nuovo la marcia, stavolta con segnalazione visiva, innesta la sirena e ci dà dentro come un matto.

Ecco: sono i suoi istanti di felicità! Sentire le gomme cigolare! L'urlo della sirena lo affascina! Tiene le mani strette intorno al volante, è piegato in avanti, gli occhi sull'asfalto e un sorriso beato sulle labbra.

Sono anche i momenti nei quali Sarti Antonio, sergente, ha gli attacchi di colite piú dolorosi. Si morde le labbra. Dice:

– Piú piano, Cristo! Piú piano!

Si attacca alla maniglia della portiera come alla poltrona del dentista. Ma Felice Cantoni, agente, è in orbita.

Intanto la radio continua la sua sequela di ordini a distanza.

Arrivano in via Quattro Novembre e la trovano già bloccata da altre auto della polizia. Scendono. Sarti urla:

– Fuori lo sfollagente!

Felice Cantoni, agente, si inchioda. Sbarra gli occhi e fissa il sergente. Dice:

– Non c'è! Né il mio, né il tuo!

– Come non c'è?

– Non ci sono gli sfollagente!

Sarti fa il giro dell'auto e gli va di fianco. All'inizio di via Quattro Novembre il casino si fa sentire:

– Liberate Grossi! Liberate Grossi! Liberate Grossi!

Sarti prende Felice per la giacca:

– Cosa vuol dire che non ci sono?

– Vuol dire che li ho restituiti all'economato per la sostituzione e dovevo poi passare a ritirare quelli nuovi, piú lunghi...

Ha ancora gli occhi sbarrati. Adesso li ha sbarrati anche Sarti. Mormora, sottovoce:

– Allora?

Felice si fa triste:

– Andiamo cosí? Senza niente? – Sarti, sempre sottovoce, continua:

– Prendi fuori gli elmetti! – Ma Felice Cantoni, agente, non si scuote. Anche lui sottovoce, dice:

– Non ci sono!

Sarti ne ha abbastanza: si siede sul predellino dell'auto ventotto, con lo sportello aperto e guarda gli agenti, in fondo alla strada. Li vede di schiena che si agitano: alzano il bastone di gomma (quello che lui ha in economato)...

Qualcosa vola in aria e ricade: sassi o chissà che altro. Felice Cantoni spiega:

– Stavano arrugginendo e ho approfittato per chiedere il cambio anche di quelli, all'economato... Non potevo sapere che proprio oggi...

Sarti Antonio, sergente, annuisce.

Intanto gli agenti sono spinti indietro dagli studenti. Verso la prefettura e verso l'auto ventotto, dove c'è un agente (distrutto) in piedi e un sergente (disfatto) seduto sul predellino. Tutti e tre inutili: l'auto, l'agente e il sergente.

– Liberate Grossi! Liberate Grossi! Liberate Grossi!

Qualche ciottolo, strappato dalla strada, arriva già vicino ai due di rimbalzo. Ormai il casino è a due metri: Sarti sente benissimo l'ansimare dei suoi colleghi, troppo grassi per quel lavoro di piazza e chiamati in extremis a una azione che non è la loro. Qui ci vogliono i giovani di vent'anni: non quelli delle auto! Vuol dire che i giovani saranno stati impegnati altrove.

E cosí i dimostranti sono arrivati quasi in prefettura.

Il coperchio di ghisa d'una botola stradale, lanciato chissà da chi, rotola fino ai piedi di Felice Cantoni, agente.

Adesso che lo smarrimento ha fatto posto alla collera e ai morsi dell'ulcera, Felice vorrebbe calciarlo, quel coperchio: ma poi ci ripensa e lo raccoglie. Con un bel lancio lo rimanda ai dimostranti:

– Vi scoppiasse la testa! – Ma non succede: infatti, sia Sarti che Felice, sentono il rumore del coperchio che cade sui cubetti rossi del selciato, fra le gambe degli studenti.

Il rumore successivo che fa lo stesso coperchio, è quando ritorna verso i due, sempre lanciato da chissà chi. Solo che questa volta il rumore è piú sordo, come se avesse colpito una testa senza elmetto: la testa di Felice Cantoni, agente. Il quale dice soltanto:

– Oddio!

E si lascia scivolare lungo la fiancata dell'auto ventotto. Quando passa col viso all'altezza del viso di Sarti Antonio, sergente, lo guarda, disperato. Dice ancora:

– Oddio!

E nient'altro, fino al Maggiore, terzo piano, camera 104.

È proprio lí che li raggiunge Raimondi Cesare, ispettore capo.

– L'elmetto, è vero, come si dice, serve a proteggere il capo da colpi comunque provenienti! E i vostri elmetti, sergente Sarti Antonio? Non dovete tenerli chiusi in auto, durante le dimostrazioni, ma in testa!

Sarti Antonio aspetta che un morso doloroso gli passi e risponde:

– Per la verità, non erano neppure in auto…

– No? E dov'erano, se è lecito, è vero, come si dice? Dov'erano?

– Credo che fossero in economato per la sostituzione…

– Ma bene! E voi due andate a disperdere una dimostrazione sediziosa, è vero, come si dice, con gli elmetti in economato.

Sarti Antonio, sergente, non ha piú nulla da dire. Si siede e aspetta. Guarda la testa di Felice Cantoni, fasciata e grossa come un pallone da pallacanestro. Si vedono gli occhi, ancora chiusi, e la fessura della bocca. «Lui» dice ancora:

– Lei, sergente, ha bisogno di molto riposo. Si faccia vedere dal suo medico e si metta in mutua... Vada a curarsi la colite in montagna... E ci resti! Ci resti almeno fino a quando questo disgraziato che, è vero, come si dice, è affidato al suo buonsenso, non si sarà rimesso e non sarà in grado di portare di nuovo l'auto ventotto...

Sarti si alza e va fuori: non può proprio starlo a sentire quando gli parla con il «lei».

Dal letto di dolore arriva un flebile «oddio». Il terzo della giornata.

Nel corridoio c'è Gianni «Lucciola» Deoni che guarda Sarti con occhi da cane bastonato. Gli chiede:

– Come stai?

– Non sono io il ferito...

– Lo so. Dicevo come stai dopo che hai parlato con «lui»?

Sarti si avvia verso l'ascensore. Dice:

– Ho un attacco di colite: portami a casa per favore!

Gianni «Lucciola» Deoni si guarda attorno timoroso:

– Per la verità io dovrei restare qui e sentire cosa dice l'ispettore capo... Il direttore mi ha detto...

Sarti Antonio, sergente, alza la voce:

– Portami a casa, per favore, Cristo! Sto male! – Gianni «Lucciola» Deoni non insiste e lo deposita, pallido come un morto, davanti alla porta del gabinetto di casa sua.

Quando ne esce, Sarti sta un po' meglio; è piú vivo in volto. Chiede:

– Vuoi un caffè? – e lo prepara senza aspettare risposta. Lo bevono seduti in poltrona; Sarti Antonio, sergente, sospira a lungo e forte.

– Cristo, che giornata! Ci voleva, questo buon caffè –. E se lo coccola tutto, nella tazzina.

Gianni «Lucciola» Deoni finisce il suo e aspetta che anche il sergente finisca. Poi gli dice:

– Sai? Hanno trovato un altro morto a Pieve del Pino. Con la testa sfasciata: proprio come Giacinto Gessi...

Sarti Antonio lo guarda negli occhi e si versa un altro po' di caffè: tutto quello che è rimasto nella macchinetta. Dice:

– E a me?

– Pensavo che ti potesse interessare.

Sarti scuote il capo e dichiara:

– No! Non mi interessa proprio.

– Be', non può essere stato Golfarini Antilio, questa volta, dato che è ancora dentro.

9. Un sergente in mutua

Vita da papa: e tutto con un semplice certificato medico. Sopra c'è scritto: «...è affetto da attacco di colite acuta. Necessita di giorni quindici di riposo s.c. Può uscire».

Quell'«esseci» sta per «salvo complicazioni» e vuol dire che dopo, dopo i quindici giorni di necessità, magari ce ne possono essere altri quindici e cosí via...

Per adesso Sarti Antonio, sergente, si alza dal letto alle nove; un buon caffè fatto in casa e il giornale da leggere in terrazza. Cosa volete di piú dalla vita?

Se non ci fossero gli articoli di cronaca nera di Gianni «Lucciola» Deoni che gli ricordano quel suo sporco mestiere...

A proposito: io mi sono messo dietro a Gianni «Lucciola» Deoni e quello, figurati, se non mi porta dal direttore.

E qui, giú tutta una storia per fargli capire che si possono scoprire chissà quali cose se si ha la pazienza di stare dietro al secondo delitto di Pieve del Pino.

Gianni «Lucciola» Deoni diventa pallido quando si tratta di andare dal direttore. Quando poi ci parla, è giallo. Diventa rosso quando quello, il direttore, gli dice che faccia pure ciò che vuole, tanto lui, Gianni «Lucciola» Deoni, non riuscirà mai a combinare niente di buono.

Tutte le volte è la stessa storia e Gianni «Lucciola» Deoni, tutte le volte, riesce a combinare qualcosa!

Ma non ha ancora capito che il direttore lo mena per il naso e ci si diverte.

Una volta o l'altra dovrò dirglielo io, ma non mi crederà. Mi risponderà che il direttore lo odia.

Dicevo che, per prima cosa, mi porta dal direttore e per seconda, da Sarti Antonio, sergente in malattia. Il quale se ne sta sdraiato sul letto con il giornale sullo stomaco.

Dice «Lucciola»: – Hai letto?

Sarti Antonio fa sí col capo. Quello continua:

– Mi aiuti?

Sarti Antonio fa no col capo e questa volta dice:

– Ci vorrebbe uno che aiutasse me...

– Ma tu sei del mestiere...

– Mestiere di merda! – Riprende a leggere il giornale. «Lucciola» guarda cos'è che lo interessa. Dice:

– Leggi a voce alta –. Sarti legge:

«... il corpo del giovane Mandini Gaetano è stato trovato raggomitolato in un fosso di scolo col capo fracassato, tanto da essere irriconoscibile. L'arma del delitto, un grosso sasso, è stata rinvenuta a poca distanza. Non porta impronte digitali. Nelle tasche del giovane è stato rinvenuto un biglietto che diceva: «per quella cosa che sa lei, venga questa sera alla pioppa. Giacinto Gessi». Il fatto inesplicabile è che anche Giacinto Gessi, come si ricorderà, è stato rinvenuto, giorni or sono, ucciso e orrendamente massacrato.

«La polizia brancola nel buio piú fitto. Forse il primo cadavere non era quello di Giacinto Gessi, detto Cintino? Il foglio trovato nelle tasche dell'ultima vittima lo farebbe supporre.

«Il piccolo paese di montagna, a pochi chilometri da Bologna, ha perso la pace: alle autorità competenti il compito di riportarla fra questi onesti coloni e brave massaie. Gianni Deoni».

Sarti Antonio guarda l'articolista con aria di compatimento. Dice:

– Questa storia delle autorità competenti, mi pare che cominci a puzzare. Le brave massaie e gli onesti coloni... Quante balle!

– È il direttore che ci tiene.

Silenzio su tutta la linea per chissà quanto tempo. Poi, Gianni «Lucciola» Deoni ripete:

– Aiutami!

– E a me chi mi aiuta? Ma cosa ne so io? Sto qui in casa... Cosa ne so io?

– Io ti ho aiutato in quella storia dell'attentato... – Sarti non lo lascia finire. Gli urla:

– Chi hai aiutato? Figlio di...

– Be', sono venuto con te, in giro. Insomma, ho fatto quello che mi hai chiesto!

Sarti Antonio lo guarda e «Lucciola» sta buono per un po' e poi chiede, timido e sottovoce, per non farsi sentire:

– Tu cosa faresti?

Ma Sarti Antonio lo sente e gli risponde:

– Non lo so! – Poi si mette giú, con la testa sotto le lenzuola. Dopo un po' domanda:

– Sei ancora lí? Senti perché non provi a parlare con Clara?

– Chi è?

Sarti mette fuori la testa:

– Quella di via Solferino 10. Ha una casa d'appuntamento...

– E cosa le dico?

– Quello che vuoi: chiedile una donna! – Poi gli viene in mente che «Lucciola» non conosce la storia della cartolina e allora:

– Questa Clara ha scritto una cartolina a Cintino. Al primo cadavere. Ha scritto una cartolina di saluti a «casa e chiesa» da Venezia e gliel'ha consegnata a mano, senza spedirla. Lui dovrebbe essere stato da questa Clara poco tempo fa, secondo la data che c'è sopra la cartolina. Tu senti da lei se lo conosceva... Cristo! Vedi tu!

Si rimette sotto le coperte e aspetta che Gianni «Lucciola» Deoni se ne vada. «Lucciola» se ne va e io con lui.

Per Gianni «Lucciola» Deoni il problema è: cosa dico a questa Clara, via Solferino 10?

Suona e dice:

– Buon giorno. Vorrei una ragazza...

Quella gli tappa la bocca e lo trascina dentro. Sbuffa:

– Santo dio, ragazzo, un po' di discrezione, santo dio! – Si chiude la porta dietro e lo guarda in faccia. Clara è una donnetta piccola e rotonda. Ha una faccia bianca e rossa che sembra una mela. Ma tutto di lei dà invece, l'impressione di un pane di burro, tenero e fresco. Di mestiere fa l'affittacamere alle troie della zona. E nella zona di troie ce ne sono, per cui «burro» riesce a vivere abbastanza bene.

Dunque, lo guarda in faccia e gli dice:

– Tu sei nuovo! Tu sei nuovo perché io, quando ho visto uno una volta, non me lo scordo piú, non me lo scordo...

– Sí. Ecco, io sono proprio nuovo...

«Burro» non lo fa finire, se lo trascina dietro fino al salottino.

Il salottino, poi, non è altro che uno sgabuzzino senza finestre, che doveva servire per tenerci le scarpe, le scope e tutte le cose che si usano poco e che non si sa mai dove mettere.

Adesso c'è una tenda, due poltrone e un tavolino: non ci sta altro.

«Lucciola» può sedersi, gli altri devono stare fuori. Clara chiede subito:

– Come la vuoi? Hai delle preferenze? Hai dei gusti particolari?

Ecco che Gianni «Lucciola» Deoni è nei guai. Non è il tipo che vada a puttane: al piú, ci fa sopra dei servizi di cronaca...

Adesso, però, deve decidere. E decide cosí:

– Sa... io vorrei parlare un po' con lei, prima...

Clara «burro» si mette a ridere:

– Sei un timido! Ho capito tutto, sei un timido! E dammi del tu! Clara non è una sofisticata: dammi del tu!

Ripete sempre le cose due volte: vuole che si capisca bene quello che ha da dire.

Gianni «Lucciola» Deoni si stende meglio nella poltrona, per darsi un contegno. Annuncia:

– Io sono un giornalista...

– Cosa vuol dire? Anche i giornalisti possono essere timidi! Tu sei un giornalista timido. Ho quello che ci vuole per te: è un bocconcino di zucchero. Carina, affettuosa, morbida come il pelo di un gatto...

Gianni «Lucciola» Deoni non fa a tempo ad aggiungere altro che «burro» è già al telefono:

– Pronto? Sei tu, cara? Senti, avrei un po' di lavoro da consegnarti: puoi fare un salto qui?

Poi abbassa la voce e non si sente altro. Gianni «Lucciola» Deoni è già in piedi, deciso ad andarsene. Non fa a tempo.

– Fra tre minuti è qui! Vedrai che sarai soddisfatto: fra tre minuti è qui. Morbida come il pelo di un gatto…

«Lucciola» ha gli occhi sbarrati. Non riesce a vedere una via d'uscita. Anche le gambe gli si fanno tenere e deve sedersi di nuovo in quel salottino-sgombero di mezzo metro per mezzo metro.

Intanto Clara «burro» è sparita per un po' e quando torna, regge, su un vassoio, un bicchiere con un liquido chiaro che non assomiglia a niente di ciò che Gianni «Lucciola» Deoni è abituato a bere.

E neppure nel sapore assomiglia a niente che lui ricordi. Ma va giú lo stesso.

Ecco, adesso suonano: due corti e uno lungo.

Gianni «Lucciola» Deoni potrebbe svenire anche subito, se solo ne avesse la possibilità.

Invece, decide che da domani cercherà un altro lavoro: magari in banca o in Comune.

Pensa già a chi rivolgersi per una raccomandazione.

Quella che entra è una ragazzina che avrà sí e no vent'anni. Morbida e delicata come il pelo di un gatto. Le ridono gli occhietti e tutto il suo viso, biondo come i capelli, profuma di pulito.

È lei che lo prende per mano, sempre con il suo delicato sorriso, e se lo porta in camera.

Lo spoglia che è ancora in piedi. Senza una parola: poi lo forza sul letto, nudo.

E anche lei si spoglia. Delicata, morbida come il pelo di un gatto, gli va a fianco e se lo stringe.

Gianni «Lucciola» Deoni non ci mette molto a perdersi: sente il respiro della ragazzina, vicino al suo collo, farsi piú rapido.

Qualcuno chiude le finestre: o sono gli occhi di Gianni «Lucciola» Deoni che si chiudono...

Quando li riapre, la biondina è già uscita, in silenzio, senza una parola. Allora anche «Lucciola» si riveste. È vuoto come un sacco vuoto. Nel salottino, Clara ha un altro bicchierino che Gianni scola d'un sorso.

– Contento? Che ti dicevo? Contento?

– Conosceva Giacinto Gessi?

Clara ci resta un po' male. Non le era mai successo che uno, dopo aver fatto l'amore con le sue ragazze, le parlasse di un morto. Però dice:

– Poverino! Certo che lo conoscevo. Poverino! Veniva qui un paio di volte al mese... Poverino! Devi darmi del tu!

Gianni «Lucciola» Deoni ci prova:

– Ti ha mai detto se aveva dei guai... Le ha mai parlato di qualcuno che...

– Che volesse fargli del male? Mai! Un gran bravo ragazzo. Mai!

Non parla piú di questa storia. C'è dell'altro che le interessa. Dice:

– Torna presto, carino. Sono ventimila.

Gianni «Lucciola» Deoni è ancora nei guai. Chiede:

– È lo stesso un assegno? Non pensavo...

Anche che uno la pagasse con un assegno, non le era ancora successo. Clara ride:

– Va bene! Torna presto, carino. Ci conto.

Gli chiude la porta dietro. E adesso?

Adesso suona di nuovo:

– Sí, carino?

– Conosci Mandini Gaetano, di venti anni? – Clara ci pensa un po'. Scuote la testa:

– No! Non mi pare proprio. No!

– Magari veniva qui con Giacinto Gessi...

– Uno di vent'anni? Non è mai venuto. Lo ricorderei. Quando ho visto o sentito il nome di uno una volta, non lo scordo piú. Come per te. Io non mi scordo piú di te. Sta pur sicuro. Sta pur sicuro.

Richiude la porta. E adesso?

Adesso bisognerà tornare da Sarti Antonio, sergente, e raccontargli tutto. Chissà che non abbia qualche idea migliore di quella di mandarlo in un casino...

10. Un sergente in mutua... e un giornalista in crisi

Ma «Lucciola» non ci va. Non ci va perché, appena fuori da quel numero 10 di Via Solferino, piomba nella crisi piú profonda della sua carriera. È successo a tutti. Anche a voi, la prima volta che siete stati a puttane, ci gioco un mese di stipendio! E se dite che a voi non è successo, siete degli ipocriti.

Ma poi, passa.

A «Lucciola» passa dopo tre giorni: tre giorni d'inferno nei quali ha anche seriamente pensato al suicidio.

Poi è Sarti Antonio, sergente, che gli telefona al giornale. Chiede:

– Sei ancora vivo?

Gianni «Lucciola» Deoni dice sí con la testa, ma Sarti non se ne accorge e s'informa:

– Dove sei?

– Qui!

– Allora? Cosa c'è di nuovo? Ti ha detto qualcosa Clara?

– Mi avevi detto che non t'importava niente...

– E non m'importa niente! Solo che non ti sei piú fatto vedere...

– Vengo a trovarti questa sera, va bene?

Sarti Antonio mugola un «va bene» e scende a prendere l'ottoecinquanta.

Ne ha piene le tasche di starsene a casa a fare il malato «esseci». Ha voglia di prender aria e poiché sul certificato medico sta scritto «può uscire», non vede perché non uscire.

L'aria della collina gli fa bene e si trova (per caso?) a Pieve del Pino, davanti alla canonica. Il prete se ne sta allungato su una panchina, all'ombra di una bella fila di pini che avranno qualche secolo di vita.

– Vita da cani, padre? – Sottovoce, tanto sottovoce che il prete non lo sente.

– Buon dí, figliolo. Solo? Il suo giovane collega non è venuto?

– Eh, no! Quello ha altri casi per le mani, oggi –. Poi il reverendo cambia espressione:

– È una maledizione! Ha sentito di Gaetano? Altro bravo ragazzo, poveretto!

– Lo conosceva?

– In un paesino come questo, ci si conosce tutti. Gran bravo figliolo Gaetano. Sarti vorrebbe dire:

«Tutti gran bravi figlioli in questo paese: anche quello che va in giro a rompere teste al prossimo...» Ma si limita a domandare: – Lo ha visto? – Il prete fa sí con il capo.

– È toccato a me identificarlo. Come per il povero Cintino. Eh, caro figliolo, nei paesi, o si chiama il prete o si chiama il dottore. E quando si chiama il prete, non c'è piú speranza.

Il fatto del medico dà un'idea a Sarti Antonio, che però, per il momento, la mette da parte. Il prete continua:

– Come dicevo anche al suo giovane amico, brutto mestiere quello del prete di campagna!

Sarti Antonio non ricorda di averlo mai sentito dire una cosa simile, per cui gli chiede:

– È stato qui il mio giovane amico? Quando?

– Non glielo ha detto? Il giorno dopo che si è trovato il corpo del povero Gaetano. L'ho accompagnato sul posto...

No! pensa Sarti Antonio. Non me lo ha detto quel criminale! E vorrei proprio sapere cosa sta cercando e cosa gli interessa... Ma dice:

– Sí, sí, me lo ha detto... Senta, padre, erano amici quei due? Voglio dire Giacinto Gessi e Mandini Gaetano? Si conoscevano!

– Come ho già detto a quel bravo giovane, come si chiama?

– Rosas, si chiama Rosas quel bravo giovane...

– Ecco, Rosas! Come ho detto a Rosas, un ragazzo molto sveglio e intelligente, anche se a guardarlo in faccia non lo si direbbe, come gli ho detto, i due erano molto amici e andavano spesso insieme...

Sarti Antonio, sergente, ha ormai capito che se c'era qualcosa da scoprire, Rosas l'ha già scoperto e pertanto sarebbe molto meglio andare da lui direttamente e dirgli un paio di cosette...

Per cui taglia corto.

– Buona sera, padre.

Suona alla porta del dottore. Che gli apre personalmente. E chiede:

– Desidera?

Il dottore può avere dai quaranta ai cinquant'anni, non si capisce bene con la barba grigia che si lascia crescere, si direbbe, da poco. Porta gli occhiali d'oro sul naso, in modo da guardare in faccia il prossimo da sopra le lenti.

È alto piú di metro e ottanta ma ha mani sottili e delicate, da dottore: anche perché è proprio un dottore. Sarti Antonio, sergente, dice:

– Mi chiamo Sarti Antonio –. E la pianta lí, perché gli rompe l'anima andare in giro a raccontare che lui è della polizia, sergente della polizia; e poi, magari, è anche costretto a mostrare la tessera... Quello dice:

– Si accomodi –. E lo fa sedere in ambulatorio.

– Allora? Cosa c'è che non va?

– Vorrei chiederle alcune cose su Mandini Gaetano e Giacinto Gessi...

Il dottore sorride:

– È della polizia?

Sarti non può farne a meno e accenna di sí con il capo, mentre continua:

– Erano suoi clienti?

– Sí. Erano miei pazienti, quando si ammalavano. Cioè, di rado. Cosa vuol sapere?

– Com'erano? Intendo, sani...?

– Direi proprio di sí.

– Voglio dire con la testa...

– Mandini Gaetano non ha mai dato segni di squilibrio e cosí pure l'altro, anche se era un po' complessato.

– Complessato come? Il prete mi ha detto... – Il dottore si alza in piedi, un po' scocciato:

– Se lei ha parlato con il prete, avrà già le sue idee: quindi è inutile che stiamo a perdere tempo in due.

E gli apre la porta. Sarti Antonio, sergente, rimane di sasso e non si alza. Cosí l'altro continua:

– Vede, caro signore, io faccio il medico e quello il prete. Io le cose le vedo dal punto di vista scientifico, mentre il prete le vede dal punto di vista religioso. Se il prete le ha imbottito la testa con i suoi sacramenti, è inutile che io stia a dirle che il complesso del quale soffriva il Gessi era da attribuirsi a motivi sessuali. Per me, non andava a donne! Magari per il prete era una specie di uomo dedicato all'astinenza per motivi religiosi. Un uomo di ventisei anni ha bisogno di andare a fottere: sono stato chiaro? Per il prete si trattava di fioretti! E il fatto che sia finito cosí non mi ha stupito per niente. Mi ha stupito invece la fine di Mandini Gaetano. Quello, a vent'anni, si era già fatto tutte le spose del paese... L'unica cosa della quale aveva bisogno era un buon ricostituente...

Sarti Antonio, sergente, ricomincia a ragionare, dopo la tirata del dottore. Chiede:

– E stavano insieme?

– A volte gli estremi si toccano: non mi stupirei se Giacinto Gessi si fosse fatto raccontare dal suo amico piú sveglio le avventure che lui non era in grado di vivere...

Sarti Antonio, sergente, è un vulcano: proprio in forma.

– E non è possibile che qualche marito o fidanzato, abbia deciso di vendicarsi per le corna...

– Questi sono affari che deve scoprire lei, caro signore. Ma, in questo caso, non capisco perché far fuori anche Giacinto Gessi.

– Semplice: perché anche Giacinto Gessi sapeva, poiché glielo aveva raccontato l'amico, che la tale e la tale altra si facevano sbattere. E magari il complessato era anche stato a guardare, mentre l'altro se la faceva... si tratta di sapere con chi.

– I miei auguri, caro signore.

Sarti Antonio, sergente, si alza e fa per andarsene. Arriva in ambulatorio un pezzo di donna che non finisce piú: alta quanto basta, un seno che fa scoppiare la camicetta. Senza reggiseno, c'è da scommettere. Avrà vent'anni. Il dottore dice:

– Mia moglie. Il signore è della polizia.

Il pezzo di donna gli sorride e Sarti sente un brivido alla schiena. Ma ce la fa lo stesso a stringerle la mano. Avrà vent'anni! Un pezzo di donna che quel Mandini Gaetano, il gallo del paese, non può essersi lasciato scappare, se è come gli ha raccontato il dottore. Il dottore dice:

– Auguri per le sue ricerche. Dovrà star qui piú di un mese se vorrà parlare con tutti i mariti o fidanzati interessati. Avrà solo l'imbarazzo della scelta.

Magari comincio da te! Pensa il sergente, e non lo dice. Anche perché quello continua:

– ... ma visto che siete in due a interessarvi del caso, ve la caverete abbastanza presto.

Gli chiude la porta in faccia e Sarti sente, dentro, il dottore che parla sottovoce, con la moglie. Non capisce cosa le dice, ma sente che lei ride. Se ne va bestemmiando:

– Cristo! Anche qui è stato quel figlio di puttana di Rosas. Gliene dico due!

Salta sull'ottoecinquanta e piomba in via Santa Caterina, come un falco sulla preda. Entra nel tugurio di Rosas senza neppure bussare. Urla:

– Figlio di puttana! Potrei farti arrestare, lo sai?

E lo guarda in faccia. È proprio come ha detto il pretone: Rosas sarà sveglio, intelligente e tutto quello che volete, ma a guardarlo in faccia non si direbbe proprio. Cosí Sarti Antonio, sergente, si sgonfia. Rosas gli dice, calmo: – Io non c'ero.

– Dove non c'eri? Ma se me lo ha detto il prete, il dottore...

– Io non ero in via Quattro Novembre quando c'è stato lo scontro con la polizia. Ho i testimoni che non c'ero!

– Me ne sbatto di via Quattro Novembre. Certo che non c'eri: ma so io dov'eri tu!

– Non ero neppure dove sai tu... Non mi sono mosso di qui: ho i testimoni...

– I testimoni dei miei due! Dal prete ci sei stato! E dal dottore di Pieve del Pino!

Rosas gli fa un sorriso che va da qui a qui:

– Sí! Sí! Sono stato colto da una crisi mistica. Succede anche ai piú forti.

– Ma piantala! E dimmi cosa accidenti stai cercando. Si può sapere?

Rosas si toglie gli occhiali per pulirli perché Sarti Antonio, sergente, gli ha sputacchiato sulle lenti. Adesso, per mettere a fuoco, Rosas deve stringere gli occhi che diventano due fessure. Dice:

– Devo studiare: domani l'altro ho due esami. Sergente, devo studiare.

Sarti Antonio, sergente, si siede.

– Me ne andrò di qui quando mi avrai detto tutto.

Si allunga sulla sedia e aspetta.

– Vuoi un caffè, sergente?

– Sí, ma lo faccio io. Dov'è?

Rosas gli indica dove stanno gli ingredienti e Sarti Antonio si confeziona con cura e amore un buon caffè.

Intanto Rosas gli parla:

– Se sai che sono andato dal prete e dal dottore, sai anche quello che mi hanno detto e cosa sono stato a fare.

– Ma io voglio sapere perché lo fai e perché ti immischi in una storia che non ti riguarda!

– Voglio vedere se riesco a tirare fuori Golfarini Antilio che tu hai arrestato per colpa mia e che con gli omicidi non c'entra per niente.

– Ma è un figlio di buona donna lo stesso! «Calzini rossi» mi ha voluto far fesso e sta bene dentro! Perché è andato a scrivere sul monumento proprio mentre io ero di guardia? Sta bene dentro. E poi?

– E poi basta.

Si bevono in silenzio il buon caffè.

– Dovresti venire piú spesso a fare il caffè, sergente. È il migliore che ho bevuto da due anni in qua.

– Lo so! – Vuota la tazza, senza parlare, perché, il caffè, lo sanno tutti, si beve in silenzio. Dopo ricomincia:

– Allora?

– Cosa ne pensi tu?

Sarti Antonio, sergente, sa che non c'è niente da fare, anche se insistesse per un mese. Dopo un po' decide di cominciare lui:

– Per me è andata cosí: Mandini Gaetano, di anni venti, gallo del paese, ne ha portato a letto una di troppo e cosí un marito o un fidanzato piú caldo degli altri, l'ha fatto fuori. E ha fatto fuori anche Giacinto Gessi «casa e chiesa» che conosceva tutta la storia. Magari «una di troppo» è proprio quel pezzo di donna del dottore... L'hai vista?

Rosas fa sí col capo e lui continua:

– ... che con i suoi vent'anni piú o meno, e quel grigione di marito nel letto, doveva farsi grattare da qualcun altro per poter dormire piú tranquillamente. Con il fisico da pugile che ha il dottore non ci mette molto a spaccare la testa a uno.

Aspetta le reazioni di Rosas che vengono:

– E il biglietto che hanno trovato addosso al «gallo del paese», firmato da Giacinto Gessi quando Giacinto Gessi era già defunto?

– Tutto previsto. Giacinto Gessi ha scritto un biglietto al suo amico per dargli l'appuntamento e per farsi, magari, raccontare un'altra storia di sesso...

Rosas non lo fa finire:

– E gli dava del «lei»? Giacinto Gessi, «casa e chiesa», scrive a un amico d'infanzia e gli dice: «per quello che lei sa, venga...» eccetera, eccetera?

– Previsto anche questo: «casa e chiesa» era un complessato e da un complessato ci si può aspettare di tutto!

Sarti Antonio è contento: i giorni di mutua gli hanno fatto bene. Ragiona come una macchina elettronica. Rosas dice:

– Fai presto tu; solo che Giacinto Gessi, quando gli è venuto in mente di scrivere quel biglietto, era già morto!

Sarti Antonio, sergente, gli ride in faccia:

– Chi lo dice? Chi lo dice? Può benissimo averlo scritto prima di farsi accoppare e l'amico se l'è tenuto in tasca per tutto questo tempo. Magari si era pure dimenticato di averlo.

Rosas non dice piú niente e Sarti Antonio si allunga ancora di piú sulla sedia, felice.

Quando ne parlerà con «lui», con l'ispettore capo, vuole proprio godersi la scena. Dovrà portarsi dietro Gianni «Lucciola» Deoni. In certe occasioni, ci vuole un testimone oculare.

– Cosa ne dici?

Rosas scuote il capo; sembra che proprio non abbia niente da dire:

– Mi piacerebbe sapere cosa hanno scoperto alla medicina legale... Vorrei essere sicuro che il primo cadavere è proprio quello di Giacinto Gessi...

– Si fa presto a saperlo. Ma io ne sono già sicuro!

– Può darsi che abbiano trovato qualche altra cosa dentro quel complessato...

– Per esempio?

– Per esempio: cos'ha mangiato poco prima di morire? Cos'ha bevuto? Come è stato colpito? Davanti o dietro? Può saltar fuori dov'è stato prima che lo accoppassero...

Sarti Antonio, sergente, ha una gran voglia di ridere:

– Sono cose da giallo, ma si può sapere, si può sapere!

Passa un altro bel po' di tempo senza che Rosas abbia piú niente da aggiungere. Sembra che si sia rimesso a studiare. Poi, quando Sarti Antonio si alza per andarsene, gli fa:

– Da chi cominci? – Sarti alza le spalle:

– Non lo so ancora. Anche dal dottore. Ci sarà qualcuno in paese che ne sa di piú sulle corna dei compaesani. C'è solo l'imbarazzo della scelta.

– Comincia dal prete...

– Cornuto anche lui?

– Voglio dire che le donne si confessano! – E Rosas butta di nuovo la testa sui libri.

Sarti se ne va a casa: deve arrivare Gianni «Lucciola» Deoni con la storia di Clara.

11. La storia del «gallo del paese» diventa una storia piuttosto pesante

Se non l'avessi sentita con le mie orecchie, non la crederei. Sarti Antonio, sergente, si è chiuso in bagno per due ore a ripensarci.

Ecco, il rapporto all'ispettore capo Raimondi Cesare, potrebbe cominciare cosí:

«Le indagini sulla morte del giovane Mandini Gaetano, di anni venti, espletate nel paese di Pieve del Pino, hanno dato i seguenti risultati: diciotto uomini in tutto, fra mariti, fidanzati o amanti, avrebbero avuto dei motivi per uccidere il suddetto Mandini Gaetano...»

A questo punto gli occhi di Raimondi Cesare, ispettore capo, si dovrebbero alzare dal foglio a fissare in viso il compilatore del rapporto.

Chiuso in bagno, Sarti Antonio, sergente, si sta chiedendo chi glielo fa fare.

Ha un certificato medico che gli permette di starsene a casa per altri cinque giorni «esseci», invece lui va a impantanarsi in una storia che, al confronto, quella di Casanova fa ridere...

Piú ci pensa e piú gli vengono i nodi al cervello: un tale di vent'anni si è scopato un intero paese...

Un tale di vent'anni!

Bisognerà dire alla medicina legale di esaminare bene il «coso» del gallo, che ne vale la pena...

Comunque le cose stanno cosí, per chi non le sapesse ancora: quattro contadini hanno trovato Mandini Gaetano, di anni venti, nel fienile a giocare con le rispettive mogli. Le loro personali mogli naturalmente. E questo, mentre loro (cioè i mariti) se ne andavano a sudare nel campo o a vendere radicchio al mercato ortofrutticolo.

Tre operai, di quelli che si alzano al mattino verso le quattro per andare a lavorare chissà dove, venivano sostituiti dal Mandini Gaetano, di anni venti, nel calduccio del letto matrimoniale, non appena mettevano piede sul treno per andare a guadagnare onestamente di che mantenere le mogli a casa.

Cinque salariati dell'azienda per la raccolta industriale delle noccioline che servono per fare il cioccolato con le noccioline, baciavano, sulla porta, prima di partire, le mogli e dietro la porta era già pronto il Mandini Gaetano, di anni venti, con le sue noccioline in mano.

Due fidanzati, che non erano ancora riusciti a sfiorare l'orlo delle mutandine delle fidanzate, si erano accorti con rammarico che, partiti loro, arrivava il Mandini, di anni venti, al quale veniva permesso di togliere le succitate mutandine.

Inoltre, il meccanico dei trattori agricoli: mentre se ne stava sotto i trattori medesimi per le opportune riparazioni, sua moglie se ne stava sotto il Mandini Gaetano, di anni venti, per le opportune manipolazioni. La donna si era giustificata dicendo che non sopportava l'odore di nafta che il marito portava addosso...

Ingratitudine femminile! La traditrice non poteva ignorare che proprio grazie a quell'odore di nafta le era permesso di restarsene a casa in sollazzevoli amplessi con il «gallo».

E siamo a quindici.

Il sedicesimo è il dottore (come volevasi dimostrare); il diciassettesimo, il farmacista; il diciottesimo, il maresciallo dei carabinieri (ironia del destino!)

Questi tre, magari, passavano le serate davanti alle carte e le mogli, davanti, dietro, sotto o sopra il Mandini Gaetano, di anni venti.

Dove diavolo trovasse il tempo, l'energia e tutto il resto, io non l'ho ancora capito!

Sarti Antonio, sergente, comincia a pensare che ci voglia una vita per venire a capo di questa storia, oppure un esercito di poliziotti.

Per cui, tira l'acqua e decide di lavarsene le mani. Di lasciare la faccenda a chi di competenza e di ritornare a fare il mutuato «esseci».

E che ognuno si gratti le corna sue! Tanto piú che c'è anche Felice Cantoni, agente, da andare a trovare ogni tanto, al Maggiore, terzo piano, stanza 104.

Ma è chiaro, chiaro come il sole, che la strada per venire fuori da quel letamaio di caso è proprio quella e solo quella.

Sarti Antonio, sergente, non sa in che direzione si stia muovendo l'ispettore capo Raimondi Cesare (non lo sa perché sono ormai settimane che non ha il piacere), ma se si muove in quella direzione, avrà le sue gatte da pelare. Meglio: le sue corna da contare.

«Lui» o chi per «lui», perché quello, quando c'è del buio attorno, trova sempre il modo di appoggiare le grane, le corna in questo caso, a qualcun altro, per poi andare in giro, a cose fatte, a parlare di ordini eseguiti, disposizioni impartite, e balle simili.

Sarti Antonio, sergente, è proprio curioso di sapere a chi è toccata la pesca.

Lo scopre subito: gli arriva una telefonata:

– Pronto? È il reparto personale che parla. Risulta, da una ispezione eseguita dal medico fiscale, che lei ha lasciato la sua abitazione mentre era in malattia. L'ufficio ritiene pertanto che lei sia già in grado di riprendere il servizio a partire da domani stesso. In caso contrario, sarà sottoposto alle sanzioni e ai procedimenti disciplinari previsti dai vigenti regolamenti.

Ha un bel dire che c'è scritto «può uscire» sul certificato medico... L'ufficio personale non è dello stesso parere, e cosí pure il medico fiscale.

Poi gliene arriva un'altra di telefonata: è «lui». Dice:

– L'ufficio personale mi ha comunicato che hai finito! Domattina, è vero, come si dice, vai a Pieve del Pino...

– Non posso: Felice Cantoni è ancora in ospedale...

– Ti do un altro.

– Non voglio nessuno! Vado con la mia macchina! Va bene?

Anche se Sarti Antonio ha urlato, «lui» non fa una piega e continua il suo discorso come se non fosse stato interrotto:

– ... e ricordati di passare dall'economato a ritirare lo sfollagente e l'elmetto, se non ti dispiace. Ho già firmato il buono di prelievo...

12. Cose che si sanno del primo cadavere che prima non si sapevano

Ma Sarti Antonio, sergente, non va a Pieve del Pino: non sa proprio cosa andarci a fare.

Per ora va alla medicina legale.

Quando esce, ha gli occhi sbarrati, lo sguardo fisso nel vuoto e il vuoto in testa. Non trova di meglio che salire sull'ottoecinquanta e andare a casa di Rosas, di volata.

Sarti Antonio non sa nemmeno perché ci va. Forse perché è stato proprio lui, Rosas, a suggerirgli di interessarsi alla medicina legale.

La porta è aperta, come sempre e come sempre, dentro, c'è puzza di chiuso.

Tutto in ordine, tutto pulito, ma puzza di chiuso.

Rosas vive come una talpa e adesso non è in casa perché la sua sedia è vuota. C'è invece, sdraiata sul divano, una tipina seminuda che sta leggendo. Avrà meno di vent'anni, sottile come un giunco, bella e seminuda... Lo guarda entrare e non gli dice neanche «crepa».

Sarti Antonio, sergente, se ne frega e si siede. La guarda per un po' e poi cerca di pensare ai casi suoi. Lo stesso fa la tipina.

Ma Sarti proprio non ci riesce: l'unica cosa che gli riesce è guardare quel bel giunco che avrà meno di vent'anni e che, magari, va a letto con Rosas.

Si alza:

– Mi andrebbe un caffè –. Ma quella non dice niente e continua a leggere. Sarti le va sotto gli occhi. Domanda:

– Sei finta? – Quella dice di no col capo.

– Mi andrebbe un caffè –. Adesso lei risponde:

– Anche a me. Ma non c'è mai niente in questa casa...

Sarti Antonio, sergente, va a razzolare in giro. Trova quello che gli serve e fa un caffè che sentono il profumo fin sotto i portici di Santa Caterina.

Se ne beve una tazzina piena. Dice:

– Buono –. Anche la tipina si alza e se ne versa una tazzina.

– Se aspettavi che te lo portassi io, aspettavi un pezzo...

– So versare da me –. E torna a leggere, sul divano. Dice:

– Non c'è male –. Sarti tace, ma pensa:

«È il miglior caffè di Bologna e dintorni, stronza!»

E si accontenta di accarezzarle la schiena con lo sguardo.

Rosas arriva che è già buio. La tipina non si è piú mossa dal divano: non ha piú aperto bocca.

Sarti Antonio, sergente, lo aggredisce:

– È tutt'oggi che ti aspetto! Dove sei stato, Cristo?

Rosas non gli risponde neppure. Ha un panino in mano e lo mette sul tavolo. Va a prepararsi un caffè. Sarti gli strappa la macchinetta dalle mani e lo prepara lui.

Poi, gli si siede davanti e comincia:

– Primo: il morto è proprio Giacinto Gessi, ventisei anni, contadino da Pieve del Pino.

Secondo: era un invertito.

Terzo: nel suo stomaco si sono trovati in grande quantità sali di acido solforoso.

Quarto: lo hanno colpito al viso e alla fronte finché non lo hanno massacrato.

Quinto: io non ci capisco piú niente!

Il giunco, meno di venti, fa sentire ancora la sua voce:

– Normale.

– Chi è quella stronza?

– Non ha detto che è normale che tu non capisca niente: ha detto che è normale che uno, dopo aver bevuto acqua solforosa ad alta concentrazione, abbia nello stomaco dei sali di acido solforoso.

– Ah sí?

Rosas annuisce e si mangia il panino. Sarti Antonio, sergente, gli mette davanti una tazzina abbondante di caffè. Ripete:

– Ah sí? E perché, prima di farsi ammazzare, avrebbe dovuto bere acqua solforosa ad alta concentrazione... e tutte quelle cose lí?

– Evidentemente perché, prima di farsi ammazzare è stato nei pressi di una sorgente di acqua solforosa e ha bevuto.

Sarti, continua a ripetersi:

– Ah sí? – Rosas finisce la cena e finisce il caffè. Dice:

– Sí! Il fango che ho cercato di farti notare sulle scarpe che il Gessi portava quando lo hanno ammazzato è caratteristico delle sorgenti di acqua solforosa. Non è fango normale, fango chiaro; è fango scuro, quasi nero...

– Ah sí?

– Sí! Le scarpe devono essere ancora in camera sua. A Pieve del Pino: se vuoi toglierti la curiosità...

Sarti Antonio, sergente, cambia disco:

– No, no! Ti credo. Se lo dici tu, ti credo! Solo che non capisco che cosa vada a fare un tale, alle due di notte, a una sorgente di acqua solforosa...

Il giunco fa risentire la sua vocina di angelo:

– Forse glielo aveva ordinato il medico: le acque solforose curano il fegato e fanno bene per un sacco di malanni...

Sarti finge di non averla sentita. Dice:

– Un invertito va a bere acqua solforosa alle due di notte e poi si fa spaccare il cranio... Io divento...

Vorrebbe dire «matto», ma sa che il giunco seminudo non gliela perdonerebbe, per cui, rinuncia. Rosas aggiunge al discorso di Sarti un particolare piú strano ancora.

– Un invertito che frequentava la casa d'appuntamento di Clara.

– È vero! Benissimo. Dirò all'ispettore capo Raimondi Cesare: «il primo cadavere era un invertito che andava a puttane; il secondo un toro da monta». Lo sai che si è scopato diciotto donne di Pieve del Pino?

Ed ecco, infatti, che il giunco non gliela perdona:

– Peccato che sia morto, sergente. No?

Sarti Antonio, le va vicino. Chiede:

– Non stai leggendo tu?

– Sí, ma di solito leggo con gli occhi, non con le orecchie...

– Leggi anche con le orecchie! – ordina il sergente, e Rosas dice:

– Devi solo trovare chi è andato con Giacinto Gessi, quella notte, e arrestarlo per duplice omicidio...

– Semplice: faccio fare l'autopsia ai diciotto mariti, fidanzati e amanti traditi... Dici niente? E c'è anche il maresciallo dei carabinieri fra i mariti!

Rosas si fa un posticino sul divano, vicino al giunco che gli si rannicchia in braccio, e dice:

– Potresti cominciare a chiedere al maresciallo dei carabinieri se gli piace «l'acqua puzzola». La chiamano cosí a Pieve del Pino: acqua puzzola.

Sarti Antonio, sergente, ha capito che è di troppo e toglie il disturbo.

È sulla porta e sta per andarsene, quando sente Rosas:

– Potresti anche cercare fra gli amici dei due «fu»... È chiaro che l'assassino deve essere uno che i due conoscevano, visto che sono stati colpiti mentre gli stavano davanti...

Sarti Antonio, sergente, è seduto in macchina, sulla sua comoda ottoecinquanta arrugginita, ma il giunco, gli è rimasto davanti agli occhi e in testa. La schiena nuda e il ventre piatto...

Quel talpone di Rosas, adesso, magari...

Si passa una mano sulla fronte e parte sull'ottoecinquanta, come se fosse una spider.

È buio: sui viali che vanno da porta Mascarella a porta San Vitale, stanno già battendo le piú belle prostitute della provincia. Ci dev'essere, da qualche parte, la biondina minuta, da tasca. È un bel po' di tempo che non se la porta a casa. A letto. Al diavolo l'acqua solforosa, i cornuti, i cadaveri, gli invertiti di Pieve del Pino.

13. Sui magnifici diciotto

Quando si dice una storia che diventa interessante...

Sarti Antonio, sergente, comincia a guardare meglio i magnifici diciotto e ne scopre di tutti i colori. Ma vi parlerò solamente di quelli che mi sono parsi piú interessanti: anch'io un po' di naso dovrei averlo, ormai!

Per esempio, mi sembra inutile stare a dirvi dei discorsi dei quattro contadini: quelli non avevano e non hanno tempo per occuparsi dei fatti delle mogli... E nemmeno dei tre operai: due vanno a caccia e uno allo stadio. Le mogli? Si facciano i cazzi loro! E quelle se li facevano!

I cinque salariati dipendenti dell'azienda per la raccolta industriale delle noccioline da mettere nel cioccolato: tre non ne sapevano niente e Sarti Antonio li ha lasciati nella loro ignoranza; uno lo sapeva ma era troppo stanco per arrabbiarsi (e lo capisco: dopo dieci ore passate sotto il sole a raccogliere noccioline, si diventa cretini). L'altro pure lo sapeva ma era anche convinto che fosse tutta fatica risparmiata a lui.

Dice a Sarti, testuale:

– Per quello che si prende... Neppure un grazie –. E se ne torna a raccogliere le noccioline. Gente cosí non può avere né la voglia, né la forza di andare in giro a picchiare sassate sul cranio del prossimo. I due fidanzati si sono limitati, stando alle informazioni del prete, a piantare le rispettive future spose e a cercare oblio in qualche casino della città. Allora, chi resta?

Adesso viene il bello: restano il meccanico, il dottore, il farmacista e il maresciallo. Per questi vale la pena che io vi dica come sono andate esattamente le cose. Ecco:

Sarti Antonio, sergente, trova il meccanico sdraiato sotto un trattore. Gli dice:

– Buon giorno, io sono della polizia.

– Anch'io.

– Cosa vuol dire?

– Vuol dire che sto cercando di fare pulizia in questo trattore...

A Sarti costui diventa subito odioso e allora gli dà la notizia senza tante storie:

– Chi ti ha detto che tua moglie se la spassava con Mandini Gaetano? – Il meccanico mette fuori la testa e poi viene fuori tutto:

– E a te, chi lo ha detto?

– Tua moglie... – Al meccanico lo scherzo non piace. Si pulisce le mani senza parlare piú, ma a Sarti interessa che parli:

– Allora, chi te lo ha detto?

– Li ho trovati insieme, due mesi fa.

– Per questo hai spaccato la testa a quel Mandini?

Il meccanico è uno di quelli che non parlano molto, ma quello che dicono è chiaro.

– Se mia moglie è una puttana, sono fatti miei, ma se tu ripeti quello che hai detto, anche se sei della polizia, io ti spacco la testa.

– Come hai fatto col Mandini?

Quello, prima che Sarti se ne renda conto, gli cala il pugno chiuso proprio sul collo. Sarti, che come vi ho già detto non se lo aspettava, finisce lungo disteso sotto il trattore, proprio nel posto dove prima c'era il meccanico. Quando si alza non può farci niente perché il meccanico è già pronto per colpirlo ancora: ha due braccia che assomigliano ai manici di una mazza da fabbro e i pugni sono le relative mazze. Ecco perché saltargli addosso, a Sarti sembra senza senso. Non lo fa. Dice:

– Prima o poi, ti spacco la tua bella faccia e ti porto dentro.

Aspetta che l'altro s'infili di nuovo sotto il trattore e gli chiede:

– Ti piace l'acqua solforosa? – Quello mette ancora fuori la testa. Dice:

– Sí. Fa bene al fegato e ne bevo tutti i giorni...

– Ho idea che a te, invece, farà male.

Sarti se ne va. Il meccanico è il tipo che non ci mette molto a rompere la testa al prossimo. E ha tutte le qualità per poterlo fare. Ora, si tratta di trovare qualcosa che convinca l'ispettore capo Raimondi Cesare.

Divagazione personale: vedere Sarti Antonio, sergente, rotolare sotto il trattore mi ha fatto una certa impressione. Secondo me, avrebbe dovuto schivare la mazzata con un rapido spostamento del corpo e quindi partire all'attacco colpendo l'avversario dal basso con un pugno sul mento. Cosí, dopo, avrebbe potuto sederglisi sul petto e colpirlo al viso con la mano aperta, fino a fargli uscire il sangue dalle labbra. Invece Sarti Antonio, sergente, è finito sotto il trattore. Forse non ha «le physique du rôle», come si dice. Oppure certe cose sono capaci di farle solamente gli altri.

Fine della divagazione personale.

Per ogni evenienza, Sarti Antonio, sergente, è del parere che le altre visite agli indiziati sarà bene continuarle in compagnia di Gianni «Lucciola» Deoni. Non si può mai sapere con questi montanari: un testimone può essere utile.

C'è il dottore: un altro che, invece, il fisico del ruolo ce l'ha: bello, uno e ottanta, barba grigia.

Sarti gli chiede:

– Lei va d'accordo con la sua signora?

– E lei?

– Non sono sposato. Dottore, lei ha altre donne?

– Non ne ho né il tempo, né la voglia...

– E la signora?

Il dottore dà un'occhiata in sala d'aspetto per vedere quanta gente c'è che ha ancora bisogno della sua opera: saranno sedici o venti persone. Chiude la porta dell'ambulatorio, si siede al tavolo, sospira rassegnato e dice:

– Avanti: sentiamo cosa vuol sapere.

– Di sua moglie... – Gianni «Lucciola» Deoni fa finta di essere in visita al museo e che quei bei discorsi non lo riguardino per niente. Legge con tutta l'attenzione possibile i nomi delle migliaia di flaconi, supposte e pillole che stanno in mostra nelle vetrine dell'ambulatorio. Proprio come al museo... Ma dentro, in testa, prende nota di tutto, in attesa di metterlo sulla carta, se si presenterà l'occasione e se il direttore lo riterrà opportuno.

– Lo sa già. Mia moglie è stata con quel tipo e lei lo sa. Ma io non ho avuto mai istinti omicidi. Nella mia professione si impara a reagire in modo diverso dal solito. Ho avuto fra le mani quel Mandini per un forte esaurimento...

– Lo credo!

– ... e non ci avrei messo niente a farlo fuori con intelligenza. Non vado in giro per i boschi, di notte, a spaccar teste. Le teste io le curo, se e quando posso. Quel Mandini era un caso clinico. Chissà perché, o chissà come, si era sparsa la voce che fosse un gran maschio. Ecco: da qui a diventare il «gallo del paese» non c'è voluto niente. Invece era un povero ragazzino dall'eiaculazione troppo rapida, cosa, del resto, piuttosto comune in tutti i giovani della sua età.

– Prego?

– Finiva troppo in fretta! Mi ha chiesto parecchie volte di aiutarlo con delle cure. Gli ho detto che la cura poteva portarla soltanto il tempo. Aveva vent'anni...

Sarti Antonio, sergente, è rimasto come un allocco:

– Allora, tutte queste donne...

– Le donne o sono stupide o sono insoddisfatte: in questo paese metà delle donne sono stupide, l'altra metà sono stupide e insoddisfatte.

– E sua moglie? – Il dottore va sulla porta e chiama la moglie. Arriva il solito pezzo di donna, avrà vent'anni. Sorride a Sarti, sorride al dottore e sorride anche a «Lucciola» che si sente rimescolare lo stomaco.

– Vuole sapere perché sei andata a letto con Mandini Gaetano.

Il pezzo di donna non è stupida. Dice:

– Per curiosità –. Poiché Sarti Antonio non è piú in grado di continuare l'interrogatorio (non è piú molto rapido nei riflessi: davanti a certe chiarificazioni perde l'orientamento) è il dottore che continua l'interrogatorio alla moglie.

– Ti ha soddisfatto?

– Una delusione.

Il pezzo se ne va, torna da dove era spuntata.

Dice il dottore:

– Capito?

– No! Insoddisfatta? – Il dottore apre la porta dell'ambulatorio e chiama:

– Avanti il primo –. Poi torna a Sarti:

– Ci sono anche delle eccezioni. Qualche donna non è né stupida, né insoddisfatta, ma solo curiosa.

Prima di uscire dall'ambulatorio, Sarti Antonio, sergente, ha qualcos'altro da chiedere:

– C'è una sorgente di acqua solforosa da queste parti. Dicono che fa bene –. Il dottore è rimasto un po' sorpreso, ma dice:

– Può provare.

– Lei non ne beve? Giacinto Gessi si alzava alle due di notte per andare a berla. Glielo aveva prescritto lei?

Il dottore non gli bada piú. Dice con il paziente:

– Respira forte...

Il farmacista è un soggetto piccolo, magro. Due occhialini rotondi con le lenti spesse: uno che se vi dicono che è un assassino, vi mettete a ridere. Dice «buongiorno» ogni volta che il campanello sulla porta della farmacia fa «din», senza preoccuparsi se c'è uno che entra o uno che esce.

Allunga la mano senza guardare in faccia il cliente e aspetta che ci mettano sopra la ricetta. Fa cosí ormai da tanti anni che non se ne rende neppure conto.

Sarti Antonio, sergente, gli mette sul palmo aperto della mano tesa la tessera. Quello la legge e poi si decide a guardare in faccia i nuovi venuti, perché si è accorto che la specialità segnata sulla tessera non l'ha o non la passa la mutua.

Sembra un po' sorpreso o anche preoccupato: non si capisce bene e Sarti non ha ancora imparato a leggere sul viso di certa gente. Sarti Antonio, sergente, decide che è preoccupato e che si è sentito, per un momento, scoperto. Quello domanda:

– Desidera?

Questa volta Gianni «Lucciola» Deoni prende appunti su un blocco per note. Non che cominci a dubitare della sua memoria, ma per dare l'illusione a chi è da quelle parti, che lui sta facendo qualcosa. E anche perché non ha piú nessuna voglia di leggere altri nomi di malattie...

Sarti Antonio, sergente, risponde:

– Parlare con sua moglie –. Anche adesso il farmacista ha l'aria preoccupata:

– Mia moglie?

– Sua moglie: non ha moglie lei?

– Ho moglie... ho moglie... – Ma non si decide.

– Allora la chiama? – Il farmacista chiama, senza mai staccare gli occhi da Sarti. Quella arriva: in ciabatte e con dei ferretti piantati nei capelli. È la copia del marito, solo che porta la sottana. Dal momento che si è fatta anche questa, Mandini Gaetano, il gallo, doveva avere uno stomaco cosí.

Lei dice, giovane e civetta:

– Siiiii! – con una i che dura diciotto secondi. Sarti Antonio guarda il farmacista. E spiega:

– Vorrei parlare con la signora da solo.

– Da solo?

– Da solo.

– Bene, ecco, allora io posso andare di là...

– Bravo, vada di là –. L'altro va, ma Sarti Antonio giurerebbe che resta attaccato alla porta. Non si preoccupa e comincia, veloce:

– Conosceva Mandini Gaetano? È stata la sua amante? Suo marito lo sa? – Lei non si scompone:

– Siiiii!

– Sí a cosa?

– Sí a tutto quello che mi ha chiesto.

Sarti Antonio apre la porta. Dice:

– Può venire anche lei, visto che è al corrente... Ha sentito quello che ho chiesto a sua moglie? – Il farmacista fa sí col capo. – Ha avuto qualche discussione per questo argomento con il defunto «gallo del paese»?

È la moglie che si mette a ridere. Dice:

– Oh, no! No, no! Lui ha solo picchiato. Picchiato me, naturalmente. Si è tolto gli occhiali e mi ha picchiata.

Sembra che il farmacista abbia qualcosa da dire, ma Sarti non lo fa parlare. Fa parlare la moglie. Le chiede:

– A suo marito piace l'acqua solforosa?

Quella continua a ridere:

– Siiii! Va tutte le sere a prenderne un fiasco e lo tiene in frigo. A lui le medicine, dice, non servono finché la sorgente di acqua solforosa butta.

– Quell'acqua a Giacinto Gessi ha fatto male. C'è mai andato insieme a lui? – Il farmacista si è tolto gli occhiali. Riesce a brontolare:

– Io non sono mai uscito con quel porco!

Dice proprio cosí: «porco». E in bocca al piccolo farmacista, fa uno strano effetto. È come se fosse una parola piú grande di lui. La moglie ride:

– Lui lo ha chiamato sempre porco.

– Perché?

– Non lo so.

Finisce di ridere quando Sarti Antonio, sergente, è già nella piazza a pensare a questo paese di matti. Intanto il farmacista deve essersi tolto gli occhiali perché sta picchiando di nuovo la moglie: si sentono le grida.

Gianni «Lucciola» Deoni scorre gli appunti e poi butta tutto nella prima fogna che incontra. Dice:

– È un violento: può aver ucciso! E sa che Giacinto Gessi era un invertito –. Sarti è sorpreso:

– Chi te lo dice?

– Perché lo chiamerebbe «porco», se no? Giacinto Gessi non è il tipo che puoi chiamare porco perché ha la faccia da porco!

È proprio il contrario: un tipo fine, tranquillo. Il farmacista sa che Giacinto Gessi era un invertito, per questo lo ha chiamato sempre porco.

È un discorso chiaro che Sarti Antonio, sergente, incamera assieme a tutti gli altri discorsi che ha sentito oggi.

– Adesso devo andare dal maresciallo.

Gianni «Lucciola» Deoni guarda l'orologio. Dice:

– Io, invece, devo andare al giornale. Ho qualcosa da scrivere per l'edizione del pomeriggio…

Sarti se lo tira dietro per la manica della giacca:

– Puoi aspettare. Il maresciallo non devi perderlo…

– Ma quello vorrà sapere chi sono, cosa faccio… Finisce che mi mette dentro…

– E tu non gli rispondere. Digli che vuoi un avvocato: è un tuo diritto.

Suona alla stazione dei carabinieri e quando si apre lo spioncino, il piantone non vede nessuno. Allora apre.

– Il maresciallo?

– È tardi: sta mangiando.

Gianni «Lucciola» Deoni ha già voltato la schiena ma Sarti lo trattiene ancora per la giacca. Annunzia:

– Vogliamo parlargli. Sono della questura centrale.

Il maresciallo della stazione dei carabinieri di Pieve del Pino è quello che una donna di mezza età chiamerebbe un bell'uomo. Tutto in ordine, alto, pulito, con il tovagliolo sulle ginocchia e un vasetto di fiori sulla tavola apparecchiata. Usa posate d'argento, una caraffa di cristallo per l'acqua e una, pure di cristallo, per il vino. È un uomo felice: ha una famiglia e un lavoro che gli dà delle soddisfazioni…

Li fa sedere a tavola e fa portare da una ragazza due bicchieri (di cristallo). Sarti beve e poi gli chiede:

– È sua moglie?

– È mia figlia –. E ride, felice: soddisfazione di padre.

– Sua moglie non c'è?

– Mia moglie è andata giú: a trovare i parenti al suo paese. Giú. Dunque: a che punto stiamo, sergente, con le indagini?

E adesso? Gianni «Lucciola» Deoni pianta il naso nel bicchiere e beve per un secolo. Sarti non sa proprio da dove cominciare. Dice:

– Nessuna novità: speravo che lei avesse qualcosa da dirmi...

– Non siete voi che vi occupate del caso? – C'è una punta di ironia. Come per dire: «a quest'ora noi...»

– Lei conosce meglio di me la gente di qui. Per esempio: quel Mandini Gaetano... Ho saputo che se l'è fatta con mezzo paese. Anche con la moglie del dottore, mi hanno detto.

Il maresciallo ha smesso di mangiare e ha fatto un cenno alla figlia di andare di là, che non sono cose da giovani. Poi dice:

– Questa gente racconta molte storie. Non mi stupirei se le avessero raccontato che è stato anche con mia moglie.

Gianni «Lucciola» Deoni tossisce, senza togliere il naso dal bicchiere. Ma quello continua:

– La signora del dottore, come del resto la mia, è di una onestà ineccepibile. Questa gente va a vedere troppi film sconci. Io vieterei certe pellicole che possono...

– Lei sapeva che Giacinto Gessi era un invertito?

Il maresciallo continua nel suo discorso come se Sarti Antonio non lo avesse interrotto:

– Io vieterei proprio certe pellicole che non fanno altro che turbare la mente e l'equilibrio dei piú deboli...

E va avanti cosí finché Sarti Antonio, sergente, non toglie il disturbo. Lo toglie perché non può chiedergli se è al corrente che sua moglie se l'è vista col «gallo» e anche perché ha capito benissimo che da quello non si ricaverà mai niente. È come se avesse detto: «Voi, che siete tanto in gamba, venitene fuori voi!»

Ma Sarti Antonio, sergente, già da un po' di tempo dubita che qualcuno possa uscire dal pasticcio.

– Ha mandato sua moglie in quarantena, appena il «gallo» è stato ammazzato –. Gianni «Lucciola» Deoni respira forte, come se fosse stato in immersione fino a quel momento.

– Io gli avrei chiesto dov'era la notte del delitto. Ti rendi conto che adesso il maresciallo sa che tu sai di sua moglie? Quello è uno del sud. Se è stato lui, non ci mette molto a far fuori anche te...

– Il problema è: come si fa a sapere se è stato lui? Cosa racconto a Raimondi Cesare, ispettore capo?

– Gli dici che ti servono notizie sul maresciallo perché è sospettato di omicidio plurimo nelle persone...

– Sí! Cosí finisco dentro per offese alla benemerita arma dei carabinieri! In che letamaio sono caduto!

– Sarà un'idea ma, per me, ti ci hanno buttato: ti ci ha buttato «lui».

Per tutto il viaggio nessuno apre piú bocca. Solo quando Gianni «Lucciola» Deoni scende, davanti al giornale, chiede:

– Cosa posso scrivere?

– Niente.

– Ma dovrò rendere conto al direttore del tempo che ho perduto, in giro, no? Vorrà sapere dove sono stato fino adesso...

– E tu digli che sei stato a puttane –. Sarti chiude la portiera dell'ottoecinquanta e se ne va. Inchioda subito dopo e urla, dal finestrino:

– Scrivi che si cominciano a nutrire forti dubbi che Golfarini Antilio, il muratore arrestato, possa aver ucciso Mandini Gaetano, di anni venti.

– Ma Golfarini Antilio era in carcere, quando hanno ucciso Mandini Gaetano...

– Ecco! Appunto! Scrivi cosí. E scrivi anche che l'acqua solforosa fa bene per tutte le malattie, tranne che per la colite –. E lo pianta davanti alla redazione, con il vuoto nel cuore.

14. A rifarci il conto…

A rifarci il conto, Sarti Antonio, sergente, ci capisce sempre meno e, dalla faccia che fa Raimondi Cesare, ispettore capo, ci capisce sempre meno anche lui. «Lui» gli chiede:

– Cosa conti di fare? – Sarti alza le spalle:

– Andare a trovare Felice Cantoni in ospedale…

Poi stanno a guardarsi un po':

– A ragionarci bene, però, non sembra poi tanto complicato. In definitiva, il movente c'è: la vendetta di un uomo tradito. Si tratta di stabilire è vero, come si dice, chi è l'uomo. Dunque: dov'erano gli indiziati nel momento del delitto? Quello è un paesino dove tutti sanno tutto di tutti. Non sono, è vero, come si dice, i meandri di una grande città… Stando cosí le cose, non importa che io mi stia a scomodare per prendere in mano le indagini o le affidi a qualche altro ispettore. Andiamo Sarti, andiamo! Tu sei benissimo in grado di proseguire, tanto piú che mi sembri già a buon punto. Il meccanico, il dottore, il farmacista: si tratta di chiedere, chiedere, è vero, come si dice…

Si ferma a pensare. Sarti azzarda:

– E il maresciallo?

– Sarti! Un maresciallo dei carabinieri, andiamo! – E si ferma ancora a pensare. Sarti lo lascia fare. Dopo un po' Raimondi Cesare urla:

– Il prete! – Sarti spalanca gli occhi:

– È stato il prete?

– Il prete! Il prete sa sempre tutto, nei paesini. Chiedere a lui, chiedere a lui… Le mogli in confessione, è vero, come si dice, raccontano tutto... Andiamo, Sarti, devo sempre dirti tutto io? Andiamo, andiamo...

E Sarti Antonio, sergente, va. Ma, uscito dall'ufficio dell'ispettore capo Raimondi Cesare, a rifarci il conto, comincia a dubitare di tutto. Dal momento che «lui» è d'accordo, è chiaro che non si tratta di un marito tradito. Dal momento che «lui» non è d'accordo, è chiaro che si tratta del maresciallo. Dal momento che «lui» lo considera un caso semplice, è chiaro che non si riuscirà a venire a capo nemmeno fra venti anni. Dal momento che «lui» non vuole prendere in mano la castagna, come gli ha proposto Sarti, è chiaro che la castagna scotta.

Per cui, sempre a rifarci il conto, Sarti Antonio non sa a che santo girarsi.

Gli viene solamente l'idea (molto deludente) di conoscere chi sia andato a vigilare il monumento in questi giorni; da quando lui non ne ha piú avuto il tempo... Non è una grande idea, ma, visto che non sa cos'altro fare...

Li trova tutti lí, come l'ultima sera: avvolti in un panno o dentro un sacco a pelo. Una macchina della polizia è a pochi passi. Sarti Antonio domanda:

– Allora? – Uno dei due agenti sonnecchia, l'altro scende dall'auto. Dice:

– Tutto bene: non capisco cosa veniamo a fare noi. Ci sono quelli, no?

– E chi ti dice che non siano proprio quelli che vogliono far nascere del casino?

Li guarda e si accorge che c'è anche Rosas. Cosí gli si avvicina e lo saluta. Quello chiede:

– Novità? – Sarti gli siede a fianco, con la schiena appoggiata al monumento. Scuote la testa e poi s'informa:

– Quando la smetterete di venire da queste parti, di notte?

– Un giorno o l'altro...

– E allora, finalmente, qualcuno potrà far saltare il monumento e voi a urlare che la polizia non è in grado e che quando c'eravate voi... – Ma Rosas non raccoglie. Sarti Antonio si guarda attorno:

– Dov'è?

– Chi?

– Quel giunco seminudo che ti stava in casa l'altro giorno –. Rosas alza le spalle: non lo sa.

Come al solito, verso una certa ora, comincia a fare freddo. Rosas chiede ancora:

– Novità? – Sarti non sa cosa dirgli. Gli rompe far sempre la figura di uno che non cava un ragno da un buco e allora dice:

– Qualcosa di nuovo c'è –. Non aggiunge altro. Aspetta e ascolta il silenzio che pesa tutto attorno. Anche Rosas non aggiunge altro. Ma Sarti Antonio, sergente, ha bisogno di parlare con qualcuno che non sia l'ispettore capo e Rosas, in questo momento, è il piú adatto.

Altra divagazione personale.

Non ho mai capito perché questi due tipi si fermino a parlare fra di loro. Non hanno niente in comune: un poliziotto e un chissàcosa che i poliziotti non li può soffrire. Un chissàcosa che i poliziotti li incontra in piazza o all'università: loro, quando va bene, con lo sfollagente pronto a colpire e, quando va male, con il lanciabombe spianato. Lui, quando va bene, a scappare per non prenderle, e, quando va male, in terra, preso a calci. Eppure Sarti Antonio, sergente, con Rosas ci parla volentieri. Come ora.

Fine della divagazione personale.

Sarti dice, con un po' di nervoso nella voce:

– Non c'è niente di nuovo. È un casino che fa paura a Dio. Aspetta, ma non viene niente. Ricomincia:

– «Lui» dice che bisogna far parlare il prete… «Lui» dice che è chiaramente un caso di assassinio passionale… «Lui» non ha mai capito niente!

– Ma è ispettore capo. Hai saputo perché Giacinto Gessi è andato a bere acqua solforosa alle due di notte?

Sarti scuote il capo:

– Hai saputo perché un invertito frequentava una casa d'appuntamento? Sarti idem. – Allora Rosas si sdraia e chiude gli occhi. Dice:

– Che cazzo hai fatto, sergente, in tutti questi giorni? – E si volta su un fianco per vedere di dormire.

Già! Che cazzo ha fatto? Niente: ha solo parlato con diciotto cornuti; ha preso un pugno in faccia che è finito sotto un trattore; ha trovato quattro indiziati, compreso un maresciallo dei carabinieri; ha preso dell'incompetente dall'ispettore capo Raimondi Cesare ed è andato a trovare quel disgraziato di Felice Cantoni, all'ospedale Maggiore. Ecco che cazzo ha fatto in questi giorni! Glielo dice, ma Rosas è come se non lo sentisse nemmeno. Alla fine, Sarti Antonio si alza e gli urla:

– Cosa sto a perdere il mio tempo con te, Cristo! Cosa vuoi saperne tu del mio lavoro!

Arriva uno dei due agenti che stavano in macchina. Chiede:

– Cosa c'è, sergente?

– Niente!

– Li portiamo dentro?

– Chi? – L'agente fa un cenno con la mano:

– Questi... questi... – Sarti si tocca il cavallo dei pantaloni:

– Porta dentro questi due! – E va verso l'ottoecinquanta.

A rifarci il conto, mentre torna in città, gli capita di pensare che sarebbe proprio interessante sapere perché Giacinto Gessi, invertito, frequentasse una casa d'appuntamento. E anche perché andasse a bere acqua solforosa alle due di notte.

A rifarci il conto, non vede perché non andare a trovare Clara, via Solferino 10, visto che è sulla strada di casa sua; anche se adesso, proprio adesso, la colite comincia a disturbarlo di nuovo. Non è una novità: gli succede tutte le volte che si arrabbia. E Rosas, quel gran pezzo di... lo ha fatto arrabbiare.

Anche se, a rifarci il conto, non sa bene perché si sia arrabbiato e la colite si sia svegliata.

Decide che d'ora in poi, prima di arrabbiarsi, ci penserà due volte e suona al numero 10 di via Solferino.

Sente che brontolano, dentro:

– A quest'ora... si devono rompere le scatole alle persone per bene...

Poi, Clara «burro» apre la porta: è assonnata e protesta:

– A quest'ora... – Sarti Antonio, sergente, dice subito:

– Polizia –. Ed entra. Non le lascia il tempo di chiudere la porta e l'aggredisce:

– Voglio sapere perché Giacinto Gessi veniva da te. Voglio sapere con chi andava. Voglio sapere se veniva solo o in compagnia...

Si ferma per respirare. Clara «burro» si è risvegliata del tutto ed è già sorridente come quando apre ai clienti. Chiede:

– Vuole un caffè, sergente? Vuole un caffè?

– Sí, voglio un caffè! Poi voglio sapere... – Ma Clara è in cucina a trafficare con le tazzine e la macchinetta. Cosí Sarti Antonio, sergente si siede, come un cliente qualsiasi, nel microsalotto di via Solferino 10 e aspetta. Clara arriva con due tazzine che fumano. Dice:

– A quest'ora, sergente, a quest'ora?

Sarti Antonio sorseggia il caffè. Dichiara:

– Buono. Allora? – Clara «burro» si accomoda sul bracciolo di una poltrona, si stira bene la vestaglia con le mani, e attacca:

– Dunque, una cosa alla volta. Veniva da me perché io sono discreta e non vado a raccontare le cose in giro. Non voleva donne, non ha mai voluto donne. Tutte le volte che arrivava era in compagnia di un amico.

A Sarti Antonio, sergente, per poco non prende un colpo. Urla:

– Perché non lo hai detto a «Lucciola», Cristo!

Clara gli mette un dito sulle labbra.

– Piano, sergente, piano o si sveglia tutto il palazzo, si sveglia –. Sarti Antonio, sottovoce, ripete:

– Perché non lo hai detto a «Lucciola»?

– Io non vado a raccontare le cose in giro, io. E poi, chi è questo «Lucciola»?

– Niente, lascia perdere. Come si chiama il tipo che veniva qui con Giacinto Gessi...

– Questo poi non lo so. Non mi ha mai detto il suo nome, né io gliel'ho mai chiesto...

– Ma perché?

– Perché sono discreta...

– Ho capito –. Le mostra una foto di Mandini Gaetano «gallo»:

– È questo? – Clara «burro» guarda bene la foto. Dice:

– Dio, che bel giovane!

– Veniva con questo?

– No. Sono sicura di no. Era un tipo piú anziano: aveva i capelli grigi. Distinto, alto, sempre molto elegante. No, no, non è questo. Dio, che bel giovane!

– Cosa venivano a fare qui? – Clara «burro» guarda il sergente con gli occhi spalancati. Domanda:

– Non lo immagina, sergente? Non lo immagina? – Sarti Antonio, sergente, lo immagina benissimo.

– E come no, e come no? – Sarti si rende conto di ripetere le stesse cose due volte anche lui, per cui se ne va. Esce dal numero 10 di via Solferino con gli occhi sbarrati e un gran casino in testa e nella pancia.

E adesso?

Adesso suona di nuovo. Dice:

– Se dovesse ritornare...

Clara lo interrompe:

– Ma è morto, sergente. È morto.

– Dico l'altro! Quello piú anziano, con i capelli grigi, distinto... Se dovesse ritornare, fa' in modo di trattenerlo qui e di avvertirmi. Fa' in modo...

Ecco, continua a ripetere le cose.

E figurarsi se quello si rifà vivo, figurarsi!

15. Giorgio Celli detto «frusta»

Sarti è li, in casa sua, che legge il giornale e non pensa al lavoro. Almeno di domenica... Di solito, per prima cosa, vede se c'è un articolo di Gianni «Lucciola» Deoni. Se c'è, lo legge, di qualunque cosa parli, se non c'è, torna alla prima pagina e guarda i titoli. Dunque è lí, in casa sua, che si legge il giornale, quando suona il telefono. Urla:

– Non ci sono! – E lo lascia cantare, ma quello insiste proprio:

– Pronto!

– Dove cavolo eri, sergente? – È Rosas.

– Al cesso!

– Metà della vita la passi nel cesso di casa tua e l'altra metà, in quel cesso di questura... – Sarti Antonio non coglie la finezza. Domanda:

– Cosa vuoi?

– Vederti! Ho bisogno di parlarti, sergente.

– Tu hai bisogno di parlare a me? – Dall'altra parte c'è un po' di silenzio, poi:

– Golfarini Antilio, il muratore, è ancora dentro. Cosa aspettate a farlo uscire?

– A chi lo chiedi?

– A te, al tuo ispettore capo, a chi ti pare! Lo avete arrestato per l'omicidio di Giacinto Gessi ed è chiaro che non è stato lui...

– Lo pensi tu.

– Lo pensi anche tu.

– Ha imbrattato il monumento e deve stare in galera.

– Per quale articolo del codice? – Sarti Antonio, sergente, non lo sa:

– Deve stare dentro e basta! – Ancora silenzio per un po':

– Devo farti parlare con qualcuno...

– È domenica e non mi muovo di casa. Non sono in servizio...

Di là, Rosas ha fatto un fischio, sommesso.

– Sei un gran figlio di puttana, sergente! – Sarti Antonio, sergente figlio di puttana, resta lí con il microfono in mano come un povero scemo. Il fatto è che non aveva nessuna intenzione di interrompere la comunicazione. Anche perché, tutte le volte che parla con Rosas, questo gli dà delle ottime idee. Si decide: scende, salta sull'ottoecinquanta e va in Santa Caterina. Da Rosas.

Avete mai fatto caso che quando vi serve incontrare qualcuno è proprio la volta che non lo incontrate? Infatti Rosas non è a casa. È logico perché, se ha telefonato a Sarti, non lo ha fatto da casa in quanto non ha telefono. Poi: è domenica pomeriggio e tutte le persone che si rispettano sono fuori. Chi a spasso in automobile, chi al cinema, chi allo stadio e chi per i fatti suoi, almeno una volta la settimana. Bastava pensarci un po'. Ma ormai Sarti Antonio, sergente, è fuori e non ha piú voglia di tornare a leggere il giornale. Va in via E. A. Mario, al campo di baseball a vedersi la Montenegro. Mi pare di non avervene mai parlato, ma Sarti Antonio, sergente, va matto per il baseball. Anche questa è una delle cose di lui che non ho ancora capito, come non ho ancora capito il baseball. Si vede tutta la partita e se ne torna soddisfatto (la Montenegro ha vinto) in via Santa Caterina. Questa volta lo trova: Rosas è sul divano, da solo, a leggersi chissà che libro. Sarti Antonio gli chiede:

– Cosa vuoi? – Rosas lo guarda in un modo che vuol dire: «cosa cerchi adesso?» Ma Sarti fa finta di non saper leggere nei pensieri degli altri e ripete:

– Eh? Cosa vuoi?

– Hai la macchina, sergente?

– Ce l'ho! – Rosas si alza ed esce. Sarti gli va dietro. Seduto sull'ottoecinquanta Rosas continua a leggere il suo libro.

– Dove andiamo?
– A Pieve del Pino, per favore –. Come se fosse in taxi.
Sarti mette la prima con uno schiaffo al cambio; la seconda, la gratta; la terza la tiene fino a far urlare il motore e la quarta va dentro meglio perché gli è già un po' passato il nervoso. Urla:
– Non sono un taxi! Capito? – Ma prende la strada di Pieve del Pino:
– Cosa andiamo a fare?
– A parlare con un tale. «Il 22 ottobre, finalmente, il governo bandí il decreto imperiale sull'alleggerimento della pena per le persone incorse in atti criminosi nei confronti dello stato. Ma v'era una categoria di persone che il decreto non contemplava e non poteva contemplare. Erano i torturati a morte, gli scannati, gli strangolati, i fucilati, i caduti per la causa del popolo. Negli obitori della polizia giacevano i cadaveri, ancora caldi delle prime vittime dell'era costituzionale...»
Sarti Antonio, sergente, non ha capito molto di quello che Rosas gli ha letto. Chiede:
– Cos'è?
– Niente che ti interessi, sergente, se non il fatto che anche i caduti del monumento sono morti proprio mentre stava per iniziare il nostro periodo costituzionale. Pochi giorni prima che finisse la guerra...
– Il destino...
Rosas si scalda. Non succede spesso:
– Il destino non c'entra niente! Qualcuno sapeva che sarebbero passati di lí, li stava ad aspettare e li ha massacrati. Tutti! Il destino lasciamolo perdere, per favore! Come quando voi sparate in faccia a quelli che sono in piazza!
– O quando voi spaccate la testa a un questurino! – E il discorso finisce lí. Meglio. Solo quando arrivano a Pieve del Pino (è già scuro) Sarti Antonio chiede:
– Chi è questo tale col quale vuoi farmi parlare?
– Giorgio Celli –. E Rosas non dice altro.
– E allora?
– Era un amico di Giacinto Gessi e di Mandini Gaetano.

– E allora? – Ma Rosas non gli risponde piú. Ha ricominciato a leggere il suo libro: Sarti Antonio lo lascia in pace, tanto, non ne caverebbe niente. Tutt'al piú Rosas si metterebbe a fischiare e Sarti non ha proprio nessuna voglia di starlo a sentire.

– Da che parte vado, adesso? – Rosas gli indica la strada a fianco della farmacia. Sulla porta c'è il farmacista piccolo e magro che, di tanto in tanto, picchia la moglie. Va subito dentro, appena si accorge di Sarti.

– Quello è sporco. Sporco dalla testa ai piedi –. Il sergente prosegue con l'ottoecinquanta finché Rosas gli dice:

– È qui –. E scendono. La casa è l'ultima del paese: dopo cominciano i campi. È già buio e la strada non ha illuminazione. Neppure la casa pare ne abbia. Non si vede e non si sente nulla. Dice Sarti:

– Non c'è nessuno.

– Aspetteremo –. Entrano perché la porta è aperta.

Sarti cerca con le mani un interruttore, ma pare che non ci sia. Sospende le ricerche e accende un cerino che si spegne subito perché c'è vento. Dice:

– Aspettami –. Va alla macchina a prendere la torcia elettrica e quando torna non trova piú neppure Rosas.

– Rosas! – Cerca intorno con la pila.

– Che razza di casa Rosas! – C'è una porta, aperta, e Sarti Antonio l'oltrepassa. Non è che sia molto bello trovarsi in queste situazioni... Io lo so.

Ma poi li vede: sono seduti davanti a una finestra e gli danno le spalle. Nessuno dei due parla. Sarti è piuttosto arrabbiato. Scatta:

– Che razza di scherzi! Non puoi rispondere? – Rosas gli risponde adesso:

– Si sta bene in silenzio. Siamo qui –. L'altro si alza e gli trova una sedia, al buio. Si muove come se ci vedesse. È alto e grosso. Ha un collo che non bastano le mie mani a tenerlo tutto. Sembra grasso, invece dev'essere tutto muscolo.

Sarti Antonio, sergente, gli passa la luce in faccia: è anche piuttosto bruttino.

– Non c'è elettricità in questa casa? – È Rosas che gli risponde:

– No!

– Perché? – Il tipo alto e grosso parla sottovoce. Dice:

– Non mi piace la luce: tutto qui –. Sarti Antonio, sergente, pensa che quel tipo non deve essere tutto a casa. Ma non lo dice e si siede anche lui a guardare fuori. La finestra dà verso il paese. Per un po' Sarti se ne sta buono, sperando che Rosas si decida, ma poi non ne può proprio piú:

– E allora?

Rosas dice:

– Questo è Giorgio Celli. Lo chiamano «frusta» per via che gira sempre con una frusta sulle spalle.

– Piacere. Sarti Antonio, sergente –. Non gli porge la mano perché, tanto, sa benissimo che Giorgio Celli «frusta» non gliela stringerebbe. Continua:

– Conoscevi quei due? – L'altro fa sí con la testa, ma Sarti Antonio, che non è un gatto, non se ne accorge.

– Allora?

– Ho detto sí!

– Hai detto sí? Non ho sentito. Sai chi è stato? – «Frusta» comincia a parlare sottovoce e va avanti per un pezzo:

– Se sapessi chi è stato, quel tale dovrebbe sentirsi piuttosto male, perché io lo farei crepare. A botte lo farei crepare! Se crede che io mi impressioni, si sbaglia di grosso. Ha spaccato la testa a quei due, ma non mi fa paura. Deve solo provarci anche con me. Io non sono né Giacinto né Gaetano e lo aspetto qui. Che venga quando vuole! Vedremo chi si romperà le corna...

Sarti Antonio, sergente, comincia a provarci gusto, sia al buio che al parlare sommesso di Giorgio Celli detto «frusta». Chiede:

– Perché dovrebbero cercare di fare fuori anche te? Che motivi ci sono?

– Che motivi c'erano per uccidere Giacinto e Gaetano? Che motivi c'erano?

– Tu lo sai? – Giorgio Celli non risponde. Sarti Antonio suppone che abbia fatto di no con la testa. E va avanti:

– Allora, deve essere un matto che si diverte ad andare in giro ad accoppare la gente...

– Non è un matto! Ha fatto fuori quei due e ci proverà anche con me...

– Ma non sai dirmi il motivo –. Ancora silenzio. Dopo un poco Rosas prende la parola:

– Giacinto Gessi, Gaetano Mandini e lui erano molto amici...

– Per questo c'è chi vuole ucciderli? – Rosas fa finta che Sarti non abbia parlato e continua:

– ... e si trovavano, qualche volta, per stare assieme. Qui, in casa o da qualche altra parte.

A Sarti Antonio viene un dubbio:

– E cosa ci facevano qui in casa al buio? Erano tutti e tre finocchi? Come Giacinto Gessi! – Questa volta è «frusta» che parla, sempre sottovoce:

– Giacinto Gessi non era un finocchio!

– No? Vai a leggere il referto dell'autopsia. Oppure dimmi cosa andava a fare in una casa d'appuntamento, senza donne, con un tale anziano, alto, distinto e con i capelli grigi... – Nessuno dice piú niente. Allora è Sarti Antonio che continua:

– Che razza di amico sei, se non lo sapevi?

– Erano fatti suoi!

Rosas dice:

– Andavano a funghi –. Come se fosse la cosa destinata a risolvere il caso.

A Sarti non interessa piú niente: non interessa piú un matto che se ne sta in casa, al buio e dice di essere amico di due morti ammazzati. Però risponde, per educazione:

– Sí? E ne trovavano?

– C'erano andati qualche giorno prima che Giacinto Gessi venisse ucciso. Sono passati anche a bere un sorso di acqua solforosa –. Tutte le volte che Sarti Antonio, sergente, sente «acqua solforosa» gli viene un crampo allo stomaco e subito dopo un dolore colitico. Sarà perché non ha ancora capito cosa c'entri questa maledetta acqua solforosa in tutta la storia. E forse non lo capirà mai. Chiede:

– Non hai altro da dirmi? – Solito no con la testa che Sarti non vede, ma immagina.

– Sei un bugiardo. Stai ad aspettare che vengano a spaccarti la testa e non sai perché! Hanno ucciso due tuoi amici e non sai perché! Sei un bugiardo. Se ti accopperanno (e ne dubito) faranno bene. Ti saluto.

Sarti se ne va. Rosas lo raggiunge in macchina e il sergente si sfoga:

– Quello è matto! Ho l'impressione che stiamo diventando matti tutti! Compreso te, genio! Mi porti qui in piena notte per farmi sentire un sacco di sciocchezze...

– Non ha detto solo delle sciocchezze: ha detto che sono andati a funghi e a bere acqua solforosa...

– E allora?

– Allora è il caso che andiamo anche noi a bere un poco di quell'acqua. Non ti è ancora passato per la testa? Qui tutti la bevono: dal dottore al farmacista, al maresciallo dei carabinieri, ai due cadaveri, al terzo amico che, per ora, è ancora vivo...

– A me non piace l'acqua solforosa: non ho mai potuto soffrirla. E poi ho la colite e mi farebbe male –. Lo dice cosí, tanto per dire, perché sa benissimo che, prima o poi, dovrà pur decidersi e andare a vedere questa sorgente. E chissà che Rosas non abbia ancora ragione...

16. Sarti Antonio, sergente, a rapporto

Raimondi Cesare, ispettore capo, ha già aperto, scorso e richiuso il fascicolo, venti volte. E ogni volta si ferma un attimo per guardare in faccia Sarti Antonio, sergente, che se ne sta in piedi e aspetta...

«Lui» rilegge ancora qualche riga e poi non ne può proprio piú. Butta il fascicolo in un angolo del tavolo.

– Sai cos'è questo? Questo è un casino! Se faccio leggere il rapporto ai superiori, mi chiedono, è vero, come si dice... se ho degli agenti o delle serve. Questo è un casino e tu sei un gran casinista! Sono passati piú di due mesi e che cosa hai concluso?

Sarti fa per aprire bocca, ma l'ispettore capo Raimondi Cesare non gli lascia il tempo:

– Te lo dico io! Primo: mi fai arrestare un certo Golfarini Antilio, muratore, con l'accusa di aver assassinato Giacinto Gessi, di ventisei anni, contadino. Secondo: mi racconti che il morto era solito andare a bere dell'acqua solforosa (e chi se ne sbatte, è vero, come si dice...) alle due di notte, in mezzo a un bosco, mentre di giorno frequentava una casa d'appuntamento ma non voleva donne... Terzo: (me lo scrivi qui) mi chiedi di rimettere fuori il muratore perché, dici, lui non c'entra niente, in quanto gli omicidi (che non si sa come sono diventati due) sarebbero di natura passionale.

– Quarto: metti sotto inchiesta il meccanico, il dottore, il farmacista e il maresciallo dei carabinieri di Pieve del Pino, perché le rispettive mogli se la sono fatta, è vero, come si dice, con Mandini Gaetano, di anni venti, secondo cadavere e gallo del paese. Quinto: mi vieni a raccontare che il presunto gallo del paese, in fondo non è che fosse poi tanto gallo, anzi, lasciava molto a desiderare.

– Sesto: mi chiedi di cercare un tale dai capelli grigi, distinto, alto, sempre molto elegante, che, a quanto sembra, frequentava una casa d'appuntamento per divertirsi con Giacinto Gessi, ventisei anni, contadino, invertito, primo cadavere. Io ti ascolto e distribuisco un identikit che assomiglia al sottoscritto... Non ci credi? Guarda, guarda!

Sarti Antonio guarda e conviene che Clara doveva avere sottocchio la foto dell'ispettore capo Raimondi Cesare, quando ha dettato all'esperto quella specie di disegno.

– Settimo: improvvisamente non si tratta piú di omicidio dettato dalla gelosia di un marito tradito! No! Si tratta di un tale, un maniaco che si chiama... che si chiama...

– Giorgio Celli detto «frusta».

– Giorgio Celli detto «frusta», che si diverte è vero, come si dice, a stare in una camera senza luce elettrica. Costui li avrebbe uccisi perché suoi amici intimi!

– Sarti Antonio! Si rende conto di quello che ha scritto?

Sarti Antonio si rende perfettamente conto di quello che ha scritto. Piú o meno (l'ispettore capo Raimondi Cesare ha esagerato e ha fatto piú casino di quello che è), piú o meno, le cose stanno proprio in quei termini.

– Giorgio Celli, è un povero matto e ha una forza da bestia. Solo un matto può aver ucciso quei due –. Ma «lui» non lo lascia finire neppure questa volta. Adesso ha cominciato a dargli del «lei».

– Si rende conto è vero, come si dice, di quello che sta combinando? Faccia sparire questa roba, sergente, prima che capiti in mano a qualcuno... a qualcuno che non la conosce... – Gli porge il rapporto spiegazzato e Sarti se lo infila in tasca. Fa per andare:

– E adesso che intenzioni ha, sergente? – Se Sarti sapesse dove mettere le mani...

– Devo riflettere un pochino.

– Ecco, bravo! Provi a riflettere un pochino, è vero, come si dice…

Sarti Antonio, sergente, se ne va: esce dall'ufficio dell'ispettore capo con dei tremendi dolori al ventre, una gran voglia di urlare e un odio incontrollabile verso suo padre colpevole di non averlo mandato a fare il garzone del fornaio fin dall'età di dodici anni. Ma pare che non sia finita: non è arrivato in fondo al corridoio che «lui» lo chiama:

– Sergente! – Si volta e vede che l'ispettore capo lo sta raggiungendo. Poiché non può scappare (tanto non andrebbe lontano e poi sarebbe una ammissione di colpa), decide di aspettarlo. Quello gli dice:

– Andiamo a parlare con il prete. Io te l'avevo già suggerito, ma dei miei consigli, è vero, come si dice, tu te ne freghi.

Sarti Antonio lo segue fino al cortile.

– Dove hai la macchina?

– È qui fuori. Possiamo prendere una di queste…

– Sarti Antonio, non facciamoci ridere dietro per una macchina, è vero, come si dice…

Non ci facciamo ridere dietro e saliamo sull'ottoecinquanta di Sarti. Anche se ha smesso di parlargli con il lei, l'ispettore capo Raimondi Cesare deve essere piuttosto nero: non fiata per tutto il viaggio. Dice solo:

– Vediamo se si riesce a combinare qualcosa.

Appena arrivano davanti alla chiesa di Pieve del Pino, Sarti Antonio dice al prete:

– Questo è l'ispettore capo Raimondi Cesare. Vorrebbe sapere…

– Lascia parlare me, sergente. Caro padre, desidererei rivolgerle alcune domande, è vero, come si dice, per vedere se riusciamo a sbrogliare questa brutta matassa.

Il pretone, bello, alto, si apre in un sorriso che Sarti Antonio traduce cosí: «dica pure, caro dottore; non ho dubbi che lei, persona altamente colta e intelligente, riuscirà a risolvere il caso…» Ma quello dice:

– Ho proprio paura di non potervi essere d'aiuto. Ho già detto tutto al suo collaboratore... – Sarti gli darebbe un bacio, gli darebbe.

– Io, invece, vorrei sapere quello che non gli ha detto. Per esempio, padre, lei sapeva che Giacinto Gessi era... era... Insomma non era troppo normale con le donne?

– Povero Cintino! Mi ha parlato tante volte di questo suo problema...

– Lei lo sapeva! – Il pretone annuisce, ma il suo viso è triste, molto triste.

– Perché non me lo ha detto? – Il pretone guarda Sarti senza cambiare espressione.

– Figliolo, non me lo ha mai chiesto e io non posso raccontare in giro quello che i miei parrocchiani mi confidano in confessione...

Raimondi Cesare comincia ad avere gli occhi lucidi per la contentezza. Continua:

– E saprà anche chi era l'uomo con il quale il Gessi, è vero, come si dice...

– O no! Questo proprio no!

– Cosa sapeva di Mandini Gaetano, padre? Voglio dire della sua attività, è vero, come si dice, sessuale? – Il pretone annuisce, sempre con aria triste. Deve essere proprio brutta per un parroco, buttare sul pavimento della sua chiesa i guai piú sporchi dei suoi parrocchiani...

– La moglie di qualcuno le ha parlato di minacce fatte al defunto Mandini Gaetano?

– Piú o meno tutti avevano minacciato la moglie e Gaetanino.

Adesso tocca a Sarti che proprio non può farne a meno:

– Anche il dottore?

– Be', direi proprio di no. Il dottore è una specie di... di uomo senza morale, insomma. A lui non importava se la moglie...

– E il maresciallo? – È sempre Sarti e stavolta, mentre aspetta la risposta del pretone, guarda bene in faccia Raimondi Cesare.

– La povera signora del maresciallo è tornata dai suoi parenti. È stato lui, a costringerla a partire. La poverina prima di andarsene è venuta a trovarmi... Piangeva che sembrava una fontana, poverina... Pentita! Dio sa se era pentita! Mi ha detto, fra le lacrime: «Padre, io parto. Lascio mia figlia nelle sue mani. Faccia come se fosse figlia sua...» Poverina, proprio cosí mi ha detto; era fuori di sé. «Parto e non so quando potrò tornare. Ma è la cosa migliore...»

E la smette lí.

Ma a Sarti Antonio non basta. Chiede:

– Perché era la cosa migliore?

– Non ha detto altro, poverina. Piangeva, piangeva solamente.

Raimondi Cesare, ispettore capo, riprende in mano la situazione:

– Chi è Giorgio Celli?

– Un pover'uomo, direi. Non perché non viene mai in chiesa, ma perché quando un uomo non ha un lavoro, quando vive come un eremita, quando non ha amici, quando sta per ore davanti alla porta di casa a far schioccare la frusta, quando si ubriaca una volta la settimana, quando... – E chissà per quanti altri quando sarebbe andato avanti il pretone, se l'ispettore capo Raimondi Cesare non l'avesse interrotto.

– Non era amico dei due che sono stati uccisi?

– Sí: le uniche persone con le quali aveva dei rapporti erano proprio quei due.

– Che genere di rapporti? Voglio dire: come mai tre uomini tanto diversi si frequentavano?

– Non l'ho mai capito. Francamente non l'ho mai capito.

– Giacinto Gessi non le ha mai parlato di Giorgio Celli?

– Qualche volta ho provato a parlargliene io, ma Cintino ha sempre cambiato discorso. Mi diceva solo: «È un bravo ragazzo, padre. È un bravo ragazzo».

– Cosa facevano e dove andavano quando si vedevano?

– Qualche volta da Giorgio Celli...

– Al buio?

– Al buio. Oppure, come l'ultima volta che si sono incontrati, andavano fuori per funghi, o anche in giro cosí, senza una meta. Solo per parlare.

– Di cosa?

Il pretone alza le spalle. Pare che Raimondi Cesare, ispettore capo, abbia finito. Ha ancora gli occhi lucidi per la felicità. Sarti Antonio, sergente, è curioso di sapere di dove venga tanta felicità e cos'abbia ricavato da quei discorsi perché lui, Sarti Antonio, è al punto di prima.

Se ne vanno.

– Portami dal dottore –. Davanti all'ambulatorio Sarti si ferma e indica la porta. Stessa storia della presentazione e prima domanda di Raimondi Cesare, ispettore capo:

– Cosa ne pensa, clinicamente, di Giorgio Celli?

– Niente!

– Come niente?

– Niente, perché non ho mai avuto il piacere di visitarlo. Pare che abbia una salute di ferro...

– Non ha mai avuto occasione di incontrarlo, di parlare con lui?

– Quello non parla con nessuno. Se ti incontra, ti saluta con un cenno del capo e un sorriso. Sorride a tutti, ma non parla.

– Mi sembra un pover'uomo...

– Dipende dai punti di vista. A lui, siamo io e lei a sembrare poveri uomini.

– Il prete mi ha detto...

Questa volta è Raimondi Cesare a prendere una botta nei denti. Gli dice il dottore:

– Ecco, bravo! Se ne ha parlato col prete, lei è già a posto! A chi tocca? – Fa entrare il malato di turno. Con ciò i due questurini possono anche togliere il disturbo. Lo fanno.

Mentre tornano verso la città, Sarti Antonio chiede:

– E allora?

Gli fa un sorriso tale che a Sarti viene voglia di aprire la portiera e scaricarlo in un burrone e poi raccontare che lo ha perduto per strada.

– È tutto molto chiaro, sergente. Non credi? L'amicizia dei

tre è equivoca: non escludo che ci sia dentro anche il dottore, vista la scarsa moralità di cui fa bella mostra, è vero, come si dice... E mi pare proprio il tipo dai capelli grigi, distinto, alto, sempre molto elegante di cui ha parlato Clara. Si tratta di mostrare a Clara una foto del dottore e vedere la reazione.

In effetti, Sarti non è che avesse mai pensato a una soluzione simile. Sarebbe il colmo: arriva Raimondi Cesare, ispettore capo, fa quattro domande qua è là e ti risolve il caso. Delitto passionale sí, ma fra uomini di scarsa morale e gelosi l'uno dell'altro. Avrebbe anche ragione Giorgio Celli «frusta» nel dire che non sa chi tenterà di fargli la festa in quanto il dottore potrebbe essere (se le cose stanno come suppone «lui») l'amico segreto di Giacinto Gessi. Il quale, però, avrebbe tenuto nascosta la sua relazione con il dottore perfino ai suoi amici intimi: Mandini Gaetano «gallo» e Giorgio Celli «frusta». Cristo, che casino!

Ci sarebbe da dare le dimissioni da sergente e andare a fare il garzone del fornaio. Non è mai troppo tardi. In cuor suo Sarti Antonio, sergente, spera che non sia cosí. Raimondi Cesare continua:

– Sono anche sicuro che il prete sa chi è l'amico misterioso del Gessi. Per quale motivo avrebbe chiamato il dottore «un uomo senza morale» se non sapesse che è stato l'amante del morto? Dovrò fare in modo che intervenga il vescovo.

– Il vescovo?

– Penso che il vescovo è vero, come si dice, non avrà difficoltà a farsi rivelare dal prete il nome dell'uomo che frequentava via Solferino con il Gessi; anche se si dovesse trattare di segreto confessionale. Vedremo, vedremo fino dove arriva l'immoralità di quella specie di dottore senza morale!

A Sarti Antonio, i crampi al ventre sono diventati piú acuti. Comincia ad aver bisogno di un gabinetto. Meglio se è quello di casa sua.

17. La storia continua...

Sarti Antonio, sergente, non è presente quando Raimondi Cesare, ispettore capo, si reca in via Solferino 10 e suona il campanello di Clara «burro» affittacamere e le mette sotto il naso una bella foto del dottore. Non è presente perché, dice, la colite non gli dà pace. Ma il fatto vero è che non ha nessuna voglia di stare a sorbirsi il sorriso e le lacrime di gioia che «lui» avrà sul viso quando Clara «burro» gli dirà: «Sí, sí! È proprio questo il tipo che veniva con Giacinto Gessi. È proprio questo il tipo. Quando io ho visto qualcuno una volta, non lo dimentico piú, non lo dimentico».

Ma le cose non vanno proprio come Sarti immagina. Dice Clara:

– No, no! Sono sicura di no! Non gli somiglia per niente, non gli somiglia. Poi questo ha la barba, ha.

– Lasci stare la barba, signora! La barba può crescere in tre giorni, è vero, come si dice... Guardi il viso, gli occhi, il naso... – Clara continua a scuotere il capo:

– No, no! Sono sicura di no! Gli occhi magari ... E anche i capelli grigi... Ma il naso! No, no! Sono sicura di no!

Raimondi Cesare, ispettore capo, se ne va sbattendo la porta, mentre Clara gli urla dietro:

– Torni, torni pure quando vuole, caro.

Cosí Raimondi Cesare chiama Sarti e gli dice:

– Quella cretina non riconoscerebbe suo padre, è vero, come si dice. Sta a guardare la barba! «Il naso non è quello!» Ci vuole molto a cambiare la forma di un naso: due pezzetti di cotone e il gioco è fatto, è vero, come si dice... Comunque, ci vogliono dei dati di fatto e noi li troveremo. Mi devi controllare i movimenti del dottore prima e subito dopo i due omicidi; chiedi all'ordine dei medici, chiedi alla moglie se il marito ha delle tendenze particolari... Non mi meraviglierei, visto che non se la prende se lei, è vero, come si dice... se la passa con altri uomini. Poi torni a trovare quello scemo che non ha la luce in casa e gli fai capire che l'amante di Giacinto Gessi potrebbe essere il dottore... Devo sempre dirti tutto io, è vero, come si dice...

Sarti Antonio fa per andare, ma poi chiede:

– E il vescovo? – Raimondi Cesare non gli risponde. Scuote solo il capo e tiene gli occhi piantati sui fogli sparsi sul tavolo: magari sono i rapporti di altri agenti senza iniziativa. Proprio come Sarti Antonio, sergente.

Viene fuori che sorride. Giú in strada mi offre il caffè:

– Due espressi che siano espressi –. Mi stringe anche la mano quando sale sull'ottoecinquanta. Non che io me ne vada (tanto non lo lascio un momento) ma cosí, per felicità, perché non ha piú i morsi di colite e perché Raimondi Cesare, ispettore capo, ha fatto una figura del cavolo.

In questi giorni che se n'è stato chiuso in casa, magari al cesso, ha potuto pensare in pace a tutto quello che gli è successo attorno e comunque vadano le cose, lui, Sarti Antonio, sergente, il suo dovere l'ha fatto. E dal momento che non ci leva i piedi un ispettore capo...

Da casa telefona a Pieve del Pino e gli risponde la moglie del dottore. Non poteva che essere cosí, dal momento che ha scelto l'ora nella quale lui, il dottore, doveva essere in ambulatorio con i suoi pazienti. Gli risponde proprio il pezzo di donna che avrà vent'anni. Dice:

– Pronto?

– Sono Sarti...

– Chi?

– Sarti Antonio, sergente. C'è suo marito?

– No. È in ambulatorio. Glielo chiamo, sergente? – Dice sergente che sta sorridendo, ci scommetterei.

– Non mi serve il dottore. Ho bisogno di parlare con lei. Non capita mai in città? – Ancora un poco di silenzio e poi il pezzo di donna si decide:

– Io vengo tutti i giorni o quasi…

– Ci vediamo domani?

– Dove? – Già, dove? Lui ci prova:

– A casa mia –. Il pezzo di donna non fa una piega e gli risponde:

– Sarò da lei domattina alle dieci. L'indirizzo, prego –. Glielo dà. Avere quel tipo per casa, domattina alle dieci, gli fa sentire un morso allo stomaco… Proprio come le prime volte che uno va a donne. Mette in ordine. Ma soprattutto è il fatto che quel pezzo di donna non si sia scomposta, quando le ha detto: «a casa mia».

Magari arriva con il marito senza morale, che se ne viene a guardare loro due!

Sarti Antonio si aspetta di tutto, tranne che, appena dentro, lei si tolga le scarpe.

È sola e dice:

– Non posso sopportare le scarpe. Me ne sto scalza tutto il giorno –. Ha un abitino di cotone che lascia vedere il seno: una meraviglia. A guardarla bene, deve avere piú dei vent'anni che le aveva dato la prima volta. Ma resta sempre quel gran bel pezzo. Si mette a sedere e chiede:

– Allora?

– Adesso preparo un caffè –. Ma Sarti non si muove; è inchiodato a guardarla.

– Va bene: prendo volentieri un caffè –. Lui si decide e va in cucina. Quando lo porta, lei si è già accesa una sigaretta. Sarti Antonio, sergente, non può sopportare il fumo, ma non glielo dice.

A questo punto, secondo me e tutti i teorici del sesso, lui dovrebbe baciarla, senza perdere altro tempo. Ma, evidentemente, io e gli altri teorici del sesso, non sappiamo del morso allo stomaco che sente il Sarti. Beve il suo caffè, come lei.

– E allora? – Adesso non c'è piú caffè che tenga: resta quel meraviglioso seno, sotto il cotone teso del vestito. Di colpo gli passa il morso allo stomaco. Dice, in fretta:

– Ne parliamo subito o dopo? – Lei spegne la sigaretta, ancora da fumare per metà:

– Ne parliamo dopo.

È fatta, come al cinema!

Dopo, Sarti Antonio, sergente, ha la sensazione di non essere stato all'altezza: è la preoccupazione che abbiamo tutti, quando ci capita di trovarne una nuova. Glielo dice:

– È stata una delusione? Come con Mandini Gaetano? – Lei scuote il capo e gli mette un dito sulle labbra. Gli sorride, anche. Poi si copre quel bel seno con una punta del lenzuolo.

– Cosa ne pensa tuo marito?

– Niente.

– È uno sportivo...

– No! Sa come vanno le cose al mondo...

– Tutto qui?

– E cos'altro? Io non gli sto a rompere l'anima per le sue avventure...

Sarti la interrompe perché è questo il momento:

– Magari con uomini... – Lei si mette a ridere forte, tanto che Sarti Antonio è certo che il vicino ha sentito.

– No?

– No! Al mio dottore sono sempre piaciute le donne –. Lui la guarda e decide che deve essere proprio cosí. Ma quel dottore, non lo capisce. E lo dice:

– Non gli importa se vai con altri, non gli importa se lo si viene a sapere in giro, non gli importa che lo considerino senza morale... Cosa gli importa?

– Fare il suo mestiere meglio che gli sia possibile; avere vicino una persona che gli voglia bene...

– Tu? – Lei annuisce:

– ... non vuol pesare su chi gli sta attorno e non vuol pesi per se stesso. Vuol lasciare agli altri la possibilità di vivere secondo i loro desideri e vivere, lui, secondo i propri...

Sarti Antonio, sergente, comincia a odiare il dottore:

– Un marito perfetto –. Lei sorride ancora. Dice:

– È un uomo che ha capito molte cose e questo gli basta.

– Un tipo, insomma, che non va in giro a spaccare la testa agli amanti di sua moglie –. Lei annuisce: non è che parli molto. Il necessario e basta. Sarti Antonio, sergente, chiede:

– Glielo dirai di oggi? – Lei fa sí con la testa. Un bel guaio: con che faccia Sarti Antonio potrà presentarsi al dottore, domani o dopodomani? Quello, magari, è capace di chiedergli se è rimasto soddisfatto o se ha delle lamentele. Non sa piú cosa dire:

– Un altro caffè? – È la sola cosa che gli viene in mente. E poi va di là, in cucina, senza aspettare risposta. Il caffè è una buona cosa: ti permette di restare in silenzio, mentre lo bevi, a pensare ai fatti tuoi e a quello che ti sta succedendo. Ti aiuta a uscire da situazioni imbarazzanti. Ti dà tempo per riordinare le idee e preparare nuove domande. Come questa:

– È da molto che tiene la barba? – Lei scuote la bella testa:

– Un paio di mesi, piú o meno.

– Perché ha deciso di farsi crescere la barba?

– Non gliel'ho chiesto: mi piace anche cosí.

Questa cosa della barba di circa due mesi (da quando cioè si trovò il primo cadavere) farà un gran piacere a Raimondi Cesare, ispettore capo.

Sarti decide di non pensare piú al caso, per un po': ha la donna fra le mani e cerca di non deluderla, almeno questa volta.

Poi le cose vanno avanti da sole e Sarti Antonio non ha piú la preoccupazione di non essere all'altezza.

Manca poco all'una quando quel bel pezzo di donna se ne va. E lo lascia solo, a pensare a molte cose, belle o brutte.

Magari, domani, arriva il dottore, distinto, alto, capelli grigi, barba di due mesi e sempre molto elegante, suona dove trova il nome di Sarti, entra, gli spacca la testa con una pietra e se ne torna dai suoi malati:

«Avanti un altro...»

18. La storia continua... e sembra quasi arrivata alla fine...

Lo svegliano che saranno le sei. Dice l'ispettore capo Raimondi Cesare, al telefono:

– Ti mando l'auto fra dieci minuti. Preparati.

– Per andare dove?

– Preparati.

– Lei, ispettore, non dorme mai?

– E tu dormi troppo.

Sarti si prepara e quando gli suonano è già sulla porta e la sta chiudendo a chiave. Come al solito, non ricorda se, dopo che si è preparato il caffè (un buon caffè), ha chiuso o no il rubinetto del gas. Deve rientrare, se no, non sta tranquillo.

L'aveva chiuso, come al solito.

Giú c'è l'auto 28 e al volante c'è Felice Cantoni, agente. Gli chiede:

– Come va?

– Cosí. Ricominciamo –. Sarti Antonio lo guarda in faccia:

– L'ospedale ti ha fatto bene: sei ingrassato.

– Lo dice anche mia moglie.

– La testa?

– Va bene: solo che adesso fumo di piú. Tre sigarette al giorno e mi sembra di avere un leone nello stomaco: l'ulcera... Quelle suore, all'ospedale, mi hanno fatto diventare matto! – Sarti Antonio, sergente, sale e chiede:

– Dove si va? – Felice Cantoni non gli risponde. Dice, invece:

– Hai la rivoltella? – Sarti spalanca gli occhi:

– Per farne che?

– «Lui» dice che devi prendere la rivoltella...

– È matto?

– Dice che devi prendere la rivoltella... – Sarti scende dall'auto e torna in casa: da qualche parte, dentro qualche cassetto, c'è la rivoltella, tutto sta ricordare dove. Alla fine, la trova: nel cassetto dove tiene i fazzoletti e i calzini. Se la infila in tasca e torna fuori:

– Chissà se ho spento la luce, in camera –. Questa volta se ne frega. Partono con l'auto 28 e Felice Cantoni, agente, di nuovo al volante. Sarti domanda ancora:

– Dove andiamo?

– Al poligono di tiro. Non so altro. Ho dovuto prendere la rivoltella anch'io, figurati...

Se conosco qualcuno che odia le armi, è Sarti Antonio, sergente: non le può vedere. Il rumore degli spari gli dà nausea e l'odore della polvere bruciata gli fa girare la testa. Eppure è sergente della polizia.

Al poligono sono in diciotto: tutti quelli dell'ispettore capo Raimondi Cesare.

– Ne avete messo di tempo... Mancavate solo voi due –. E si avvia.

Gli altri lo seguono: si guardano in faccia fra di loro ed è chiaro che nessuno sa di cosa si tratti. Seguono il capo e aspettano. Quello riprende:

– Le vostre armi sono arrugginite. Sono anni che non le usate. Cosí succede che, quando vi capita di doverle usare, quando ne avete bisogno, insomma, non funzionano o non ci sapete fare. E allora è vero, come si dice, gli agenti vengono uccisi, e i delinquenti se ne vanno indisturbati. D'ora in poi, ci troviamo qui una volta al mese: voglio una squadra efficiente –. E poiché sono arrivati, tira fuori la sua pistola e comincia a sparacchiare contro un cartone-sagoma. Fa un casino del diavolo.

Gli altri non hanno smesso di guardarsi in faccia e tutti pensano che «lui» deve avere qualche rotella fuori posto. Oppure ha visto un film di spionaggio...

– Adesso, è vero, come si dice, vediamo voi.

A turno ci provano tutti e intanto Sarti Antonio, sergente, si accorge di aver preso la rivoltella ma di aver dimenticato quello che ci sta dentro e che serve per far fuoco. Chiede in giro se qualcuno ha un caricatore in piú da vendergli. Quando lo trova, è proprio il suo turno. Carica. Raimondi Cesare, ispettore capo, gli ride in faccia:

– Di solito la tieni in tasca scarica, sergente?

– Non la tengo in tasca, la tengo in casa, nascosta il piú possibile: non la posso soffrire e quando la prendo in mano, mi viene nausea…

– Spara, sergente, spara! – Sarti spara e, per fargli dispetto, vorrebbe mettere tutti i colpi nel centro. Ma non ci scommetterebbe. Alla fine, quando ha vuotato l'intero caricatore e scaricato la rabbia che questa storia gli ha dato, chiede:

– Posso andare? Ho molte cose da sbrigare, oggi –. Se ne va senza aspettare risposta; quello che gli ha dato le pallottole lo raggiunge. Dice:

– Sono milleduecento lire…

– Che cosa?

– I proiettili che ti ho venduti –. Sarti paga e si siede sull'auto 28, il piú lontano possibile dai rumori degli spari e dall'odore della polvere esplosa. Per rimettere a posto lo stomaco ci vorrebbe un buon caffè.

Felice Cantoni, agente, lo raggiunge e se ne vanno; Felice si complimenta:

– Hai fatto sei centri su nove: un buon punto!

– E «lui»?

– Nove su nove: tira piuttosto bene.

– Mi fa piacere.

Non aggiunge altro. Gli hanno fatto cominciare la giornata da cani. E pensare che era finita tanto bene ieri, con quel pezzo di donna…

– Dove andiamo?

– Dove vuoi!

Ci ripensa e, se non altro per far dispetto a Raimondi Cesare, decide di ascoltare il consiglio di Rosas:

– A Pieve del Pino! È ora che andiamo a vedere questa sorgente miracolosa.

Non può presentarsi al dottore e dire «buon giorno» come se niente fosse, cosí, si presenta al farmacista. Il campanello che sta sulla porta da chissà quanti secoli, fa il suo mestiere di campanello ogni volta che si apre la vetrata e il soggetto piccolo, magro e con gli occhialini rotondi dalle lenti grosse dice:

– Buongiorno, – senza alzare gli occhi dalle carte. Allunga la mano sopra il banco per afferrare la ricetta. Sarti gliela stringe con forza e dice:

– Piacere: Sarti Antonio, sergente –. Il farmacista sussulta, come sempre:

– Vuole... vuole mia moglie?

– No, grazie, non mi serve piú. Ho mal di pancia...

– Le conviene... Dovrebbe andare dal dottore...

– Già fatto. Mi ha consigliato un po' d'acqua solforosa. Ne ha?

L'altro non risponde perché forse non ha ancora capito che Sarti Antonio fa dell'umorismo. L'ho detto: ci vuole un po' di tempo prima di capire l'umorismo del sergente.

– Non ne ha! Peccato! Dovrebbe accompagnarmi alla sorgente.

– Ma... ma è molto lontana. Ci vuole del tempo per arrivarci!

– Meglio: prenderemo una boccata d'aria fresca.

– E la farmacia?

– La sua signora. O non si fida a lasciarla sola? Non deve avere preoccupazioni: il gallo del paese non può piú beccare nel pollaio degli altri.

L'ometto si toglie il grembiule bianco e chiama la moglie:

– Sííí! – La signora arriva e ha un grosso cerotto sulla fronte.

– È scivolata? – Lei fa un bel sorriso a Sarti Antonio e gli strizza l'occhio, dietro le lenti.

Se ne vanno con l'auto 28 fin dove può arrivare l'auto 28 e poi a piedi, per un bel tratto di strada.

Devo proprio raccontarvi com'è il posto perché a me è piaciuto moltissimo, appena l'ho visto. È cosí: una gola stretta fra due monti verdi di alberi e di muschio; un ruscello chiaro che lava le pietre spigolose del fondo; nessun rumore, attorno, tranne quello dell'acqua che cerca la valle fra i rami caduti e le foglie secche; un'atmosfera umida che riempie i polmoni di fresco e di vivo; a lato del ruscello, proprio sul fianco della montagna, esce uno zampillo d'acqua che colora di scuro la terra e scende a congiungersi con il ruscello che viene da piú in alto: è l'acqua solforosa. Attorno allo zampillo e scavato nella roccia da chissà quanti secoli e da quali mani, c'è uno spiazzo abbastanza largo per starci in cinque o sei. Ci si può anche sedere, volendo, perché qualcuno ha portato dei sassi grandi e levigati. E una gran quantità di muschio: muschio dappertutto e odore di zolfo, o piuttosto, di uova marce.

Il farmacista annuncia:

– È qui.

– Vedo –. Su una mensola naturale, di fianco alla sorgente, ci sono dei bicchieri di alluminio, in fila: cinque o sei.

Sarti Antonio, sergente, ne prende uno e beve: subito non sente sapori, ma appena l'acqua gli arriva nello stomaco ha la bocca piena di uova marce; ma non è sgradevole. Ne beve ancora. Dice:

– Buona. Sentila Felice.

Felice Cantoni, agente, ci prova, ma sputa subito:

– Fa schifo!

– Lei non beve? Mi dicono che viene spesso da queste parti e ne fa scorta...

Anche l'omino si vuota un paio di bicchieri, sotto gli occhi spalancati di Felice Cantoni:

– Ma come riuscite a berla? – Poi per consolarsi si accende una sigaretta.

– Butta quella robaccia! Vuoi rovinare l'aria di questo posto?

Cantoni spegne la cicca e la rimette in tasca. Sarti Antonio, sergente, si guarda intorno. Giú, verso la valle, a qualche decina di metri dalla sorgente, il ruscello forma una cascata e il sentiero che li ha accompagnati fin lí, finisce proprio sul ciglio: quasi un invito ad andare a vedere. E Sarti ci va. Arriva fin dove il sentiero si interrompe perché c'è un salto di venti metri: la cascata. In fondo il ruscello riprende il suo cammino e si perde fra i rami secchi e verdi fino a chissà dove. Nient'altro se non le pareti ripide dei monti che stringono la gola da tutte e due le parti.

E adesso?

Adesso Sarti Antonio, sergente, ne sa quanto prima. Gli viene in bocca il sapore dell'acqua. Dice:

– Bel posto. Bel posto e acqua buona. Non crede?

Il farmacista rimette sulla mensola i bicchieri di alluminio e si avvia per tornarsene al paese.

– Va a piedi?

– Sí c'è una scorciatoia. Torno a piedi: mia moglie può avere bisogno di me. Questo è il posto: può restare quanto vuole, sergente. Nessuno verrà a disturbarla.

Se ne va sul serio.

– E adesso? – Felice Cantoni, agente, alza le spalle:

– Se non lo sai tu, sergente! – Lui non sa proprio niente. Si siede e ricomincia a guardarsi attorno, nel silenzio meraviglioso di quel posto. Un silenzio che dura tredici secondi. Poi Rosas, da qualche parte, urla:

– Era ora, sergente, che ti facessi vivo!

Sarti Antonio, sergente, e Felice Cantoni, agente, si alzano di scatto e cercano attorno con lo sguardo. Non si vede un'anima. Rosas al solito ha cominciato a fischiettare e Sarti si sforza di capire di dove viene. Gli pare dal fondo della cascata e torna a guardare dove il ruscello precipita per venti metri. Non si vede nessuno, ma il fischietto di Rosas viene proprio di laggiú.

– Dove sei, si può sapere?

– Qui sotto! C'è una fune alla tua destra, sergente. Prova a scendere.

La fune c'è e lui, Sarti Antonio, sergente, non l'aveva vista.

La fune scende e sparisce dietro un grosso masso. Scende anche Sarti, massacrandosi le mani e bestemmiando come un infedele:

– Potevi prendere una scala!

– E perché non un ascensore? È piú comodo e meno faticoso.

Sarti arriva sotto un masso sporgente e ci trova Rosas, circa a metà strada fra la sommità e il fondo della cascata.

Proprio sotto il masso, che non la si vedeva dalla cima, c'è una rientranza, come una piattaforma, e un'apertura. E c'è anche Rosas: Rosas in compagnia del giunco. La ragazzina seminuda. Questa volta è coperta da un grosso maglione di lana a collo alto. In cintura, però, si vede la carne. Sotto è nuda e non deve avere neppure il reggiseno.

– Cosa ci fate voi due qui?

– Aspettavamo te, sergente. Da ieri.

– Da ieri?

– Prima o poi ti saresti deciso a venire –. Il giunco ripete:

– Prima o poi –. Rosas entra in quella grotta naturale. Dall'alto, Felice urla:

– Hai bisogno sergente?

Sarti non gli risponde perché non è ancora ben presente: non ha afferrato la situazione. È il giunco che gli ripete, vicino e sottovoce:

– Hai bisogno, sergente? – Sarti urla, non sa se per Felice o per il giunco seminudo:

– No! – Ed entra da Rosas:

– Siete stati qui tutta la notte? – Rosas gli indica i resti di un fuoco. Sono stati qui tutta notte!

– A far che? – Lo sa bene cos'hanno fatto tutta notte quei due, ma lo chiede ugualmente. Rosas lo delude:

– A fare l'inventario di tutto quanto abbiamo trovato –. Legge da un foglio: – un tavolo di legno, cinque sedie impagliate, bottiglie, bicchieri, paglericci, mitra, mitragliatrice leggera...

– Una mitragliatrice? Questo è un arsenale –. Rosas riprende:

– Una mitragliatrice leggera dell'ultima guerra, quattro mitra MP 40 tedeschi, munizioni per le suddette armi, centoquattro bombe a mano, diciotto bottiglie vuote, una ventina di pagliericci, un tavolo, cinque sedie, il necessario da cucina per parecchie persone, una cassa contenente un milione e seicentomila lire in valuta del 1940, carte topografiche della zona, lasciapassare in lingua tedesca con timbri del Comando delle SS, un po' di cose d'oro e d'argento, poca roba e pezzi di ricambio per una radio ricetrasmittente. Niente altro.

Allunga il foglio e Sarti Antonio, sergente, l'afferra, prima di sedersi su una delle cinque sedie impagliate che stanno dentro la grande sala naturale sotto il letto del ruscello e sotto la sorgente di acqua solforosa. Della maledetta acqua solforosa.

19. La storia continua… e sembra quasi arrivata alla fine… compreso il nome dell'assassino…

– Hai bisogno, sergente? – Sarti Antonio quasi non lo sente: ha in mano il foglio e si guarda attorno con aria ebete. Poveretto! Ma vorrei proprio vedere voi. Il giunco gli ripete, vicino all'orecchio:

– Hai bisogno, sergente? – Lui non la degna di uno sguardo. Felice Cantoni, agente, è lassú che continua a urlare: – Sergente!

– Lasciami in pace!

– Aspetto qui?

– Aspetta lí! Dove vuoi andare? Aspetta lí! Cristo! E lasciami in pace per un po'! – Sarti riflette a voce alta:

– Vorrei sapere cos'è questa storia… – E il giunco:

– Vorrebbe sapere cos'è questa storia. Spiegagliela –. Sarti ha in mente qualche cosa da dirle. Si volta, ma il giunco si è appena tolto il maglione di lana a collo alto e se ne sta a petto nudo, a lavarsi il viso a due metri da lui. Il sergente non ricorda piú cosa avesse in mente di dirle. Lascia perdere e ricomincia a parlare a voce alta:

– Ecco come devono essere andate le cose: Giacinto Gessi, Mandini Gaetano e Giorgio Celli vengono alla sorgente. Non si sa come, uno dei tre scopre questo posto… – Rosas interviene:

– Te lo può dire Giorgio Celli come l'hanno scoperto –. Ma Sarti Antonio è partito e non lo ascolta neppure:

– … uno dei tre scopre questo posto che doveva servire di rifugio a qualche brigata partigiana, durante la guerra.

– Bravo –. Sarti Antonio, questa volta, risponde, gentile:

– Bimba, perché non ti fai fottere? – Il giunco gli risponde:

– Già fatto, biondino. Già fatto –. Si rinfila il maglione di lana a collo alto e gli sorride in faccia. Lui la lascia perdere.

– Sei ancora lí, sergente? – Sarti Antonio se la prende con Felice. Urla da farsi male alla gola:

– No! Non ci sono piú! Sono morto! Vuoi lasciarmi in pace?

Rosas ha ripreso a fischiettare, seduto all'ingresso della grotta, con le gambe penzoloni nel vuoto. Il giunco si siede di fronte a Sarti, gomiti appoggiati al tavolo, viso appoggiato alle mani e lo guarda.

– Se le cose sono andate cosí, è chiaro che quello dei tre ancora vivo ha fatto fuori gli altri per tenersi questa specie di... di piccola ricchezza. Giorgio «frusta» Celli, quel figlio di...

Rosas interviene:

– Questa specie di ricchezza, come la chiami tu, oggi non vale niente. I soldi sono fuori corso, l'oro e l'argento varranno, a dire molto, cinque o seicentomila lire...

– C'è gente che accoppa anche per ventimila lire! Cosa ne sai tu di quello che può pensare un mezzo matto come «frusta»? Uno che non ha mai avuto un soldo da spendere... Sono sicuro che le cose stanno cosí!

Sarti si alza e va a frugare nella cassa:

– C'è anche un valore numismatico o come diavolo si dice! Questi soldi del 1940 possono essere un piccolo capitale per un collezionista. Cosa ne sai tu?

– E cosa ne può sapere «frusta»? – Il sergente si guarda ancora attorno e riprende:

– A vendere quello che si trova qui, magari un pezzo per volta, c'è da diventare dei signori.

– Te lo immagini Giorgio Celli che va al mercato con la mitragliatrice sulle spalle a venderla?

Sarti Antonio, sergente, ha deciso di non ascoltarlo piú. Per lui il caso è chiaro. Chiaro e chiuso. Si sente piú sollevato di quando, questa mattina, è uscito dal poligono di tiro. È contento, insomma. Ha fretta di vedere Raimondi Cesare, ispettore capo.

Va all'imboccatura della grotta e urla:

– Felice! – Nessuna risposta.

– Felice! – Si sentono dei passi affrettati:

– Sí, eccomi!

– Dove ti sei cacciato? Vai all'auto 28 e chiama la centrale. Fai venire qui Raimondi Cesare.

– Lo faccio venire qui?

– Lo fai venire qui! Parlo turco?

– Tu resti lí, sergente? – Sarti Antonio, comincia ad arrabbiarsi:

– Felice Cantoni, muoviti, prima che venga su io a prenderti a calci nel culo! – Rosas si alza. Dice:

– Noi ce ne andiamo, sergente. Buon lavoro.

– Te ne vai adesso? Non aspetti l'ispettore?

– Non ho nessuna voglia di rivederlo. Ne ho avuto abbastanza l'altr'anno: goditelo pure tu.

– Come gli spiego che ho scoperto...?

– Digli che hai ragionato e sei venuto qui...

– E tu...

– A me non mi promuovono e non mi aumentano lo stipendio per questo... Non sono un questurino. Mi basta aver trovato la base della brigata partigiana di Volpe. Sono stati uccisi tutti e noi gli abbiamo fatto un bel monumento. Ma nessuno ha mai saputo dove fosse la loro base. Adesso lo sappiamo –. Rosas esce dalla grotta. Il giunco lo raggiunge, dopo aver sorriso al sergente:

– Ciao sergente. In gamba, mi raccomando.

Lo lasciano solo a ragionare:

– Non c'è altra ipotesi. Non c'è altro ragionevole motivo. Io lo farò cantare quel Celli! – Si è anche dimenticato di ringraziare Rosas. Chissà a quello chi glielo fa fare?

Sarti Antonio continua ad arrovellarsi ancora per molto tempo, finché non sente Felice Cantoni, agente:

– Sergente, sergente, sei ancora lí?

– Cosa c'è?

– C'è che Raimondi Cesare, ispettore capo, ti manda a dire

che se hai bisogno di lui, sai dove trovarlo e che il suo ufficio è sempre aperto.

– Digli che... Niente. Arrivo!

Esce. Ma non trova piú la fune che gli è servita per scendere. Urla:

– Che scherzi sono, Felice? Buttami la fune! – Ancora passi di sopra, poi:

– Non... non la trovo, sergente. Non c'è proprio.

– Come non c'è? Guarda bene, Cristo! Ci dev'essere un albero con una fune, alla tua destra...

– C'è l'albero, ma non la fune –. Sarti Antonio non sa piú cosa dire. E avrebbe dovuto ringraziare Rosas? Un pugno sul naso, altro che ringraziamenti!

Magari quando chiederà a Rosas perché si è portato via la fune, quello è capace di rispondergli che la fune era sua...

– Hai una corda in macchina?

– Mai avuto corde in macchina.

– Figurati! Va in paese a trovarne una lunga e robusta.

– Vado.

– E non dire niente a nessuno!

– Vado!

– Sbrigati.

– Vado! – Va. Sarti Antonio, sergente, comincia a pensare al rapporto che presenterà a Raimondi Cesare, ispettore capo. Dovrà restare a bocca aperta! Tempo per pensare ne ha quanto vuole: infatti di Felice Cantoni, agente, dopo un paio d'ore, neppure l'ombra. E ne passano di ore, ne passano tante che diventa scuro e a Sarti Antonio, sergente, monta dentro una certa incazzatura. Ogni tanto urla, verso la cima:

– Cantoni, Felice Cantoni! Ti pigliasse un accidente, dove sei finito?

È buio pesto! Non si vede da qui a lí, quando Sarti Antonio sente che qualcuno si muove là sopra. Ma non chiama. È talmente incazzato che non gli rivolge la parola; ma neppure quel tale che si muove là sopra sembra abbia voglia di parlargli. Cerca di sporgersi piú che può e lo vede. Cioè: vede un'ombra che sta scendendo, appesa a una fune, o a una scala di corda. È un'ombra piuttosto grossa: grossa, alta e nera. Tutte le ombre sono nere, specie se non c'è luna e si è in un bosco fitto di alberi. Ma quella è alta piú del normale e grossa piú del normale. Il sergente si ficca nel fondo della grotta e aspetta: gli viene in mente che ha in tasca la rivoltella.

La prende e si sente piú tranquillo. Adesso aspetta gli eventi, che sono questi: l'ombra alta e grossa si staglia sull'ingresso della grotta e indugia un poco. Poi un raggio di luce comincia a frugare nell'oscurità. Se arriva in faccia a Sarti Antonio, sergente, ne succedono delle belle. Ma il proprietario della pila e dell'ombra va deciso verso la cassa: è uno che conosce bene il luogo, da come si muove senza preoccupazione. Adesso Sarti Antonio, sergente, pensa che sia ora di andare a vedere di chi si tratta ed è anche sicuro che si tratta dell'assassino. È sicuro che si tratta di Giorgio Celli «frusta». Si muove e ordina:

– Fermo lí Giorgio Celli! Se ti muovi sei fritto –. Ma quello non ci crede: spegne la pila e vola (veramente sembra che voli) verso l'ingresso. E Sarti Antonio, sergente, è costretto a sparare. Cioè: vorrebbe sparare, ma non può perché sei delle nove pallottole che gli avevano venduto la mattina le ha messe nel centro della sagoma e le altre tre, attorno alla sagoma stessa, per cui, adesso, non ne ha piú neppure una da regalare all'ombra che se ne sta volando via. E se ne ricorda solo adesso! Non gli resta che provare con quello che trova a portata di mano: gli lancia contro un mitra che precipita nel fondo della cascata, senza neppure sfiorare il tipo. Sarti Antonio, sergente, inciampa un po' dappertutto e quando arriva fuori vede che l'ombra è già salita e ha ritirato la scala (o la fune) che era servita per scendere. Bestemmia come un turco. Ha ancora in mano la rivoltella.

– Cantoni Felice! Fermalo! Fermalo! Viene dalla tua parte! Spara! Spara! – Gli risponde il silenzio della selva oscura. Se questa la racconta, non la credono!

Cosí non la racconta quando (chissà che ore sono già!) arriva Felice Cantoni, agente, con una fune e una lampada.

– Sei ancora lí, sergente? – Sarti non dice niente. Si arrampica piú in fretta che può, guarda in faccia Cantoni Felice e gli chiede sottovoce, proprio davanti al naso: – Dove sei stato?

– Mi dispiace. I negozi erano chiusi e ho dovuto cercare la fune in tutto il paese… Mi dispiace! Poi ho anche forato, tornando qui: non è stata colpa mia… Proprio mi dispiace. Ho dovuto cambiare la gomma da solo e al buio…

Sarti si chiude nel suo doloroso silenzio e si avvia verso l'auto 28.

Lo aveva in mano: aveva la soluzione in mano e se l'è lasciata scappare. Bestia.

20. La storia continua... e sembra quasi arrivata alla fine, compreso il nome dell'assassino... quando, invece, si complica ancora di piú

Raimondi Cesare, ispettore capo, alza gli occhi dal rapporto: gli luccicano che è un piacere guardarlo. Sarti Antonio, sergente, ci ha lavorato tutto il resto della notte e la mattina, ma è convinto che ne valesse la pena. Domanda: – Allora?

– Bene, molto bene, sergente. Mi compiaccio! È vero, come si dice... bel lavoro!

Torna a leggere le ultime righe. Dice:

– Procedi pure: va da questo Giorgio Celli, detto «frusta» e portamelo qui. Io, intanto, mi faccio preparare i documenti che servono per la sua incriminazione... L'importante è che lo portiamo qui dentro, è vero, come si dice: dopo me lo lavoro io... Bene, molto bene, sergente.

È la seconda volta che gli dice «molto bene». E intanto gli luccicano gli occhi. Lo lascia lí a piangere sul rapporto e scende. L'auto 28 e Felice Cantoni, agente, aspettano Sarti in strada ma, prima, ci sta un caffè, anche se non è buono come quello che si farebbe lui in casa. Uno per Sarti Antonio, uno per Felice Cantoni, uno per me e uno da portare in ufficio a Raimondi Cesare, ispettore capo. E che sia ben caldo! Paga tutto Sarti Antonio! Dopodiché saltiamo dentro l'auto 28, e via a sirena spiegata, verso Pieve del Pino.

Avete mai viaggiato su un'auto a sirena spiegata? È proprio bello: tutti si fermano, si fanno da parte e vi guardano passare. C'è da sentirsi qualcuno! La gente, magari, vi vede seduto dietro e pensa che siate una persona importante. Invece...

Prima di arrivare al paese, Sarti Antonio fa togliere la sirena e passa davanti alla casa del dottore, sparato. Si fa anche piú corto, dentro l'auto 28 e si ferma solo quando è arrivato nel cortile della casa di Giorgio Celli «frusta». Ci va che è giorno, cosí, almeno, potrà guardarlo in faccia, questo mezzo scemo, assassino e ladro! Gli è scappato questa notte, ma oggi non gli scapperà! Nella prima camera (nel primo vano, che non si può chiamare camera) trova solo una gran confusione: sedie rovesciate, cassetti aperti, cose sparse per terra. Nell'altra camera (vano) è la stessa situazione, solo che, proprio nel mezzo, in piedi a guardarsi attorno, c'è Rosas. Sarti Antonio, sergente, chiede:

– Sei diventato matto anche tu? Cosa ti è saltato in testa?

– Sergente, sono arrivato da venti secondi.

Non ha difficoltà a crederlo: d'ora in poi Rosas potrà dire ciò che vuole: per Sarti Antonio, sergente, sarà vangelo! Ma fa il duro:

– Cosa sei venuto a fare? Possibile che ti trovo sempre fra i piedi? – Rosas si guarda attorno e pensa ai fatti suoi. Per cui Sarti Antonio lascia cadere il discorso, tanto quello non lo ascolta neppure. Comincia a guardarsi attorno anche lui:

– Vorrei sapere cos'hanno rubato... – Rosas scuote il capo:

– Non c'è niente da rubare in questa casa. Lo sanno tutti in paese.

– Dov'è «frusta»?

– Non lo so: sono appena arrivato –. Sarti razzola un po' attorno e poi decide:

– Lo aspetto.

– Anch'io –. E chiede a Rosas: – Perché ti sei portato via la fune, ieri pomeriggio, dalla grotta?

– Perché era mia.

Ci avrebbe scommesso su questa risposta. Cambia discorso e chiede ancora:

– Lo sai che «frusta» è venuto alla grotta, questa notte? – Gli racconta la storia, tutta, anche se Rosas si metterà a ridere. Ma non succede.

Rosas è serio e dice:

– Lo hai rovinato!

– Chi?

– Hai rovinato «frusta»!

– Cosa ti salta in testa?

– Perché sei tanto tardo? Quello non era «frusta»! Ed è come se avessi detto al tipo di stanotte che oggi saresti venuto ad arrestare Giorgio Celli! E lui è arrivato prima di te.

– Tu sei matto! Era «frusta». Era grosso, alto: un bestione.

– Come te! Lo hai visto in faccia? Ti ha fatto vedere i documenti? Il mondo è pieno di bestioni alti e grossi. L'assassino poteva anche non sapere ancora che tu conoscevi la storia dei tre amici e della loro grotta. Adesso possiamo andare.

– Dove?

– A cercare il cadavere di «frusta»! – Rosas è tanto sicuro di quello che va dicendo che Sarti quasi ci crede e vorrebbe rispondere chissà cosa. Ma non ne ha il tempo: l'urlo delle sirene della polizia arriva fin lí. Sarti Antonio, sergente, corre alla finestra e vede le auto passare come fulmini, sulla piazza del paese. Sono due. Corre fuori e Rosas gli va dietro. Saltano sull'auto 28 che Felice Cantoni, agente, fa scattare verso il centro. Arrivano che le due auto della polizia non ci sono piú, ormai. C'è, invece, l'auto di Gianni «Lucciola» Deoni. Sarti gli urla:

– Cos'è successo?

– L'hanno trovato!

– Chi hanno trovato? – Arriva il dottore con una borsa. Dice, in tono che non si discute:

– Mi porti lei! – Sarti si rende conto che il mondo è proprio pieno di bestioni alti, grossi. Come il dottore, per esempio. Chiede: – Dove? – Si ricorda, di colpo, del pezzo di donna che è stata in casa sua e diventa piú accondiscendente.

– Certo, dottore, certo che la porto io. Se mi dice dove...

– Andiamo –. Il medico gli indica la strada, mentre vanno. Dietro segue l'auto di Gianni «Lucciola» Deoni. Sarti Antonio aspetta; aspetta che il dottore si decida e intanto si prepara a rispondere. Solo che non sa cosa rispondere, prima di sapere cosa gli dirà quell'uomo senza un briciolo di moralità. Alla fine, dopo un paio di secondi, il dottore dice:

– Sul conto di chi lo mettiamo? – Sarti Antonio vuol replicare qualcosa di grande, qualcosa che faccia rimanere di sasso il dottore. Qualcosa come: «Sul conto della società che lei rappresenta, dottore!» Oppure: «Sul conto della sua morale, dottore!»

Ma non fa a tempo perché quello si ripete e chiarisce di cosa parla:

– Sul conto di chi lo mettiamo quest'altro cadavere, sergente?

Sarti (coda di paglia) aveva creduto che parlasse della moglie.

Ci sono tutti: i fotografi della polizia, quelli della scientifica, «lui», il pretone e un sacco di altra gente nota e ignota.

E c'è anche Giorgio Celli «frusta»: con un palmo di lingua fuori dalla bocca, gli occhi schizzati dalle orbite, il viso violaceo, le mani rattrappite e la frusta stretta, annodata, attorno al collo. O meglio, attorno alle spalle, perché il collo «frusta» non l'ha mai avuto. A vederlo disteso sull'erba e conciato in quel modo, c'è da chiedersi chi abbia avuto la forza di stendere e conciare cosí quel fascio di muscoli d'acciaio. C'è una donna, in ginocchio, a fianco del cadavere: piange. Anche questa è una cosa strana: che qualcuno (una donna poi) possa piangere per la morte di un tipo che nessuno voleva...

Tutto il bel castello che Sarti Antonio, sergente, aveva costruito, gli crolla ai piedi. Cerca con gli occhi Rosas, ma non lo trova: sparito.

Gianni «Lucciola» Deoni sta già saltando come un grillo da uno all'altro: fa domande a tutti. Il dottore fa il suo mestiere di dottore, come il fotografo fa il suo e quelli della scientifica il loro. Solo Sarti Antonio, sergente, è immobile, inebetito: domani, è sicuro, darà le dimissioni. Forse anche questa sera. O addirittura adesso, visto che «lui», Raimondi Cesare, ispettore capo, gli si fa vicino. Nei suoi occhi c'è scritto: «E ora, pezzo di cretino incompetente? E ora, cosa mi racconti?»

E pensare che solo poche ore prima gli aveva detto, due volte, «bravo sergente». E lui, Sarti Antonio gli aveva mandato un caffè in omaggio. Adesso «lui» gli sussurra:

– Sergente, l'aspetto nel mio ufficio.

Non ci andrà: gli scriverà una bella lettera raccomandata nella quale dirà che, dopo un lungo e travagliato conflitto interiore e dopo un'intensa crisi spirituale e intellettuale, ha deciso che il mestiere del questurino non si addice alla sua mentalità mistica e al suo carattere contemplativo, per cui, rassegna le proprie dimissioni, eccetera, eccetera...

Dopodiché, sul giornale del pomeriggio cercherà l'annuncio di qualche fornaio bisognoso di un garzone per la consegna del pane.

Ma andrebbe bene anche un lattaio.

21. Una situazione disperata

Se vi capitasse di sentir suonare alla porta e, andando ad aprire, vi trovaste davanti Sarti Antonio che vi consegna il cartoccio del pane, non state a fare tante storie e a dire:

– Come mai? Venga dentro a prendere il caffè... – e cosí via.

Prendete il pane che vi porge, ringraziatelo con un sorriso e richiudete la porta. Cosí, semplicemente, come se fosse la cosa piú naturale del mondo. E non dategli la mancia, per favore.

Sono tre giorni che non lo vedo; a Felice Cantoni hanno dato un altro sergente (sull'auto 28) che fuma come un turco e gli offre una sigaretta ogni volta che prende in mano il pacchetto. Cosí gli si è infiammata l'ulcera, guida a denti stretti e ha una faccia da morto di fame che innamora.

Raimondi Cesare, ispettore capo, ha atteso Sarti Antonio nel suo ufficio fino a tardi, lo ha cercato a casa, all'ospedale, al manicomio, al ricovero di mendicità senza risultati. Alla fine ha capito che un uomo distrutto ha bisogno di dimenticare e farsi dimenticare. Cosí lo ha lasciato perdere.

In fondo, Raimondi Cesare, ispettore capo, non è un uomo cattivo: certe cose le comprende.

Ho trovato Sarti Antonio da Rosas, in Santa Caterina, sdraiato sul divano, con le mani infilate nei calzoni e premute contro la pancia, la barba di tre giorni e gli occhi infossati come di una persona che non dorme da un bel po'.

Non un cenno, non un saluto.

Se non fosse per gli occhi, che mi seguono quando mi muovo per casa, si direbbe in coma. Ogni tanto si alza e si chiude nel gabinetto. Non parla, respira solamente.

Sul divano, una pila di giornali sgualciti. Rosas mi riferisce:

– Non vuole mangiare.

Non ho niente da dire. Ancora Rosas:

– Per me è impazzito.

Gli preparo una tazzina di caffè: lo faccio meglio che posso e glielo porto. Ne prova un sorso e storce la bocca:

– Fa schifo! – Almeno ha parlato. Vuota la tazzina e me la rende in modo che la possa riempire di nuovo. Beve anche questa. Poi dice:

– Vorrei parlare con Gianni «Lucciola» Deoni...

– Vai al suo giornale –. Sarti scuote il capo, vigorosamente.

– Telefonagli e digli di venire qui –. Nessuno si muove, né Rosas né io. Vorrei che si togliesse da quella tana e andasse a respirare un po' d'aria fresca. Non c'è verso. Dice:

– Per favore! – Al posto mio parte Rosas.

«Lucciola» arriva con i capelli diritti:

– Stavo lavorando. Cosa dico al direttore? Cosa gli dico? C'è da finire la cronaca... Ci sono tante cose da finire, prima di andare in macchina... Cosa dico al direttore? – Poi vede che c'è anche Rosas e la smette. Quei due non si sono mai sopportati. Può essere perché hanno gli occhiali tutti e due?

Un po' di broda calda anche a lui che la manda giú senza neanche sentirne il sapore. Si vede che ha proprio fretta: non sta fermo un attimo. Avrà pulito gli occhiali dieci volte, da quando è entrato.

– Devi raccontarmi tutto, – dice Sarti.

«Lucciola» si arrabbia. Non capita spesso:

– Per questo mi hai fatto venire? Per questo? Ma se c'è scritto lí! – Afferra i giornali dal divano e li butta a terra.

– C'è scritto tutto! Non potevi leggerli?

Sarti Antonio si siede:

– Voglio sapere anche quello che non hai scritto.

– Non ho tempo. Vuoi capire? Il direttore mi spara... – Ma intanto anche «Lucciola» si è seduto. Pulisce ancora gli occhiali e guarda Rosas che lo guarda e aspetta anche lui. Comincia:

– Cosa vuoi sapere?

– Tutto da quando hanno trovato Giorgio Celli accoppato.

– Raimondi Cesare non mi ha detto niente, quelli della scientifica non hanno aperto bocca... Non sono riuscito a sapere niente di niente. Ho parlato solo con la donna, prima che le ordinassero di tener chiuso il becco. Anche con i giornalisti. Dimmi tu come si può fare il nostro lavoro, in queste condizioni...

– Cosa ti ha detto la donna?

– Che aveva appuntamento con Giorgio Celli proprio dove lo ha trovato cadavere.

– Lo ha trovato lei? – Gianni «Lucciola» Deoni, alza ancora la voce:

– C'è scritto tutto lí! Certo che lo ha trovato lei! Pare che fosse la sua donna...

– Quel demente aveva una donna... Da non credere! – Rosas, sottovoce:

– E aveva anche degli amici: da non credere anche questo.

– Dunque, aveva appuntamento e quando c'è andata lo ha trovato morto.

– L'ho letto: voglio sapere qualche cosa che non hai scritto!

Sarti Antonio, sergente, si sta svegliando. «Lucciola» è arrivato al momento della grande confessione:

– Dice di aver visto una donna scappare tra gli alberi, mentre lei arrivava.

– Un'altra donna?

– Cosí dice.

– Perché non lo hai scritto?

– La polizia non vuole. Dice che è per facilitare le indagini.

Se ne stanno zitti tutti quanti per un bel po' di tempo, poi Gianni «Lucciola» Deoni riprende il dialogo:

– Devo tornare al giornale, adesso. Chissà com'è nero il direttore...

Nessuno gli dà retta, e lui rimane seduto sul divano, vicino a Sarti, Rosas dal suo angolo domanda:

– Come può aver fatto una donna a strozzare quell'uomo? Te lo ha spiegato Raimondi Cesare, ispettore capo? – «Lucciola» fa segno di no con la testa e poi dice:

– Vi ho raccontato quello che sapevo; e adesso vorrei saperne di piú su quella grotta della brigata Volpe.

Sarti Antonio si fruga in tasca e porge a Gianni «Lucciola» Deoni la nota che Rosas aveva compilato nella grotta. Legge e poi:

– Nient'altro?

– Nient'altro –. Rilegge e alla fine dice:

– Manca qualcosa.

– Cosa?

– Non lo so: ma qui non c'è nulla che possa giustificare tre omicidi –. Rosas ha cominciato a fischiettare, ma smette subito per dire:

– L'amico del cuore di Giacinto Gessi potrebbe sapere cosa manca.

«Lucciola» Deoni si alza di scatto:

– È vero! Non ci pensavo piú all'amico. Troviamolo!

Sarti Antonio è sempre abbattuto:

– Facile! Dove? Non esiste piú! Nessuno lo ha mai visto, tranne Clara; nessuno sa chi sia...

– Eppure c'è –. Rosas sospende ancora il fischio:

– Cos'è andato a fare in chiesa Giacinto Gessi qualche sera prima di essere ucciso? Il prete ha detto: «qualche sera prima che succedesse, l'ho trovato qui, in chiesa, inginocchiato a pregare... È molto strano perché, tranne la domenica mattina, non l'avevo mai visto in chiesa...» Ha detto cosí o no?

– Lo avrà detto, se tu lo ricordi...

– Lo ha detto! E ha detto anche: «i genitori mi hanno dato la chiave. Dicono che, dopo il sopralluogo della polizia, non è piú entrato nessuno in quella camera. Neppure loro». Si stava parlando della camera di Giacinto Gessi.

Aspetta la conferma di Sarti Antonio, sergente, che non viene:

– Ma le scarpe di Giacinto Gessi, anche se nessuno ci era piú entrato, si trovano in quella camera, sotto una sedia. Chi le ha portate? Non credo che sia stata la polizia durante il sopralluogo.

Sarti Antonio comincia a scaldarsi. Dice:

– Non credo proprio. Allora?

– Che?

– Fuori tutto quello che sai o che credi di sapere.

– So quello che sai tu.

– Fuori lo stesso –. Gianni «Lucciola» Deoni ha preso, da chissà dove, un blocco per note. Rosas dice:

– Scrivi! Primo: i tre scoprono la base della brigata di Volpe. Secondo: uno dopo l'altro vengono assassinati. Terzo: chi li uccide può farlo tranquillamente, in tutta calma, senza dover lottare con le vittime. Quarto: prima di essere ucciso, Giacinto Gessi torna alla base della brigata Volpe, di notte. Questo è sicuro perché le tracce di acqua solforosa trovate nel suo stomaco lo dicono chiaramente. Lo accompagna qualcuno? Sí, perché, se no, a che scopo andarci di notte? Lo accompagna qualcuno che non vuole essere visto in giro con Gessi. Quinto: sul secondo cadavere si trova un biglietto, scritto dal Gessi, nel quale si dice: «per quella cosa che sa lei, venga questa sera alla Pioppa. Giacinto Gessi». È chiaro che si tratta del biglietto che Gessi aveva inviato alla persona che lo avrebbe accompagnato nella visita notturna alla base di Volpe. Lo stesso biglietto è poi servito all'assassino per attirare Gaetano nella trappola e ucciderlo. Sesto: il terzo a morire è Giorgio Celli «frusta». Ma quando viene ucciso? Non appena l'assassino si rende conto (grazie a te, sergente, che urli il nome di «frusta» proprio davanti all'assassino in visita alla base di Volpe) che la polizia è già sulle tracce di Giorgio Celli. Lo fa fuori tranquillamente, in tutta comodità, senza lottare per evitare che dica qualcosa che non deve dire. Da cui: l'omicida era ben conosciuto da «frusta» e dagli altri due. Non solo, ma dev'essere una persona talmente insospettabile da poter uccidere senza che le vittime se l'aspettino. Settimo: qualcuno sapeva che «frusta» doveva trovarsi con la sua donna. Ecco perché è andato all'appuntamento anche lui. Ottavo: l'assassino (o l'assassina) è uno (o una) che sa tutto dei protagonisti della nostra storia e forse qualcosa in piú. Nono: cosa poteva esserci di tanto interessante nella base della brigata Volpe da giustificare tre assassinii, ammesso che si fermino lí? Decimo: nessuno può dircelo, perché i componenti della brigata di Volpe sono stati uccisi tutti in quella maledetta gola; ma è chiaro che, di qualunque cosa si tratti, l'assassino (o l'assassina) non ne è ancora venuto in possesso. Se no, perché avrebbe messo sottosopra la casa di «frusta»?

Cosí finisce la chiacchierata di Rosas; Gianni «Lucciola» Deoni fissa gli appunti, mentre Sarti Antonio, sergente, guarda Rosas senza vederlo perché ormai è diventato scuro e nessuno si è preoccupato di accendere la luce. Ha un sorriso sulle labbra e dice:

– Io credo di sapere dove vuoi arrivare: credo proprio di saperlo. Ma se è cosí, ci sarà poco da stare allegri. A Raimondi Cesare glielo dirai tu, questa volta... – Gianni «Lucciola» Deoni prende la parola:

– Se ho capito bene, la persona che forse sa tutto dei tre amici, potrebbe essere quel tale, capelli grigi, distinto, alto e sempre molto elegante, che frequentava via Solferino numero 10. Posso scriverlo?

– Scrivi quello che ti pare: sono deduzioni tue.

Gianni «Lucciola» Deoni continua:

– E chi, se no? Giacinto Gessi racconta tutto al suo amante: questo è sicuro! Come è sicuro che l'amante era conosciuto anche dagli altri due soci, dal momento che può farli fuori senza destare i loro sospetti, come ha detto Rosas. Quindi è uno del paese.

La sua voce si spegne perché non ha piú niente da aggiungere. Rosas che chiude:

– Se non è come dice «Lucciola»...

– E non chiamarmi «Lucciola»...

– Se non è come dice «Lucciola», presto c'è la possibilità che troviamo un altro cadavere, dai capelli grigi, distinto e sempre molto elegante...

Sarti Antonio, sergente, sghignazza fra sé: ha già le sue idee:

– Non credo. Non credo –. Adesso sa chi era l'amante di Giacinto Gessi «casa e chiesa», sa chi è il tipo insospettabile, molto conosciuto dai tre, che va in giro a spaccare teste e ad artigliare gole, senza che i proprietari delle teste e delle gole alzino la minima protesta. Sa che domattina, quando mostrerà una certa fotografia a Clara, questa dirà:

– Sicuro! È lui! È quel tale che veniva con Giacinto Gessi, è quel tale...

È pronto a giocarci un mese di stipendio. Anche un anno.

C'è solo un particolare che non quadra: la donna che l'amica di Giorgio Celli avrebbe visto scappare fra gli alberi. Ma si può essere sbagliata e nell'oscurità può aver visto semplicemente un uomo, magari con il cappotto, anche se non è proprio la stagione. Sarti si alza e dice:

– Rosas sei in gamba. Saresti un poliziotto coi fiocchi. Mi porti a casa, «Lucciola»? – Esce. Sulla porta si ferma un attimo e dice ancora:

– O mi mettono dentro per ingiurie a pubblico ufficiale e vilipendio alle forze armate, o mi danno un encomio solenne con aumento di stipendio.

22. Chi lo avrebbe mai immaginato?

A questo punto, se non siete proprio tonti, avrete già capito a chi allude Sarti Antonio. Se non lo avete capito, venite con me (che non ho ancora capito) e vediamo cosa succede. Il sergente telefona alla centrale e dice: – Pronto. Sono Sarti, passami il capo. Pronto. Sono Sarti...

– Dove diavolo, è vero, come si dice... – Il sergente urla per interromperlo e per farsi intendere:

– Ho bisogno di una macchina fotografica di quelle che danno subito la foto stampata e di Felice Cantoni con l'auto 28. Questa sera ho l'assassino in mano. Parola mia –. Non voleva, ma l'ha detto! Vada come vada, c'è sempre un posto di garzone che lo aspetta. All'altro capo del filo si sente, piano, sottovoce:

– Attento a quello che fai, Sarti Antonio. Questa è l'ultima volta che ti ascolto. Cerca di non combinare altri guai, è vero, come si dice...

Sette minuti dopo sotto casa c'è Felice Cantoni, agente, che gli suona il campanello. Sarti scende e chiede:

– Hai la macchina fotografica?

– Non c'è!

– Perché?

– Devi andare a firmare il buono di prelievo.

– Non lo poteva firmare «lui»?

– Ha detto che chi firma è responsabile della macchina e con te non si è mai sicuri di niente. Se la vuoi...

– Non lo potevi firmare tu? – Felice Cantoni resta pensieroso: – È vero. Non ci ho pensato... – Sarti Antonio, sergente, si arrabbia: – Che branco di... E protestano se i delinquenti possono fare i delinquenti. Che branco di...

– Andiamo in economato a prendere la macchina fotografica?

– No! Non la voglio la loro macchina. Faccio senza. Andiamo da «Lucciola» –. Vanno.

«Lucciola» sta ancora a letto perché lui lavora in redazione fino a tardi, la sera. Lo svegliano e Sarti gli dice: – Vieni: portati una macchina fotografica di quelle che sviluppano e stampano immediatamente...

– Io non ho una macchina. Se è importante, porto un fotografo. Il direttore non mi ha mai negato un fotografo.

– Non lo voglio! Non voglio testimoni. Ho bisogno di te perché di te mi fido. E basta. Chiedi al giornale una di quelle macchine che ti ho detto...

Quando esce dalla redazione Gianni «Lucciola» Deoni ha la macchina fotografica tanto cara a Sarti, completa di flash. Chiede: – Dove andiamo? – Sarti Antonio non gli risponde. In macchina gli racconta quanto segue:

– Mi serve un primo piano del maresciallo dei carabinieri di Pieve del Pino. Ti presenti, fai l'intervista, la fotografia e mi porti il materiale.

– Tu pensi... tu pensi che «capelli grigi, distinto, alto e molto elegante» sia lui?

– Ne sono sicuro! Ma voglio stare tranquillo, questa volta. Se mi va male, nessuno lo deve sapere, capito? Nessuno! – «Lucciola» ha capito, ma chiede:

– Cosa invento per fotografarlo?

– Quello che ti pare! Chiedi al maresciallo notizie dei tre omicidi, come mai se ne occupa la centrale e non lui... Devo insegnarti il mestiere io?

– Ecco come stanno le cose! È chiaro: il maresciallo sa tutto dei tre perché è l'amico intimo e segreto di Giacinto Gessi; non desta sospetti e può ucciderli tranquillamente senza che se lo aspettino. E chi sospetterebbe di un maresciallo dei carabinieri?

Pensa, mentre l'auto 28 vola verso Pieve del Pino. Dopo un po', chiede: – Ma perché?

– Perché cosa?

– Perché li avrebbe uccisi?

– Non lo so, ma Giacinto Gessi deve aver nascosto in chiesa il motivo. E lo troverò!

Nessuno parla piú fino a Pieve del Pino. Sarti Antonio, sergente, dice a «Lucciola», prima di lasciarlo:

– Ti aspetto dal prete. Io, intanto, vedo di trovare qualcosa in chiesa...

Il prete sta parlando con due carabinieri, proprio davanti alla chiesa. Appena lo vede, gli corre incontro. È molto agitato e di conseguenza, è anche ridicolo. Il pretone sbuffa:

– Ecco... Proprio lei! Vede... è... è una cosa incredibile! È un sacrilegio! Io... io non capisco... – Si asciuga il sudore con un fazzoletto che tiene in mano e che tormenta continuamente.

– Ecco... proprio lei! Venga, venga a vedere... È una cosa incredibile! – Gli fa strada verso l'interno della chiesa. I due carabinieri li seguono.

Avete mai visto una chiesa sottosopra? Voglio dire: una chiesa con tutte le sedie a gambe levate, le panche rovesciate, i cristi e i quadri staccati dalle pareti, i drappi, i nastri e le madonne buttati qua e là? Io l'ho vista lí, per la prima volta.

– La casa del Signore... Mio Dio! – E continua con il suo rosario. Direi che sta per mettersi a piangere.

Sarti Antonio, sergente, se non fosse in chiesa e alla presenza di un prete e di due carabinieri, bestemmierebbe volentieri. Chiede:

– Quando è stato? – Ma non gli interessa molto. Gli interessa il fatto che, se lí dentro c'era il motivo dei tre omicidi, adesso non c'è piú.

È chiaro.

– Questa notte. E nessuno... nessuno si è accorto di niente! È incredibile... La casa del Signore...

Sarti Antonio, sergente, mostra la tessera all'appuntato dei carabinieri e gli chiede: – Niente?

– Niente. Nessuna traccia, niente scasso, non è stato rubato niente...

– Sacrilegio, ecco. Vandalismo. Oh Dio, signore!

– Da dove sono entrati? – L'appuntato si stringe nelle spalle:

– Non lo so. Potevano essere già dentro quando il prete ha chiuso la chiesa.

– Il maresciallo cosa dice?

– Il maresciallo è a letto con la febbre!

Ecco. Questa è buona. Magari ha anche un certificato medico. Sarti Antonio, sergente, sa bene che è stato lui a entrare in chiesa, questa notte. Ma il dottore, magari, è disposto a giurare che il maresciallo non era in condizioni di lasciare il letto.

Maledetto paese! Maledetti abitanti del maledetto paese! E maledetto dottore, maresciallo, farmacista, meccanico! Maledetti tutti! Ci mette dentro anche il prete, perché gli dà fastidio il suo piagnucolio!

Sarti senza salutare nessuno va alla caserma dei carabinieri e aspetta. Gianni «Lucciola» Deoni esce, dopo un secolo, e sale sull'auto 28.

Riferisce: – Me ne ha dette di tutti i colori.

– La foto?

– È a letto con la febbre; non posso fotografare uno a letto e dirgli che mi serve per il giornale...

– Ti pigliasse un colpo! Mi serve quella foto! – Gianni «Lucciola» Deoni gli mette sotto il naso una foto, formato tessera, con sopra appiccicato il maresciallo dei carabinieri con tanto di cravatta, giacca e camicia bianca. Niente da dire; «Lucciola» sa fare il suo mestiere, quando non c'è di mezzo il direttore. Dice:

– Me l'ha data lui, visto che si tratta di metterla sul giornale –. Tornano in città.

Il sergente suona al numero 10 di via Solferino e appena Clara «burro» apre la porta, le sbatte sotto il naso la foto e la guarda bene in faccia, per le sue reazioni. Aspetta che si decida. Clara «burro» ha un vago sorriso sulle labbra, come sempre. Poi dice:

– Sicuro! È lui. È quel tale che veniva con Giacinto Gessi. Io, quando ho visto uno, non lo dimentico piú, non lo dimentico…

Sarti Antonio, sergente, avrebbe vinto uno stipendio, se qualcuno se lo fosse giocato con lui.

– Ma come ha fatto a trovarlo, sergente? Che bravo! Ma come ha fatto?

– Tu non devi aprire bocca con nessuno, se vuoi continuare la tua attività! Non sai niente e io non sono venuto, capito?

Lei fa sí con il capo e sorride a «Lucciola»:

– Oh, carino, sei tornato? – Si fa da parte e lascia uscire una «lavorante» che ha finito il turno. Sorride a tutti, prima di uscire. Lasciano Clara «burro» lí, sulla porta e se ne vanno. Adesso si deve decidere che fare. Non è facile!

Sarti Antonio guarda in faccia Gianni «Lucciola» Deoni che lo guarda in faccia. Tutti e due si stringono nelle spalle.

– Devo spiegare a Raimondi Cesare, ispettore capo, perché un maresciallo dei carabinieri, pederasta, ha ammazzato tre persone: devo dargli delle prove e un movente! Non mi basta la testimonianza di una ex prostituta, affittacamere e sfruttatrice di ragazze per bene. Non basta proprio!

La radio sfrigola e chiama le auto sparse per la città.

Felice Cantoni, agente, chiede:

– Allora, sergente?

– In via Santa Caterina. Andiamo a dare conferma a Rosas…

23. ...e tutto finisce in gloria

La porta è accostata, come al solito e lo trovano sdraiato sul divano che legge un libretto piccolo e scuro, scritto a mano: appunti di chissà chi. Appena ci vede entrare (tutti e quattro: Felice Cantoni, agente, Sarti Antonio, sergente, Gianni «Lucciola» Deoni, giornalista e il sottoscritto, nullatenente), lascia cadere il libercolo sul petto e dice:

– Buongiorno a tutti. Avrei proprio voglia di un buon caffè. Di quelli che sai fare tu, sergente –. Sarti Antonio conosce ormai tutto di quella casa e, mentre gli altri si sistemano alla meglio da qualche parte (io devo sedermi in terra), va in cucina e si dà da fare col caffè. Intanto dice:

– Avevi ragione: Clara lo ha riconosciuto. Adesso si tratta di trovare il movente, perché se vado da Raimondi Cesare, ispettore capo, e gli dico che è stato il maresciallo dei carabinieri a uccidere i tre, ma non gli porto delle prove precise, quello mi fa legare e mettere in manicomio... – Vorrebbe continuare, ma Rosas gli urla:

– Cosa c'entra il maresciallo?

Sarti ha già messo il caffè sul fuoco, gas al minimo (è importante per un buon caffè), e quindi può tornare di là. Ha capito solo adesso che Rosas non ci era ancora arrivato.

– Il maresciallo... Non lo sapevi? Allora i tuoi dieci comandamenti erano una semplice esposizione di fatti che tu ci hai elargito per far mostra di intelligenza... Il maresciallo è quel signore dai capelli grigi, distinto, alto e sempre molto elegante, che frequentava la casa di Clara in compagnia di Giacinto Gessi «casa e chiesa»! Non lo sapevi? – Farebbe dei salti di gioia.

Li farebbe perché il viso di Rosas è spalancato alla meraviglia. Autentica! Rosas ripete:

– Il maresciallo... Chi lo avrebbe mai detto.

– Io! – E torna in cucina a vedere il suo caffè: non gli piace infierire su Rosas. Anche perché lui (Rosas) non ha mai infierito su di lui (Sarti). E poi, il caffè va curato, mentre sale, se si vuole veramente un buon caffè.

Quando torna, Rosas ha ripreso a leggere nel suo libretto di appunti. Porge con garbo la tazzina. Rosas sorseggia, senza lasciare il libro. Dice:

– Sentite un po' qua: «Dodici aprile. La radio ricevente continua a non funzionare. Ogni tentativo di ripararla è stato vano. Il "Grigio" ha rinunciato. Non ci voleva. Ora che stanno per arrivare e c'è, piú che mai, la necessità di stare in contatto con loro. "Pensa" è tornato con le notizie: dal paese niente di nuovo. Nessuno sospetta quello che sta per succedere. I "tognini" sono tranquilli. Lo saranno ancora per poco...»

Sarti Antonio, sergente, ha fretta di concludere:

– Molto bello. Ma ascolta adesso: il maresciallo è stato in chiesa, l'ha semidistrutta e suppongo che abbia trovato quello che cercava e che Giacinto Gessi vi aveva nascosto. Cosí non ho niente su cui basare le accuse –. Rosas scuote il capo e riprende la lettura, a voce alta:

– «Tredici aprile. È necessario ristabilire i contatti con gli alleati. Qualcuno dovrà rischiare. Non sono tanto lontani; ma tutte le strade sono sorvegliate e i sentieri sono controllati... Dobbiamo metterci in contatto a ogni costo, se vogliamo che l'operazione riesca e se dobbiamo sapere esattamente quando sarà il momento, per noi, di uscire a dare man forte al loro attacco frontale. La nostra azione è indispensabile per liberare Bologna. Ho convocato una riunione di tutti i compagni per discutere la situazione».

Si ferma e aspetta che qualcuno prenda la parola, ma i convenuti hanno altri pensieri per la testa, si direbbe. Non si sente volare una mosca. Allora Rosas continua:

– Può darsi, anzi è sicuro (visto che lo dici tu e lo conferma Clara) che il maresciallo sia stato l'amico di Giacinto Gessi, ma è anche sicuro (e questo te lo dico io) che l'assassino non è lui!

Questo discorso dà fastidio a Sarti Antonio, sergente, che rizza subito le orecchie:

– Cosa, cosa?

– L'assassino non è lui perché: primo, il maresciallo, pur sapendo tutto di Pieve del Pino, non poteva sapere dell'appuntamento fra Giorgio Celli e la sua donna e quindi non poteva esserci andato. Secondo: chi ha ucciso «frusta» portava la sottana. Terzo: il maresciallo non è mai entrato nella camera di Giacinto Gessi né per riportarvi le scarpe infangate, né per frugare alla ricerca di quello che interessava l'assassino. Quarto: non lo dico io, lo dice questo!

Rosas mostra il libretto che sta leggendo. A Sarti viene un sospetto che gli fa corrugare la fronte. Chiede:

– Cos'è? – Rosas gli sorride e annuisce. Sarti Antonio, sergente, continua:

– Lo hai trovato... lo hai trovato in chiesa. Sei stato tu che hai buttato sottosopra la chiesa? – Rosas torna a dedicarsi al libretto. Dice solamente:

– È il giornale di Volpe. C'è tutto quello che mancava al nostro quadro –. Sarti Antonio, sergente, non sa come finirà questa storia, ma è certo che Rosas non la passerà liscia, quando «lui», Raimondi Cesare, ispettore capo, saprà tutta la cronaca degli avvenimenti, compresa la visita notturna alla chiesa di Pieve del Pino.

– Sei stato in chiesa e l'hai messa sottosopra... Sei stato tu! Questo significa... significa... Come sei entrato? – Rosas alza gli occhi piú innocenti del creato, e dice:

– Io non mi sono mosso di qui per tutta la notte. Ho anche dei testimoni. Il giornale di Volpe l'ho trovato questa mattina nella mia cassetta della posta.

– Non fare il furbo. Hai distrutto la chiesa... C'è una denuncia e io ho il dovere...

– Ascolta, sergente, ci sono almeno dieci ragazzi e ragazze

pronti a testimoniare di essere stati qui tutta notte in mia compagnia! Se qualcuno è entrato nella chiesa di Pieve del Pino e l'ha messa sottosopra, non è colpa mia. Io non mi sono mosso di qui!

Il triplice omicidio, per ora, è passato in secondo piano: Sarti Antonio, sergente, vuol essere sicuro che Rosas non sarà incolpato del disastro combinato in chiesa. Domanda:

– E il giornale? Non puoi dirmi che non è stato trovato in chiesa! Non me lo puoi dire!

– Io non ho idea di dove sia stato trovato... Può anche darsi che qualcuno che non conosco sia stato nella chiesa di Pieve del Pino, per fatti suoi, e abbia trovato sotto la prima panca della fila a sinistra, questo giornale. Allora può avere pensato che mi interessava per i miei studi sulla Resistenza... e me lo ha portato... Cioè, me lo ha messo nella cassetta delle lettere, dove l'ho trovato proprio questa mattina...

Pare che le cose siano chiare: Sarti Antonio, sergente, ha una sola cosa da chiedere:

– Che dice?

Rosas la tira lunga:

– C'è un po' di tutto: l'attività della brigata fino al giorno che la massacrarono in quella gola...

– Voglio sapere che dice del delitto... dei tre delitti!

– Sergente, non sono tre i delitti! Quei cinquantatre disgraziati ai quali abbiamo fatto un monumento, sono stati uccisi per il tradimento di quello stesso individuo che ha ucciso Giacinto Gessi, Mandini Gaetano e Giorgio Celli. Ormai, che differenza poteva esserci fra cinquantatre omicidi e cinquantasei?

Adesso le cose cominciano a farsi chiare. Nessuno dei presenti ha il coraggio di domandare: «chi?». È troppo grossa, anche per uno come Sarti Antonio, sergente.

Allora Rosas riprende a leggere:

– «Quattordici aprile. La proposta è questa: "Lina la leggera" andrà dal prete di Pieve del Pino e gli chiederà di mettersi in contatto con gli alleati. I tedeschi non sospetteranno di lui, che, cosí, potrà muoversi con sicurezza. Aspettiamo l'esito. Io ho detto chiaramente che non mi fido di quel lumacone nero, ma sono in minoranza. Spero proprio di sbagliarmi».

– «Quindici aprile. "Lina la leggera" è tornata. Il lumacone ci sta. Può essere che io mi sia sbagliato sul suo conto...»

– «Sedici aprile. Il lumacone ha preso contatto con gli alleati e ci porta queste notizie: domani notte sarà il momento di muoverci. L'attacco per liberare la città è previsto per il diciotto aprile. Il nostro compito sarà quello di spianare la strada a una colonna di carri armati alleati che avanzerà sulla strada di Pieve del Pino verso Bologna. Dobbiamo togliere di mezzo due nidi di mitragliatrici tedesche che possono intralciare la loro avanzata. Ci dicono anche dove sono esattamente: conosco il posto. Domani notte sarà il nostro turno. Speriamo bene!»

Rosas non legge piú perché non c'è piú niente da leggere e mette sul tavolo il libretto scuro. Sarti Antonio, sergente, lo prende e ne scorre le pagine: la scrittura è piccola, un po' indecisa.

Le cose, adesso, sono chiare. Troppo chiare! Rosas dice:

– Nella notte fra il diciassette e il diciotto aprile, la brigata partigiana di Volpe è stata massacrata. Li aspettavano in quella gola: un'imboscata preparata in tutti i particolari. Nessuno si salva per accusare chi ha tradito. Il ventuno aprile le armate alleate, precedute da brigate partigiane piú fortunate della brigata Volpe, entrano in città e Bologna è liberata dai tedeschi.

Appendice

Questo brano è stato pubblicato in *Fiori alla menoria*, Einaudi Stile libero noir, 2001.

Un questurino nella città che non è come le altre città
di Luigi Bernardi

«Questa città non è come le altre città» ha scritto di Bologna Carlo Lucarelli in *Almost Blue*, inaugurando un felice tormentone dal quale si è fatto poi accompagnare in tutte le sue prime presenze televisive. Lucarelli aveva le sue ragioni per uscire con un'affermazione del genere, ragioni tutte interne alla dinamica del suo romanzo e sulle quali tornerò piú avanti. Ma che Bologna non fosse una città uguale alle altre l'avevano già preteso – e per motivi lontanissimi da quelli dell'autore di *Almost Blue* – anche un paio di retoriche un tempo parecchio consolidate: una di origine per cosí dire «popolare» che reggeva la «diversità» del capoluogo emiliano sulla bonomia (cambio di consonante: Bononia, il nome romano di Bologna) della sua gente; l'altra piú specificatamente politica che l'appoggiava sulla bontà della sua amministrazione «rossa».

Antonio Sarti, il sergente questurino protagonista dei romanzi di Loriano Macchiavelli nasce in questa Bologna «diversa», ne è stato educato, ne rappresenta fino in fondo lo spirito, indolenza compresa. Ma attenzione, sto parlando del personaggio, non dell'autore, non dei libri: i romanzi di Macchiavelli non sono cartoline turistiche, non sono scritti per reclamizzare la «diversità» bolognese, né per compiacere la «voglia di Bologna» che negli anni Settanta gonfiò a dismisura la popolazione studentesca della città contaminando senza possibilità di ritorno l'accento grasso dei bolognesi, per non parlare della cucina, della già ricordata bonomia, nonché del senso complessivo di appartenenza «geopolitica» al nucleo urbano.

La genialità di Macchiavelli e il valore dei suoi romanzi – oltre alla scioltezza della lettura, sempre divertente e ammiccante – consistono proprio nel raccontare Bologna mentre vede sgretolarsi il muro protettivo della «vecchia» diversità e, contemporaneamente delinearsi i primi tratti di quella «nuova», quella che, un giorno matura, sarà poi rivelata da Lucarelli. La Bologna di Macchiavelli, almeno quella dei primi romanzi, è una sorta di «terrain vague» dove si comincia a guardarsi con sospetto, ma si è ancora disponibili ad aprirsi a un sorriso, magari dopo essersi mandati vicendevolmente al diavolo, come nel rapporto fra il questurino Sarti e l'anarchico-autonomo Rosas. È una Bologna che sta cominciando a chiudersi, ma lo fa lentamente, come se non fosse davvero sicura di quello che sta facendo. Uno struzzo che vuole ficcare la testa sotto la sabbia, ma rimanda di continuo perché è curioso di vedere cosa gli succede intorno.

La Bologna in cui era nato a cresciuto Antonio Sarti era una città profondamente «rossa» ma, contemporaneamente, altrettanto profondamente aperta, gaudente, «curiosa». Quella che da altre parti sarebbe stata letta come una contraddizione in termini, qui era il prodotto di fattori storici e ambientali. Si poteva essere comunisti e cattolici allo stesso tempo (cattolici, non democristiani), magari senza dirlo ma si poteva, (e che scontro epocale fra Dozza e Dossetti: il secondo, sconfitto, andò a ritirarsi in convento), e soprattutto si poteva essere comunisti e amare l'America. Non, beninteso, l'America despota e colonizzatrice che avremmo imparato a conoscere, ma l'America aperta, gaudente, «curiosa» (vi ricorda qualcosa?) del mito che via via stava mettendo le radici, germinate a partire dai fertili semi della musica e del cinema.

Bologna è sempre stata una città che ha amato molto l'America: il cinema americano, la musica americana, i fumetti americani, persino lo sport americano. Per non parlare, ovviamente, della narrativa americana, anche dei gialli. E se non destano particolare meraviglia le cantine dove si suonava jazz e blues e le osterie dove si faceva l'alba a parlare di Hollywood e delle sue mitologie, di sicuro danno da pensare tutti questi bolognesi che si appassionavano di pallacanestro, di baseball e di football americano, con una competenza pari se non superiore a quella che riservavano ai due grandi sport cittadini, il calcio e il pugilato. Il calcio grazie alla memoria dello squadrone che faceva «tremare il mondo», la boxe esaltata dalla riunione del pomeriggio di Santo Stefano, al Palazzo dello sport di piazza Azzarita. E, come per la politica alla quale si dedicavano i capannelli della domenica mattina in piazza Maggiore, anche lo sport era oggetto di accese discussioni «pubbliche». «Fuffo» Bernardini, l'allenatore che portò all'ultimo lo scudetto rossoblú, quello dello spareggio contro l'Inter, era un grande conversatore e amava battibeccare con i suoi tifosi, fuori dal bar Otello, sempre meta anche dei campioni del passato. Libero Golinelli, il formidabile allenatore di boxeur come Nino Benvenuti e Carlos Duran dispensava le sue tecniche pugilistiche non in circoli altisonanti – che Bologna peraltro non ha mai conosciuto – ma nel periferico bar Messico, fra una partita a Goriziana e un'altra ai Tarocchi bolognesi. Aveva la faccia da onesto, il temperamento bonario, quell'aria da chi sa che nella vita le cose importanti sono altre, forse per questo a un certo punto della sua carriera Benvenuti preferí fare a meno delle sue lezioni. Ebbe di che pentirsene, ma contro il pugno secco e maledettamente doloroso di Monzon, neanche l'arte di Libero Golinelli sarebbe stata sufficiente a tenere sulle gambe il Nino nazionale.

I due sport principe non esaurivano la voglia di sport di Bologna, che era poi essenzialmente smania di discussione: c'era dell'altro, c'era ancora spazio, uno spazio che permetteva di sintetizzare la voglia di sport con quella di America. Ed ecco allora la Bologna che primeggiò (e primeggia tuttora) nel basket, che accolse il baseball come nessuna delle grandi metropoli italiane fece mai (e anche Antonio Sarti non esita quando può ad andare al Gianni Falchi, a vedersi – magari senza capirla troppo – una partita della Montenegro di «Toro» Rinaldi e «Vic» Luciani), che quando qualcuno tentò di importare il football americano, gli scudetti se li giocavano, alla Lunetta Gamberini, le due squadre locali, dai nomi cosí americanizzati che facevano un po' ridere.

Piaceva l'America, ai bolognesi, perché era grande, e piena di cose, di ingredienti saporiti dosati ad arte, come le lasagne e i tortellini, di spazi aperti come piazze. Cosí quando l'America cominciò a mostrare gli artigli, ce ne fu subito un'altra da adottare, quella dei pacifisti, dei neri, di Bob Dylan e Joan Baez. Gianni Morandi che cantava «andavo a cento all'ora», sposò la causa del Vietnam e poi quella di «un mondo d'amore»: non erano scelte di comodo, fatte con il solo fine di rimanere a galla, era proprio lo spirito di quella Bologna, città aperta che cercava e sposava le idee aperte, e se ne nutriva come Braccio di Ferro di spinaci. Nelle piazze dove si discuteva bastò ricavare un angolo per le tende di solidarietà con il popolo vietnamita, i primi cappelloni vennero invitati ad andare dal barbiere, ma solo perché qualcosa bisognava pur dire, ai Judas, faccia grifagna e chitarre a manetta, si opposero i Pooh, melodici e vestiti bene, e anche questa possibile frattura venne ricomposta, senza che si udisse il minimo scricchiolio.

I problemi nacquero poco dopo, quando qualcuno cominciò a dire ai bolognesi che le idee aperte che tanto sbandieravano, in realtà non le avevano affatto. E che anche se le avevano, dovevano in qualche modo tirarle fuori. Possibile che una città del genere non avesse uno straccio di produzione culturale, oltre a qualche poeta e ai saggisti dell'università? Possibile che tutto quello che avevano da dire i bolognesi fossero solo discorsi da piazza? Bologna, insomma, era solo apparenza: sotto sotto era una città del tutto uguale alle altre. Fu uno shock. Una rottura senza margini di ricomposizione, un figlio che ripudia il padre, una donna trovata a letto con il miglior amico del marito, un vento freddo che non si era mai sentito prima. Bologna pagò la contestazione studentesca come poche altre città in Italia, forse perché non essendoci in zona grandi concentrazioni operaie, il movimento della fine degli anni Sessanta e per tutti gli anni Settanta fu quasi esclusivamente studentesco, e perciò piú radicale, fantasioso e irridente che da altre parti. Con il duplice effetto di richiamare qui studenti da mezza Italia, quelli, appunto, piú radicali, fantasiosi e irridenti e, come contraccolpo, di ammorbare il carattere dei bolognesi, che si fece di colpo acido, intollerante, chiuso, calcolatore.

Comincia allora, nei primi anni Settanta, la nuova «diversità» bolognese, o meglio, il periodo in cui la vecchia «diversità» fu smantellata, in attesa che se ne cementasse una nuova. Piazza Maggiore viene progressivamente abbandonata, la struttura aperta per eccellenza si vede privata uno a uno dei suoi abitanti, non c'è piú niente di cui si possa discutere senza incazzarsi, le parole che prima giravano libere, a vuoto, adesso trovano ostacoli contro i quali vanno a sbattere. In politica succedono cose strane, ci sono gli attentati, dei morti. Bisogna vigilare, e se bisogna vigilare vuol dire che c'è qualcuno che se ne sta nascosto, pronto a uscire. Altro che chiacchiere ad alta voce in piazza, si torna a bisbigliare, come si faceva sulle montagne quando c'erano i tedeschi e i fascisti da cacciar via. E anche il resto non va meglio. Il Bologna è la caricatura della squadra di una volta, il pugilato dopo il ritiro di Dante Canè è meglio lasciarlo perdere, e anche le riunioni di santo Stefano che tanto non ci va piú nessuno. Il cinema americano ha perso i contorni del mito, i grandi attori muoiono uno dopo l'altro, o si danno alla politica. Si fanno altri film, che parlano piú al cervello che al cuore. La piazza si svuota, insomma, si aprono i locali, le osterie, dove si va in pochi per volta. Si discute e ci si accapiglia. Le case degli studenti fuorisede diventano un luogo dove si rimette tutto in discussione. La voglia d'America diventa un'occasione di ripensamento, di cercare altre radici, poi di piantarle e farle crescere. È un movimento culturale senza precedenti, una sintesi di maestri lontanissimi fra loro, nessun linguaggio espressivo viene risparmiato, ma sono proprio la musica, la narrativa e il fumetto, i tre piú vicini alla sensibilità giovanile, a produrre gli esiti piú convincenti: la musica con Guccini, Dalla, Lolli, gli Skiantos; la narrativa con Tondelli, Palandri, Piersanti, il fumetto con Magnus, Bonvi, Pazienza, Scozzari. Non è un processo che si conclude dalla sera alla mattina, è chiaro, ci vorranno una decina di anni perché si possa dire completato, dieci anni nei quali la Bologna «diversa» di un tempo si trasforma nella Bologna «diversa» di oggi, dieci anni puntualmente raccontati da Loriano Macchiavelli e dai suoi romanzi gialli.

Loriano Macchiavelli è stato prima di tutto uno scrittore coraggioso. Il primo a scommettere sulla «raccontabilità» di Bologna, sulla possibilità di elevarla a scenario di storie e vicende che potessero interessare i lettori italiani di gialli. Detta cosí, sembra una cosa da poco, ma allora, quando fece il giro degli editori per proporre i suoi libri, ricevette solo risposte negative, alcune persino maleducate. Alla fine Garzanti cedette, piú per forza che per amore (la casa editrice si era obbligata contrattualmente a pubblicare il romanzo vincitore del premio «Gran Giallo Città di Cattolica», e Macchiavelli fece un'autentica razzia per tutte le prime edizioni), e i lettori premiarono questo scrittore bolognese, uomo severo ma ricco di slanci di generosità, scrittore schivo ma capace di gesti da primattore, leader sostanziale e carismatico di una generazione di scrittori che iniziava ad appassionarsi al giallo, e lo sceglieva come genere di romanzo capace di raccontare il presente, e magari ammonire sul futuro.

I romanzi di Macchiavelli sono meccanismi semplici, sapientemente costruiti attorno agli elementi di una struttura seriale, iterativa. Il protagonista è il sergente della Questura, Antonio Sarti (nessuna parentela con il cantante Dino Sarti, che proprio in quegli anni si sforzava di propagare il mito di una città da cartolina), uno che non si capisce perché sia finito a fare il poliziotto, visto che non ama neppure le armi, e la sua pistola d'ordinanza la tiene chiusa nel comodino. Non particolarmente intelligente, buono ma soggetto a scatti d'ira (che confluiscono a ravvivarne la cronica colite), pigro e maniacale (il caffè se lo fa con la macchinetta e se proprio deve prendere quello del bar è disposto ad allungare la strada fino alla periferia est, allo spaccio della torrefazione di Filicori e Zecchini, l'unico caffè della città in grado di rivaleggiare con il suo), orso solitario capace di zampate vincenti (l'unica donna che lo abbia veramente preso è la «biondina», una prostituta che batte sui viali, ma non c'è romanzo in cui non si porti a letto qualcuna, di solito la piú bella del lotto), di certo piú adatto a operare in quel «paesone» che era Bologna fino alla fine degli anni Sessanta, piuttosto che nella città vivace e sorprendente che è diventata nel momento in cui Loriano Macchiavelli inizia a raccontarne le storie.

Accanto al sergente Antonio Sarti, si muovono i comprimari, tutti così ben caratterizzati e funzionali da diventare indispensabili: Raimondi Cesare, il capo, ottuso e intransigente, che ha capito che piú che risolvere il caso conta quello che scriveranno i giornali; Felice Cantoni, l'autista, innamorato dell'auto 27, la Fiat 850 di servizio, che guida con paterna attenzione; Gianni «Lucciola» Deoni, il giornalista capace di infiocchettare una carriera mediocre con improvvisi scoop; e soprattutto Rosas, lo studente anarchico che a una scarsa vista (Sarti lo chiama il «talpone») oppone un intuito fuori dell'ordinario: è lui, l'oppositore del sistema, che risolve quasi sempre i casi al posto del sergente Sarti, salvandogli in piú di un'occasione la carriera. Sarti manda volentieri a quel paese Rosas (soprattutto quando qualche bella ragazza dimostra di preferire il giovane fascino intellettuale dell'anarchico alla matura prestanza del poliziotto), ma in fondo lo rispetta e si fida di lui. Il loro rapporto è una specie di «compromesso realista»: funziona alla giornata, nell'immediatezza dell'urgenza, mai potrebbe «storicizzarsi» in qualcosa di duraturo, oltre il contingente.

I racconti sono semplici, dalla trama lineare, mai troppo ingarbugliata, ideali per una lettura veloce, come un giallo dev'essere. Non a caso le storie di Macchiavelli saranno anche all'origine del rinnovato impegno nazionale nella fiction televisiva, con ben quattro serie tratte dai suoi libri. Undici romanzi in sette anni, la produzione di Loriano Macchiavelli è straripante, poi, improvviso, un rallentamento. Le uscite si diradano, l'autore cerca disperatamente di uccidere il proprio personaggio, di cercare nuove strade. Pubblica persino un paio di romanzi sotto pseudonimo, il primo sulla strage di Ustica, il secondo su quella della stazione.

La perdita di entusiasmo di Macchiavelli riflette l'analoga mortificazione della città. L'attentato alla stazione l'ha freddata, niente sarà piú come prima. Molti di quelli che erano venuti, cominciano ad andarsene. Arriva anche l'eroina e si contano i morti. Le istituzioni perdono ogni velleità di differenziazione: l'amministrazione «rossa» non è piú esibita con orgoglio, la carica di sindaco viene offerta a un modenese (una cosa dell'altro mondo, solo qualche anno prima), tutta la cultura prodotta negli anni Settanta viene ignorata, la scelta è diversa e definitiva: la città abdica all'Università e agli affari. L'Ateneo si compra uno dopo l'altro tutti gli spazi che via via si vengono liberando, e l'Ente Fiere stravolge con continue rassegne la vita quotidiana dei bolognesi. Che non si lamentano. L'indotto universitario regala alla città un paio di miliardi di lire al giorno, sotto forma di affitti e acquisto di generi di prima necessità, le fiere hanno un formidabile rientro turistico e commerciale. Il Bologna, è vero, continua a non vincere, ma la speranza, si sa, è l'ultima a morire.

Intanto però è successo che Macchiavelli è diventato un punto di riferimento, per tutto il giallo italiano, e per quello bolognese in particolare. Macchiavelli si fa promotore di un'associazione dopo l'altra, tutte di scarso rilievo, poi finalmente l'invenzione giusta, il «Gruppo 13», insieme ai suoi colleghi e amici bolognesi, quelli che hanno cominciato a scrivere dopo che lui aveva dimostrato che si poteva farcela. Ci sono tutti: i duri Pino Cacucci e Loris Marzaduri, i classici Danila Comastri Montanari, Sandro Toni e Gianni Materazzo, un'accoppiata di scalpitanti promesse, Marcello Fois e Carlo Lucarelli. Altri se ne aggiungeranno, ancora piú giovani e ancora piú scalpitanti: Giampiero Rigosi, Gianfranco Nerozzi, Eraldo Baldini. In realtà, il «Gruppo 13» è come se non esistesse: non sono tredici e tutti insieme probabilmente non si sono mai incontrati. Ma fa lo stesso. Il gruppo è un'invenzione mediatica, siamo ormai negli anni Ottanta e le sigle, i marchi, si conquistano le pagine sui giornali, figuriamoci poi se il marchio rappresenta un gruppo di scrittori di gialli, tutti della stessa città, Bologna, la città che non è come le altre città. Ovviamente non sono neanche tutti di Bologna, ma nessuno guarda troppo per il sottile, quello che conta è che sono tutti bravi e che cominciano da dove lo stesso Macchiavelli aveva cominciato, guardandosi intorno, scoprendo la nuova «diversità» di Bologna.

Nella città che non è come le altre città le cose continuano ad accadere, magari in modo nascosto. Per un certo periodo, nella prima metà degli anni Novanta, proprio quando i giallisti, che ormai conviene chiamare «noiristi», cominciano a imporsi a livello nazionale e internazionale – e a Loriano Macchiavelli, dopo una parentesi dedicata alla produzione per ragazzi, torna l'entusiasmo della scrittura, questa volta in coppia con Francesco Guccini – Bologna è la città di tutto il mondo occidentale dove si edita la maggior quantità di fumetti giapponesi, e la città occidentale al di fuori degli Stati Uniti dove si edita il maggior numero di fumetti americani. È la città dove si realizzano i videoclip che vedrà tutta Italia, è la città che per prima impara a usare la rete e con il gruppo Luther Blissett ridà fiato all'eccitazione situazionista. Insomma, nell'ombra, a volte proprio come in clandestinità, la città che non è come le altre città è tornata quella di un tempo: aperta, gaudente, «curiosa». Ora anche un po' maledetta.

Ombre sotto i portici

1. Una fredda, movimentata notte d'inverno…

Ma se devo iniziare come Dio comanda e com'è giusto e logico iniziare, devo partire dall'ufficio dell'ispettore capo Raimondi Cesare e da Sarti Antonio, sergente, raggomitolato sul sedile dell'auto 28, in giro per la città, a tenersi la pancia per i morsi della colite… E a sognare (Sarti Antonio, sergente) il bagno di casa sua come una liberazione.

Dunque, l'ispettore capo Raimondi Cesare (che se ne sbatte della colite e del bagno) ha steso sul suo tavolo un manifesto, bello, colorato e pieno di scritte. Dice circa cosí:

> Studenti, operai, cittadini, la situazione nazionale è insostenibile! Le scuole non funzionano, il costo della vita non ci permette piú di sopravvivere, il lavoro nelle fabbriche è alienante, la polizia fascista reprime i movimenti di base, arresta e uccide i nostri compagni! Diciamo basta a questo stato di cose! Diciamo basta a questo Stato! Vogliamo una società che nasca dalla rivoluzione operaia e studentesca! Tutti al teatro *Sanleonardo*, questa sera alle ore 21. Il movimento rivoluzionario di base stampato in proprio.

Non si capisce bene se questa sera alle ore 21 al teatro *Sanleonardo* (proprio tutto attaccato: *Sanleonardo*) nascerà la società dalla rivoluzione operaia e studentesca (perché anche non contadina?) o se il movimento rivoluzionario di base ha deciso di stampare in proprio e lo farà questa sera al teatro *Sanleonardo*.

Sta di fatto che la città è piena di questi manifesti, affissi in proprio, oltreché stampati. Cosa che ha dato un grosso dispiacere al Raimondi Cesare, ispettore capo. Non tanto per quella «polizia fascista» che poi non sarebbe neppure un gran male, ma per il fatto che le pattuglie, durante la notte, non hanno trovato un cane in giro per la città, che affiggesse i manifesti.

Passavano per una strada bella nuda e pulita e dopo tre minuti, quando ci ripassavano, eccola là, tutta tappezzata!

Raimondi Cesare, ispettore capo, non la manda giú. Se chiunque può affiggere le sue cacate senza che la polizia se ne accorga, allora, chiunque può prendere d'assalto il ministero dell'Interno, la Prefettura, la Questura, la sede della Rai-Tv, quella delle Poste e telecomunicazioni e via dicendo.

Cosí si attacca al telefono:

– Stasera voglio due camionette a Porta San Vitale, due in vicolo Bolognetti, due in piazza Aldrovandi e due davanti al Comunale. Voglio il collegamento radio continuo fra loro e con la centrale! Voglio che gli uomini siano equipaggiati e pronti a intervenire! Voglio Sarti Antonio nel mio ufficio!

– Stasera?

– Sarti Antonio lo voglio subito!

– È di pattuglia con l'auto 28...

– Chiamatelo!

– Centrale chiama auto 28... Centrale chiama auto 28...

Sette minuti dopo, Sarti Antonio, sergente, ansimante, sudato e con le mani ancora rattrappite sul ventre, è davanti alla scrivania di Raimondi Cesare.

– Mi ha fatto chiamare?

– Ecco, bravo. Siediti, siediti... Hai visto? – E gli sventola davanti agli occhi il manifesto. – Hai visto?

– Sí, ce ne sono dappertutto...

– Lo so. E nessuno, è vero, come si dice, ha visto mentre li affiggevano!

– Capita.

– Un accidente. Vorrei sapere dove guardate quando siete di pattuglia...

– Io ero a letto...

– Non dico a te, dico a tutti! – Si rilassa un po' perché sente che gli sta salendo la pressione e cominciano a bruciargli le orecchie. Si rilassa, tira un bel respiro profondo e riattacca, piú calmo: – Voglio sapere chi sono questi «rivoluzionari di base» e tu, è vero, come si dice, questa sera andrai là dentro.

– Non si può.

– Cosa vuol dire?

Sarti Antonio, sergente, cerca di spiegarsi: – Ecco: questo teatro *Sanleonardo*, come lo chiamano, è un circolo privato... cioè: è una chiesa sconsacrata che qualcuno ha sistemato con sedie, palco, riflettori e tutto il resto e l'ha adattata a teatro. Poi hanno fondato un circolo culturale e può entrare solo chi ha la tessera. Insomma hanno sistemato le cose in modo da chiuderci fuori e fanno i comodi loro.

– E tu iscriviti al circolo. Prendi la tessera, è vero, come si dice, ed entri anche tu.

Sarti Antonio lo guarda come guarderebbe il suo cane se avesse un cane. La colite ha cominciato a disturbarlo dal mattino presto e dal momento che ha sentito: «Centrale chiama auto 28! Il sergente Sarti a rapporto dall'ispettore capo Raimondi Cesare...» i morsi sono diventati addirittura feroci. Dice, piú calmo che può:

– Mi conoscono tutti. Se mi presento a chiedere la tessera, mi ridono in faccia.

Raimondi Cesare, ispettore capo, strapazza il manifesto che gli sta sul tavolo: – Fa' come vuoi! Nasconditi dentro un portone, vestiti da donna, mettiti una parrucca da capellone! Fa' come vuoi, ti dico, ma voglio individuare quei quattro stronzi che hanno organizzato questa buffonata!... Fa' come vuoi!

Sarti Antonio, sergente, se ne va senza salutare. Non bestemmia perché il turpiloquio, come sa anche il piú scassato degli agenti, è punito con ammenda e, nei casi piú gravi, con la detenzione fino a tre mesi.

Sicché eccoci arrivati alla fredda e movimentata notte d'inverno. Dunque: una fredda, movimentata notte d'inverno, Sarti Antonio, sergente, se ne sta chiuso dentro la sua ottoecinquanta targata Bo 234 eviadicendo, ferma davanti al teatro *Sanleonardo*.

E non so proprio a chi sia venuto in mente di chiamarlo «teatro»: è una vecchia chiesa del 1000 sconsacrata. Forse proprio perché era sconsacrata una bomba di aereo, durante la guerra (una delle ultime guerre), aveva pensato bene di cadere sulla cupola dell'altare maggiore. Dopo di che quattro sbiellati si sono presi la briga di rabberciarla alla meglio, di metterci dentro delle panche, un palco, dieci riflettori, con annessi e connessi e di chiamarla teatro.

Da quel giorno (non ho capito bene perché e dovrò farmelo spiegare) tutti quelli che mettono piede nel «teatro» devono, per forza, essere «estremisti»: vuoi che entrino per cantare, per ballare, per suonare o per raccontarsi barzellette.

Dentro, a parte gli annessi e connessi, è rimasto anche il santo: san Leonardo. È piazzato in una nicchia, grande, grosso e di gesso, e guarda il viavai con gli occhi sbarrati. A parte un nasone rosso da ubriaco, non ha piú niente di santo; se ne sta lí buono e tiene appesa al collo tutta una serie di cartelli secondo il gusto degli ospiti della sala. Questa sera, per esempio, si tiene su, rassegnato, un cartello che dice: «Non con l'oro...» e la fotografia di un signore per bene che potrebbe anche assomigliare al signor Agnelli assieme a un altro signore che non assomiglia a nessuno. Quest'ultimo, anonimo, ha in mano un mitra, due bombe, alcuni pugnali e due rivoltelle.

Fuori c'è Sarti Antonio, sergente, che scheda mentalmente tutti quelli che entrano. Si fa basso, sul sedile, perché se qualcuno butta un occhio nell'ottoecinquanta e lo riconosce, finisce che escono tutti dal teatro e vengono a ridergli in faccia.

Finalmente pare che la processione sia terminata: non entra piú nessuno. In «teatro» saranno in trecento o poco piú. E tutti a dire basta a questo Stato e a far nascere una società eccetera... Per una città di mezzo milione di abitanti, è una buona percentuale... Si chiude il portone e chi è dentro è dentro. Chi è fuori, peggio per lui.

– E adesso?

Adesso Sarti Antonio, sergente, se ne starà lí a riempirsi di freddo per chissà quante ore e alla fine deciderà che è venuto il momento di tornare a casa. Gira la chiavetta dell'accensione e si apre il portone della chiesa (del teatro) e vengono fuori tutti come la domenica di Pasqua in un paesotto di montagna. Solo che, invece dell'ulivo, hanno in mano dei cartelli che non han niente di pasquale. Tutti belli, incolonnati; c'è anche un tipo con un altoparlante a pile che si sgola:

– Prefetto, Questura, a noi non fai paura! Prefetto, Questura, a noi non fai paura!

Se pensate che è quasi mezzanotte e che via San Vitale è una strada del centro storico dove non passano macchine e dove regna quindi il piú assoluto silenzio, capite perché le finestre si spalancano e la gente si affaccia a vedere com'è fatta la rivoluzione.

E se ricordate che Raimondi Cesare, ispettore capo, aveva piazzato delle camionette un po' dappertutto, là attorno, capite anche perché venti secondi dopo cominciano a ululare le sirene in quella fredda notte d'inverno.

Gli agenti saltano a terra, già pronti a menare: visiera calata, scudo in plastica trasparente ad alta resistenza, manganello regolamentare in gomma dura, velocità iniziale d'inseguimento venti km/h. È uno spettacolo. Sarti Antonio, sergente, abbassa il vetro e si sporge a guardare: in mezzo al casino nessuno si occupa dell'ottoecinquanta targata Bo 234 eviadicendo.

Chi non riesce a prendere la fuga, torna dentro e si richiude in teatro (in chiesa): chi resta fuori ha un bel picchiare contro il portone perché aprano...

– Non vedo Rosas: eppure è entrato.

– Lo avranno già caricato...

Un paio di camionette hanno cominciato un pittoresco carosello sotto gli antichi portici dell'antica città. Quattro tipi, con barba regolamentare, passano di fianco all'ottoecinquanta senza degnarla di uno sguardo. Di corsa riescono a infilarsi in via dell'Unione, la sola strada non ancora bloccata dalla polizia. Si buttano dentro la prima porta e se la chiudono alle spalle.

– Quelli li conosco. Ma non vedo Rosas...

Finisce tutto molto presto: la gente richiude le persiane e se ne torna a letto. Può essere che qualcuno, domattina, si alzi con il raffreddore. Ma cosa volete che sia un raffreddore se la rivoluzione è stata scongiurata? O almeno rimandata?

Sarti Antonio, sergente, rialza il vetro, gira di nuovo la chiavetta e mette in moto: ne parliamo domani.

2. Cara, dolce vecchietta

Felice Cantoni, agente, comincia ad averne le tasche piene: sono quarantacinque minuti che lo aspetta e decide che è ora di salire a vedere. Magari quello ha avuto un attacco fulminante di colite ed è morto sul cesso. Toglie le chiavi dall'auto 28 (perché non si sa mai) e suona al campanello SARTI A. Sale le scale e, davanti alla porta, suona di nuovo. Dentro non si sente un accidente. A memoria di Felice, è un fatto che non si è mai verificato. Ha sempre trovato Sarti sul cancello, pronto a prendere servizio: bastava che lui arrivasse con l'auto 28 e gli aprisse la portiera.

«Ciao».

«Ciao», e via in giro per tutta la giornata.

Suona ancora e picchia coi pugni tanto che esce la grassona bionda della porta accanto:

– Oh, scusi! Credevo avessero suonato a me. Il sergente dev'essere ancora in casa. Sa, non l'ho sentito uscire –. La bionda sorride: deve stare tutto il giorno dietro la porta... Felice Cantoni, agente, picchia ancora e chiama:

– Sarti! Sarti Antonio! Sergente Sarti Antonio! – La grassona gli va vicino e sorride sempre:

– È molto strano, sa. Proprio non è uscito. Lo avrei sentito, sa. Io chiamerei la polizia...

– Io sono della polizia!

– Oh, sí, lo so! Si vede dalla divisa, sa? – Poi la signora capisce e smette di sorridere. Torna sulla porta di casa sua. Intanto sono usciti anche altri inquilini. Felice Cantoni molla un'ultima pedata alla porta e decide che è ora di scendere e magari di chiamare la centrale. Può essere che l'abbiano cercato e Sarti sia andato in servizio. Può essere. Ma Felice Cantoni non ci crede: gli avrebbe telefonato e lo avrebbe avvertito. Ha già sceso la prima rampa quando sente la grassona bionda cinguettare: – Oh, è in casa? C'è un agente che la cerca, sa?

Sarti Antonio, sergente, fa capolino dallo spiraglio della porta e non ha ancora capito bene cosa stia succedendo. Ha solo un occhio aperto, l'altro dorme ancora. Borbotta:

– Cosa vuoi a quest'ora?

L'agente Felice Cantoni è stravolto:

– A quest'ora? Lo sai che sono le nove e venti?

Sarti Antonio, sparisce in casa e Felice gli va dietro.

– Le nove e venti? Cristo, com'è successo?

– Lo chiedi a me? È un'ora che picchio...

Sarti va in bagno e borbotta:

– Cristo, non è mai successo. Mai successo! – Quando torna è sveglio da tutti e due gli occhi. E ripete: – Non è mai successo!

– Lo so. Credevo che fossi morto.

– Crepa tu! Prendi un caffè?

– Non potrei: l'ulcera...

– Lo so. Prendilo lo stesso –. E comincia a prepararlo.

– Potremmo prenderlo al bar...

– Vuoi mettere come lo faccio io? – E Sarti si cova la macchinetta finché non è uscita l'ultima goccia. Regola la fiamma del gas in modo che il caffè venga su piano, senza bollire. Bevono in silenzio. Poi:

– Dev'essere che ieri... Stanotte sono andato a letto tardi.

Quando escono, la grassona bionda è sulla porta di casa a lucidare le maniglie di ottone e la placca del campanello. Sorride da qui a qui:

– Buongiorno, signor Sarti. Buongiorno, signor agente.

– Per me quella ti vuole fare... – opina Felice Cantoni.

– È sposata.

– È sposata? E allora? Ti vuole fare lo stesso. Sarà la divisa.

– Centrale chiama auto 28...

Sarti Antonio, sergente, prende il microfono:
– Cominciate a rompere le balle? Qui auto 28.
Dalla centrale gli rispondono:
– Sarti Antonio, che modi sono? Oggi c'è il sole, la giornata si annuncia calda, tutti sono contenti…
– Lo so! Cosa c'è? – Gli altri riprendono il tono ufficiale:
– Qui centrale: auto 28 recarsi all'autostazione. È segnalata una lite fra due uomini al capolinea delle corriere. Ripetiamo…
– Ho capito. Non sono sordo. Andiamo –. Felice Cantoni, attacca la sirena, gira la macchina e punta ai viali.
– Cominciamo bene, cominciamo!
All'autostazione nessuno sa niente. Quando Sarti chiede di due uomini che si picchiavano, gli addetti al servizio delle autolinee lo guardano e scuotono il capo. Uno di loro dice:
– Se ci fosse stata una lite, non avremmo chiamato voi: ci sono gli agenti di servizio… – E se ne tornano ai loro compiti.
Il sergente chiama la centrale:
– Avete voglia di prendermi per il culo? Qui non c'è nessuno…
– Qui centrale: è stata una segnalazione civetta.
– Avreste potuto mettervi in contatto con gli agenti in servizio alla stazione. Mi risulta che ci sia un posto di polizia con tanto di radio!
Dalla centrale silenzio. Poi:
– Va bene, sergente Sarti, riprendete il vostro giro –. Sarti Antonio, stacca la ricevente e li manda al diavolo. È una giornata che promette male, anche se in cielo splende un bel sole, la temperatura non assomiglia a quella della notte appena trascorsa e la colite non si fa sentire, almeno per il momento.
– Fermati dal giornalaio –. Sarti compera dei giornali (stando molto attento che non siano di sinistra-sinistra) e si siede in macchina a sfogliarli. Felice Cantoni avvia il motore, ma lui gli dice:
– Dove vuoi andare?
– In giro. Cosa facciamo qui?

– Tieni: leggi. Sai che non riesco a leggere con la macchina in moto. Mi viene il voltastomaco…

E la giornata se ne va cosí, che è una pena guardarli: come fa un individuo a stare tutto il giorno con il culo inchiodato sul sedile di un'auto ad ascoltare: «Centrale chiama… centrale chiama…»?

– Centrale chiama auto 28.

– Qui auto 28: siamo in ascolto.

– Recarsi in via Irnerio 27 presso la famiglia Scampini. Denunciano l'assenza da casa della madre Imelde di ottant'anni. Compiere accertamenti…

– Mancano dieci minuti alle diciotto e noi cessiamo il servizio. Mandate qualcun altro –. Dalla centrale non viene risposta. Sarti Antonio, sergente, riattacca:

– Ripeto: smontiamo alle diciotto… – Stavolta rispondono. È Raimondi Cesare, ispettore capo:

– Non importa che ripeti, sergente. La tua è l'unica auto disponibile. Va' subito in via Irnerio 27.

– E vabbe'. Le altre auto saranno a caccia di qualcuno che litiga sul piazzale delle autocorriere –. Prima di parlare, però, ha chiuso la ricevente: non si sa mai come la prende, quello.

Appena arriva con l'auto 28 davanti al civico numero 27 di via Irnerio, una matta attraversa la strada di corsa, facendo bestemmiare una colonna di automobilisti che arriva fino al semaforo di via Indipendenza. Ma quella se ne frega e si butta addosso a Sarti Antonio, sergente:

– Ecco, signor poliziotto, ecco, sono molto in pensiero per la mia mamma. Le dico che non è mai successo. Le dico che non ha mai dormito fuori casa… – Sarti la prende sottobraccio e l'accompagna dentro il portone, perché si sta già radunando un po' di gente e a Sarti non piace discutere in pubblico. Mentre salgono le scale (lei davanti e loro due dietro), la guarda meglio: non riesce a capire quanti anni abbia. Ma non è male. Non è male!

– Mi deve raccontare tutto, dall'inizio, signora.

– Ecco, è andata cosí: questa mattina sono rimasta molto

sorpresa quando mi sono accorta che la mamma non era in cucina. Deve sapere anche che si alza molto presto. Ho pensato che non stesse bene. Sono cose che si pensano subito quando si ha a che fare con delle donne anziane...

– Quanti anni ha sua madre?

– Ecco, deve fare gli ottanta a giorni. Si chiama Imelde. Imelde Scampini.

– Una bella età...

– Ma li porta bene, sa? Tutto il giorno in giro che sembra una ragazzina. Ecco, l'unica cosa è che non ci vede molto. Be', le dicevo, vado in camera sua e vedo che il letto è ancora intatto. In casa non la trovo da nessuna parte. Sarà uscita, mi dico... Aspetto, aspetto: ecco, viene l'ora di pranzo, viene l'ora di cena e la mamma non si vede. Cosí mi sono un po' preoccupata...

– È successo altre volte?

– Mai, glielo posso assicurare...

Sarti ci pensa un po'. Dice:

– Perché ha aspettato tanto a chiamarci?

– Ecco, non volevo credere... Speravo che tornasse... Sa, mio marito è architetto e se si vengono a sapere certe cose... Sa, i clienti...

Sarti Antonio, sergente, non capisce bene cosa c'entri l'architetto con la vecchia matta che va in giro di notte. Ma chi l'ha poi stabilito che è andata in giro di notte? Domanda:

– Perché pensa che sia andata fuori di notte?

– Ecco, il letto non è stato toccato...

– Può averlo rifatto prima di uscire, magari stamattina presto. Lei come si chiama?

– Angela. Sono la figlia. Angela Scampini. Io, ecco, ho pensato che la mamma non avesse dormito in casa... – Sarti Antonio, sergente, è poco convinto. Guarda in faccia il buon Felice Cantoni, agente, ma da quello che gli legge sul viso, ne sa quanto prima. A me è inutile che mi guardi perché sto a vedere il traffico giú, sulla via Irnerio: piuttosto intenso. Due semafori a venti metri l'uno dall'altro. Quando il primo segna verde, il secondo segna rosso. Pare che si facciano i dispetti e chi ci rimette sono i freni delle auto.

Cosí, solo con i suoi pensieri, Sarti Antonio, sergente, riprende: – Non è detto, non è detto. Avete dei parenti? Degli amici?

– Ecco, io ho già parlato con tutti e di mamma Imelde non sa niente nessuno. Non so piú cosa pensare...

Da che parte si può cominciare? Dalla foto della vecchia? Dalla camera? Intanto sono già le sei e tre quarti (le diciotto e quarantacinque) e se non fosse per la vecchia, a quest'ora... A Sarti Antonio vien voglia di telefonare al capo e di mandare tutto al diavolo. Ditemi voi dove si può andare in cerca di una vecchia di ottant'anni che decide di fuggire di casa? Ragiona a voce alta, come al solito, perché cosí i ragionamenti gli vengono meglio.

– Da qualche amica... All'ospedale o all'obitorio. Non si scappa. C'è anche un canale qui vicino. Bisognerà avvertire i pompieri e vedere se trovano qualcosa loro... – Sente che la Scampini «ecco» (l'Angela, insomma) sta piangendo, ma non gli fa nessun effetto perché ormai ci ha fatto il callo a queste cose. Poi non è colpa sua se la vecchia è matta. Cerca lo stesso di rimediare, come può: – Sono le indagini regolamentari, cerchi di capirmi. Adesso magari suonano alla porta e arriva la signora Imelde...

Infatti suonano. Felice Cantoni, agente, guarda Sarti Antonio dritto negli occhi. L'Angela «ecco» Scampini trattiene il respiro e nessuno si decide ad aprire. Alla fine tocca a Sarti Antonio, sergente. Ma non è la signora Imelde: è l'ispettore capo Raimondi Cesare. L'agente Felice Cantoni saluta e riprende a respirare:

– Meno male –. Se fosse entrata la signora Imelde, gli sarebbe venuto un colpo.

– Allora sergente? – Sarti Antonio alza le spalle:

– Niente. Pare che sia uscita stanotte e non sia piú rientrata.

La differenza fra un sergente e un ispettore capo si vede subito. Si vede dalle decisioni che prendono. Infatti l'ispettore capo dice:

– Mi accompagni nella camera della signora –. E la Scampini gli trotta davanti e gli spalanca venti porte: come appartamento non c'è male.

– Da' un'occhiata in giro, sergente...

– È quello che stavo per fare quando è arrivato lei –. Angela «ecco» li aiuta e illustra qua e là:

– Questo è il letto.

– Vedo.

– Ecco, questo è il libro che legge tutte le sere...

Raimondi Cesare, ispettore capo, lo sfoglia: *Delitto e castigo*. C'è una pagina piegata.

La Scampini si mette a strillare:

– Ecco, ecco, è proprio come dicevo! Quel segno l'ho messo io ieri mattina quando ho rifatto il letto di mamma Imelde. Ecco, vuol dire che ieri sera non ha letto e se non ha letto vuol dire che non è andata a letto. Perché la mamma non va a letto se prima non ha letto...

Come spiegazione è un po' confusa, magari, ma il discorso sta in piedi e l'ispettore capo Raimondi Cesare lo prende per buono. A Sarti Antonio, sergente, non interessa piú: adesso c'è il capo e lui potrebbe anche andare a casa. Arrischia:

– Visto che c'è lei io potrei... – Ma quello lo guarda piuttosto male:

– Sono passato a vedere come stavano le cose: adesso me ne vado io e tu continui!

– Io avrei dovuto smontare alle sei... Non si potrebbe chiamare qualcun altro? – Lo dice piano per lasciare alla signora Angela «ecco» l'illusione (caso mai l'avesse) che la polizia si dedica anima e corpo ai bisogni dei cittadini.

L'ispettore capo Cesare Raimondi non lo ascolta neppure. Volta la schiena e toglie il disturbo.

– Buon lavoro, sergente! Stia tranquilla, signora, la lascio in buone mani.

– Ti pigliasse un colpo secco! – Sarti siede sul letto e cerca di pensare a voce alta:

– Non resta che fare il giro degli ospedali... A meno che la signora non avesse qualche amica... o amico... – Ma «ecco» l'interrompe:

– No, no! Tutte le sue amiche sono morte. È rimasta solo lei, la mia cara, dolce vecchietta. Pensi che il suo unico passatempo... – E si ferma, come se le fosse caduta la lingua.

– Il suo unico passatempo?

– Ecco, dicevo che non ha mai niente da fare... – Ma Sarti Antonio, sergente, insiste; magari si scopre che il passatempo è quello di seviziare gli orfanelli.

– Il suo unico passatempo? – Si è fatto piú vicino anche Felice Cantoni; pare che la storia cominci a interessarlo.

– Ecco, noi abbiamo una casa disabitata e lei si diverte ad andare ad aprire le finestre delle camere per dare aria. Tutti i giorni. Ecco, è questo il suo unico passatempo.

– E ci va da sola?

– Sí: io non voglio accompagnarla perché... ecco perché non mi va.

– C'è andata anche oggi? – Angela alza le spalle:

– Non lo so: sono passata di là, ma ho visto le finestre chiuse e non sono entrata. Io non entro là dentro.

Sarti Antonio, sergente, è proprio curioso di sapere il perché.

– Andiamo a vedere.

– Ma se ci sono già stata!

– Non dentro. Meglio tornare. Poi completiamo il giro degli ospedali e magari andiamo anche all'obitorio. Non si sa mai –. Adesso tutta la storia della cara, dolce vecchietta comincia a rompergli l'anima e se deve stare in servizio, almeno ci stia per qualcosa. E se deve sopportare la signora «ecco», almeno sopporti qualcosa anche lei.

Poi la faccenda si fa interessante. Ancora piú interessante quando, seduti sull'auto 28, Angela «ecco» sospira l'indirizzo: – Via dell'Unione 2.

Interessante perché, se la memoria non l'inganna, via dell'Unione 2 era la sede del piú bel casino (pardon: casa di tolleranza) della città.

3. La memoria non l'inganna

Sarti Antonio, sergente, avrà tanti difetti, sarà pieno di fissazioni e di malanni, sarà un povero coso fin che si vuole, ma in fatto di memoria bisogna lasciarlo stare. Vede ed è come se fotografasse, ascolta ed è come se registrasse. Il difficile comincia quando si tratta di mettere insieme, secondo un criterio logico, le fotografie e le registrazioni. Ma se fosse in gamba anche in questo non sarebbe un sergente: sarebbe un mostro!

Cosí, quando l'auto 28 si ferma davanti alla porta dell'ex casino (casa di tolleranza), Sarti non può fare a meno di sorridere e non può fare a meno di ricordare una lontana sera d'inverno...

– Sono pronto a scommettere: c'è un corridoio e una porta a sinistra dove stava la madama. Piú avanti c'è un salottino, sempre a sinistra, dove si facevano aspettare le persone importanti e dove io non sono mai entrato. A destra c'è il salotto per tutti: poltroncine rosse e basse, un tavolinetto in centro e un'intera parete di vetro che dà su un cortiletto interno. Al centro del cortiletto c'è una vasca-fontana coi pesci rossi. D'estate si può aspettare anche in cortile... – Poi si corregge: – Si poteva aspettare anche in cortile...

La porta è aperta e cede subito; dentro è come dice Sarti Antonio, sergente: al millimetro. Mancano solo i pesci rossi nella vasca del cortile, per il semplice fatto che nella vasca manca l'acqua da chissà quanti anni. Magari dal giorno che hanno chiuso le case chiuse. In compenso c'è qualcos'altro. Sí: c'è la cara, dolce vecchietta, seduta in una poltroncina rossa e bassa del salottino di destra, con la testina candida reclinata su una spalla, come se si fosse appena appisolata. Ma non dorme poverina, qualcuno ha interrotto i suoi sogni con un paio di martellate alla nuca.

La signora Angela «ecco» Scampini scivola a terra zitta zitta e Felice Cantoni può solo afferrarla per una manica con il risultato che la manica resta a Felice Cantoni e tutto il resto del vestito, con dentro la signora «ecco», finisce sul pavimento. Per il momento la lasciamo lí e ci occupiamo della cara, dolce vecchietta.

– Chiama la centrale e avverti che abbiamo trovato la vecchia. Morta.

Felice Cantoni, agente, è indeciso. Dice:

– Siamo sicuri che è andata? Non è meglio avvertire anche la Croce rossa? Può avere bisogno di un medico...

Sarti Antonio, sergente, gli indica il martello che sta ai piedi della signora Imelde, poi la nuca sfasciata della signora medesima.

– Non ha bisogno di un medico, ha bisogno di un necroforo.

Felice Cantoni va all'auto 28 e chiama la centrale.

Sarti Antonio, sergente, si guarda attorno. Tutte le poltroncine del salotto sono coperte con dei teli di plastica: tutte tranne quella che contiene la salma della cara, dolce vecchietta e un'altra, proprio di fronte. A terra, sparso un po' dappertutto il contenuto di una borsetta che doveva appartenere alla signora Imelde defunta Scampini e la borsetta stessa, in finta pelle, completamente rovesciata. Sarti cerca in giro i teli che dovevano coprire le due poltrone rosse, ma non li vede. Trova invece teli di plastica sul tavolinetto, sui mobili delle altre sale, sui letti delle camere, ai piani superiori e perfino sui lavandini e sui bidet.

– Se penso che è stato proprio qui che io per la prima volta ho...

Un miagolio della signora Angela «ecco» Scampini, ancora lunga e distesa sul pavimento lucido della saletta, lo fa tornare all'oggi dal lontano ieri della sua gioventú: dal giorno del suo diciottesimo compleanno. Sarti la solleva e la porta fuori, sull'auto 28. In lontananza si sentono già le sirene della polizia.

Cosí comincia il solito casino. Non perché siamo in un casino, ma perché tutti si dànno da fare, si agitano, corrono, scattano foto, si sdraiano a terra, puliscono il pavimento, raccolgono polvere, seminano polvere...

Sarti Antonio, sergente, si fa i fatti suoi: cercare l'assassino sarà compito di qualcun altro: l'avevano incaricato di trovare una certa Imelde Scampini di anni ottanta e lui l'ha trovata. Morta, ma è là, in poltrona, proprio davanti a lui.

Gli vien voglia di un caffè, cosí esce sotto il portico a respirare una boccata d'aria fresca. Chiama:

– Cantoni, andiamo al bar! Ti offro un caffè.

– Non posso: l'ulcera. Me ne hai fatto bere uno anche stamattina.

– Chissà dov'è già finito quello –. E si avvia verso la San Vitale dove ha visto un bar. Entrano:

– Due caffè.

– Stiamo chiudendo, capo. Siamo in ritardo: non venite poi a fare contravvenzione –. Gli preparano le tazzine calde; sono le nove e un quarto (cioè le ventuno e quindici) quando i due escono e si avviano verso via dell'Unione:

– Anche ieri sera, a quest'ora, ero ancora in servizio, Cristo! Se continuo di questo passo... – Sarti si ferma di colpo e guarda il portone d'ingresso dell'ex casino. Prende Felice per un braccio e se lo trascina dietro, di corsa, fino al punto dove si trovava la sera prima con l'ottoecinquanta.

– Ero qui! Io ieri sera ero proprio qui! Stavo dentro la mia macchina parcheggiata qui, di fronte a via dell'Unione –. Si scalmana tanto che la gente si ferma a guardare com'è fatto un matto:

– ... E proprio mentre ero qui che tenevo d'occhio il *Sanleonardo*... Ecco, è andata cosí: Cristo, che... Dunque io li ho visti correre giú per l'Unione e infilarsi dentro una porta. Proprio dentro quella porta! Che culo! Ragazzi, che colpo di culo! – Pianta tutti lí, Felice Cantoni, agente, compreso, e corre di nuovo all'ex casino. E continua a urlare anche dentro:

– Dov'è il capo? Qualcuno mandi a chiamare l'ispettore capo Raimondi! Ragazzi, che culo! Ho visto quando sono entrati qui: erano in quattro! Ragazzi, che colpo di culo!

Tutti piantano il lavoro e lo guardano in faccia; uno che sta lí con una lente in mano gli dice:

– Sei matto? C'è un cadavere e c'è una signora –. Infatti il cadavere c'è e anche la signora Angela «ecco» Scampini, pallida quasi quanto la cara, dolce Imelde. Sarti Antonio si calma e cerca di ragionare: con tutta la luce che c'è in salotto adesso, il viso della vecchia gli balza agli occhi. Sarti toglie una ventina d'anni da quel viso e la rivede nel primo sgabuzzino a sinistra, appena dentro:

«Cinquanta lire alla portinaia, ragazzi! Solo cinquanta lire! Carta d'identità, giovanotti! Forza, in camera, che le signorine sono stanche di aspettare! Cos'avete fra le gambe, segatura? In camera, giovanotti!» Che brutta fine, povera vecchia!

Sarti Antonio, sergente, esce e va all'auto 28. Chiama:

– Auto 28 a centrale... Mettimi in contatto con l'ispettore capo Raimondi Cesare.

Dalla centrale:

– Non è piú in servizio.

– Cercalo e digli di venire in via dell'Unione 2. Urgente! – Chiude e torna dentro: c'è piú caldo, anche se è un caldo umido. L'agente Felice Cantoni, non ha capito niente, ma non si preoccupa; il suo lavoro è di portare in giro l'auto 28 e lo fa. Tutti i giorni.

Dentro sono già arrivati i giornalisti, figurarsi se non c'è Gianni «lucciola» Deoni.

A Sarti Antonio non resta che annotarsi nella memoria i particolari: un martello sporco di sangue, un pettine, un mazzo di chiavi, un portamonete, un'agendina per appunti, una matita, un accendino, un pacchetto di sigarette, un portacipria, un rossetto, una busta bianca spiegazzata, briciole di biscotto, un campioncino di profumo, una borsetta da donna rovesciata. Il tutto sparso per terra. Sul telo di plastica del tavolinetto un contenitore di musicassette, vuoto.

Sarti Antonio, sergente, deve chinarsi a leggere il titolo: *Le piú belle canzoni d'amore di Andrea Pappalardo*.

Aggiornata, la vecchietta!

Cerca il nastro: non si trova. Neppure sotto i mobili. Chiede:

– Chi ha fregato il nastro?

Nessuno apprezza la battuta: i questurini sono dei duri. Quanto a umorismo, voglio dire.

4. Bel colpo, sergente!

Sarti Antonio, sergente, è seduto nell'ufficio di Raimondi Cesare, ispettore capo, che gli sgrana un sorriso da festa di Natale. Nessuno lo aveva mai visto tanto felice. E ha motivo di esserlo: avere i nomi degli assassini scritti su un foglio, sul suo tavolo, a nemmeno ventiquattro ore dal delitto, non è da tutti!

Sarti Antonio, questa volta, andrà alla conferenza stampa assieme a Raimondi Cesare, c'è da scommetterlo.

E c'è da perdere la scommessa. Dice Raimondi Cesare:

– Sei stato in gamba, sergente, è vero, come si dice, proprio in gamba! Non so dove saremmo andati a cercarli senza la tua segnalazione.

E se ne va dall'ufficio per comunicare al mondo intero, attraverso la stampa, che l'efficienza della polizia, l'organizzazione dei suoi uomini, l'addestramento e la dedizione al servizio hanno permesso di arrivare all'identificazione dei delinquenti in men che non si dica… I nomi dei quattro naturalmente li tiene per sé; almeno fino a quando non li avrà chiusi in San Giovanni in Monte.

Cosí, mentre Raimondi Cesare si prende i complimenti dei giornalisti (e non ho mai capito di cosa si complimentino), Sarti Antonio, sergente, se ne sta solo a pensare ai casi suoi, nell'ufficio dell'ispettore capo, come un povero amante sedotto e abbandonato.

In questi casi non trovo mai le parole adatte. Che cosa gli dovrei dire? «Sono cose che capitano»? «Non ci pensare, tanto è il mestiere che è fatto cosí»?

– Sono sempre il solito cretino! Avrei dovuto lasciare che si arrangiasse! Che cosa c'entro io con gli assassini? Ci sarebbe stato da ridere: li trovava fra vent'anni...

– Ma il tuo dovere ti impone...

– Il dovere dei miei due! «Sei stato in gamba, sergente!» Tutto qui! Sai cosa significa per lui avere quei quattro nomi?

– Invece di stare a brontolare come un vecchio bavoso, diglielo in faccia...

– Capirai che mi ci vuole molto. Cristo, se glielo dico! – Il discorso finisce lí perché vedo che Sarti Antonio comincia a soffrire di colite. Arrabbiarsi gli fa male; anche questo gliel'ho già detto parecchie volte, ma è come parlare al muro. Affari suoi, comunque. Io non soffro di colite, non soffro di ulcera, vado regolarmente al gabinetto (due volte al giorno), mangio con appetito (tre volte al giorno, se posso) e non ho i calcoli al fegato. Per ora.

Rientra Raimondi Cesare, ispettore capo:

– Ecco fatto. Domani, almeno, è vero, come si dice, i giornali non parleranno male della polizia. Ci voleva proprio.

Sarti Antonio, sergente, è caricato al massimo:

– Questo le frutterà una promozione o un passaggio di categoria, o uno scatto d'anzianità anticipato, o chissà cos'altro ancora!

Raimondi Cesare mette via il sorriso da festa di Natale e guarda Sarti in faccia:

– Anche se fosse, ti dispiacerebbe?

– Vorrei che qualcuno di quelli che contano sapesse che in questa storia c'entro un po' anch'io... – Raimondi Cesare, ispettore capo, quando ce l'ha su con qualcuno, gli parla con il «lei». Come fa adesso con Sarti Antonio:

– Se è tutto qui, caro sergente, penso che potrò accontentarla. Sarà mia cura, è vero, come si dice, di riferire ai superiori sul suo comportamento in servizio...

Sarti Antonio comincia a pensare di aver pestato una merda, come si dice dalle mie parti. E quando l'hai pestata, non c'è piú niente da fare; anche se cerchi di pulirti la scarpa sull'erba di un prato, la merda l'hai pestata lo stesso. Tenta di rimediare come può:

– Voglio dire: magari una citazione, un encomio... Può sempre servire. Nel caso di concorsi interni o di promozioni, insomma, è un punteggio che porta su...

– Ma certo, Sarti! Dirò a chi di dovere che io l'avevo mandata a sorvegliare la riunione di quei quattro puzzoni, perché io, è vero, come si dice, avevo la sensazione che potesse succedere qualche guaio, come in effetti è successo. Dirò anche che lei, nell'eseguire puntualmente gli ordini che io le avevo impartito, ha notato quattro individui sospetti che si rifugiavano in un portone perché inseguiti dagli agenti che io avevo mandato nella zona. E finirò ricordando sempre a chi di dovere, che lei, è vero, come si dice, anziché indicare... – e qui l'inflessione di Raimondi Cesare, ispettore capo, assume i toni della tragedia: imposta la voce appoggiando il fiato sul diaframma, e va in crescendo come se si trattasse dell'*Adelchi*, – ...anziché indicare agli agenti che li stavano inseguendo il rifugio di quei quattro delinquenti, se ne è andato a letto, perché riteneva, è vero, come si dice, che il suo compito fosse già terminato! – L'occhio sinistro di Raimondi Cesare è piú chiuso di quello destro e la palpebra vibra leggermente come il frullo d'ali d'un usignolo. Il mento volitivo è proteso verso Sarti Antonio, sergente, che non pensa piú di aver pestato una merda: ne è certo.

L'ispettore suda e non ci sono piú di diciotto gradi in ufficio, come da disposizioni superiori. Suda, sbuffa e sputacchia qua e là nella foga del suo dire. Per un momento, si ferma a riprendere fiato e Sarti Antonio ne approfitta per togliere il disturbo. Non arriva a metà corridoio che quello è sulla porta e urla:

– Sergente Sarti Antonio, non le ho detto di andarsene!

Sarti rientra e aspetta il seguito in piedi, sulla soglia.

– Chiuda la porta! – E lui chiude.

– Si sieda! – E lui si siede. Ma soffre le pene dell'inferno: i morsi della colite sono laceranti. Raimondi Cesare, ispettore capo, non si preoccupa delle coliti altrui. Adesso parla, scandendo le parole e a voce bassa che quasi non lo si sente:

– Le dirò, infine, perché si regoli, che sto pensando seriamente di incriminarla per concorso in omicidio!

Sarti Antonio, sergente, crede di non aver capito bene. Sospira: – Prego?

I toni dell'attore tornano alti:

– Penso di incriminarla per concorso in omicidio, o quanto meno, è vero, come si dice, per omissione di informazioni alla polizia, negligenza durante il servizio, abbandono del posto assegnato e mancanza di assistenza a un cittadino assalito. Perché, è vero, come si dice, se lei avesse informato gli agenti che stavano disperdendo la manifestazione non autorizzata di dove si erano rifugiati i quattro delinquenti, sono certo che avremmo evitato quell'assassinio! Gli agenti... Lei stesso, è vero, come si dice, aveva il dovere di intervenire, entrare in quel... in quella casa e strappare dalle mani dei quattro la loro vittima! Ma non lo ha fatto...

– Il mio compito... – Interruzione deleteria. Raimondi Cesare spalanca gli occhi:

– Il suo compito? Il compito, il dovere di un agente di polizia è di difendere il cittadino. Lo ha fatto lei? Lo ha fatto lei? – Silenzio di tomba.

A me le tombe non son mai piaciute per cui me ne esco e aspetto, giú sul portone, il povero Sarti Antonio, sergente. O i suoi resti. Tarda poco: testa bassa, passo strisciante come se i piedi gli pesassero piú di tutto il corpo, esce senza guardare in faccia nessuno, attraversa la strada e rischia di finire sotto una macchina. Lo prendo sottobraccio e lo accompagno all'auto 28.

Dico a Felice Cantoni, agente: – Portalo a casa e mettilo a letto. Sta molto male.

Non so se lo metta a letto o lo depositi sul vaso del gabinetto; l'importante è che la grassona bionda della porta di fronte non veda Sarti Antonio ridotto cosí. Se poi, nell'intimità del suo letto e nelle pieghe del buio di una notte confortevole, il sergente si metterà a piangere, non interessa me e non interessa voi.

Se lo farà, comunque, sarà nei suoi diritti di cittadino tutelato dalla Costituzione repubblicana nata dalla Resistenza...

5. La neve è alta e gli sciatori sono veloci…

Sissignore, gliel'ho ricordato io. Gli dico:

– Ti conviene sfruttare quei pochi giorni di permesso che ti restano e andare in montagna… – Lui fa finta di non ascoltarmi e continua a prepararsi il caffè: e mentre prepara il caffè non deve essere disturbato. Solo quando si siede, la tazzina piena in mano, ricomincio il discorso: – Ti spettano ancora sei giorni di ferie dell'anno scorso.

– Lo so.

– In montagna c'è la neve, puoi stare a letto fino a mezzogiorno e passa. Vuoi scommettere che quando torni è tutto finito e nessuno parla piú della cara, dolce vecchietta? Vuoi scommettere che starai meglio anche con la colite?

Sarti Antonio prende il telefono:

– Passami l'ufficio personale. Sono il sergente Sarti. Ho ancora sei giorni di ferie e intendo usufruirne a partire da questo preciso momento. Arrivederci –. Vuota la tazzina e si rilassa: io credo che sei giorni di tranquillità, in montagna, dove la neve è alta e gli sciatori veloci la disegnano di piste, potranno rimetterlo in forma. E intanto all'ispettore capo Raimondi Cesare saranno passati i fumi, gli assassini saranno stati assicurati alla giustizia e tutto avrà ripreso il suo corso normale, compresa la colite di Sarti Antonio.

Ma le cose non vanno proprio come previsto. La neve è alta quanto basta e anche di piú, ma Raimondi Cesare, ispettore capo, si fa vivo, per telefono, tre giorni dopo che Sarti Antonio, sergente, ha poggiato le chiappe in un tranquillo albergo di montagna a lire tremilaottocento, pensione completa. Allora, addio divertimento, riposo, tranquillità e tutto il resto.

È a tavola che mangia, quando un cameriere urla, dalla soglia della sala da pranzo:

– Sergente Sarti Antonio al telefono! – Questo fatto di chiamarlo «sergente» anche quando non si sente affatto «sergente», lo indispone parecchio. Ma non si può pretendere di piú per tremilaottocento lire, pensione completa. Si alza che mastica ancora:

– Pronto? – Raimondi Cesare non si degna neppure di dirgli «Buongiorno». Attacca:

– Ti leggo la circolare 287 barra pers. P. G. 29710 dell'anno scorso: «Il capo dell'ufficio personale, allo scopo di chiarire e normalizzare le concessioni dei permessi ordinari e straordinari spettanti al personale in forza presso la Questura in titolo, dispone quanto segue: primo, i permessi ordinari devono essere consumati entro l'anno al quale gli stessi si riferiscono; secondo: i permessi di cui al punto primo possono essere trasferiti all'anno successivo solo per comprovati motivi di servizio. Tali motivi saranno stabiliti, di volta in volta, dai responsabili dei settori operativi previa comunicazione scritta allo scrivente ufficio personale; terzo: i dipendenti che intendono usufruire del permesso loro spettante devono farne regolare richiesta almeno tre giorni prima dell'inizio del permesso stesso; quarto: per particolari motivi familiari o per altra indifferibile, imprevista ma comprovata causa, i permessi possono essere anche richiesti telefonicamente, ma per un periodo MAI superiore ai due giorni; quinto: chi non ottemperi alle prescrizioni di cui sopra verrà considerato assente dal servizio per motivi ingiustificati e avverso di questo si procederà nei sensi previsti dalla legge».

Dall'altro capo dell'apparecchio c'è una lunga pausa sospensiva. Poi il Raimondi Cesare, ispettore capo, s'informa: – Sei ancora lí?

– Sono ancora qui...

– Dunque, per riepilogare: due giorni ti spettano per motivi familiari, e puoi chiederli anche telefonicamente, come in effetti hai fatto. Tutti gli altri, è vero, come si dice, verranno considerati assenze ingiustificate...

E cosí il giorno dopo, alle otto in punto, Sarti Antonio, sergente, si trova davanti all'ufficio di Raimondi Cesare, ispettore capo. E quando questi arriva, lo fa entrare. Sembra piú tranquillo del solito. Tanto è vero che non parla del passato. Dice:

– Caro Sarti, ti ho fatto rientrare in servizio, è vero, come si dice, perché ho proprio bisogno che tu mi dia una mano. Ricorderai, è vero, come si dice, l'assassinio della vecchia signora Imelde Scampini –. E aspetta che l'altro risponda.

«Sí», come se certe cose si potessero dimenticare in quattro giorni. E Sarti Antonio, sergente, sospira:

– Sí.

– Bene: e ricorderai, è vero, come si dice, i delinquenti che l'hanno assassinata –. Altra pausa e altro:

– Sí.

– Mi fa proprio piacere, caro Sarti. Mi fa proprio piacere, perché, è vero, come si dice, di quei quattro non c'è piú traccia. Sono svaniti nell'aria, spariti nella notte piú fonda, dissolti come se non fossero mai esistiti!

– Io non so cosa farei: questo sta a dimostrare che sono stati loro… – brontola Sarti. L'altro non lo fa finire:

– Lo so. Lo so e non ho mai pensato che tu abbia raccontato delle favole. Ma mi chiedo: dove sono finiti? Chi li ha avvertiti che sapevamo i loro nomi? Chi li ha informati che qualcuno, tu!, li aveva visti entrare in quella casa? Mi sono spiegato, è vero, come si dice? – Si è spiegato tanto bene che Sarti Antonio, sergente, deve sedersi per darsi un contegno. Fin qui Raimondi Cesare, ispettore capo, ha tenuto un tono che non si capisce bene se è austero o è una presa per il culo. Adesso però cambia musica. Dice:

– Tu sei uno di quelli che conosce le loro abitudini, sai chi frequentano, dove possono chiedere aiuto, e quindi, è vero, come si dice, credo che la cosa migliore sia che tu ti assuma l'incarico di rintracciarli. Sono certo, è vero, come si dice, che saprai portare in porto anche questa missione… – E gli sbatte sotto il naso i quattro nominativi e le quattro fotografie: Gastone Grossi, Michele Spinola, Andrea de' Cerchi e Filippo Coco.

– Le foto non mi servono e li conosco bene. Se non sbaglio, i nomi li ha forniti il sottoscritto e le foto le ha trovate in archivio sempre il sottoscritto –. Il sergente volta il culo e se ne va: Raimondi Cesare non ha fatto parola della tirata dell'altro giorno, non un be' sul permesso irregolare. È nel suo stile, quando ha bisogno di qualcuno e non vuole chiedere favori. Com'è nel suo stile il ricatto velato.

Cos'altro poteva essere se non un ricatto il discorso: «...Dove sono finiti? Chi li ha avvertiti?»

Ma nel corridoio Sarti non arriva molto lontano; ormai è un'abitudine: Raimondi Cesare lo lascia uscire, poi lo richiama, come adesso:

– Sarti!

– Sí?

– Per quell'... quell'... Andrea de' Cerchi...

– Sí?

– Vai con i piedi di piombo... È figlio di un magistrato, è vero, come si dice... è nobile...

– E chi se ne sbatte! – Sarti lo sussurra, come una parola d'amore, in modo che Raimondi Cesare non lo senta, e fa segno di sí col capo. Se ne va e continua a pensare ai casi suoi:

– Quello non fa che ricatti, continuamente: come se io mi fossi mai mischiato con quei pezzi di merda sporchi, puzzoni e pelosi... Tranne Rosas. Forse Rosas ne può sapere piú degli altri: c'era anche lui quella sera alla riunione al *Sanleonardo*... Tranne Rosas, dicevo, che non è né puzzone, né peloso...

Ragiona a voce alta, come se dovesse giustificare a me o a voi il fatto che conosce e frequenta Rosas.

Non so se vi ho parlato di questo Rosas: è un tipo che dice di studiare e infatti è iscritto all'università a non so quale facoltà. Non ho capito se sia comunista, anarchico, lottacontinuista, marxistaleninista o quale altro accidente. Per la verità non assomiglia a nessuno e fa storia a sé: quando discute di politica, capisci che ha ragione lui; quando parla di economia, ti rendi conto che non sbaglia; quando ti dice le sue idee, scopri che anche tu, in fondo, la pensi cosí. Cioè, non la pensi cosí, ma non fai nessuna fatica a pensare di pensarla come lui. È un po' complicato: del resto, anche Rosas è complicato. O troppo semplice! Poi, magari, piú avanti riuscirò a spiegarvi meglio che razza di tipo è questo Rosas. Intanto ha gli occhiali con due lenti grosse cosí, che quando se li toglie non vede piú un camion a due metri. Poi è brutto. A me almeno pare brutto, ma le donne dicono che è interessante. Parla pochissimo: di solito fischietta. Quando studia fischietta, quando pensa fischietta... Non ho ancora verificato se fischietta anche quando dorme o fa l'amore, ma non mi stupirei.

Dunque, Sarti Antonio si presenta al tipo che vi ho detto (Rosas) e lo trova ancora a letto: dorme e non fischietta, sicché questo è chiarito. Il bello è che la porta di casa sua (abita in Santa Caterina, centro storico, piano terreno) è sempre aperta. È anche giusto: cosa possono rubare i ladri se non muffa, umidità e libri? Muffa e umidità non fanno gola. I libri? S'è mai visto un ladro che ruba libri? Anzi, vi posso dare un consiglio: se dovete nascondere dei soldi, metteteli fra le pagine di un libro serio, se lo avete. Piú sicuro di cosí, nemmeno in banca!

Sarti Antonio entra e trova Rosas ancora a letto. C'è freddo e odore di chiuso, come al solito, cosí Sarti va e apre le finestre: tutte quelle che trova e cioè una che dà sotto il porticato, in via Santa Caterina, un'altra che dà nel cortile interno di due metri per due e cinquanta, e l'ultima, quella del cesso, che dà in una specie di pozzo d'aria che sale fino ai tetti. Entrano freddo e umidità: com'è fredda e umida l'aria d'inverno, nel centro storico.

– Ti prenda un colpo! Chiudi! – Rosas è senza occhiali e Sarti Antonio sa bene che non può vedere chi è entrato. Non dice niente: si siede al tavolo e aspetta. L'altro infila anche la testa sotto le coperte. Quasi contemporaneamente dalle coperte esce una testina bionda, di bambola, minuta che quasi sembra finta. Guarda Sarti Antonio e rientra. Dice:

– È un tale!

Mi chiedo come possano stare, un uomo e una donna, in un

divano letto che, tutt'al piú, può bastare per un bambino. Lo capisco quando la ragazza esce del tutto, nuda come Dio l'ha fatta, pelo compreso, e se ne saltella via, verso il bagno. Passa di fianco a Sarti Antonio e gli dice:

– Chiudi le finestre o rischi di prendere un raffreddore –. Il sergente ne ha viste e sentite, ma una donna (una bambolina) che gira nuda per casa gli fa sempre un po' effetto; passa in second'ordine anche il fatto che quella, nuda, dica a lui, con cappotto e sciarpa, «Chiudi la finestra o prendi un raffreddore». L'istinto è di accarezzarle le guance del sedere, fresche e bianche come la neve. Ma in servizio non si può. Abbandona l'idea e va da Rosas; lo scopre e lo trova nudo, ma piú brutto (molto!) della bambolina di poco fa. Lo ricopre, schifato. Quello mugola e infila gli occhiali:

– E chi poteva essere? Un rompiballe. Cosa vuoi? – Sarti non gli risponde. Chiede:

– Vuoi un caffè? – Non aspetta e va in cucina a prepararlo.

Il profumo arriva fino a Rosas e, un attimo dopo, anche alla bambolina già vestita. Peccato! Sarti Antonio, sergente, la indica con un cenno del capo:

– Chi è? – Rosas alza le spalle:

– Una –. Adesso può guardarla bene in viso, dal momento che, assieme alle mani, è la sola parte del corpo rimasta scoperta. È proprio un amore!

– Piacere, «Una». Mi chiamo Sarti –. E Rosas:

– Sarti Antonio, sergente! – Il sunnominato sergente versa tre tazzine di caffè.

«Una» non lo lascia un momento con gli occhi.

– È un caffè squisito.

– Questo rompiballe fa il caffè migliore della provincia. Cosa vuoi, sergente?

– È una storia lunga, Rosas: comincia sette sere fa, al *Sanleonardo*, in via San Vitale. Cosa mi dici? – Rosas raccoglie un po' di zucchero con il cucchiaino e se lo lecca. Brontola:

– Niente: le solite cazzate di quattro populisti. «Vogliamo questo! Vogliamo quello! Rivoluzione di popolo! Tutti in piazza! » Poi, appena mettono il naso fuori dalla porta, se lo rompono contro il manganello dei tuoi soci. Tutto qui.

– È proprio da quel momento che comincia la mia storia: da quando si rompono il muso contro il manganello della polizia –. Sarti porta tutto nel secchiaio e torna al tavolo. Guarda la bambolina che lo guarda un po' sorridente e un po' sfottente e torna a chiedere:

– Chi è? – Rosas alza le spalle:

– Te l'ho detto: una! Si può sapere cosa vuoi?

Sarti Antonio, sergente, diventa professionale.

– Gastone Grossi, Michele Spinola, Andrea de' Cerchi, Filippo Coco. Cosa ti dicono questi nomi?

– Non mi dicono un cazzo e se sei venuto a rompere per questo... – Rosas si alza, s'infila un cappotto, il primo che trova, prende «Una» sottobraccio e se ne va.

Lo lasciano lí, in cucina, come se fosse il padrone di casa. Rosas, prima di uscire raccomanda:

– Quando decidi di andartene, chiudi la finestra: fa freddo e qui non c'è il riscaldamento centrale come a casa tua.

Anche «Una» ha la sua da dire e la dice:

– Se ti resta un po' di tempo, sergente, vedi di rifare il letto.

Sarti non le risponde perché ha paura di farle male, fragile com'è. Poi, come potrebbe rispondere se non con una bestemmia?

6. A Rosas interessano i quattro

Sarti Antonio, sergente, se ne va in giro tutto il santo giorno: libreria Feltrinelli, scalinata di San Petronio, le due torri, il sottopassaggio di via Rizzoli; luoghi dove si ritrovano a discutere i tipi come quelli che sta cercando. In passato incontrava i quattro due o tre volte al giorno. Oggi niente. Chiede anche, in giro: chi non gli ride in faccia gli risponde che non sa. Sembra che nessuno li abbia mai conosciuti. Ma Sarti Antonio, sergente, ha ancora una carta in mano e la gioca la sera. Anzi, la notte.

Infatti sono le due passate quando arriva con l'ottoecinquanta davanti al *Sanleonardo*. Prova un paio di chiavi e alla fine riesce a entrare: è buio pesto, ma non accende la luce. Nella sala non trova nessuno, naturalmente; ma non sperava certo di trovare il quartetto in prima fila. Come in tutte le chiese che si rispettino, anche il *Sanleonardo* ha il suo bravo campanile e Sarti Antonio, sergente, si fa tutte le scale, fino in cima.

La lampada tascabile scopre solo polvere, ragnatele, topi e piccioni addormentati.

Sarti si fa anche tutto il sottotetto, con le sue brave volte a vela e le sue capriate in legno del 1000 circa; e il risultato è lo stesso. Cioè no, un risultato c'è: si sporca dalla testa ai piedi come il garzone di un muratore.

Scende dal campanile e, a metà strada, trova una porticina che dà in un paio di stanze, oggi usate come camerini per gli attori. C'è anche una grata che guarda proprio sul palco: di qui le suore di clausura assistevano alla santa messa la domenica e gli altri giorni comandati.

Questa è un'informazione che vi dò io e che Sarti Antonio non potrebbe darvi. Ve la dò io perché so che di fianco all'ex chiesa c'era il convento delle monache di clausura. Senza malizia, ma devo informarvi che il convento comunicava con la chiesa proprio attraverso la porta che dà sulle scale del campanile.

Questo è tutto e Sarti Antonio, sergente, dopo aver guardato anche sotto i tavoli dei camerini, se ne torna fuori, lercio, sudato e stanco come un operaio alla catena di montaggio.

A casa lo aspetta un bagno, una vasca piena d'acqua calda; in camera, un letto tiepido in ambiente riscaldato e, appoggiato allo stipite della porta d'ingresso, Rosas. Che gli dice:

– Devono pagarti bene gli straordinari. Sei ridotto un cesso: da dove vieni, sergente? – Sarti Antonio, non risponde: è troppo tardi, e lui è troppo incazzato. Si spoglia e resta in mutande. Chiede:

– Cosa vuoi? – Poi si butta nella vasca. Rosas gli parla dalla soglia. Dice:

– È una brutta storia. Dove li avete portati?

– Chi?

– I quattro che mi dicevi stamattina: Gastone Grossi, Michele Spinola, Andrea de' Cerchi e Filippo Coco. Dove li avete portati?

– Dove li abbiamo portati *noi*? – Rosas comincia a fischiettare, piano, quasi in sordina, e aspetta.

– Ascolta, Rosas, mi vuoi prendere per il culo o dici sul serio?

Sarti Antonio, sergente, non può pensare che Rosas cerchi di fregarlo: non l'ha mai fatto e lo conosce troppo bene. Quello non dice piú niente, fischietta e amen.

– Piantala di sibilare come un serpente e spiegati!

– Gastone Grossi, Michele Spinola...

– ...Andrea de' Cerchi e Filippo Coco, lo so!

– ...Sono spariti dalla circolazione la sera della manifestazione e nessuno li ha piú visti in giro. Li avete arrestati quella sera: non c'è altra spiegazione.

– Tu sei matto! Non si possono arrestare quattro individui senza che nessuno sappia niente. Non si può.

– In Questura non ci sono. In San Giovanni in Monte non ci sono. Dove li avete nascosti? Dove sono? – Sarti Antonio, sergente, esce dal bagno e si avvicina a Rosas. Gli va sotto il naso e gli urla:

– È quello che vorrei sapere anch'io! Dove sono? Io lo chiedo a te! Non sono amici tuoi? Non sono tuoi compagni di Partito?

– Non sono miei compagni di Partito per il semplice fatto che io non appartengo a nessun Partito...

– No? E cosa ci facevi a quella manifestazione? Dove sei scappato quando hanno cominciato a menare? Fuori non sei uscito...

– Ne sai di cose, sergente!

– È il mio mestiere.

– Bel mestiere.

– Non ti riguarda. Allora?

– Sono andato a sentire le stronzate che dicevano: è proibito?

– No! Ma tu sei sempre immischiato in fatti poco puliti...

– Cerco di stare aggiornato e cerco di aggiornare gli altri su teorie che ritengo piú valide delle loro. È proibito?

– No! E dov'eri quando fuori picchiavano?

– Dentro, dove non picchiavano. Non vedo perché avrei dovuto uscire a prenderle, dal momento che non ritengo utile alla causa farsi menare. È proibito?

Sarti Antonio, sergente, non sa piú cosa dire; si sgonfia e si asciuga:

– Io non ti capisco. Che razza di rivoluzionario sei? – Rosas gli sorride con i suoi occhietti da miope, riprende a fischiettare e aspetta che il sergente infili il pigiama. Poi riattacca:

– Allora, dove sono finiti quei quattro?

– Senti, Rosas: sono venuto da te, questa mattina, per saperlo. Adesso la pianti e proviamo a ragionare.

– Da principio?

– Da principio –. Rosas si sistema sulla poltrona di pelle, si leva gli occhiali e aspetta.

– Raimondi Cesare, l'ispettore capo, mi ha incaricato di cercare quei quattro. Se mi ha incaricato di cercarli, vuol dire che non sappiamo dove si nascondono. Chiaro fin qui?

– Chiaro. Perché devi cercarli, sergente?

– Non ti riguarda.

Per la verità, adesso è arrivato il momento di decidere se raccontare a Rosas la storia o no. Sarti aspetta ancora. Domanda:

– E tu, perché li stai cercando? – Rosas è sdraiato sulla poltrona e tiene gli occhi chiusi. Dice:

– Sei venuto da me a chiedermi di quattro che conosco: mi sembra logico che, appena posso, io cerchi di sapere perché t'interessano. Chiaro fin qui? – Lo scimmiotta, ma il discorso non fa una piega.

– Allora?

– Allora mi sono informato e mi sono accorto che da sette giorni si sono volatilizzati. Non vanno all'università, non li hanno piú visti al circolo, non sono piú stati dalle loro ragazze... Cos'è successo? Quattro individui possono sparire solo se finiscono in Questura o se sono morti –. Comincia a fischiettare, piano, e alle quattro di notte, Sarti Antonio, sergente, non lo sopporta. Scatta:

– Piantala! – Quello non lo ascolta neppure. – Se non puoi dirmi dove trovarli non mi servi piú. Buonanotte, Rosas –. Rosas non si alza. Replica:

– Sei tu, sergente, che servi a me. Io non me ne vado –. Fischia, il maledetto! Sarti Antonio, sergente, decide che è arrivato il momento di parlare chiaro e gli racconta tutto: una cosa che, se lo vengono a sapere alla centrale, lo sbattono dentro e sa Dio quando verrà fuori. Ma lui non può farci niente: si fida di Rosas, si è sempre fidato di quella faccia da topo miope. Gli racconta tutto e, alla fine, è come se Rosas fosse stato presente o lo avesse visto al cinema. E ci ride sopra, quella faccia di topo! Dice:

– Come si fa a pensare che quei quattro abbiano potuto prendere a martellate la vecchia? E per quale motivo? Me lo vuoi spiegare?

– Di motivi ce ne sono almeno tre: perché la vecchia non urlasse e non richiamasse la polizia che stava nei dintorni; perché la vecchia poteva avere dei soldi e i soldi fanno comodo a tutti; perché quei quattro sono dei delinquenti nati! – Rosas si infila gli occhiali e si alza:

– Adesso vado –. Dopo di che si avvia alla porta, esce e pianta lí Sarti Antonio, sergente, paludato nel suo pigiama.

7. Nessuna novità di rilievo

Che molti cittadini fossero schedati, lo avevo già letto da qualche parte, poi la cosa era rimasta fra il sí e il no e nessuno ne aveva piú parlato. Ma vedere che anch'io sono nelle schede, mi ha fatto un certo effetto. È stato quando Sarti Antonio, sergente, è andato al casellario penale, a cercare le cartelle segnaletiche dei quattro «irreperibili al loro domicilio». Si può sempre trovare qualcosa di interessante. Io, infatti, mentre Sarti si fa i fatti suoi, ci trovo la mia scheda con tanto di foto e di impronte digitali. E ne imparo di quelle, sul mio conto, che, se non mi conoscessi da tanti anni, comincerei a sospettare di essere un delinquente irrecuperabile. Per esempio: ho tendenza alla libidine; frequento persone e ambienti pericolosi; leggo stampa poco qualificata; scrivo in maniera non ortodossa e, soprattutto, sono da tenere d'occhio per certe mie affermazioni in merito alla situazione politica nazionale e internazionale. Però (è confortante) non sono dedito agli stupefacenti e non sono omosessuale. Questo mi tranquillizza, ma resto comunque un individuo pericoloso e la società farà bene a stare in guardia. C'è scritto inoltre che non è chiaro come io riesca a vivere, visto che non ho un mestiere qualificante. Per mestiere qualificante loro intendono: fabbro ferraio, imbianchino, docente universitario, guardiafili, bottegaio, facchino, odontoiatra, poliziotto o altra simile occupazione professionale.

Ma Sarti Antonio, sergente, non è venuto per la mia scheda segnaletica e se si accorge che spreco pagine parlando di me, è capace che si arrabbia.

Dunque, il primo ricercato: Gastone Grossi. Il cartellino dice:

Nato il 15 maggio millenovecentoepassa a Sasso Marconi (Bologna). Abitante a Bologna in via dello Sterlino 16 presso la di lui famiglia composta dal padre Amintore, dalla madre Fedora Clienti e dalla sorella minore Claudia. Iscritto alla Facoltà di Economia e commercio dell'Università di Bologna, frequenta gruppi eversivi. Ha partecipato all'occupazione della Facoltà del gennaio scorso; fotografato in molte manifestazioni con megafono.

Proprio cosí: «...Fotografato in molte manifestazioni con megafono». Come abbiano potuto fotografarlo con il megafono, lo chiederò a chi ha compilato la scheda.

Frequenta il *Sanleonardo*: non risulta dedito agli stupefacenti; non risulta implicato in traffico d'armi; non risulta legato all'ambiente della prostituzione; non risulta sessualmente deviato. Ha rapporti, anche carnali, con certa Antonietta Carioli, via del Simposio 13.

«Ha rapporti, anche carnali...» Vorrei proprio guardare in faccia quello che li ha visti mentre avevano i rapporti carnali di cui sopra. La scheda finisce qui; ma c'è ancora molto spazio bianco che si potrà riempire in seguito.

Per Michele Spinola, niente: basta l'indirizzo. Per Andrea de' Cerchi:

Nato a Bologna il 30 luglio millenovecentocirca e ivi abitante presso la famiglia. Il padre è il noto magistrato Fioravante de' Cerchi, ultimo erede dei marchesi de' Cerchi. Il giovane ha deviato notevolmente dagli insegnamenti e dall'esempio del chiarissimo genitore. Psicologicamente non equilibrato, a causa della forte emotività che a volte ha ragione della sua ragione. Molto intelligente, indirizza questo dono di natura a scopi eversivi. Frequenta la Facoltà di Giurisprudenza. Non risulta implicato in traffico d'armi; non risulta immischiato in fatti di prostituzione. Sessualmente deviato? Non risulta abbia mai avuto rapporti carnali con donne. Dedito agli stupefacenti? Il danaro per l'acquisto non gli manca. Indagare ancora. Prima di intraprendere qualsiasi azione nei suoi confronti, interpellare il padre.

Filippo Coco è un povero cane abbandonato e non si sa bene come riesca a mantenersi agli studi, visto che il padre è operaio e la madre casalinga. Vive insieme ad altri studenti in un appartamento del centro, nei pressi dell'università. I genitori gli mandano quello che possono e lui, quando trova, fa il cameriere da qualche parte. Ultimamente si è messo a vendere giornaletti usati: «Diabolik», «Jacula», «Tex Willer» e simili, per intenderci. Con questo bel campionario, Sarti Antonio, sergente, ha di che divertirsi.

Comincia con Gastone Grossi, via dello Sterlino 16; ci va di sera, quando è sicuro di trovare tutta la famiglia riunita a cena. Io mi ricordo che una volta si mangiava seduti davanti a un tavolo apparecchiato e ci si guardava in faccia. Fra un boccone e un sorso di vino, capitava che ci si scambiasse qualche parola. Adesso pare che non sia piú cosí. Infatti Sarti Antonio, sergente, trova un padre e una madre seduti a tavola davanti al televisore che parla della rappresaglia di Israele contro la rappresaglia di Malot. Tutti e due (padre e madre) hanno gli occhi incollati allo schermo e infilano la forchetta in bocca meccanicamente: se qualcuno, per scherzo, gli girasse un attimo la testa, si infilzerebbero una guancia. La donna di servizio apre la porta senza guardare in faccia chi ha suonato: fissa anche lei lo schermo del mostro elettronico. La figlia minore, Claudia, è seduta per terra, col piatto sulle ginocchia, e aspetta il seguito della rappresaglia. Aspetta un po' anche Sarti Antonio, sergente, in piedi sulla soglia; ma alla fine decide di entrare. Dice:

– Buonasera. Sono della polizia... – Ed ecco che si voltano verso di lui. Il padre, Amintore, si alza:

– Dica.

– Vorrei notizie di Gastone... – La madre non lo fa finire. Si alza di scatto e chiede:

– Cos'è successo al mio Gastone? – Per intendersi bisogna urlare, ma a nessuno passa per la testa di abbassare il volume della macchina infernale.

– Non lo so: vorrei che me lo diceste voi –. Adesso è la piccola che interviene:

– Volete parlare piano che non si capisce un cazzo? – Sarti Antonio, sergente, aspetta la sberla che il padre deve dare alla piccola. Ma non arriva e allora decide che è ora di fare sul serio. Scavalca la fanciulla e spegne il mostro: sembra di essere in paradiso.

– Cos'è successo al mio Gastone?

– Vorrei sapere dove posso trovarlo –. Il padre, Amintore, lo fa sedere. Dice:

– È molto tempo che non lo vediamo...

– Come sarebbe a dire?

La piccola Claudia è un tesoro, cinguetta:

– Dal 16 di gennaio, a cena. Le basta?

– Mi basta –. Il 16 gennaio hanno dato la martellata in testa alla cara, dolce vecchietta. Sarti Antonio, sergente, incalza:

– E nessuno si è preoccupato di questa lunga assenza? – Interviene la signora Fedora: le mamme sono tutte buone, quando si tratta dei figli.

– Il mio Gastone ha molto da studiare e sta fuori casa spesso per studiare con gli amici.

– Non ha telefonato?

Adesso è il turno del signor Amintore:

– No! Cosa gli è successo?

– Non lo so. Lo stiamo cercando per chiederglielo.

Inutile stare a perdere tempo lí. Sarti Antonio se ne va. La signora Fedora lo raggiunge sulle scale. Domanda affannosamente:

– Ha combinato qualche guaio, signore?

È il caso di spiegarle che è implicato in un omicidio, ma che, in fondo, non è poi tanto grave? Sarti Antonio, sergente, decide di no: che non è poi tanto grave dare martellate in testa alle vecchiette... Ma non è finita qui. La piccola Claudia, dalla finestra, gli urla la sua:

– Se ha messo incinta quella stronza di Antonietta, mi fa piacere! – Antonietta Carioli, quella dei «rapporti carnali». Che, tempi! Che gioventú! Che genitori!

Antonietta Carioli, via del Simposio 13: una casa di periferia, dove la gente, di sera, si siede ancora davanti alla porta a parlare con i vicini. Ciascuno sulla sua sedia, portata da casa.

I rapporti carnali con Antonietta Carioli devono essere piuttosto simpatici: è una ragazza fresca come una rosa appena sbocciata, con tutto quello che occorre perché il succitato rapporto giunga a una perfetta soluzione. Sarti Antonio, sergente, ci farebbe un pensierino. – Vorrei parlare con lei.

I presenti lo guardano e aspettano.

E Sarti Antonio, sergente, fa quello che non farebbe mai: mostra a tutti la tessera. Dice: – Sono della polizia.

Antonietta si alza e invita:

– Venga con me –. E si avvia, lungo la stradina di periferia, senza aggiungere altro. Sarti Antonio le va dietro volentieri: in piedi lei è ancora piú «carnale» perché fa vedere tutto senza mostrare niente.

Camminano per un po' finché non arrivano alla ferrovia. Antonietta si siede ai piedi della scarpata, su un muretto. Dice:

– Allora? – Attorno non c'è anima viva. Solo il freddo di una sera d'inverno e il silenzio della periferia.

– Voglio sapere di Gastone. Dov'è? – Antonietta scuote i capelli neri:

– Non lo so. Se n'è andato da un pezzo. Dev'essergli successo qualcosa perché mi ha sempre avvertita quando se ne andava...

– È il tuo ragazzo?

– Cosa vuol dire?

– Vi trovavate spesso?

– Sí –. Sarti Antonio, sergente, non sa cos'altro chiedere. Dice:

– Se si fa vivo, telefonami –. Ci crede poco, ma prova lo stesso.

– È tutto? – Ci sarebbe dell'altro, ma non qui: magari in camera, al caldo...

– È tutto –. Antonietta si stringe addosso il giubbetto di lana e si alza. Dice:

– Va bene –. Tornano indietro. Lungo la strada, lei riprende:

– Posso sapere perché lo stai cercando? – Se gli parla con il «tu» significa che poi non è vecchio come teme.

– Non è successo niente: è solo per accertamenti, stai tranquilla –. Lo ha detto tanto bene che ci crede anche lui. Lo ha detto tanto bene che lei lo prende sottobraccio e lo stringe.

– È freddo!

– Non hai niente addosso –. Sente il seno contro il braccio. – Dove posso trovarti se avrò ancora bisogno?

– Non credo che avrai ancora bisogno –. Sono arrivati. Antonietta dice:

– Se ci sono delle novità, dove ti telefono? – Sarti Antonio le dà il numero, quello di casa. Non sa bene perché.

8. Qualcosa di nuovo?

Le cose restano esattamente al punto di prima: cioè dei quattro neppure l'ombra. Ma non si può sparire senza lasciare traccia, lo sa anche l'agente Felice Cantoni.

– Mi pare impossibile! Se uno si butta nel fiume presto o tardi viene a galla. Poi uno può anche sparire, ma quattro? Mi pare impossibile!

– Anche a me!

– Hai cercato dappertutto?

– No! Non ho ancora guardato sotto il letto –. Felice Cantoni sa quando è il momento di smetterla. E la smette.

L'auto 28 viaggia da sola. È uno di quei giorni che non succede niente e si potrebbe anche schiacciare un sonnellino se Sarti Antonio, sergente, non continuasse a ragionare a voce alta, come fa tutte le volte che deve risolvere un problema:

– I parenti non sanno che fine ha fatto il Gastone. Alla nonna per poco non è venuta una sincope quando le ho detto che cercavo il nipotino. Tu dove ti nasconderesti? – Felice Cantoni non capisce mai quando quell'accidente parla da solo e quando parla con lui. Nell'incertezza, non risponde.

– Tu dove ti nasconderesti?

– Dici a me?

– A chi? Siamo io e te! A chi?

– Io... be'... ma... Io non devo nascondermi... Non ci ho mai pensato.

– Prova a pensarci.

– Il mio sarebbe un problema grave: dovrei portarmi dietro un sacco di medicine per l'ulcera...

– Bestia! – Felice Cantoni, agente, all'urlo di Sarti, inchioda la macchina in mezzo alla strada, cosí di botto che, per poco, non lo tamponano. Chiede:

– Cos'è successo? – Sarti Antonio, sergente, non lo ascolta neppure. Continua a ripetere:

– Bestia! Bestia! Il dottore! Se Andrea de' Cerchi è dedito agli stupefacenti può saperlo il suo dottore. E se è dedito agli stupefacenti, non può farne a meno per molto. È un rischio, ma io ci provo. Dica quello che vuole!

– Chi?

– Mi presento e gli spiego chiaro e tondo cosa voglio. In tribunale... – Sempre per il fatto che non si sa mai se Sarti parla da solo o con gli altri, l'agente Felice Cantoni non batte ciglio.

– Vai in tribunale! Vai in tribunale! – Adesso Cantoni ha capito bene. Gira l'auto e si ferma sulla piazza del tribunale.

– Aspettami qui –. Sarti ci mette un secolo, ma arriva davanti al magistrato. Ci mette un secolo perché deve fare un sacco di passaggi da un usciere all'altro, da una anticamera all'altra.

– Marchese Fioravante de' Cerchi? – L'interpellato accenna di sí con la testa e continua a sfogliare le sue carte. Devono essere importanti. Chissà se piú di suo figlio?

– Sarti Antonio, sergente. Cerco suo figlio Andrea de' Cerchi implicato in un omicidio –. Anche se suo figlio è piú importante delle carte che gli stanno davanti, il marchese non lo dimostra. Finisce di leggere, poi si toglie gli occhiali, si appoggia alla sedia di cuoio e guarda in faccia Sarti Antonio. E s'informa:

– Da chi dipende lei, sergente? – Ecco, quando la gente si comporta in quel modo, a Sarti Antonio, sergente, viene la mosca al naso. E quando poi lui non può muovere un dito per far cambiare atteggiamento alla gente in questione, allora gli vengono le crisi di colite. Come adesso. Risponde:

– Dall'ispettore capo Raimondi Cesare –. Il marchese non fa una piega. Prende il telefono:

– Passatemi l'ispettore capo Raimondi Cesare –. Glielo passano. – Caro ispettore, sono il marchese Fioravante de' Cerchi.

Ho qui, davanti a me, un tale che dice di chiamarsi Sarti Antonio, sergente Sarti Antonio... – Dall'altro capo del filo Raimondi Cesare, ispettore capo, deve averlo interrotto:

– No, niente di grave, caro ispettore. Volevo solo avere conferma. La ringrazio vivamente. Ossequi –. Giú il microfono. – Dica pure, sergente –. Sarti non ricorda piú niente, non sa perché è in quell'ufficio.

– Allora?

– Volevo... M'interessava sapere se suo figlio... Il signorino Andrea, insomma, manca da molto tempo da casa?

– Caro sergente, bastava che lei mi telefonasse e io le avrei risposto che le assenze di mio figlio non mi riguardano, ma che, comunque, sono parecchi giorni che non ho il piacere di incontrarlo a tavola.

– Magari dal 16 gennaio?

– Non ho tenuto il conto, caro sergente. Può essere, può essere.

– E nessuno... si è preoccupato?

– Caro sergente, mio figlio ha la sua vita nella quale io non desidero interferire.

– Frequenta... Cioè, si trova spesso con certi gruppi...

– Eversivi? Può essere, caro sergente, può essere –. Sarti Antonio, decide di prendere il toro per le corna:

– Le risulta che sia dedito agli stupefacenti? – L'ha detto tutto d'un fiato, sottovoce, ma quello, come al solito, non fa una piega:

– Caro sergente, spero di no. Ha nient'altro da chiedere?

– Sí. Vorrei sapere se il signorino Andrea ha un conto... cioè se possiede una certa somma alla quale attingere senza... senza disturbare lei –. Non ce la fa piú: deve far presto se non vuole correre rischi: con la colite non si è mai sicuri!

– Gli passo un assegno mensile, caro sergente.

– E questo mese lo ha ritirato? – Ancora di scena il telefono:

– Mi passi il direttore –. Glielo passano, e c'era da dubitarne? – Caro direttore, vuole essere cosí gentile di dirmi se Andrea ha ritirato il suo assegno di febbraio? No? Grazie, caro direttore –. Giú il microfono. – Ha sentito, caro sergente? Posso esserle ancora utile?

– Il medico di suo figlio, signor marchese… – Lo dice talmente sottovoce che il Fioravante deve sporgersi sul tavolo:

– Prego?

– Il medico di suo figlio, signor marchese… – L'altro scarabocchia qualcosa su un foglio, e glielo consegna. Dice:

– Arrivederla, caro sergente e stia bene.

Al primo usciere che trova nel corridoio chiede di un gabinetto. Quello glielo indica, schifato, come se gli uscieri non lo usassero mai. O almeno mai in servizio. Il piú vicino è lontanissimo, ma Sarti Antonio, sergente, deve raggiungerlo. Riprende a respirare solo quando ci si è chiuso dentro. Si asciuga il sudore.

Giú lo aspetta Felice Cantoni, agente, agitato come nelle grandi occasioni:

– Ha chiamato l'ispettore capo… Ha chiesto se sei diventato matto… Ha detto di rientrare immediatamente… Ha detto che cosa ti è saltato in testa… Ha chiesto…

– In via… In via… – Sarti legge il foglio che gli ha consegnato il marchese e ripete a voce alta. Felice Cantoni non lo fa finire. Domanda:

– E l'ispettore capo?

– Dopo.

Sarti Antonio si presenta al dottore che probabilmente sa già tutto. E dichiara:

– L'aspettavo, sergente Sarti. Mi dica.

– Vorrei sapere se Andrea de' Cerchi è affetto da qualche malattia…

– Nessuna che mi risulti.

– È dedito agli stupefacenti?

– Dovrei farla buttare dalle scale, ma poiché il marchese mi ha pregato di rispondere alle sue domande, le dirò che non mi risulta sia dedito agli stupefacenti.

Sarti Antonio non ha altro da chiedere e si prende il lusso di voltare la schiena e di andarsene senza salutare.

– Da Rosas.

– Ha richiamato la centrale. L'ispettore capo dice...

– Da Rosas!

Da Rosas Sarti entra come un bisonte. Urla:

– Se non sei un figlio di puttana come il marchese Fioravante de' Cerchi e il medico di famiglia, mi devi dire se Andrea usa stupefacenti! – Aspetta. Aspetta ancora un po' e torna a urlare:

– Allora? – Rosas si toglie gli occhiali e li pulisce con le dita. Cosa pulisce, poi? Dice:

– Non sono un figlio di puttana e non sono marchese.

– Se quando rientro in centrale non so se Andrea de' Cerchi usava stupefacenti, l'ispettore capo Raimondi Cesare apre l'istruttoria per il mio definitivo allontanamento dalla polizia.

– Capirai che guaio!

– Allora?

– Fuma qualche sigaretta. Nient'altro. Ti basta, sergente? – Anche di qui, Sarti esce senza salutare.

– Alla centrale –. Adesso che venga la tempesta! Ha un ombrello per ripararsi e i fulmini non gli fanno paura! E i fulmini arrivano:

– Io penso, è vero, come si dice, che lei, sergente Sarti Antonio, ogni tanto dia i numeri! Che cosa le è saltato in mente? Quello è un magistrato che non guarda in faccia nessuno! Quello è capace... – Sarti butta lí la notizia, come se niente fosse:

– Ma suo figlio è dedito agli stupefacenti.

– Suo figlio di chi?

– Il marchesino Andrea de' Cerchi, ricercato assieme ad altri tre individui: Gastone...

– Abbassa la voce! – L'ombrello ha retto. Adesso si può parlare con piú calma. Raimondi Cesare, ispettore capo, si è messo tranquillo. Chiede piano:

– Sei sicuro, Sarti?

– Come sono sicuro di essere qui!

– Prove?

– Testimonianze di suoi amici. Ora io dico: se quello è abituato a fumare, non può stare nascosto per molto. Prima o poi si farà vivo. Dobbiamo solo controllare la banca dove andrà a prelevare l'assegno di febbraio, dal momento che non lo ha ancora riscosso.

Raimondi Cesare, ispettore capo, è distrutto. Mormora:

– Bisognava fare le cose con piú tatto. Quello è un magistrato... Bisognava, è vero, come si dice, che tu ne parlassi prima con me...

– Adesso è andata e sappiamo quello che volevamo. Inutile recriminare –. Sarti parla come se fosse nel bagno di casa sua: con estrema sicurezza.

– Va bene! Va bene! Avvertirò la banca di tenermi informato...

– Ci vuole un uomo là, a controllare!

– Ma non si può! Il marchese, è vero, come si dice, non lo permetterà! È... È un magistrato tutto d'un pezzo!

– Ma suo figlio è dedito agli stupefacenti! – Sarti Antonio, sergente, ha spinto il gioco troppo in là e se ne accorge adesso che Raimondi Cesare, ispettore capo, gli urla:

– Ho capito! Ma è suo figlio che fuma, non lui! E non ti scappi una parola di questa storia, se non vuoi finir male. E non venire a insegnare il mestiere a me! – Per la terza volta in una giornata, Sarti Antonio, sergente, si prende il lusso di voltare la schiena e di uscire senza salutare. Il suo lavoro lo ha fatto. E bene, stavolta. Ha voglia di lasciarsi andare:

– Due caffè –. È inutile che Felice Cantoni tenti di protestare:

– Non posso: l'ulcera. Mettici un goccio di latte caldo che mi farà meno male...

– Maledetto! Come si fa a rovinare in quel modo un buon caffè?

La giornata finisce in gloria perché voi non immaginate chi trova Sarti seduta sui gradini del pianerottolo, quando torna a casa. O forse lo immaginate. Ci trova Antonietta Carioli. Ma non dice niente. Infila la chiave nella serratura e si apre la porta a fianco. La grassona bionda gli sorride. Gorgheggia:

– Buonasera. C'è questa signorina che l'aspetta da un pezzo, poverina. Io le ho detto di entrare da me, ma lei non ha voluto, poverina –. Sarti non la fa finire. Replica:

– Ho visto. Buonanotte –. E le chiude la porta in faccia. Antonietta Carioli sorride:

– Quella fila –. È la seconda volta che glielo dicono e Sarti Antonio ne ha piene le tasche:

– Maledetta grassona! Pensasse ai fatti suoi!

– Quella fila! – Sarti fa sedere la ragazza e le domanda:

– Un caffè? – Lei fa segno di no con la testa bruna. È bella! Sarti Antonio decide che è una gran bella ragazza. Non sa cosa dire. S'informa:

– Ci sono novità? – Sempre con la testa bruna, Antonietta fa segno di sí. È fatta: se Sarti Antonio, sergente, sperava che quella fosse venuta per la sua bella faccia, adesso sa per certo di essersi sbagliato. Dice:

– Intanto che preparo qualcosa da mangiare, puoi toglierti di dosso…

– Di già?

Lui in fondo è un timido. Brontola:

– Dico il cappotto –. E si chiude in cucina.

Mangiano e bevono. Sarti Antonio non vuole che arrivi il momento, ma arriva. Antonietta dice:

– Io devo sapere perché cerchi Gastone…

– E io non posso dirtelo.

– Va bene: allora non ci sono novità! – Lui versa ancora un bicchiere di rosso che la ragazza vuota subito. Sarebbe il caso di prenderla per un braccio e accompagnarla in camera, poi…

Al diavolo il lavoro! Si alza, la prende per un braccio…

Non c'è bisogno di altro.

Sotto, è proprio come immaginava. Bianca, morbida e calda come…

Sono le solite cose che si dicono, ma è proprio a questo che si pensa in certi momenti.

Non sa se lei è soddisfatta. Glielo chiede:

– Hai… hai finito? – Sorride e gli dice sí col capo, i capelli neri sul cuscino bianco.

– Sicura? – Antonietta gli prende la testa e se la stringe sul seno. Basta! Sarti sogna a occhi chiusi, per un istante che sembra un secolo, ma che finisce subito. Voglio dire che non si sa mai se si vorrebbe restare ancora o se si vorrebbe che tutto fosse già finito... Non so se capite.

– Ho trovato un biglietto nella cassetta della posta. È suo.

Adesso è proprio tutto finito e non c'è speranza. Ma è sempre meglio qui che nell'ufficio dell'ispettore capo o sull'auto 28. Le si sdraia al fianco, una mano sul ventre piatto, caldo e dice:

– Racconta –. Silenzio. La guarda, sorridente, occhi socchiusi. proprio bella. Chissà se nella scheda segnaletica di Sarti Antonio, sergente, qualcuno, domani, scriverà: «Ha avuto rapporti carnali con Carioli Antonietta...» Lei lo toglie subito da questi pensieri perché gli dice:

– Sei tu che devi raccontare...

– Va bene –. E Sarti Antonio, sergente, le serve tutta la storia e la guarda in faccia, mentre parla. Lei sta con gli occhi chiusi, ma, alla fine, non riesce a tener dentro le lacrime. Balbetta:

– Non ci credo! Gastone non è capace di una cosa simile –. Si asciuga le guance col dorso della mano, come farebbe una bambina. Manca solo che tiri su con il naso... Ma non smette di piangere.

– Non ho detto che sia stato lui: uno qualunque dei quattro. Bisognerebbe trovarli per saperlo. Non so dove cercare ancora. E piú se ne resta nascosto, piú la sua posizione diventa critica –. Antonietta Carioli, scende dal letto, nuda com'è, e continua a piangere. Se un giorno una donna piangerà in quel modo per voi, potrete dirvi fortunati...

Prende un foglio dalla borsetta e lo consegna a Sarti Antonio, sergente. C'è scritto: «Sto bene. Non cercarmi e non credere a niente di quello che ti diranno. Appena potrò, mi farò vivo. Ti bacio tutta. Gastone».

Sarti lo gira fra le mani; è scritto sul retro di un volantino che dice: «Terzo festival della canzone folk. Tutti i lunedí al *Sanleonardo* un gruppo politico presenterà canti popolari e antifascisti. Prima serata lunedí prossimo». Significa che Gastone Grossi non si è mosso dalla città. È già qualcosa!

– Ecco perché non credo a una parola di quello che mi hai raccontato.

– Quando l'hai trovato?

– Questa mattina. Ieri sera non c'era.

– Pensi che te ne farà avere altri?

– Non lo so, ma tu non devi far niente per trovarlo.

Sarti Antonio, sergente, è in un pasticcio come non ci si era mai trovato.

– Non posso. È il mio lavoro...

– Non dire cazzate! Tu non sei come i tuoi colleghi.

Lui non capisce se glielo dice per fargli un favore o se lo dice per convincerlo. Ma adesso non è il momento di pensare. Un bacio su un capezzolo e le asciuga le lacrime. È un amore!

9. Rosas ne sa piú di lui, come al solito

Gli scrupoli gli passano subito quando Raimondi Cesare, ispettore capo, gli dice:

– Andrea de' Cerchi ha ritirato l'assegno alla banca!

– Bene, l'avete preso?

– No!

– Come sarebbe no?

– Sarebbe no!

Non vale neppure la pena di incazzarsi.

– Quando è stato?

– Questa mattina.

– Ma si era detto... – Sarti Antonio non riesce a rendersi conto... Gli chiarisce le idee proprio il Raimondi Cesare, ispettore capo:

– Si era detto... Si era detto! Ho ritenuto di fidarmi del direttore e mi sono, è vero, come si dice, sbagliato. Pare che non abbia fatto a tempo ad avvertirmi. Pare che il cassiere non si sia piú ricordato...

– Cosí è tutto da rifare... – Cose dell'altro mondo. Sarti Antonio, sergente, bestemmia. Ecco che gli scrupoli (se raccontare o no la faccenda del biglietto) gli passano: se l'ispettore capo Raimondi Cesare si fa i fatti suoi e se ne frega del servizio, non c'è motivo che lui, Sarti Antonio, sergente, stia a tormentarsi la coscienza. Poi Antonietta Carioli gli piace... Poi Antonietta Carioli non può essere innamorata di un delinquente che prende a martellate le vecchie... Poi... Poi basta! Sarti Antonio non apre bocca. L'ultimo tentativo lo fa a casa di Filippo Coco. Casa per modo di dire, perché piú che altro è un posto dove si accatastano gli studenti, uno sull'altro come fossero cose. Lo schifo che mi fanno! Non gli studenti. State a sentire: arrivano in città, quei disgraziati che devono andare all'università e, naturalmente, non sanno dove andare a dormire; le iene gli si gettano sopra e hanno il coraggio di affittargli un buco (chiamato camera) dove ci sono sei letti, uno attaccato all'altro; e vogliono quarantamila lire al mese da ogni studente. Magari Filippo Coco o gli altri hanno pure provato a dormire sotto un portico, ma con l'inverno diventa difficile e allora non resta che tirar fuori le quarantamila, riscaldamento escluso.

Ovvero il popolo che sfrutta i figli del popolo, in nome del popolo (e della cultura).

Perché non potete venire a raccontarmi che chi affitta cosí le camere è un capitalista, sfruttatore che possiede tutto il centro storico, e quindi, o prendere o lasciare... No, cari miei. Quelli sono muratori che si sono comprati a rate un lurido appartamento nei pressi dell'università. Sono contadini che hanno trasformato in dormitorio pubblico il magazzino a piano terra che dà direttamente su un cortile senz'aria. Sono bottegai che la domenica hanno sputato l'anima per rendere passabile una soffitta che il nonno gli aveva lasciata piena di bauli e di polvere! Altro che balle! Venite a vedere: Filippo Coco ha il letto in un angolo che per raggiungerlo bisogna passare sopra altri cinque. La finestra dà direttamente sul marciapiede e se la aprono un momento, per cambiar aria, la camera si riempie dei gas di scarico delle auto che non ci si vede piú da qui a lí. C'è puzza di tutto: dal sudore all'orina, dalla muffa alla scoreggia.

– È qui che dorme? – Gli fanno cenno di sí e continuano a leggere i loro libri e a prendere appunti: – Da quanto non lo vedete?

– Da molto tempo: sarà un mese.

– E non avete pensato di avvertire la Questura? – Nessuno gli risponde. Sarti ripete:

– Perché non avete avvertito la Questura?

– E perché avremmo dovuto avvertirla? – C'è da incazzarsi o no? Se solo si riuscisse a vedere in faccia quei quattro stronzi che stanno attorno!

– Non avete luce qua dentro? – Qualcuno accende e lo spettacolo deprime del tutto. Poi dicono che gli studenti fanno male a protestare, che dovrebbero essere piú civili, che non è questo il modo di comportarsi. Ma dovrebbero far saltare tutto, dovrebbero, altro che protestare!

Il sergente guarda sul letto, guarda sotto il letto, guarda sul mobiletto: libri usati e giornali vecchi. Un paio di mutande, due fazzoletti, una canottiera e un cappotto. Adesso gli viene in mente che uno dei quattro che scappavano in via dell'Unione aveva addosso solo una giacchetta striminzita: Filippo Coco, poveretto! Sarti Antonio non lo conosce personalmente, ma questo Filippo Coco comincia a fargli un po' pena. Raccoglie il cappotto e fruga nelle tasche. Dice, a voce alta, che sentano tutti:

– Se non gli fate avere il cappotto, quello muore assiderato! – Qualcuno gli risponde:

– Sono venuto per questo –. È entrato Rosas. Si avvicina al letto di Filippo Coco, prende il cappotto dalle mani di Sarti Antonio, sergente, ed esce. Sarti Antonio, sergente, gli va dietro:

– Ti accompagno.

– Non importa –. Fanno un gran pezzo di strada, ma girano in tondo e si ritrovano sempre al punto di partenza.

Rosas si ferma. Dice:

– Io ti porto da quei quattro quando avrai capito che con l'omicidio non c'entrano.

– Se tu sai dove sono, hai il dovere di avvertire la Questura.

– Vai a prenderlo nel culo! – Rosas ricomincia il girotondo e Sarti Antonio, sergente, ha tutto il tempo che vuole per ragionare e decidere. E finalmente dice:

– D'accordo! Spiegami perché non c'entrano –. Sono arrivati davanti a San Petronio e Rosas lo prende per un braccio e lo accompagna a sedere sui gradini della chiesa. Fa un freddo cane:

– Non si potrebbe andare in un bar?

– Va bene qui –. Se lo vedono quelli della Questura...

– Avanti, sentiamo...

– Quando quei quattro, Gastone Grossi, Michele Spinola, Andrea de' Cerchi e Filippo Coco, sono entrati nell'ex casino di Imelde Scampini, l'hanno trovata già morta.

– Te lo hanno detto loro?

– Non li ho ancora visti.

– Sai dove sono?

– Lo immagino!

– Tutto qui? – Rosas pensa a come può farglielo capire e ci prova:

– Mi hai spiegato tu com'è stata trovata la vecchia: dovresti averlo capito che non sono stati loro.

– Non l'ho capito: sono un povero questurino deficiente.

– La vecchia era seduta in poltrona: tracce di sangue in giro, nessuna. Allora, secondo te, i quattro sono entrati come furie, lei li ha ricevuti, li ha fatti accomodare nel salotto, come ai bei tempi dei casini, si è messa comoda in poltrona e ha detto: «Prego, picchiate qui con il martello che mi fate piacere!» Non credi che, come minimo, si sarebbe messa a urlare come un'ossessa? E tu, che non eri a piú di dieci metri, avresti sentito. O no? La logica dice che la vecchia avrebbe dovuto lottare con i quattro, scappare per tutta la casa, farsi martellare qua e là, in giro, sporcare di sangue il salotto come un macello. E invece no! L'hai trovata seduta in una poltrona che, assieme a un'altra (un'altra sola e non altre quattro, ricordatene!) era senza il telo protettivo di plastica. Perché? – Rosas finisce qui e Sarti Antonio, sergente, è già convinto. Lo studente ripete:

– Perché?

– Che ne so? Avrà dato appuntamento a qualcuno –. Il discorso cade e il sergente, non sente piú il freddo. Comincia a ragionare, a voce alta, come al solito:

– Figurati se poteva andarmi bene. Era troppo bello per essere vero. Tutto cosí chiaro, tutto cosí semplice che faceva invidia... E nessuno di quegli stronzi a pensarci! È mai possibile che l'ispettore capo, che quelli della Scientifica, che tutti gli altri, non ci abbiano pensato?

– Gli hai dato la soluzione in mano: cosa dovevano cercare ancora? – Sarti Antonio non sa pensare ad altro:

– Da dove si può ricominciare? Chi glielo dice all'ispettore capo?

– E perché dovresti dirglielo?

– Ma quello ha mobilitato tutta la Questura e prima o poi finisce che li trovano...

– Non li trovano!

– Portami da loro!

Rosas si alza e riprende il girotondo. Dice: – Vieni al *Sanleonardo*, questa sera.

– Non mi fanno entrare: ci vuole la tessera.

– E tu prendi la tessera.

– Mi conoscono tutti a Bologna, ormai...

– Tu mettiti un bel paio di baffi, la barba e gli occhiali da vista... Ci vediamo questa sera! – Lo pianta davanti a San Petronio e se ne va a casa.

Magari Rosas lo ha detto per scherzare, ma Sarti Antonio, sergente, non ha scelta e quando si presenta al *Sanleonardo*, baffi, barba e occhiali da vista, è sicuro che nessuno lo riconoscerà. Fa un po' ridere: i baffi gli pendono ai lati della bocca e si collegano alla barba all'altezza del mento... Proprio un bel lavoro! Ma ci ha sudato parecchio: si è truccato dodici volte prima di essere soddisfatto. Per gli occhiali è stato un po' difficile perché non ne aveva a portata di mano; cosí ha chiesto in prestito quelli di Felice Cantoni, che li usa per leggere. Il guaio è che, quando li ha sul naso, come adesso, non ci vede una madonna.

Arriva all'ingresso, come può, e chiede un biglietto. Gli dicono:

– Ci vuole la tessera del circolo. Ce l'hai?

– No.

– Vai a farla.

– Come ti chiami?

– Michele Santoro...

– Mille lire –. Paga e non gliele rimborsa piú neanche Cristo.

– Un biglietto...

– Mille lire –. Ripaga e non gliele rimborsa piú neanche Cristo. Cerca con gli occhi uno qualunque dei quattro o magari Rosas, ma è inutile, tanto le sole cose che riesce a intravvedere sono delle ombre sfocate. A tentoni trova una poltrona libera, dopo essersi seduto su tre tipi che non riesce a scorgere. Prega che venga presto il buio cosí potrà togliersi gli occhiali.

Comincia un sacramento di spettacolo teatrale che, a quanto sente, parla di una tale Thi, moglie di un tale Gui-ie, che si dispera perché il marito non torna a casa la sera. Dopo viene a sapere (Sarti Antonio. Ma lo viene a sapere anche la moglie) che il Gui-ie, invece di tornare dal lavoro e far l'amore con la moglie (sposata da venti giorni) se ne va in giro a far saltare i ponti... E avanti di questo passo fin che la voce di Rosas non gli dice, in un orecchio:

– Salute, sergente –. Gli sta seduto a fianco con il cappotto di Filippo Coco sulle ginocchia. Sarti Antonio gli sussurra:

– Dove sono?

– Vedrai...

Si va avanti ancora un po' con la storia di non so quali pioli e alla fine c'è pure il dibattito col pubblico. Quando tutti si alzano per andare a dormire si alza anche Rosas. Sarti Antonio, sergente, gli si attacca alla manica e non lo molla piú. Rosas se lo trascina dietro e si chiudono nel cesso.

– Sei matto? Se entra qualcuno ci prende per due finocchi!

– Sta' zitto e spegni la luce.

Restano chiusi nel cesso per un pezzo; poi non si sente piú nessuno in giro, fuori.

– Andiamo! – Rosas apre la porta e si fa luce con una pila elettrica. Non c'è piú nessuno: solo l'odore delle sigarette e della polvere del palcoscenico. Sarti Antonio, sergente, si strappa tutta la bardatura e finalmente può respirare. Dice:

– Guarda che qui ho già cercato io. È tempo perso! – Rosas non gli risponde e lo spinge in sala. Dice, sottovoce:

– Fa' piano e siediti lí –. Dopo, Sarti non lo sente piú. Si guarda attorno ma non ci si vede a un dito dal naso.

Stare al buio per un po' può anche essere simpatico, ma quando sono passati trenta-quaranta minuti, vi assicuro che la storia comincia a dare sui nervi. Soprattutto se puoi anche aspettarti, da un momento all'altro, una legnata in testa. Finisce che ti irrigidisci, incassi la testa nelle spalle e aspetti la legnata: ti si indolenziscono i muscoli del corpo. L'ambiente poi stimola la peristalsi intestinale (non so se capita anche a voi) e Sarti Antonio, sergente, è tormentato dai morsi della colite e vorrebbe tornare a chiudersi nel cesso di prima.

Sta per mandare tutto al diavolo e tirare una bestemmia, quando sente un rumore: non capisce bene di che genere, comunque si ripete. Come se qualcuno stesse aprendo una porta con i cardini arrugginiti. Ha un bel guardarsi attorno: gli resta solo da incassare ancora di piú la testa e magari proteggerla con le mani. Qualcuno parla:

– Dov'è la pila?

– Al solito posto...

– Sono umido fin dentro le ossa.

– Ho solo fame e vorrei...

Al «vorrei», improvvisa, la luce! Una bella luce piena, bianca, che illumina la scena come se fosse giorno e rompe gli occhi ai quattro attori involontari che stanno inchiodati sul palco. Sarti Antonio, sergente, li vede, ma quelli non vedono lui e bestemmiano, coprendosi gli occhi.

Ci sono tutti e quattro: Gastone Grossi, Michele Spinola, Andrea de' Cerchi e Filippo Coco. Poi entra in luce anche Rosas. Dice:

– Ti ho portato il cappotto –. E lo consegna a Filippo Coco.

Tutti rimangono di sasso. Alla fine è Andrea de' Cerchi che dice:

– Sei diventato matto? Cosa sei venuto a fare? – A questo punto è come se anche gli altri si svegliassero:

– Chi ti ha detto che eravamo qui?

– Come sei entrato?

– Ti ha seguito qualcuno?

– Cosa vuoi?

– Spegni quei fari...

– Vuoi che arrivi la polizia? – È il colpo di scena perché Sarti Antonio, sergente, salta sul palco e dice:

– È già qui! – Vi giuro che se la situazione non fosse cosí tesa mi metterei a ridere. Sarti Antonio, sergente, ha ancora un pezzo di baffo che gli pende dal labbro e qualche pelo di barba sparso qua e là sul mento.

Nessuno parla per un po', ma da come i quattro guardano Rosas, le cose non vanno molto bene.

Se sono stati loro a prendere a martellate la vecchia, adesso non ci mettono niente a prendere a martellate Sarti Antonio, sergente, e Rosas. Ma non succede.

Andrea de' Cerchi è il piú lucido di tutti. Prende Rosas per il cappotto e lo inchioda a una colonna:

– Perché hai portato qui questo... questo...

– Perché sa che non siete stati voi –. Andrea de' Cerchi si vede subito che è figlio di un marchese: magro, con due manine che farebbero invidia a una troia da casino. I capelli biondi gli incorniciano la faccia che sembra un Cristo. Chiede a Sarti: – È cosí?

– Se lo dice Rosas... – Il sergente guarda attorno. Quei quattro figli di puttana se ne stavano chiusi sotto il palco e sono usciti da una botola in un angolo. Va a guardare: la botola dà in un sotterraneo. Rosas spiega:

– Era la cripta della chiesa. Sopra hanno costruito il palco e hanno lasciato la botola per il materiale –. Sarti Antonio, sergente, scuote il capo. Dice:

– Li trovava il diavolo, sepolti lí sotto! Eravate nascosti qui anche tre sere fa?

– Ah, eri tu?

– Ero io e vi stavo cercando –. Gastone Grossi non ha ancora aperto bocca. Va vicino a Sarti Antonio e lo guarda in faccia. Chiede:

– Cosa vuoi? – È un bel tipo: val la pena di piangere per lui, come ha fatto Antonietta.

– Cosa vuoi? – Lo ripete in modo che bisogna subito spiegarsi:

– Voglio sapere tutto di quella sera e della vecchia –. Rosas è andato a spegnere i riflettori e ne ha lasciato uno solo: si sta un po' meglio senza quelle luci negli occhi. Non so come resistano per delle ore, gli attori.

Si siedono tutti sul tavolato e Sarti Antonio aspetta che qualcuno si decida. Li guarda in faccia, uno per uno: Gastone Grossi ha gli occhi lucidi, come se avesse la febbre e non ci sarebbe niente di strano, visto che quella cripta è impregnata di umidità e che siamo in inverno.

Sarti Antonio, sergente, si toglie il cappotto e glielo mette sulle spalle. Pare che nessuno abbia voglia di parlare. Allora comincia Rosas:

– Dovete raccontargli come sono andate le cose... – Gastone Grossi alza gli occhi e guarda Sarti. Ha proprio la febbre:

– Perché?

– Perché può darvi una mano...

– Un questurino? Da quando in qua?

A Sarti viene voglia di strappargli il cappotto che gli ha messo sulle spalle, poi pensa ad Antonietta e lascia perdere. Dice:
– Fidarsi di me, adesso come adesso, è la sola cosa che possiate fare; a meno che non preferiate morire, in quella cripta. E da come stai, non è escluso.

Andrea de' Cerchi è sempre il piú positivo. Chiede a Rosas:
– Chi ti ha detto che eravamo qui? – Rosas non si scompone:

– Voi –. Mostra il foglietto che Gastone Grossi ha mandato ad Antonietta Carioli. Spiega:

– Questi volantini sono stati stampati qui dentro qualche giorno fa per essere distribuiti stasera per la prima volta: non potevi averlo preso che qui dentro –. Gastone Grossi strappa il foglio dalle mani. Trema un po'. Domanda:

– Come sta?

Sarti Antonio, sergente, vorrebbe parlare, ma Rosas lo previene:

– Sta bene. Dice di salutarti e di fidarti di questo tipo.

A Sarti Antonio, sergente, la cosa torna nuova. Ha capito che quel tipo e Antonietta si vogliono bene sul serio. Ma allora, perché cazzo è andata a letto con lui? Si chiarirà piú tardi. Adesso ci sono i quattro. Chiede:

– Allora? – Gastone Grossi si stringe nel cappotto e comincia:

– Non c'è molto da dire. Siamo scappati per via dell'Unione e ci siamo infilati nella prima porta aperta che abbiamo trovato. Dentro c'era la vecchia, seduta in poltrona, morta. Tutto qui.

– E perché non avete avvertito la... – Andrea de' Cerchi è molto piú cattivo degli altri: è un marchese.

– Pensi che i tuoi soci ci avrebbero creduto?

– Non vedo perché non avrebbero dovuto –. De' Cerchi va vicino al sergente, proprio sotto il naso:

– O sei scemo o vuoi farci scemi!

In effetti, neppure Sarti Antonio riesce a credere che Raimondi Cesare, ispettore capo, non li avrebbe accusati immediatamente di assassinio, senza stare a pensarci due volte. Gastone Grossi riprende:

– Abbiamo aspettato che le acque si calmassero, che la polizia sgomberasse e siamo usciti. Solo che, là dentro, avevamo lasciato le nostre impronte un po' dappertutto e non ci avreste messo molto a trovarci. Cosí abbiamo pensato bene di sparire per un po' –. Cerca di fare il sarcastico ma, sarà la febbre o il freddo, non so, mi sembra che non ci riesca molto bene. Infatti dice:

– Perché immagino che le nostre impronte le avrete in Questura, no? – Sarti Antonio, sergente, non raccoglie. Domanda:

– Ma chi... Come avete fatto a entrare qui dentro?

– Ho la chiave e sapevo di questa cripta perché faccio parte del Gruppo che ha trasformato la chiesa in teatro...

Ci sono ancora un paio di cose da chiarire e Sarti Antonio, sergente, vuole che siano chiarite. Chiede:

– E per mangiare? E il biglietto ad Antonietta? E l'assegno che Andrea de' Cerchi ha ritirato alla banca?

– Il mangiare ce lo portano i fedayn... – Sarti crede di non aver capito bene, per cui dice:

– Prego?

– Un gruppo di studenti palestinesi che hanno stabilito la loro sede qui dentro. Quelli non parlano e a nessuno verrebbe in mente di interrogarli. Ed è stato uno di loro a portare il biglietto nella cassetta della posta di Antonietta...

È tutto chiaro? Sarti aspetta solo il discorso del marchese, che arriva:

– Io non ho ritirato nessun assegno. Nessuno di noi è piú uscito di qui, da allora.

Questo sarà un fatto da chiarire con Raimondi Cesare, ispettore capo, e magari con il direttore della banca.

Quando se ne vanno, Sarti Antonio, sergente, dimentica il cappotto sulle spalle di Gastone Grossi. O glielo lascia: non lo so e non glielo chiedo.

Fuori, dice a Rosas:

– Quel povero cristo ha la febbre alta. Se restano in quella cripta ancora per molto tempo, ci lascia la pelle –. Rosas smette per un attimo di fischiettare:

– Fa' presto a scoprire l'assassino e loro usciranno alla luce del sole!

– Perché non ci provi tu?

– E perché no?

10. Ricominciare…

…significa ripartire dalla notte del delitto, e non è facile. Non è facile dimenticare che i quattro si sono chiusi nell'ex casino (casa di tolleranza), che non hanno denunciato l'omicidio e che, dopo, si sono nascosti come delinquenti…

Non è facile dimenticare il tiepido corpo di Antonietta Carioli, gli occhi pieni di febbre del suo ragazzo…

Sarti Antonio va ad aspettare Antonietta all'uscita dell'università e le si mette al fianco. Le dice:

– L'ho visto!

– E non l'hai arrestato?

– No! Ma non andarlo a raccontare in giro.

– Come sta?

– È malato: ha la febbre. Gli ho lasciato il mio cappotto… – e se lo trovano e scoprono che è suo, non so come la metterà… Antonietta gli passa una mano sotto il braccio e si stringe a lui come una sera, qualche tempo fa.

– Grazie, sei un amico.

– No! Provo solo a credere a quello che mi raccontano, ma non ci riesco.

Lei gli trema al fianco fino alle due torri, senza parlare: ha sulla pelle il profumo che ha sentito quella notte e che gli è rimasto sulle mani per giorni interi, dopo. Se non fosse che lui è un sergente, se la stringerebbe vicino e magari le proporrebbe di accompagnarlo a casa sua. Né lui né lei hanno niente da dirsi. Sarti Antonio, sergente, pensa che è ora di salutare:

– Ciao.

– Dove vai?

– Non lo so…

– Posso fare qualcosa anch'io? – Sarebbe il momento di dirle che può fare qualcosa per lui. Ma si limita ad annuire e a guardarla negli occhi.

– Cosa?

– Telefonami, se hai voglia di stare insieme a qualcuno… – Antonietta gli sorride:

– Sí.

– È un bel ragazzo! – Vorrebbe aggiungere: «Ma non capisco perché sei venuta con me, l'altra sera…» Non lo fa perché ha paura di sentirla rispondere: «Perché non volevo che tu arrestassi Gastone Grossi». Le donne certe cose le capiscono al volo: sono molto, molto piú intelligenti degli uomini. Infatti Antonietta dice:

– Mi… mi sei piaciuto subito: non è strano che io e te… Mi sei piaciuto subito.

– E lui? Cosa dirà?

– Non è importante, ci vogliamo molto bene.

Sarti Antonio non ci capisce piú niente. Se ne va:

– Anch'io ti voglio molto bene –. Ma è già lontano e lei non l'avrà sentito. Si volta e vede che lo sta ancora guardando. È lei che gli fa cenno con la mano: gli telefonerà. E sorride. È bella! Una gran bella ragazza, e vi dico che Sarti Antonio, sergente, è partito. Se ve lo dico è perché lo conosco. Un tipo, quell'Antonietta Carioli, che piacerebbe anche a me e anche a voi. Ne sono certo.

Se la lascia dietro, ma se la porta con sé: voglio dire che lei va per i fatti suoi, ma Sarti Antonio, sergente, se la porta addosso, profumo, forma e tutto, fino a via Irnerio 27, dove trova Angela Scampini, seduta a tavola con Vincenzo Letizia, suo legittimo sposo; bevono il caffè. Gli usano anche la cortesia di chiedergli se ne vuole una tazza. Mentre la beve, Sarti chiede:

– Potrei dare un'occhiata alla camera della signora?

– Certo, nessuno l'ha piú toccata da allora!

Lo accompagnano e, mentre fruga qua e là con gli occhi, Vincenzo Letizia gli domanda:

– Novità?

– Nessuna.

– I quattro? – Sarti Antonio, sergente, fa un gesto vago, con le mani.

La signora Imelde non aveva granché da nascondere ai parenti e lui ha un bel cercare...

La passione dell'ex tenutaria di casino dovevano essere le canzoni: quelle d'amore. Sul comodino infatti c'è una pila di musicassette con tutti i nomi piú in vista della canzone italiana, che io non conosco o non ricordo, ma tanto oggi ci sono e domani non se ne parla piú. Un mangianastri per l'ascolto: ci vuole, se no, con che cosa li passa i nastri?

Sarti Antonio, sergente, già che c'è, dà un'occhiata per vedere se ci trova il nastro che doveva stare nel contenitore rinvenuto, vuoto, a terra, vicino al cadavere: *Le piú belle canzoni d'amore di Andrea Pappalardo*, per intenderci. Niente: ogni nastro ha il suo contenitore. Regolare!

Poi le solite cose: qualche gioiello (vero o falso) calze, sottovesti, intimità varie, fotografie, ninnoli di mezzo secolo fa, romanzi rosa, cartoline di buon Natale dall'Africa orientale italiana, vecchi giornali. Uno, di qualche secolo fa, riporta in prima pagina la notizia dell'approvazione della legge Merlin (per la chiusura delle case chiuse) da parte del Parlamento della Repubblica italiana.

Una cartolina d'invito del Comune di Bologna, Ufficio tecnico, completa di francobollo e in data piuttosto recente. Per l'esattezza una settimana prima che la vecchia tirasse le cuoia. Dice:

> La S.V. è pregata di presentarsi in questo Ufficio nei giorni di martedí o venerdí dalle ore 11 alle 13 per informazioni in merito alla pratica n°...
> Il Tecnico incaricato: geom. Polacchi Franco.

Puntata con uno spillo alla cartolina che vi ho detto, c'è una piantina della città: quelle piantine in scala 1 a 2000 che usano i tecnici e dove sono segnate le strade, i fabbricati, le zone verdi e via dicendo. Sarti Antonio dà un'occhiata, si vede proprio via dell'Unione e tutto il centro storico pieno di simboli: righe, colori, quadrettature eccetera...

Chiede:

– Di che si tratta?

Vincenzo Letizia rigira il cartoncino tra le mani. Dice:

– Non credo che sia importante: manca anche il numero della pratica. Forse volevano qualche informazione... – E lo rimette sul comodino, assieme alla piantina.

Un libretto di risparmio: quattro giorni prima di essere uccisa, la signora Imelde Scampini ha ritirato cinquecentottantamila lire.

Il sergente domanda:

– Le aveva nella borsetta?

Questa volta è Angela, la figlia, che gli risponde:

– Non lo so. Non sapevo neppure che le avesse ritirate. Gliel'ho detto, sergente, non ho piú messo piede qui dentro.

– Non avete trovato soldi, in giro?

– No! – È un no piuttosto secco, deciso.

– Non è che la signora avesse... avesse qualche persona alla quale si fosse affezionata? Voglio dire...

– Ma sergente, mia madre aveva ottant'anni!

– Non significa niente: io devo indagare in tutte le direzioni, cercate di capirmi...

Angela Scampini cerca di capirlo ma si mette a piangere lo stesso:

– Mi scusi. Ecco, non credo che la mamma... – e va a farsi proteggere dalle braccia dell'architetto.

Sarti Antonio, sergente, non ha piú niente da vedere e decide di togliere il disturbo. Dice:

– La signora doveva voler molto bene a quel... a quella casa –. E mostra il giornale di qualche secolo fa.

– Sí. Quando li chiusero, si ammalò. Ci aveva passato la vita là dentro.

Prima di uscire gli viene in mente un'altra cosetta:

– Cosa mi dite del martello che è servito per... – Non finisce perché Angela Scampini ricomincia a piangere forte e balbetta:

– Ecco... ecco... serviva alla mamma per... per chiudersi dentro quando andava là!

Sarti Antonio, sergente, non ha capito bene e probabilmente dalla faccia si vede. Infatti l'architetto Vincenzo Letizia gli chiarisce le cose:

– Sa, la porta non aveva la serratura a scatto, ma un vecchio catenaccio arrugginito. E lei, la mamma, usava il martello per chiudersi dentro col catenaccio...

– Ho capito. Ultima cosa: non ha mai pensato di vendere?

Questa è materia dell'architetto:

– Io gliel'ho ripetuto mille volte, ma lei, niente. Diceva che era troppo affezionata, che là dentro aveva passato la parte piú bella della sua vita... Recentemente mi aveva anche detto: «Non vendo, non vendo proprio. Non si sa mai. Ho certi progetti per la testa...» Pensi un po' che razza di discorsi: non si sa mai! Come se dovessero riaprirli. Se avesse ascoltato i miei consigli avrebbe trasformato quel casino in un alloggio per studenti. A cento metri dall'università, tutte camerette indipendenti... C'era da far fortuna!

– Adesso potete farla. Non c'è piú la vecchia signora che l'impedisce, no? – Sarti Antonio se ne va. L'architetto Vincenzo Letizia ha l'impressione di aver parlato troppo. E non ha torto.

Potrebbe anche essere un'idea. Si tratta di andare a vedere un po' nella vita di questo Vincenzo Letizia, architetto. Si tratta di andare a vedere dove sono finite le cinquecentottantamila lire. È probabile che fossero nella borsetta e che siano finite nelle tasche del martellatore. O in quelle dei quattro...

Ma adesso, il primo da scrivere nella lista è Vincenzo Letizia, architetto. E magari anche la bionda, piagnucolosa Angela «ecco» Scampini.

Poi è necessario andare a fondo nella storia dell'assegno mensile di Andrea de' Cerchi, ritirato alla banca non si sa da chi...

Gli chiarisce le idee il direttore della banca.

– Come ho già avuto occasione di assicurare all'ispettore capo Raimondi, sarà mia cura avvertire la polizia non appena il marchesino si presenterà a incassare l'assegno. È comunque un piacere personale che farò al signor ispettore capo: lei sa che i marchesi de' Cerchi sono nostri clienti ormai da generazioni...

– Come no? So, so...

E Sarti Antonio va nell'ufficio dell'ispettore capo Raimondi Cesare.

– Cos'è questa storia che hanno ritirato l'assegno?

– Sei stato alla banca?

– Ci sono stato...

– Non ti fidi di quello che dico?

Non può raccontargli che è stato Andrea de' Cerchi in persona a dirgli di non aver incassato l'assegno. Per cui risponde con un chiaro:

– No!

– Non importa. Importa invece che tu lasci in pace il marchese Fioravante de' Cerchi. Il tuo compito, è vero, come si dice, è quello di trovare quei quattro. E dai risultati mi sembra che tu sia ancora molto lontano. In ogni caso, è vero, come si dice, il direttore della banca mi avvertirà... E adesso, sergente Sarti Antonio, mi parli delle indagini che le ho affidato!

Sarti non ha molto da dire. Anzi, proprio niente. Perché è chiaro che non può snocciolargli tutta la storia; cosí alza le spalle, incassa la testa e borbotta:

– Li sto cercando. Li sto cercando e li troverò.

– Molto bene. Molto bene: quattro individui non scompaiono senza lasciare traccia.

– È anche la mia opinione.

È sulla porta e Raimondi Cesare, ispettore capo, gli ripete ancora:

– E lascia in pace il marchese Fioravante de' Cerchi: fa' come ti dico io!

Lui fa segno di sí col capo.

A casa, chiuso nel bagno giunge alla conclusione di aver commesso parecchi errori. Il piú grosso: non aver fatto arrestare i quattro chiusi nella cripta. Un altro: aver dato ascolto a Rosas. Un altro: aver lasciato il cappotto a Gastone Grossi. Un altro: non aver raccontato tutto all'ispettore Raimondi Cesare. Un altro: aver raccontato ad Antonietta Carioli del suo incontro coi quattro. Un altro: essersi scoperto con il marchese Fioravante de' Cerchi. Un altro: essersi arruolato nella polizia…

Ma non c'è piú niente da fare: deve andare avanti per conto suo, tenersi i suoi errori e cercare una via d'uscita.

E inoltre, non c'è piú niente da fare: è un sentimentale e io ho un bel dirglielo.

E ancora, non c'è piú niente da fare: occorre trovare un altro colpevole a tutti i costi, se non vuol rischiare di essere invischiato in un ginepraio da sant'uffizio.

E infine non c'è piú niente da fare: deve solo fidarsi di Rosas, dei quattro, di Antonietta Carioli… Per quest'ultima, non fa sforzi: si fida!

11. Le prostitute servono sempre...

... infatti Rosas gli telefona e gli dice:

– C'è qui una ragazza che desidera parlarti.

– Per cosa?

– Per Imelde Scampini.

– È domenica e io sono di riposo. Dille di andare domani dall'ispettore capo Raimondi Cesare... – L'altro lo interrompe:

– Non fare il coglione: ti aspetto! – E riattacca. Sarti Antonio, sergente, mi guarda e scuote il capo:

– È domenica: vadano a farsi fottere tutti!

Gli dico che non è il caso e che può essere importante e che Rosas non lo scomoderebbe se non per gravi motivi e che deve darsi da fare se vuole venirne fuori pulito e che... Manda anche me dove ha mandato gli altri e scende. Prende l'ottoecinquanta.

– Chi mi rimborsa la benzina? Con quello che costa. E gli straordinari? Sai quanto li pagano? Ottocento lire l'ora, uno schifo! Però non devo superare le trenta ore mensili; io supero le cento. Le settanta che restano, chi me le paga?

Brontola fino a via Santa Caterina.

Seduto, in casa di Rosas, c'è un donnone grosso che dice:

– Salve, sergente... – Sarti Antonio non sa il suo nome, ma sa che è una prostituta che batte la zona di San Vitale, centro storico: ha molto lavoro perché quello è il ghetto dei sudisti. Le autorità cittadine non vogliono che si dica che il centro storico è diventato un ghetto, ma non vedo come lo si possa chiamare...

Adesso ve lo racconto: il primo uomo del Sud è arrivato tanti anni fa e ha trovato un buco di casa in San Vitale. Da quel giorno sono arrivati a migliaia e si sono sistemati dove gli abitanti del luogo già stavano stretti. Hanno messo casa nei solai, nelle cantine, nei magazzini, nei retrobottega, nei sottoscala, nei gabinetti e sono pronti a noleggiare la loro mano d'opera sottocosto. Ma siccome non tutti trovano da noleggiare le braccia, li potete vedere di giorno e di notte mettere su casa sotto i portici ad aspettare il messia. E cantano. Nei bar. Ci scappa anche qualche coltellata: basta leggere il giornale.

Il lavoro che rende di piú è lo sfruttamento di battone; lo fanno perché è comodo, non è faticoso, è un lavoro che non va mai in crisi e, soprattutto, a nessuno è mai venuto in mente di tassarlo o stabilire un'*una tantum*.

Non voglio fare del razzismo. Chiamo le cose con il loro nome e dico ghetto perché è un ghetto.

Molti riescono anche a fare il muratore, il manovale o qualche altro mestiere: sono quelli che poi mantengono gli altri che non lavorano. E le puttane prosperano.

Quella che ha detto «Salve, sergente» è grossa. È grossa e mi ricorda la sorella di un mio amico che voi però non conoscete e non potete sapere quanto sia grossa.

– Allora?

Rosas spiega:

– Ha visto qualcuno uscire dalla porta di via dell'Unione, poco prima che succedesse il casino con la polizia... – Sarti Antonio, sergente, non lo fa finire.

– Chi ha visto? – La donna parla con un accento napoletano che mi piace tanto. Dice:

– Eh, questo, caro sergente, non lo so proprio. Non conosco tutti: sto da poco in questa bella città...

– Raccontagli le cose da principio.

– Volentieri: passavo di lí...

– Passavi di lí?

– Sergente, è proibito passare di lí? – Sarti Antonio, sergente, non sopporta che non si chiamino le cose con il loro nome. Specifica:

– Stavi aspettando clienti! E di' le cose come sono, Cristo!

– E va bene: stavo aspettando clienti. Comunque, stavo lí e ho visto un giovane... Bello, sergente, proprio bello! Magro e alto. Aveva gli occhiali. A me piacciono quelli con gli occhiali: mi sembrano... Come si dice? Mi sembrano...

– Intellettuali?

– Ecco, sí. Intellettuali. È uscito da quella porta e se l'è chiusa alle spalle. Gli ho detto: «Giovanotto, volete un po' di compagnia?» Lui mi ha sorriso e ha detto di no con la testa. Proprio cosí, sergente: mi ha sorriso. Dolce come avrebbe sorriso alla sua ragazza. Un bel sorriso dolce... – Sarti Antonio, sergente, comincia a gasarsi.

– Senti, serve il suo nome: cerca di stringere.

– Non lo so! Però lo vedo spesso da quelle parti: quasi tutte le sere. Al bar: prende un cappuccino e una pastina proprio quando io scendo per andare a lavorare... Sergente, quello non può essere un assassino! Con un sorriso cosí dolce, non può...

Sarti Antonio taglia corto:

– Questa sera me lo indichi. Dove ti trovo?

– Al solito posto, sergente. Alle dieci.

Per far venire le dieci di sera c'è una sola cosa da fare: andare al *Gianni Falchi*, al baseball. Devo aver già detto, da qualche parte, che Sarti Antonio, sergente, è un appassionato di baseball. Non so cosa ci trovi: è un gioco troppo complicato per me; però permette di pensare.

È un gioco d'intelligenza, dicono. Una sfida fra chi lancia e chi deve battere: quasi fra Raimondi Cesare, ispettore capo, e Sarti Antonio, sergente. E chi ha piú testa la spunta sull'altro; anche se l'avversario ha due spalle e due braccia cosí.

Dicevo che il baseball permette di pensare e Sarti Antonio, sergente, ha tempo di ricordare che il marito di Angela Scampini, Vincenzo Letizia, architetto, porta gli occhiali ed è magro. Anche se non è proprio bello bello.

Alle dieci di sera s'incontra con la battona in via dell'Unione: se gli indicherà Vincenzo Letizia, Sarti Antonio, sergente, non ne sarà molto sorpreso. Ma non è cosí.

La cicciona gli indica il suo «intellettuale» attraverso la vetrina del bar pasticceria *Squaiella*, ma lei resta fuori. Sarti Antonio, sergente, entra e gli mette una mano sulla spalla (mentre quello sta rimestando il cappuccino) proprio come farebbe un poliziotto serio. Gli dice:

– Vuole venire con me?

– Perché?

È un tipo pallido, capelli corti, magro e alto. A pensarci bene ha l'aria dell'intellettuale e può persino sembrare bello. Non è il mio tipo comunque. Ha chiesto «perché» sorridendo. Per questo (perché è educato) Sarti Antonio, sergente, ritiene giusto fargli vedere la tessera:

– Alcune domande –. L'altro sorride ancora, un sorriso delicato che viene dagli occhi e gli chiede:

– Posso finire? Non ho mangiato… – Il sergente fa di sí con la testa e lo aspetta. Fuori, la prostituta cicciona se n'è andata: non vuole farsi vedere quando usciranno.

In Questura non c'è ormai quasi nessuno e Sarti può portarsi il giovanotto nell'ufficio (vuoto) di Raimondi Cesare, ispettore capo, e gli chiede, senza tanti giri di parole:

– Conoscevi Imelde Scampini? – E senza tanti giri di parole quello risponde:

– La conoscevo. Sí, è morta –. Non era questa la risposta che Sarti Antonio, sergente, si era preparato ad ascoltare, per cui adesso ha bisogno di un attimo di riflessione. Ricomincia:

– Quando l'hai vista l'ultima volta?

– La sera in cui l'hanno ammazzata, – risponde l'altro, gentile, sempre sorridendo con gli occhi, come se quello che va dicendo fosse la cosa piú naturale del mondo. Sarti Antonio, sergente, visto il tipo, non si stupirebbe se, alla domanda che sta per fargli, quello rispondesse: «Sí!»

– L'hai uccisa tu?

– Vuole scherzare? Perché avrei dovuto ucciderla?

– Devi dirmelo tu –. Silenzio. E Sarti Antonio, sergente, deve ricominciare:

– Com'è che sei stato da lei quella notte? Come sapevi che era là? Cosa volevi? Perché l'hai uccisa? – Poi gli viene in mente che non sa ancora la cosa piú importante. – Come ti chiami? Hai un documento? – Questa è la prima cosa che un poliziotto che si rispetti dovrebbe fare: chiedere i documenti. Evidentemente Sarti Antonio, sergente, non è un poliziotto che si rispetti; ma non c'è nessuno che glielo possa contestare dal momento che sono solo loro due. Quello fruga nel borsetto che tiene appeso al collo e gli mostra la patente:

Cognome: Macchiavelli; nome: Loriano; data e luogo di nascita: dodici-tre-millenovecentoepassa, Vergato-Bologna; residente: San Lazzaro di Savena, Bianchina 10.

– Bene. Adesso spiegami tutto –. Il sergente si appoggia allo schienale come ha visto fare tante volte a Raimondi Cesare, ispettore capo, e aspetta a occhi chiusi. L'altro non sembra molto preoccupato. Dice:

– Sapevo che sareste arrivati, prima o poi.

– E allora perché non sei venuto tu da noi, prima?

– Non avevo niente da dire –. È un tipo che parla sottovoce e non si scalda: un tipo che avrebbe potuto tranquillamente prendere a martellate la cara, dolce vecchietta senza scomporsi. E Sarti Antonio, sergente, comincia anche a farci un pensierino. Solo che quando lo guarda negli occhi cambia idea. Ma questo non significa niente. Lo ascolta attento:

– Sono entrato dalla signora Imelde perché ho visto aperto. Mi è sembrato strano: lei, di solito, veniva di pomeriggio. L'ho incontrata molte volte di pomeriggio... Mi ha fatto anche visitare tutte le camere. Cominciava dall'ultimo piano e apriva le finestre; poi risaliva, spolverava qua e là e se ne andava. Tutti i pomeriggi. Trovare aperto di sera mi ha meravigliato. Era seduta in poltrona e mi è sembrato che aspettasse qualcuno perché quando mi ha sentito ha domandato: «È lei?» Non ci vedeva molto: riconosceva la gente dalla voce. Ho detto che ero io e mi è sembrata delusa e anche scocciata. Le ho chiesto perché tenesse la porta aperta e non avesse chiuso col catenaccio, come faceva di solito, ma non mi ha risposto. Ha detto: «Lasci pure aperto. Buonanotte!» Le ho chiesto per la camera e mi ha risposto che non era il momento, che aveva da fare e che me ne andassi.

Pare che non abbia nient'altro da raccontare. Sarti Antonio, sergente, domanda:

– Come mai la conoscevi?

– Mi avevano detto che si era decisa ad affittare le camere e mi ero presentato per questo. Solo che non ricordava mai le cose e ogni volta dovevo rifare la storia: chi ero, cosa volevo, chi mi mandava, che mestiere facevo... Alla fine rispondeva invariabilmente che non aveva ancora deciso e che ripassassi la settimana dopo.

– Che mestiere fai? – Quello ci pensa un po'. Dice:

– Scrivo. Scrivo per il teatro ma non interessa nessuno.

– E ci vivi?

– No! Non interessa nessuno. Scrivo anche dei gialli...

Benissimo! Questo scrive gialli.

– E ci vivi?

– Sí. Interessano.

Sarti Antonio, sergente, resta un po' a pensare, poi decide; decide anche perché sono già le undici e mezzo. Di notte. Dice:

– Non mi sembri molto normale. Ti dispiace se ti accompagno in cella e ti ci lascio fino a quando non abbiamo accertato un paio di cosette che ti riguardano?

La risposta viene, chiara, distinta e rafforza in Sarti Antonio, sergente, l'idea che quel tipo non ha tutte le rotelle.

– No. Non mi dispiace, fate pure. Solo vorrei avvertire Franca che non stia in pensiero.

– Chi è?

– Franca? Una. Posso telefonare?

Sarti Antonio, sergente, spinge verso di lui il telefono del capo. Quello fa il numero (che Sarti si segna in testa) e intanto dice:

– Sarà difficile che troviate qualcuno disposto a dirvi che io non c'entro. Sarà altrettanto difficile trovare qualcuno disposto a giurare che l'ho uccisa io.

Decisamente al tipo manca qualche venerdí. Sarti Antonio dovrà lavorarci sopra parecchio. Dichiara:

– Basterà il fatto che sei stato là dentro la sera che l'hanno uccisa e che, dopo di te, nessuno l'ha piú vista viva.

– Tranne quello che l'ha ammazzata. Dovrete spiegare anche perché l'avrei fatto e sarà difficile trovare un motivo che regga... Pronto? Ciao, sono io. Questa sera non torno: mi mettono dentro. Non lo so. Vuole vedere... Vuole cercare qualcosa... Sta' tranquilla. Ciao –. Riattacca. Dev'essere una casa di matti: lui telefona e dice «Mi mettono dentro» e lei non si precipita in Questura a vedere cos'è successo. Magari va a letto e dorme. Una casa di matti!

Sarti Antonio, sergente, riprende il discorso da dove l'ha interrotto:

– Lo troverò un motivo che regga, sta' sicuro. Se c'è, io lo troverò! – E si alza. Si alza anche quel tipo di scrittore. Dice:

– Voglio proprio vedere... Voglio proprio vedere.

L'ha fatto incazzare e Sarti lo spinge fuori dall'ufficio di Raimondi Cesare. Deve fare presto a chiuderlo in una cella perché già da qualche minuto i morsi della colite... La solita storia, insomma, come sempre, quando si arrabbia.

Dopo, si chiude nel gabinetto della Questura; ma è scomodo, sporco, fetente e c'è solo carta di giornale...

Gabinetto reazionario, oltretutto.

12. Tanto per fare un riepilogo

Forse lo ricordate meglio voi, le cose stanno a questo punto: ci sono quattro individui ricercati dalla Questura perché accusati di aver preso a martellate in testa la cara, dolce vecchietta. I quattro (e con Rosas fanno cinque) sostengono di non saperne niente. Argomenti che dimostrano la loro innocenza ce ne sono e li abbiamo visti. Argomenti che dimostrano la loro colpa ce ne sono e li abbiamo visti.

In teoria il discorso potrebbe già essere chiuso: basterebbe che Sarti Antonio, sergente, si presentasse al *Sanleonardo* con un paio di agenti, bussasse alla cripta e dicesse: «In nome della Repubblica, della legge e del popolo, io vi dichiaro in arresto». Ma ha la maledetta mania di ascoltare Rosas e, anche se fa fatica – molta – a credere che i quattro non c'entrino, cerca di convincersi. E di convincere me e voi…

Allora, se non sono stati i quattro, è stato quel tipo di scrittore di gialli…

A meno che non siano stati l'architetto Vincenzo Letizia e consorte…

A meno che non sia stato qualcun altro che ancora non si è visto in giro…

A meno che…

Per Vincenzo Letizia e consorte potrebbe anche esserci il movente: avere, finalmente, la disponibilità dell'ex casino e ricavarci un pozzo di soldi, visto che quel fabbricato nel centro storico è una specie di miniera d'oro. A sentire i competenti, almeno…

Per lo scrittore di gialli il problema è piú complicato; ma c'è una battona che l'ha visto uscire... Si tratterebbe di vedere se le cinquecentottantamila lire sono finite sul suo conto in banca. Sempre che abbia un conto in banca.

Sarti Antonio, sergente, decide di andare a trovare Vincenzo Letizia nel suo studio.

Suona dove c'è un cartello: «Vincenzo Letizia, architetto-pittore-scultore».

– Chi è?

– Sarti Antonio –. Letizia gli apre: un sottotetto (sempre nel centro storico) che non ha piú niente del sottotetto. È una reggia: tappeti dappertutto che ti viene voglia di toglierti le scarpe: le travi del tetto colorate in rosso, in verde; luce diffusa che non si capisce bene da che parte arrivi; una temperatura dolce che ti potresti spogliare senza correre il rischio di prendere il raffreddore... Poi, quadri e sculture dappertutto. Non ci si capisce una madonna, ma ce ne sono in tutti i buchi!

L'architetto accoglie Sarti sorridente, cordiale e gli dice:

– Come mai da queste parti, sergente?

– Vorrei costruirmi una villa.

– Sono ai suoi ordini –. E si mette a ridere come un matto. Ride che gli vengono le lacrime agli occhi. Che un questurino venga a chiedere il progetto di una villa, evidentemente, lo diverte molto.

Mentre l'archipittoscultore si asciuga il pianto sotto gli occhiali, Sarti Antonio, sergente, dà ancora un'occhiata ai quadri e alle sculture.

– Cosa ne dice? – Sarti Antonio non ne dice niente e alza le spalle: la soffitta è un labirinto, non sa piú da che parte sia la porta d'ingresso.

– Vorrei che lei fosse sincero.

– Sempre: soprattutto con la polizia –. E giú di nuovo a ridere come un matto.

– Voglio sapere se lei era al corrente che la signora Imelde Scampini, defunta, aveva una relazione con un ragazzo.

L'architetto smette di ridere immediatamente:

– Non è possibile! Aveva ottant'anni!

– Non vuol dire. Lei ne sapeva niente?

– Niente! Mi pare impossibile…

– E la figlia?

– Non glielo dica: la ucciderebbe!

– Non ho capito. Chi ucciderebbe? La madre?

– Dico che una notizia simile farebbe molto male alla mia Angela –. Adesso parla sottovoce, come se non volesse farsi sentire in giro.

– Io non ho detto che sicuramente aveva un amante…

– Allora?

– Cerco di scoprire dove possono essere finite le cinquecentottantamila lire che la defunta aveva ritirato dal suo libretto prima di… Che le abbia date a un uomo, mi pare la deduzione piú logica; e ci sarebbe anche un tipo che pare fatto su misura e che si trovava spesso con la vecchia signora… Altre soluzioni non ne vedo, dal momento che nessuno sa dirmi dove possono essere finiti quei soldi. Cinquecentottantamila lire non servono per la spesa… O servono?

Una mezza idea di dove possono essere finite le cinquecentottantamila, Sarti Antonio, sergente, l'avrebbe. S'informa:

– Da quanto tempo ha questo studio?

– Ho finito di arredarlo pochi mesi fa.

– Ha finito anche di pagarlo? – È la seconda volta che Sarti Antonio, sergente, dice al Letizia delle cose che non dovrebbe dire. Perciò l'architetto scultore gli risponde male:

– Sono affari miei, non la riguardano!

– Chissà…

L'idea gli è venuta quando ha visto quella specie di reggia e adesso val la pena di andare a fondo. Chiede:

– Ha molto lavoro, architetto? – Quello fa un cenno con la mano. Vago.

– E quelle cose lí? – Indica i quadri e le sculture sparse per terra e continua: – Quelle cose lí rendono bene?

– Chieda in giro. Si informi: è il suo mestiere, no?

– Lo farò, lo farò. Avrebbe potuto risparmiarmi un po' di fatica.

– Neppure se mi paga! – Il signor architetto è diventato proprio cattivo.

L'incontro è stato utile: Sarti Antonio, sergente, saluta e si avvia all'uscita. Solo che prende la strada sbagliata, in quel labirinto, e apre una porta che non avrebbe dovuto aprire. Alle donne nude è ormai abituato: ne vede un po' dappertutto. Ma quella che trova oltre la porta sbagliata gli fa una certa impressione. È grassottella, pienotta, non molto alta, ha due seni mostruosi e se ne sta seduta su una poltrona a leggere il giornale. Non si scomoda: alza gli occhi dal foglio, sorride e dice:

– Buongiorno –. Semplicemente.

A Sarti Antonio, sergente, non resta che scusarsi:

– Dolentissimo! – e richiude la porta.

Letizia Vincenzo è bianco come un foglio di carta. Balbetta:

– Lei... lei... Ah, ma non finisce qui! Andrò a fondo in questa storia! Lei... lei... non può entrare in casa mia e fare i comodi suoi! Lei... lei...

– Ho suonato e lei mi ha fatto entrare. Tutto qui. Adesso le chiedo scusa e lei mi deve scusare.

– Io non scuso niente: lo ha fatto di proposito! I suoi superiori...

Sarti Antonio, sergente, taglia corto:

– E sua moglie, la gentile signora Angela Scampini in Letizia, è informata di quella scultura che sta di là a leggere il giornale?

– Se prima era bianco come un foglio di carta da lettere, adesso l'architetto è giallo come la carta da pacco.

– Mi accompagni all'uscita, prima che mi capiti di aprire qualche altra porta e magari ci trovi un signore nudo che fuma la pipa seduto sul bidet. Grazie!

Letizia lo accompagna, senza fiatare, verso l'uscita. L'aria fresca della strada aiuta Sarti Antonio a respirare meglio. Ha l'impressione di avere messo il dito sulla piaga e all'Ufficio tecnico del Comune glielo confermano.

Gli dice un impiegato in camice bianco che pare un medico di servizio in una corsia d'ospedale:

– No, signore. L'architetto Vincenzo Letizia non ha presentato progetti per le approvazioni regolamentari. No, signore: non sarebbe possibile costruire senza progetti depositati. Sí, signore: ogni pratica per costruzioni, restauri, manutenzioni, arredamenti eccetera, deve essere sottoposto all'esame dei tecnici preposti e al parere della relativa Commissione consultiva edilizia. Sí, signore, l'architetto Letizia Vincenzo è regolarmente iscritto nell'albo professionale. Buongiorno, signore.

Sarti si sfoglia tutto il Bolaffi per vedere le quotazioni dei quadri del pittore Vincenzo Letizia, ma non trova neppure il nome.

Come diavolo quel brav'uomo faccia a spendere tutti quei soldi nell'arredamento di una soffitta-studio, come faccia anche solo a campare, comincia a diventare un problema serio. Ma con un po' di pazienza, si può venirne a capo.

Di corsa (è un giorno importante e deve far presto), Sarti va a trovare la signora Angela Scampini in Letizia. La trova che sta piangendo, come al solito.

– Deve rassegnarsi, signora. Non c'è piú niente da fare...

– Lo so! Ma sembra tutto cosí... ecco, cosí assurdo!

Il sergente viene subito al punto:

– Lei ricorda se suo marito, la sera in cui successe il fatto, era a casa con lei?

Quella tira su con il naso, prima di rispondere. Poi dice senza pensare:

– No, non era con me: per questo ho aspettato ad andare a cercare la mamma. Ho aspettato che tornasse mio marito perché, ecco, magari, la mamma gli aveva detto che sarebbe uscita...

– E quando è tornato suo marito?

– Ecco, mi pare che fossero le due...

– E non gli aveva detto niente? La mamma... Voglio dire: non aveva detto all'architetto che sarebbe uscita?

– No! Ed è stato da allora che ho cominciato a preoccuparmi sul serio...

– E suo marito dov'era stato fino alle due di notte?

– Ecco, credo... Non lo so! – Adesso le viene in mente qualcosa. Come se qualcuno le avesse aperto un sipario davanti al naso.

– Perché vuol sapere queste cose di mio marito?

Sarti Antonio, sergente, non le risponde e quella ricomincia a piangere. Piú forte:

– Non vorrà dire... Non crederà che Vincenzo... Non penserà che...

– Niente, niente. Stia tranquilla: sto solo cercando di far quadrare i fatti. Avrei potuto chiederle di lei, di suo fratello, di qualche parente... Andava d'accordo l'architetto con la signora? Non ha mai... Non discutevano mai, non so, per questioni economiche...

– Mio marito lavora molto: rientra sempre tardissimo la sera... Ecco: tutto qui! Lavora al suo studio... Doveva finire l'arredamento e rimaneva fino a tardi... Ecco...

– E i soldi per lo studio, glieli ha dati lei?

– Io non ho soldi! Li aveva la mamma e lo studio è ancora da pagare...

Altro sipario sollevato e altro pianto straziante.

Sarti lascia la signora sulla porta a piangere e corre (ancora) allo studio di Vincenzo Letizia. È una giornata piena e Sarti Antonio, sergente, ha l'impressione di essere vicino alla soluzione. Anch'io, se pure non c'entro. Suona:

– Chi è?

– Sarti Antonio.

L'architetto gli apre ma non lo fa passare. Dice:

– Se lei vuole entrare, deve mostrarmi il mandato...

– Non voglio entrare. Voglio sapere dov'era la sera del delitto.

– Non lo so. Non ricordo...

– Non è passato un secolo: deve ricordare!

– Ero qui! Ero qui a lavorare!

– A che ora è tornato a casa?

– Non ricordo. Alle due di notte, mi pare...

– Bravo: le pare! Naturalmente nessuno può testimoniare che lei era qui a lavorare...

Stavolta il Vincenzo Letizia gli sorride: è sicuro di sé. Dice:
– Qualcuno c'era qui, sergente.

– E chi?

– Glielo dirò quando sarà il momento –. Dietro l'architetto appare la donna del giornale. Vestita. Anche cosí le sue tette sono immense, mostruose. Dice ancora «Buongiorno» e saluta il sergente con la mano.

– Me l'immagino con chi stava lavorando...

Sarti se ne torna in strada: l'unico neo di una giornata proficua è proprio la donna dal seno immenso. La sua testimonianza per la sera del martellamento della vecchia. Ma si può superare.

– Si può superare. Cosa ne dici?

Non ne dico niente: ne ho abbastanza di tutto quel correre avanti, indietro e glielo comunico. Mi risponde:

– Ti offro un caffè. A casa mia.

Lo preferisco perché posso berlo seduto in poltrona e magari a occhi chiusi.

Sarti Antonio canticchia, sottovoce, in cucina, mentre prepara il caffè e sento il profumo che arriva fin qui.

Mi meraviglia molto che Sarti Antonio canticchi, sia pure sottovoce. Evidentemente è soddisfatto.

– E la colite?

– Niente: da tre giorni non si fa sentire. Sto proprio bene. Bevi? – Bevo mentre Sarti Antonio, sergente, va ad aprire la porta. Entra Antonietta Carioli: felice epilogo di una giornata felice. Dice:

– Accompagnami: voglio vederlo!

– Cosa ti salta in mente?

– Devo sapere come sta: hai detto che aveva la febbre... Ti prego.

– È tardi...

– Ti prego! – Ha gli occhi lucidi e sta per piangere.

Come ho già avuto occasione di dire, Sarti Antonio, sergente, ha fatto il callo alle donne che piangono, ma Antonietta Carioli non è una donna qualsiasi. La guarda un po' e mormora:

– Va bene.

Ha una chiave, da qualche parte, che già gli è servita per entrare al *Sanleonardo*.

Entrano e nessuno li vede: è notte. Sarti accende la luce della sala: ormai è di casa, là dentro. Guarda in faccia Antonietta e la vede sollevata; ha un po' di colore sulle guance. Gli fa rabbia che sia cosí attaccata a quel tipo dai capelli lunghi; ma non può pretendere che sia attaccata a lui.

– Siediti –. Sale sul palco e picchia col tacco sulle tavole: – Venite fuori! – Silenzio.

– Venite fuori: non ci sono guai. Ho bisogno di fare due chiacchiere... – Ancora silenzio. Allora Sarti Antonio solleva la botola: sotto c'è la pace di un cimitero, di notte. Fruga con la lampada e non può far altro che bestemmiare.

– Cristo, non ci sono piú!

Scende: il suo cappotto, arrotolato e pieno di muffa, è in un angolo della sala. Se ne sono andati e ben gli sta!

– Quei figli di puttana!

Antonietta Carioli piange, in silenzio, con le mani e il capo appoggiati alla poltrona davanti alla sua.

Lui l'aiuta ad alzarsi: le lacrime le scendono sulle guance e le arrivano agli angoli della bocca, umida.

Sarti Antonio, sergente, non ce la fa: se la stringe e le sfiora le labbra con le sue. Salate di pianto.

– Li troveremo. Calmati: li troveremo... – Ma non sa come; e non sa che cosa dire.

– Credo che stia molto male...

– Calmati –. E la bacia, forte questa volta. Si sente un porco perché è molto facile farlo adesso, con lei in quelle condizioni. Ma la bocca umida di lacrime...

– Vieni! – La ragazza lo segue, docile, tranquilla, tremante. Il sergente si toglie il cappotto e glielo mette sulle spalle. Spegne la luce della sala e fa appoggiare Antonietta alla parete. Lí, in piedi, nel silenzio del teatro, la sente viva come non l'aveva sentita mai.

È lei che gli si attacca con la disperazione del dolore.

Sarti Antonio non la capisce piú! Non importa: può sfiorarla, viverla, superarla... E lei lo aiuta, appesa a lui come appesa alla vita... Senza piú parlare... Solo il suo respiro caldo...

Per tutto il tempo, Antonietta non smette di piangere e lo bacia, lo bacia; come se non avesse baciato da anni.

Alla fine, vuoti, rimangono stretti per un po' di calore.

Buio, silenzio, odore di teatro, di lacrime...

13. Adesso ce l'ha con Rosas

Mangiargli la faccia a quel disgraziato, miope, drogato! Ma Rosas neanche si sposta: lo ascolta, sdraiato sul divano; occhi chiusi e libro appoggiato sullo stomaco. Sarti Antonio, sergente, può sfogarsi, visto che quello continua a fischiettare la sua sinfonia:

– ... e se c'è uno che può farti finire nei guai, Cristo!, sono io! E se credi di potertela cavare cosí, Cristo!, ti sbagli! Tu e quei tuoi quattro compagni dei miei coglioni! Voglio che mi spieghi che soddisfazione ci provi a piantarmi nelle peste! Sai cosa? Se non mi dici dove sono, dentro ci finisci tu, com'è vero che mi chiamo... Che mi chiamo... – Si ferma a riprendere fiato e anche perché deve passargli un morso al ventre che da stamattina si ripete a intervalli di tre minuti: roba da sala parto.

– Mi hai fatto fesso e va bene! Ti ho creduto e peggio per me! Ti sei divertito alle mie spalle e buon pro ti faccia! Sei riuscito a compromettermi e te ne ringrazio! Ma adesso è finita! Lì trovo, li porto dentro tutti quattro e non c'è Cristo che tenga! Sai cosa? Dentro ci finisci anche tu! Sissignore! Per averli nascosti!

– Vuoi sederti che mi fai girare la testa, sergente? Hai già bevuto il caffè?

Rosas non aspetta la risposta: va in cucina e lo prepara. E, mentre traffica, ammonisce:

– Ti scaldi troppo. Poi ti vengono gli attacchi di colite.

Sarti Antonio, sergente, lo raggiunge:

– E perché, perché se ne sono andati se non avevano niente da nascondere? Mi avete fregato: tu e loro! Figli di puttana: tu e loro! Ma mi fa piacere, in un certo senso, perché hanno dimostrato che avevo ragione io. Fin dall'inizio: sono stati loro e adesso credono di essere al sicuro. Si illudono, perché appena mettono fuori le loro quattro facce da culo, li insaccano e li portano dentro! Le loro quattro facce da culo, caro mio, sono appese ai cruscotti di tutte le pattuglie auto e non ce la faranno a stare nascosti in eterno. Non ce la faranno!

– Perché te la prendi tanto? Al loro posto avrei fatto lo stesso –. Gli offre una tazzina e Sarti Antonio, sergente, assaggia:

– Fa schifo! – È normale: tutti i caffè fanno schifo se non li ha preparati lui.

– Bevilo com'è. Al loro posto avrei fatto lo stesso. Non ci si può fidare di un questurino. Hanno fatto bene. Mi meraviglio che tu non ci abbia pensato prima. Anzi, non mi meraviglio: è normale.

– Ma perché mi hai portato da loro?

– Perché capissi che dovevi cercare altrove. Che loro non c'entravano!

– Un accidente! Ho cercato altrove e sai il risultato? Adesso di assassini ne ho sei. Anzi otto, se ci metto l'amante e la moglie dell'architetto Vincenzo Letizia! I tuoi quattro compagni (che poi non ho ancora capito perché i tuoi amici non c'entrino mai!), una specie di scrittore mezzo scemo che si dà al teatro e ai gialli, un architetto-pittore-scultore pieno di debiti, sua moglie e la sua amante dalle tette da elefante (una cosa orrenda!) E magari, se cerco ancora ne saltano fuori altri!

– Tanto meglio! Piú ce ne sono, maggiori probabilità hai di sbagliare...

Rosas si rimette sul divano e si toglie gli occhiali: in quella casa fa un freddo cane e Rosas si copre con un plaid. Poi chiede:

– Non sarebbe il caso di rivedere con calma tutta la storia?

– Il tuo caffè mi ha lasciato la bocca come un cesso.

– Bevi un po' d'acqua.

Sarti Antonio va in cucina e si prepara un altro caffè. Ritorna e dice:

– Assaggia questo –. È meglio, decisamente meglio: sa di caffè. E intanto gli racconta la storia dal principio.

Sarti Antonio, sergente, è un po' che lo conosco, ma non finisco mai di stupirmi della sua memoria fotografica, della sua possibilità di registrare. Sto ad ascoltarlo volentieri e senza stancarmi mai; e magari scopro anche dei particolari che mi erano sfuggiti o non ricordavo piú. Tutto questo non serve a niente visto che Sarti Antonio, sergente, non è in grado di cucire insieme i particolari. Cosa che però sa fare molto bene Rosas. Il quale alla fine dice:

– Prima cosa da controllare: perché la signora Angela Scampini in Letizia ti ha raccontato di essersi accorta della scomparsa della madre solamente al mattino, poi, a distanza di tempo, cioè ieri, ti ha detto di averlo scoperto la sera stessa?

– Cristo!

– Seconda cosa: è possibile che le cinquecentottantamila lire siano finite in tasca a quello scrittore di gialli? È possibile che si facesse mantenere dalla vecchia? Poi ancora: c'è niente in quella cartolina o in quei vecchi giornali che hai trovato nella camera della morta che possa giustificare l'assassinio, oggi?

Sarti Antonio, sergente, si alza e propone:

– Andiamo a vedere.

Sono già sotto il portico di Santa Caterina, quando il sergente fa dietro-front e corre dentro di nuovo.

Rosas si appoggia a una colonna e lo aspetta: sorride. Quando torna, gli dice:

– Perché non provi a curarti la colite?

– È colpa tua: mi hai fatto incazzare! Su, andiamo –. Vanno. Per la quarta volta Sarti incontra la signora Angela «ecco» Scampini in Letizia e per la quarta volta la vede piangere.

– Vorremmo dare un'altra occhiata alla camera della signora Imelde.

Lei li fa entrare e li accompagna in camera, senza una parola. È tutto come il primo giorno: ci sono ancora i giornali. Rosas li sfoglia con calma. Angela «ecco» Scampini sospira:

– Quando finirà, sergente? Quando finirà?

– Presto, speriamo –. E pensa: «Ne ho già piene le tasche». Ma un sergente non può esprimersi cosí volgarmente, sicché si rimette a leggere i vecchi giornali. Rosas finisce e si guarda attorno. Cerca qua e là. Chiede a Sarti:

– Non c'era anche una cartolina-invito del Comune con la pianta del centro storico?

Il sergente risponde senza alzare gli occhi dal giornale: – Sí. È tutto sul comodino.

– Non c'è niente –. Non c'è! Cercano, ma la cartolina è sparita. Allora Sarti ne parla con Angela «ecco»:

– Ecco, è sempre stato tutto sul comodino: e non è entrato nessuno. Sarà finita in qualche cassetto.

Non la trovano proprio e Rosas sembra piuttosto seccato. Sarti Antonio, sergente, non capisce perché, ma non sta a chiederlo.

– Ecco, non riesco a capire...

– Chi può averla presa?

– Nessuno... A chi volete che interessi una cartolina-invito del Comune? Non so proprio dove sia finita, ecco...

Sull'ottoecinquanta Rosas non parla e comincia Sarti.

– Che importanza può avere quella cartolina?

– Vorrei sapere perché non c'è piú: vorrei proprio saperlo –. Adesso vorrebbe saperlo anche Sarti Antonio, sergente, e cerca di farselo dire da Rosas.

– Che legami ci sono?

– Non lo so. Bisognerebbe parlarne con chi l'ha fatta sparire assieme alla pianta del centro storico.

– Trovato niente sui giornali?

– Li hai scorsi anche tu, no? Trovato niente?

Quando Rosas decide di fare il suo numero, non c'è verso di smuoverlo. Magari domani gli telefona e gli racconta che ha capito tutto. Non c'è da meravigliarsi. Ma adesso è inutile insistere con quella faccia da scemo che gli siede a fianco... Rosas si chiude come un riccio fino a casa sua. Prima di scendere annuncia:

– Devo andare all'università. Fammi sapere...

– E tu?

– Cosa posso avere da raccontare io a un questurino?

Rosas entra in casa ed esce con un paio di libri. Sarti Antonio, sergente, gli chiede:

– Vuoi un passaggio? – L'altro fa segno di no con la testa.

– Perché?

– Non voglio che mi vedano arrivare con uno sbirro.

– Ma vai a dar via il culo!

Sarti Antonio parte con un colpo di gas che fa scricchiolare le vecchie giunture arrugginite dell'ottoecinquanta.

Inchioda subito, lasciando sull'asfalto un paio di millimetri di gomme ormai lisce. Abbassa il vetro e urla a Rosas:

– E ricorda che voglio sapere dove sono finiti quei quattro! Tempo fino a domani, poi ti metto dentro al posto loro! Chiaro? – Rosas gli fa un segno con la mano che io però non vi descrivo perché non ha attinenza col caso.

– Figlio di puttana! – E le giunture dell'ottoecinquanta scricchiolano di nuovo. Non ci sarebbe da meravigliarsi se telaio, motore e ruote partissero sparate, mentre il resto della carrozzeria, Sarti Antonio compreso, rimanessero inchiodati in mezzo a via Santa Caterina.

Mentre si avvicina alla centrale il sergente fa un piccolo riepilogo per uso personale: perché Angela «ecco» Scampini ha mentito sul momento in cui ha notato la sparizione della vecchia è inutile chiederlo a lei. Bisogna scoprirlo. Se le cinquecentottantamila sono finite in tasca del tipo dei gialli e se questo gentiluomo si faceva mantenere dalla vecchia, inutile chiederlo a lui: bisogna scoprirlo. Se sui vecchi giornali c'è qualcosa d'interessante bisogna scoprirlo. Dove sono finiti i quattro compari: bisogna scoprirlo. Chi ha preso la cartolina-invito del Comune bisogna scoprirlo. Come far cadere l'alibi di Vincenzo Letizia, architetto scultore, per la notte del delitto, bisogna scoprirlo.

Giri, giri come un matto e quando credi di avere la soluzione in mano, ti accorgi che in mano non hai niente.

– Bel mestiere di merda –. È un discorso che Sarti Antonio, sergente, fa piuttosto spesso, in questi ultimi tempi.

Parcheggia l'ottoecinquanta nel cortile della Questura e

aspetta Felice Cantoni, agente: è l'ora di riprendere servizio. Come se fino a quel momento se ne fosse andato per i fatti suoi. Magari a spasso! Magari a divertirsi!

– E tu segna gli straordinari!

– Capirai che soddisfazione! – Arriva Felice Cantoni, agente. Gli dice:

– Salve, capo. Mangiato bene?

Sarti Antonio, sergente, gli mugola in faccia un paio di bestemmie che fanno subito cambiare espressione a Felice Cantoni. Poi si accomoda sull'auto 28.

– Dove andiamo?

– Dove ti pare! – Si muovono. Felice Cantoni s'infila fra le labbra la sigaretta:

– Proprio adesso devi metterti a fumare?

– È l'unica sigaretta della giornata che posso fumare... Ho appena mangiato.

Felice Cantoni, agente, rimette la sigaretta nel cruscotto dell'auto 28. Dice:

– Quando sei incazzato, diventi una bestia.

– Non sono incazzato! Fumare ti fa male: hai l'ulcera!

– Affari miei...

– Stai diventando anche insubordinato?

Felice Cantoni, agente, la pianta e si dedica all'auto 28. Cosí Sarti Antonio, sergente, può dedicarsi ai suoi pensieri, per un po'. Poi, improvvisamente, si attacca alla radio:

– È ancora dentro quel Macchiavelli Loriano?

– Controlliamo –. Passa un mezzo secolo e rispondono:

– È stato rimesso in libertà questa mattina.

– Perché?

– Controlliamo –. Un altro mezzo secolo:

– Non esistevano motivi per la sua traduzione alle carceri.

– No? Uno prende a martellate una vecchia e non esistono motivi per la sua traduzione alle carceri? Dov'è reperibile?

– Controlliamo –. Questa volta Sarti Antonio non tiene il conto, e quando gli rispondono ringrazia nostro Signore per la grazia ricevuta:

– Presso Veronesi, via dell'Unione 31.
– Telefonate e sentite se è in casa.
– Controlliamo –. Passa il solito tempo.
– Non è in casa: ha lasciato detto che andava al teatro *Sanleonardo*. Serve altro?
– Sí, serve! Ma tu non puoi farci niente. Al *Sanleonardo*!

Tutti i salmi finiscono in gloria e tutte le strade portano a quella specie di fottutissimo teatro-chiesa.

La porta è aperta, spalancata. Ma dentro non c'è gente e non c'è neppure spettacolo. Forse perché sono le tre del pomeriggio. C'è solo quel tipo, sul palco, seduto dietro un tavolinetto. Scrive. Non alza la testa. Sarti Antonio, sergente, e Felice Cantoni, agente, si siedono e restano a guardarlo per un po'. Quello si alza, passeggia, si risiede e torna a scrivere. Si alza di nuovo a riempire la scena di gesti come se volesse costruirci dei fondali, dei praticabili, delle luci... Va avanti per un pezzo con quella solfa: se non è tutto matto, ditemi voi!

– Hai finito?
– Sí –. Il giovanotto sorride e va a sedersi vicino ai due. Dice:
– Stavo... stavo... Qui si lavora meglio: si è nell'ambiente.
– Gialli?
– No! Ci sono novità, sergente?
– Sí. Tu sei stato l'amante di Imelde Scampini...

Il tipo da gialli guarda i due come se gli avessero detto chissà cosa. Poiché Felice Cantoni non sa di che si tratta, preferisce alzarsi e andare sul palco. Ci passeggia e lo prova come se dovesse cedergli sotto i piedi. L'indiziato ride facendo le fossette nelle guance: non si direbbe uno capace di uccidere una cara, dolce vecchietta. Ma sono proprio questi i tipi che non ti aspetti. Chiede:

– Chi ve lo ha detto?
– Non ti preoccupare! Sappiamo che ti manteneva e che non ricavi un soldo da questa attività...
– Io ho moglie, una bambina: non mi interessa né la vecchia né fare soldi... – Parla serio, come se adesso, per la prima volta, fosse preoccupato:

– Potete chiedere a mia moglie...

– Cosa?

– Se ho mai avuto altre donne. Una vecchia sorda e cieca, poi...

– Perché, tu racconti alla moglie delle tue donne?

– Non ne ho mai avute. Una vecchia sorda e cieca poi... Io... io penso che siete diventati tutti matti.

Deve sembrargli tanto grossa, che, nonostante le cose si mettano male, ricomincia a sorridere.

Cosa potete fare con un tipo simile? Sarti Antonio, sergente, non lo sa proprio. Dice:

– Come vivi?

– Con i gialli faccio un po' di soldi. Poi c'è Franca...

– Chi è?

– Mia moglie. Lavora.

– Chi ti capisce è bravo.

– Non c'è niente da capire. Venga qui –. Lo prende per un braccio e lo porta sul palco.

– Qui si può fare tutto: si costruiscono dei mondi, si distruggono. Si fanno muovere dei sentimenti, si parla alla gente di com'è il mondo, di cos'è che non va, di come dovrebbe essere e di cosa si deve fare per cambiarlo... Non c'è niente da capire. È un modo per dire qualche cosa agli altri e quando lo hai detto, alla fine, si può discutere, confrontare le idee... Ecco, oggi, questo significa teatro, significa politica, significa economia, significa lotta, significa cultura...

Sarti Antonio, sergente, e Felice Cantoni, agente, restano a fissarlo anche se non lo capiscono del tutto. Felice Cantoni se ne torna in platea, seduto.

– Se qui metto un pupazzo e rido, significa che la rivoluzione non è possedere un mitra. Se qui metto un uomo nudo, dico che senza cultura non serve combattere... Se qui metto un bambino morto, la gente capisce che deve spogliarsi dei sentimenti e cominciare a usare la ragione...

Sarti Antonio, sergente, avrebbe magari voglia di stare ad ascoltarlo; anche perché, in un certo senso, riesce a seguirlo; ma deve parlare d'altro. E lo fa:

– Dove hai messo le cinquecentottantamila lire?

Il tipo dei gialli è piuttosto deluso: aveva le braccia sollevate a spiegare. Le abbassa, desolato, e dice:

– Oh, non c'è proprio niente da fare.

Sarti Antonio, sergente, non ha piú tanta voglia di continuare il discorso. Non si sa cosa dire a uno come quello.

– Prima o poi riuscirò a incastrarti: nessuno è tanto pulito da sentirsi tranquillo. Qualcuno ti avrà visto assieme alla vecchia, e io lo troverò!

– Può darsi che neppure io sia tanto pulito da potermi sentire tranquillo, ma adesso non mi viene in mente niente di cui debba vergognarmi –. E si rimette al tavolino. Dopo un po' alza la testa:

– Senta: la signora Imelde aveva una busta bianca in mano. Molto gonfia. Può essere che dentro ci fossero i soldi che lei sta cercando.

– E la borsetta dove la teneva?

– Sul tavolino, proprio davanti a lei.

– Io non so se sei furbo o sei tanto sciocco da crederti furbo. Se cerchi di farmi fesso, magari anche ci riesci. Ma solo per un po'!

Sta per andarsene, ma il tipo dei gialli aggiunge:

– Sulla busta c'era scritto qualcosa. Non so: forse un nome o un indirizzo.

Il sergente non lo saluta e lo lascia sul palco a costruire i suoi fantocci nudi e vestiti.

Non sa piú come classificarlo, ma è chiaro che scemo non è. Bisogna trovare qualcuno che l'abbia visto con la vecchia e possa testimoniare che si incontravano spesso.

E Sarti Antonio lo trova in via dell'Unione 31: Veronesi. La famiglia presso la quale il tipo dei gialli sta a dormire, quando non ritorna a casa.

– Telefonava spesso alla signora Imelde. Sa, la signora Imelde era la mia padrona di casa. Adesso la padrona è la figlia: Angela Scampini. Certo che si vedevano. Recentemente quasi tutti i giorni. Nel pomeriggio, quando la signora veniva a dar aria al... alla sua casa vuota, lui diceva: «Vado a trovare la signora Imelde. Chissà che non abbia deciso di affittarmi una camera». E andava. Sa, rientrava piú tardi e diceva che la signora Imelde non aveva ancora deciso. Io poi non so cosa facessero là dentro. Certo che di spazio e di possibilità ce n'erano... E pensare che sembra un cosí bravo ragazzo!

Con questa, le testimonianze sono due: la battona grossa e l'affittuario. Per il tipo dei gialli la situazione si fa buia.

Ma ci sono ancora alcuni punti da controllare: quelli di cui ha parlato Rosas. E Sarti Antonio, sergente, non è tipo da lasciare le cose a metà.

Alla fine, escluse tutte le altre possibilità, ne resterà una sola.

Cosí sarà tranquillo anche con la sua coscienza di questurino.

14. Intermezzo: un discorso da fare

Non so se ci avete fatto caso, ma il nostro è un Paese dove ci si sorride, ci si corre incontro, ci si tendono le mani, ci si abbraccia, ci si torna a sorridere, si lava la biancheria, si corre (mano nella mano) sulla sabbia, si torna ad abbracciarsi e ci si tendono ancora le mani.

I bambini, invece, passano la loro giornata a mangiare formaggini.

E tutti (tutti!) hanno addosso un impeccabile abito da sera, scuro o chiaro a seconda dell'età.

E tutti (tutti!) giocano a tennis, a golf oppure sciano.

E tutti (tutti!) sono avvocati, ingegneri, designer, dottori in qualche cosa o, almeno, studenti.

Ormai siamo tanto abituati a vederci cosí, tutte le sere in *Carosello*, che non ci passa per la testa che le cose possano essere leggermente diverse: mai che uno straccio di muratore torni a casa, lercio di calce, con un principio di silicosi, imbestialito da otto ore sotto il sole, si metta a tavola senza nemmeno lavarsi le mani e cominci a bestemmiare perché ne ha le tasche piene dello stracchino che la moglie (collaboratrice domestica a ore presso il notaio Chessoio) gli mette nel piatto tutte le sere. Mai. O che un metalmeccanico della Sabiem si incazzi perché, uscito dalla catena di montaggio, trova la motoretta con la gomma posteriore (Pirelli, Michelin o Ceat) forata. Mai.

O che una camiciaia della onorata ditta Pancaldi e C., dopo quindici giorni di scioperi, decida di lavarsi le mani e il viso con il sapone da bucato che non fa poi tanto bene alla pelle. Mai.

O che un gruppo di contadini modenesi, la domenica mattina, dopo la santa messa, si dedichi al gioco della «ruzzola». Mai.

D'altronde c'è un nuovo proverbio: «È giusto che le cose belle appartengano a pochi».

Il nostro è proprio un Paese felice e quello che racconta *Carosello* dev'essere vero, visto che nessuno protesta.

Sarti Antonio, sergente, sta in poltrona a godersi questo bel mondo, quando s'interrompe la trasmissione e arriva un tale ad annunciare che «durante una manifestazione antifascista è scoppiato un ordigno ad alto potenziale che ha provocato la morte di sei persone e il ferimento di un altro centinaio. L'attentato è avvenuto a Brescia, in piazza della Loggia, mentre era in corso un comizio indetto dalla Federazione unitaria sindacale...»

Il tale se ne va, cosí com'è arrivato, e magari la gente, adesso, aspetta il nome della ditta che ha offerto l'annuncio.

Sarti Antonio, sergente, non ha ancora capito se è un nuovo modo di fare pubblicità che gli squilla il telefono:

– Mobilitazione generale! Recarsi immediatamente in centrale e tenersi a disposizione!

Non è un nuovo modo di fare pubblicità.

Gli mettono in mano il lanciabombe, gli calano in testa il casco con la visiera di plastica, gli appendono al collo uno zaino gonfio di lacrimogeni e lo infilano nella corriera.

Nessuno parla: sguardi tesi, facce nervose sotto la visiera, mani irrigidite attorno all'arma, muscoli pronti a scattare giú dal veicolo per gettarsi su chissà chi, contro chissà cosa.

– State calmi! State pronti, ma calmi! Aspettate gli ordini! Non agite d'impulso! State calmi!

Chiusi dentro il pulmino, non si ha la sensazione né di dove si è diretti né di cosa sta succedendo fuori, nella strada: si sentono, ovattate, le grida di dimostranti... Ci si chiede, con gli occhi, quanti saranno; cos'avranno intenzione di fare; cosa dovremo fare!

E le urla si avvicinano: è gente stanca di subire, stanca di farsi pestare, stanca di morire.

Qualcuno apre la portiera:

– Fuori! Fuori tutti! Bloccate la strada e non fateli passare! State calmi e aspettate gli ordini! Agite solo secondo gli ordini!

Sarti Antonio, sergente, si rende conto solo adesso di trovarsi in via Santo Stefano, nei pressi della sede del Msi. E si rende conto solo adesso che quelli che stanno là, di fronte a loro, hanno intenzione di fare sul serio. Non ci sono dubbi: se riescono a passare, la sede del Msi va a fuoco e va a fuoco tutto il centro storico che sta attorno: vecchie case con le strutture in legno. Fiammiferi che si accendono solo a guardarli.

Quello che succede, Sarti Antonio, sergente, non è in grado di raccontarlo; né io di parlarvene. Il fumo acre mi entra negli occhi e mi fa piangere; mi entra nei polmoni e mi fa tossire.

Non resta che andare il piú lontano possibile, ma i fatti rimangono.

Il giorno dopo, i giornali non ne parlano: hanno altro da scrivere.

– Sei morti e ottantotto feriti... Un massacro, come piàzza Fontana. Sono stati i fascisti, con una bomba di un chilo, «il solito chilo» dirà il maggiore degli artificieri Romano Schiavi, come in altri attentati terroristici nel bresciano... «Il solito chilo» messo, questa volta, in un cestino di rifiuti, nel centro della città, nel momento piú vigliacco, in mezzo a una gran folla... Lo stesso odore che aleggiava attorno al cadavere del giovane Ferrari, il fascista che si è schiantato in moto contro un muro, imbottito di tritolo... Restavano un mucchio di corpi, squarciati, brandelli di carne e di ossa disseminati in un raggio di cinquanta metri, arti staccati, e un bagno di sangue caldo, denso...

Come si può pensare che tutto ritorni come prima?

E infatti, per un po', non torna come prima: nei bar si parla di attentato, di fascismo. Qualcuno è anche sdegnato. Per un po'... Poi si torna a guardare i manichini sorridenti di *Carosello*; a parlare dei campionati mondiali di calcio a Monaco.

A Sarti Antonio, sergente, tolgono di mano il lanciabombe, sfilano il casco con la visiera di plastica, levano dal collo lo zainetto gonfio di lacrimogeni e lo ributtano sull'auto 28 a occuparsi dell'assassinio della signora Imelde Scampini, di anni ottanta, come se niente fosse accaduto. E a Sarti Antonio, sergente, non resta che asciugarsi gli occhi, umidi per il gas, e riprendere da dove era rimasto qualche giorno prima. Per stare tranquillo con la sua coscienza di questurino.

15. Una giornata al Comune

Se non ci siete stati, non potete crederlo. Come vanno le cose in questi uffici, voglio dire. Io ve lo spiego e, se ci riuscite, credetemi, che è tutto sacrosanto.

Sarti Antonio, sergente, si presenta ed è subito bloccato da un paio di uscieri:

– Il signore dove va?

– Non lo so: cerco qualcuno che possa darmi delle informazioni...

Uno degli uscieri (un tipo alto, magro, capelli grigi e divisa da sottotenente) gli indica con gesto epico un cartello affisso alla parete. Dice: «I tecnici dell'Ufficio tecnico ricevono solamente il martedí e il venerdí dalle ore 11 alle ore 13».

Piú sotto ce n'è un altro. Dice: «I dipendenti di questo Comune sono al servizio del cittadino: se non siete soddisfatti o non avete chiare le informazioni ricevute, avvertite i capi dei servizi e vi saremo grati. Il sindaco».

Sarti Antonio, sergente, con gesto altrettanto epico, indica quest'ultimo cartello e chiede:

– Posso avvertire il capo dei servizi che non sono soddisfatto e non ho chiara l'informazione?

La divisa da sottotenente gli porge un cartoncino. Dice:

– Compili questo modulo.

«Il sottoscritto (puntini puntini) chiede di essere ricevuto dal dottor (puntini puntini) per i seguenti motivi (puntini puntini). Lí (puntini puntini)». Al posto dei puntini puntini, Sarti Antonio scrive: «Sarti Antonio». Poi: «Chiede di essere ricevuto dal dottor Chicchessia» e nei motivi mette: «Notizie circa la morte della vecchia». Firma e riconsegna il cartoncino al sottotenente degli uscieri comunali che se lo legge attentamente e se lo studia per un po'. Poi guarda Sarti Antonio con un sorriso di compatimento. Gli dice:

– Signor Sarti, lei ha sbagliato ufficio: qui non c'è nessun dottor Chicchessia. Provi all'Ufficio personale.

A questo punto è evidente che si potrebbe star lí a discutere per un giorno intero sul dottor Chicchessia e non si riuscirebbe a convincere il sottotenente degli uscieri.

Cosí Sarti Antonio, sergente, è costretto, suo malgrado, a mostrare l'apriscatole (la tessera di questurino).

Quello per poco non si genuflette com'è solito fare davanti alla Madonna di san Luca. Dice:

– Un attimo, prego –. E sparisce dietro una porta massiccia di legno antico e ottone fuso. Quando torna è rosso e ha gli occhi lucidi: devono avergli spiegato cosa significa Chicchessia. Dice:

– Prego, si accomodi. Il dottore la riceverà subito –. Ma Sarti Antonio deve aspettare ancora una buona mezz'ora.

Scommetto che stanno cercando di far sparire qualche «interesse privato in atti d'ufficio» o qualche «concussione» (abuso di pubblico ufficio per estorcere lucri illeciti).

Alla fine lo fanno entrare e lo ammettono alla presenza del dottore.

– In che cosa posso esserle utile signor... signor... – l'uomo guarda il cartoncino bianco, – signor Sarti?

– Come ho spiegato nel biglietto consegnato all'usciere, sto svolgendo indagini circa la morte di una signora. Tale Imelde Scampini, di anni ottanta, che qualche malvivente ha preso a martellate. Durante una perquisizione nella camera della defunta, ho rinvenuto una cartolina-invito spedita da questo Ufficio tecnico qualche giorno prima che la donna venisse uccisa. Desidero sapere a cosa si riferiva.

Sarà una mia impressione, ma il dottore sembra sollevato: toglie le mani di sotto il tavolo dove se le stava tormentando e sorride, gentile:

– Dove abita la signora?

– Abitava in via Irnerio 27 –. Il dottore prende il telefono:

– Mi cerchi una pratica a nome... Che nome?

– Imelde Scampini.

– ... a nome Imelde Scampini, via Irnerio 27 –. Butta giú e sorride di nuovo. Deve avere una gran voglia di baciare Sarti Antonio sulla fronte.

Si guardano e si sorridono per circa undici minuti, senza parlare. Poi, il telefono:

– Sí? – Il dottore ascolta, annuisce, sorride e depone:

– Sono spiacente, signor... signor Sarti, ma non risulta niente né a quel nome né a quell'indirizzo. Non può mostrarmi la cartolina-invito?

– Magari –. Quello non capisce, ma non indaga.

Sarti Antonio, sergente, si alza e fa per andarsene quando ha il lampo di genio. Dice:

– Faccia controllare per via dell'Unione numero 1...

Solita trafila, solita attesa, poi il responso della Sibilla:

– Risulta che il tecnico addetto al centro storico avrebbe convocato la signora in questione per informazioni...

– Vorrei parlare col tecnico –. Questa volta il dottore preme un pulsante, e immediatamente si spalanca la porta e appare il sottotenente degli uscieri: mi gioco mille lire che stava dietro il battente pronto a scattare!

– Accompagni il signore dal geometra Polacchi.

Ma il geometra Polacchi non è in ufficio e cosí il sottotenente degli uscieri fa sedere Sarti e gli dice:

– Dovrebbe tardare poco. Può aspettarlo qui, nel suo ufficio –. Esce e lascia la porta spalancata perché non ci si può fidare neanche di un questurino, con i tempi che corrono.

Aspetta, aspetta, aspetta, ma qui non si vede nessuno. Tant'è vero che Sarti Antonio, sergente, perde la pazienza e, per non stare con le mani in tasca, si mette a frugare qua e là, appena il sottotenente degli uscieri glielo permette. Ma non c'è niente di interessante: pratiche, pratiche... Montagne di pratiche! Una è piuttosto vecchia e tuttora in attesa di evasione: un certo Carducci Giosuè chiede l'apertura di una finestra nella sua casa di via Broccaindosso. Deve trattarsi di quella dell'albero «cui tendevi la pargoletta mano...» e che è stata poi aperta senza autorizzazione: abusiva!

In un armadietto un paio di bottiglie semivuote di alcolici, per i momenti di depressione fra una pratica e l'altra; una radiolina a transistor per le partite dei Mondiali di calcio a Monaco; un mangianastri e relativa pila di nastri per i momenti di intimità; qualche rivista porno e il giornale di oggi: niente d'interessante.

Quando Dio vuole e il signor sindaco permette, arriva il titolare dell'ufficio, geometra Polacchi Franco: tipo giovane, piuttosto sveglio, ben vestito, ben rasato, profumato, un fazzoletto annodato al collo e un borsetto a tracolla. Attillato, senza un capello fuori posto, tosato come va oggi e con un modo di trattare che sembra un vero signore. Quando parla ha la voce impostata, senza la «esse» che fa ridere quelli che non sono di qui: potrebbe fare fotoromanzi a fumetti!

– Buongiorno. Desidera?

E qui, Sarti Antonio, sergente, comincia tutta la storia. Alla fine quello si fa portare la cartella di via dell'Unione numero 1 - Scampini Imelde. La consulta un po' e la mostra a Sarti. C'è un foglio scritto a mano che spiega:

> Nell'ambito delle indagini per lo studio del piano per il centro storico, si propone di invitare in questo ufficio la signora Imelde Scampini, proprietaria di una serie di immobili ubicati in via dell'Unione, allo scopo di avere notizie circa i predetti immobili. Epoca di costruzione, stato di conservazione, esistenza di licenza, disponibilità attuale, affittanze eccetera...

Una serie di firme e, alla fine: «Spedito invito in data odierna». Ancora una serie di firme, timbri e la data: un paio di anni fa. C'è anche una piantina di via dell'Unione con alcuni fabbricati colorati in rosso. Sarti Antonio, sergente, domanda: – Cosa sono?

– Quelli in rosso sono di proprietà della signora Imelde Scampini...

– È venuta la signora?

– Legga a tergo.

Legge a tergo:

Conferito in data odierna con la signora. Si elencano i risultati dell'indagine:

1 – il numero 1 e il numero 31 di via dell'Unione sono di proprietà della signora Imelde Scampini;

2 – il numero 1 è una ex casa di tolleranza ora sfitta;

3 – il numero 31 è un fabbricato per abitazione civile attualmente affittato a otto famiglie con fitti bloccati;

4 – fabbricati in buono stato di conservazione;

5 – non esistono licenze di costruzione in quanto i fabbricati sono di vecchissima data (1300-1400);

6 – pervenuti alla suddetta per eredità;

7 – nulla osta al loro inserimento nei piani di esproprio in previsione del centro storico.

Firma e timbro. Tutto qui.

Sarti saluta e se ne va. Può darsi che ci sia qualcosa di utile in tutte quelle notizie, ma occorre pensarci un po', chiuso nel gabinetto e a voce alta. Occorre parlarne con Rosas.

Anche perché il termine che gli aveva dato per ritrovare i quattro è già scaduto da parecchi giorni. Glielo ricorda una telefonata: la voce, bassa, triste di Antonietta.

– Sono io. Hai notizie?

– Da dove telefoni?

– Dall'università. Hai notizie? – Gli dispiace, ma deve dirlo:

– No, nessuna –. Un silenzio, poi:

– Cosa pensi di fare?

– Non lo so proprio: se ne sono andati come se fossero stati loro. Non so da che parte voltarmi… Li stanno cercando dappertutto. Prima o poi salteranno fuori.

– E li arresteranno?

– Li cercano per questo. Aspettami.

Va a prenderla sull'ottoecinquanta. Lei è triste, molto, ma Sarti Antonio, sergente, non sta a pensarci; cerca di farle del male, non sa perché. Come se ci provasse gusto:

– È un maledetto figlio di puttana! Se non c'entra… se non

c'entrano, perché non restare là? Farti sapere qualcosa... – Gli viene un dubbio. – Ti ha mandato notizie?

Antonietta fa segno di no col capo.

– Non stai cercando di fregarmi?

– Sarei venuta a chiederti notizie se ne avessi io?

Sarti Antonio, sergente, desidera solo credere a quello che Antonietta gli dice. E non fatica molto.

– Andiamo da Rosas: deve dirmi dove sono!

Da un po' di giorni si sente in giro la primavera, ma nell'appartamento di Rosas c'è sempre odore di umidità, di muffa. E c'è sempre quella bambolina bionda che sculettava nuda per casa qualche tempo fa. Oggi però non è nuda: sta seduta al tavolo e legge. Rosas è sdraiato sul solito divano e legge anche lui.

– Allora? Dove sono? – La bambolina («Una») alza gli occhi e gli dice:

– Ciao.

– Salve. Allora, dove sono?

Rosas mette via il libro. Sospira:

– Non lo so –. Si accorge di Antonietta e la saluta con un cenno. Le dice:

– Davvero non lo so. Mi dispiace. Ma non devi preoccuparti: sta bene, credo. Siediti.

Si siedono. Sarti Antonio, sergente, si prende la testa fra le mani:

– Non so piú dove sbattere –. Rosas si alza e gli mette una mano sulla spalla. Dice:

– Mangiamo qualcosa e parliamo. Va bene?

Nessuno risponde. «Una» va in cucina e grida:

– Non c'è niente: cosa mangiamo? – Sarti Antonio si alza:

– Andiamo a casa mia: c'è meno umidità e ho qualcosa in frigo –. Escono e cercano spazio tutti e quattro nell'ottoecinquanta. Le sospensioni si lamentano e il motore urla come se avesse i reumatismi e lo costringessero a muovere le giunture.

Sarti Antonio, sergente, si ferma in qualche negozio a far compere. A casa annuncia:

– Non ci so fare in cucina.

Antonietta gli sorride:

– Ci penso io –. E se ne va di là.

Era un bel po' di tempo che non mangiava tanto volentieri; sempre solo, come un cane. Questa sera è differente.

Bevono e parlano e, anche se è solamente una bistecca con un uovo sopra, un po' di pomodoro condito con olio, sale, aceto, ha tutto un sapore diverso.

Sarti Antonio, sergente, è un animale socievole costretto a vivere isolato.

Mentre sono a tavola, racconta le ultime novità come sa fare lui, e gli altri lo ascoltano. Alla fine è stanco e la testa gli gira. Dolcemente: deve aver bevuto troppo. Anche Antonietta e anche «Una», la bambolina bionda. Rosas non si capisce perché tiene gli occhi chiusi.

Sarti ha finito e non ha neppure la forza di chiedere: «Allora cosa ne dici?» Prende Antonietta per una mano e va in camera: si lasciano cadere sul letto e si lasciano «girare» assieme. Di là, non si sente niente, ma c'è un divano.

16. Quando le cose non hanno né capo né coda

Doveva pur arrivare il momento che Raimondi Cesare, ispettore capo, gli avrebbe chiesto:

«Allora, quei quattro sono spariti?» Ed è arrivato.

– Allora, quei quattro sono spariti?

– Pare di sí. Non si riesce a capire dove cavolo sono...

– Tutti e quattro?

– Tutti e quattro!

– Io credo che tu stia invecchiando. Io credo, è vero, come si dice, che quell'Antonietta Carioli sappia raccontartele tanto bene da farti perdere la strada.

Evidentemente quello sa tutto e sulla cartella segnaletica di Sarti Antonio, sergente, sta già scritto: «Ha avuto rapporti carnali con...» E Sarti Antonio si affretta a dire:

– Ci sono delle novità. Per esempio: una prostituta ha visto uscire un tale, poco prima che i quattro entrassero nell'ex casa di tolleranza. Poi: il genero della morta ha parecchi lati oscuri. È pieno di debiti che non si sa come li paghi; ha una donna con due tette cosí e la moglie non sa niente. La sera dell'assassinio non si sa dove sia stato, ma si sa che è rientrato alle due di notte. Ancora: Angela Scampini ha raccontato un sacco di bugie sull'ora in cui ha scoperto che la cara vecchietta non era in casa. E, infine, è sparita una lettera-invito che un tecnico del Comune aveva spedito alla defunta... – Raimondi Cesare, ispettore capo, lo interrompe. La storia non deve sembrargli interessante:

– Forse, è vero, come si dice, non ci siamo capiti fin dall'inizio. Sarti Antonio, ti avevo incaricato di cercare quei quattro, non di ricominciare tutto da capo. Il tuo compito, è vero, come si dice, si limitava a questo! O sei già al punto che non connetti piú? Dovresti ormai sapere che la base dell'efficienza, nel nostro mestiere, è proprio la disponibilità dei subalterni all'obbedienza, in modo che gli ordini, tempestivamente eseguiti, permettano di sorprendere i malviventi, permettano di prevenirne le mosse... Insomma, Sarti, mi devi trovare quei quattro! Capito? E lascia perdere le poste e le lettere-invito. Se c'è un caso chiaro, lampante come il sole, è proprio questo.

– Ma perché la vecchia non ha urlato, quando le sono piombati dentro i quattro? Vorrei saperlo: le mie non sono fantasie! Ero a due passi e avrei sentito gridare...

– Si potrebbe rispondere, è vero, come si dice, che lei, Sarti Antonio, sta diventando anche sordo...

Siamo al «lei» e le cose si mettono male. Meglio lasciar cadere il discorso: – Sissignore! Se lei crede, posso abbandonare le indagini... Può... può affidarle ad altri...

Raimondi Cesare, ispettore capo, l'interrompe.

– Troppo comodo! Troppo comodo, caro sergente! Lei, è vero, come si dice, ha seguito gli avvenimenti fin dal primo giorno. Ha avuto il fiuto di individuare i quattro...

Quel «fiuto» suona molto sarcastico. Un altro avrebbe detto: «Ha avuto il culo di vedere i quattro mentre entravano eccetera...»

– ... e tocca a lei, è vero, come si dice, arrivare alle conclusioni. Troppo comodo, caro mio! Troppo comodo! «Non ci riesco e vado in ferie!» O vuole che la citi ai giornali per aver collaborato alle indagini standosene in montagna, sulla neve?

Il fatto dei giornali gli è rimasto sullo stomaco e adesso glielo fa pagare! Sarti Antonio, sergente, ne ha abbastanza e cerca di uscire prima che può. Dice:

– Va bene. Farò del mio meglio –. E si avvia alla porta.

– Non ho finito. Oggi pomeriggio voglio tutta la squadra in palestra. Lei compreso!

Ci mancava anche questa.

– Non sto molto bene: è sempre la colite che...

– È ora che la sua colite... Lasci stare la colite, Sarti! Lasci stare!

– Va bene.

Sulla porta il sergente quasi investe Polacchi Franco che cerca di entrare nell'ufficio di Raimondi Cesare, ispettore capo.

Lo fa passare, pulito come al solito, elegante, con il fazzoletto al collo sotto la camicia bianca... Lo fa passare e resta anche lui. Cosa ci fa, quello, nell'ufficio di Raimondi Cesare?

– Il dottor Raimondi?

– Sono io: cosa vuole? Chi è lei? – Come inizio non c'è male: lo ha già sistemato. Ma l'altro non fa una piega. Dice:

– Polacchi Franco, geometra del Comune. Molto lieto –. E gli tende la mano. Raimondi Cesare la stringe ma non si alza. Continua a essere scortese: deve avere delle grane e la storia di Imelde Scampini gli serve per sfogare la rabbia.

– Piacere. Cosa vuole? – Polacchi Franco, tecnico comunale, non si scompone: ne ha viste di cose! Dice:

– Stavo cercando questo signore e non sapevo dove trovarlo. Mi hanno detto che le indagini le sta coordinando lei e lei avrebbe potuto dirmi dove trovarlo.

– Eccolo lí! Cosa vuole?

Il Polacchi ha la voce impostata, proprio come un attore:

– Mi sono ricordato qualcosa che non avevo detto al signore in merito alle indagini che sta svolgendo –. Parla come se stesse preparando il rapporto su una pratica. Raimondi Cesare ne ha abbastanza e vuol tagliare corto. Son cose che non gli interessano. Lui sa già i nomi dei quattro assassini. Cosí sbuffa, scortese, come al primo momento del colloquio:

– Glielo dica e faccia presto! – E tuffa di nuovo il naso nelle sue carte.

– Bene. Ecco: mi sono ricordato che qualche tempo fa si presentò al sottoscritto un architetto per chiedere informazioni sugli stabili in oggetto... – Il geometra continua con il rapporto. Solo che Sarti Antonio, sergente, le cose vuole capirle fino in fondo:

– Quali stabili?

– Quelli appartenenti alla defunta signora Imelde Scampini.

– E l'architetto chi era?

– Vincenzo Letizia. Un giovane architetto che ha lo studio…

– Lo conosco. Tutto quadra.

Raimondi Cesare, ispettore capo, alza gli occhi. Dice:

– Bene, se avete finito, io avrei da fare.

Sarti Antonio, sergente, avrebbe voglia di sbattergli in faccia quello che pensa di lui, della Questura, della vecchia e di tutto il resto. Non può farlo. Anche perché i morsi della colite gli mozzano il fiato. Prende per un braccio il Polacchi e se lo trascina fuori. Al bar. Gli offre un caffè. Dice: – Cosa voleva il Letizia?

– Le solite informazioni: cosa si può costruire in quella zona, qual è l'indice di utilizzazione, come si può trasformare l'immobile, quale metodo d'intervento è previsto per il fabbricato, come si può utilizzare… Tutto qui. Naturalmente gli ho dato le informazioni richieste e lui se n'è andato.

– Quando è venuto, la vecchia era già morta?

– No, non mi pare. Non mi pare… è stato molto tempo fa.

– La ringrazio. Non è per caso tornato da lei di recente con una cartolina-invito e una pianta del centro storico?

– Una cartolina-invito? Una pianta del centro storico?

– Sí, una di quelle cartoline che mandate per convocare il pubblico. Portava la data di una settimana prima del delitto –. Sarti Antonio, sergente, spiega tutto, e alla fine il geometra dice:

– È molto strano, è molto strano. La signora è stata convocata una sola volta, un paio d'anni fa. È molto strano…

– Io, invece, comincio a vederci piú chiaro… – Sarti s'interrompe e aspetta che gli passi un morso di colite. Deve aver cambiato faccia, perché il Polacchi gli domanda:

– Sta male? Cos'ha?

– Niente. Un dolore qui. Niente. Dicevo che comincio a vederci piú chiaro.

– Cosí non si trova piú la cartolina-invito?

– Sparita.

– E… la firma sulla cartolina? Ha visto la firma? Si potrebbe rintracciare chi l'ha spedita…

Sarti Antonio scuote il capo:

– Avrei dovuto guardarci meglio: ho l'impressione che stia tutto in quella cartolina-invito.

– Può essere. Se ha ancora bisogno di me, sa dove trovarmi. Sono a sua disposizione –. Gli tende la mano e se ne va, tirato a lucido nel suo completo pitturato addosso e senza un capello fuori posto: sembra finto.

Il giorno dopo Sarti Antonio, sergente, sta ancora cercando di capirci qualcosa, ma il casino è tale che ci rinuncia: non c'è riuscito neppure chiuso nel gabinetto di casa sua, mentre aspettava che gli passasse l'effetto dell'incontro con Raimondi Cesare.

Il sole è già tiepido e il sergente indugia piú che può nell'attraversare piazza Maggiore accarezzata dai raggi di una primavera che sembra ben disposta. Sui gradini di San Petronio, un branco di disperati, pelosi, lerci e stracciati, sta godendosi il sole.

Un altro branco, un po' meno peloso e meno lercio, si è sistemato sui gradini del palazzo di Re Enzo. Sembra che siano divisi in categorie. Categoria A: grado di lerciume 100, dislocazione San Petronio. Categoria B: grado 50, dislocazione Re Enzo. Categoria C: grado 10, dislocazione qua e là. Con possibilità di passare alla categoria superiore per anzianità e per accumulo di sporcizia. È questione di pazienza.

– Sarti Antonio! – È soprappensiero. Risponde forte:

– Presente! – Ma subito si guarda attorno e aspetta la pernacchia che non arriva. Appoggiato a una colonna del palazzo del Podestà, opera insigne del Vignola buonanima, sta Rosas che sventola un giornale. Sarti Antonio si avvicina e gli dice:

– Dovevo immaginarlo. Tu a che categoria appartieni? Te ne stai da parte e non ti mischi a quelli?

L'altro non lo degna di risposta. Dice:

– Io ho sempre sostenuto che i giornali sono da leggere. Tu lo leggi il giornale?

– Quando ho tempo.

– Dovresti leggerlo tutti i giorni. Senti questo, ad esempio: «Furto nello studio di un noto professionista. Questa notte ignoti ladri hanno forzato la porta dello studio dell'architetto Vincenzo Letizia, molto noto nell'ambiente artistico per i suoi quadri e le sue sculture. Sono state asportate parecchie tele, naturalmente le piú pregiate, e alcune sculture. Molte di queste ultime, non essendo facilmente trasportabili, si sono salvate. Il furto ha arrecato un danno di parecchie decine di milioni in quanto le tele, a detta dell'artista, rappresentavano il meglio della sua produzione degli ultimi anni…»

Rosas andrebbe avanti nella lettura, se Sarti Antonio, sergente, non lo interrompesse:

– Non m'importa niente! Quei ladri devono proprio essere di cattivo gusto. Li hai mai visti quei quadri? Cosa ne faranno, se Letizia non è mai riuscito a vendere neanche una cornice vuota?

– Appunto: cosa ne faranno dei quadri? Chi sta indagando sul furto?

– Nessuno! Chi vuoi che se ne preoccupi, con tutti i guai che ha la Questura di questi tempi?

– Potresti occupartene tu.

– Ho altro da fare io.

– Per esempio? – È quello che Sarti aspetta e fa la storia degli ultimi avvenimenti, fino al colloquio di ieri con Raimondi Cesare e col tecnico del Comune, quel tale Polacchi Franco. Si sfoga anche per quello che il Raimondi Cesare gli ha fatto ingoiare. Non serve a niente, ma lo fa lo stesso e Rosas lo ascolta, appoggiato alla colonna del Vignola, godendosi il tepore del sole. Alla fine Rosas gli dice:

– Si comincia a capire qualcosa. Adesso sono ancora piú convinto che dovresti occuparti di quel furto.

– Lo farò. Se mi dici il motivo, lo farò!

– Io devo andare. È un'idea! Se due piú due fa quattro… A chi vuoi che interessino i quadri e le sculture di quel merlo? Si è mai visto un ladro che rischia la galera per delle opere d'arte che non valgono un fischio? Se i ladri sono andati a trovarlo, cercavano altro: questo è sicuro! Magari hanno portato via i quadri per confondere le cose… Io devo andare. È un'idea come un'altra: pensaci.

Gli infila in tasca il giornale e se ne va.

Nel tratto di strada che da piazza Maggiore porta alla Questura (saranno trecento metri), Sarti Antonio ci pensa e decide. E si presenta a Raimondi Cesare, ispettore capo, anche se non ha nessuna voglia di vederlo. Chiede:

– Posso dare un'occhiata alle indagini sul furto nello studio di Vincenzo Letizia?

Aspetta un cenno, una parola, un gesto qualsiasi. Niente. È come se in quell'ufficio ci fosse Raimondi Cesare, solo, seduto alla scrivania.

– Credo che quel furto sia collegato con l'omicidio di Imelde Scampini… – Stavolta l'ispettore non gli dà neanche il tempo di finire:

– Se credi che i quattro che ti ho ordinato di cercare siano implicati in quel furto, fa' pure –. Sarti non trova di meglio che rispondere:

– Ecco, credo proprio che sia cosí! Grazie.

Grazie di cosa poi? Raimondi Cesare, ispettore capo, aspetta che sia sulla porta: è diventata un'abitudine e Sarti Antonio, sergente, prima di uscire ha imparato a fermarsi un attimo sulla soglia.

– Non ho avuto il piacere di vederti in palestra…

A Sarti era proprio passato di mente. Dice la prima cosa che gli capita: – La colite…

– Della tua colite abbiamo già discusso. Domani siamo in palestra –. Sarti non ha niente da aggiungere e se ne va. Se ne va da Vincenzo Letizia, archipittoscultore.

Trova un falegname che sta lavorando alla porta dello studio e Vincenzo Letizia che sta impartendogli direttive. Appena l'architetto mette a fuoco il Sarti Antonio, diventa rosso e comincia a sbraitare:

– Visto? Visto? Questo è il risultato! Dovreste proteggere i cittadini e invece andate in giro a offenderli! Ecco qua: i ladri possono agire indisturbati. Bella polizia! Bella efficienza!… –

E magari andrebbe avanti ancora chissà quanto se Sarti Antonio, sergente, non lo interrompesse:

– Sono qui appunto per indagare, per proteggerla, per arrestare i responsabili e quant'altro!

Quello borbotta un po' fra sé e alla fine ringhia:

– Sembra che nella polizia ci sia solo lei. Non hanno altri agenti?

– Riferirò ai miei superiori che lei gradirebbe un altro agente. Intanto favorisca raccontarmi tutto. Come si sono svolti i fatti?

– C'è poco da raccontare: sono arrivato e ho trovato tutto sottosopra. La porta scardinata e tutti i quadri asportati.

Sarti Antonio, sergente, entra e dà un'occhiata in giro:

– Tutti?

– Quasi tutti. Per lo meno quelli di maggior valore.

– Vedo, vedo... E la signora? – Fa un cenno con le mani come per dire: «Quella che se ne sta nuda a leggere il giornale e che porta a spasso due tette cosí».

– La mia modella? Cosa vuole che ne sappia lei?

– Chiedevo solo per non rischiare di ritrovarmela davanti. Posso? – L'altro gli fa un cenno con la mano che significa: «Cosa vuole che m'importi? Entri pure, per quello che servirà».

In effetti c'è un bel po' di casino in giro. Tavoli rovesciati, cassetti aperti, contenuto sparso sul pavimento, cestini portacarte capovolti... Sarti Antonio chiede:

– Cercavano quadri anche nei cassetti e nei portacarte?

– Lo chieda ai ladri quando li avrà trovati.

– Lei a che ora viene in ufficio, di solito?

– Alle nove, nove e mezzo. Ma questo che significa?

– Significa, significa. Come mai la denuncia è stata fatta solo alle undici?

Vincenzo Letizia, archipittoscultore, gli lancia uno sguardo di compatimento. Dice: – Mi ha chiesto a che ora vengo in ufficio di solito. Di solito vengo alle nove, nove e trenta. Ieri, invece, sono arrivato alle dieci e tre quarti. Alle undici ho fatto la denuncia. Ho impiegato un quarto d'ora per rendermi conto dell'accaduto e per arrivare in Questura. Può controllare il percorso...

– Bene, bene. Poteva denunciare per telefono, senza disturbarsi e andare fino in Questura.

Vincenzo Letizia gli mostra il cavetto del telefono tagliato e gli sorride in faccia.

Intorno c'è ancora qualche quadro piuttosto ingombrante; Sarti Antonio, sergente, dà un'ultima occhiata in giro, poi lo saluta. Ma quello non lo lascia andare:

– Allora?

– Allora cosa?

– Che intenzioni ha?

– Arrestare, il piú presto possibile, il responsabile o i responsabili. Erano assicurati i suoi quadri?

– Cosa significa?

– Devo indicare nel mio rapporto se i quadri erano assicurati e per quanto.

– No! Non erano assicurati. Non ci avevo ancora pensato. Non credevo che me li potessero rubare.

– Neppure io. Manca nient'altro?

– Nient'altro.

– Buongiorno. Le farò sapere.

– So già come finirà; non si disturbi troppo. Buongiorno!

Sarti Antonio, sergente, se ne va a pensare un po' a tutto quello che gli sta succedendo attorno.

Questa storia è cominciata in un casino, continua a essere un casino e se qualcuno è capace di venirne fuori è bravo!

E domani si comincia con la palestra.

E si comincia male: Sarti si presenta che tutti gli altri della squadra sono già pronti in tuta azzurra, che sembrano gli atleti della rappresentativa nazionale, un po' ingrassati. E magari sono già parecchi giorni che ci dànno dentro. Sarti Antonio, sergente, li guarda e gli viene voglia di piantare lí tutto e di andarsene a casa. Ma Raimondi Cesare, ispettore capo, gli urla:

– Allora? Cosa aspettiamo? – Non lo aveva ancora visto: è

aggrappato alla spalliera svedese e sembra un prosciutto appeso in cantina. Suda. Sarti gli va vicino e dice:

– Io... veramente non mi sono portato niente: non ho la tuta. Non credevo... Ne riparliamo la prossima volta, va bene? – Quello si stacca dalla spalliera e piomba a terra. Suda e sbuffa:

– Non va bene niente, caro mio. Non va bene niente! Qui state diventando dei vecchi lardosi, dei sacchi di segatura! Ho bisogno di uomini in grado di scattare, è vero, come si dice, e non di un mucchio di grasso! – Sarti Antonio, sergente, si guarda nello specchio che sta sulla parete di fronte e non crede proprio di essere un mucchio di grasso. Ma non replica. E l'ispettore capo conclude:

– Adesso, è vero, come si dice, tu vai a spogliarti e farai quello che ti dirà il maestro. Ne hai piú bisogno di tutti.

– Non... non ho la tuta...

– Arrangiati! – Si arrampica di nuovo sulla spalliera e ritorna prosciutto.

Non c'è piú da discutere: ha detto «Arrangiati!» in un modo che non c'è piú da discutere. Cosa pensa di ricavarci?

Sarti dà un'occhiata ai colleghi che si dimenano e va nello spogliatoio: sarà un tormento! Quando rientra in palestra nessuno ha voglia di ridere perché, là dentro, ciascuno ha i suoi guai e i suoi reumatismi cui pensare: eppure Sarti Antonio, sergente, in mutande, canottiera e calzini non è da tutti i giorni.

17. Una cosa però è sicura:
l'archipittoscultore è un farabutto!

Ripensandoci bene e fuori da quella puzzolente, inutile palestra, il suggerimento di Rosas può essere una pista: quando mai Rosas dice le cose tanto per dire?

Che a Vincenzo Letizia abbiano rubato i quadri può crederlo solo chi legge i giornali. E se non glieli hanno rubati, da qualche parte devono pur essere.

Sarti Antonio ne discute fra sé, a voce alta; seduto sulla strafottutissima auto 28. Felice Cantoni, non interviene. Anche perché non saprebbe cosa dire. Preferisce portare a spasso l'auto.

– Dove può averli messi quel figlio di puttana?

Sarti dice «figlio di puttana» come potrebbe dire «quel bravo architetto»; ma quel «puttana» gli fa venire in mente «casino». Sbotta:

– Andiamo a vedere! Felice! Andiamo a vedere!

– A vedere cosa?

– Al casino! Portami al casino!

Felice Cantoni, non sa da che parte possa essere, oggi come oggi, un casino. Chiede:

– Quale?

– Quanti ne conosci?

– Nessuno.

– In via dell'Unione! Portami al casino di via dell'Unione!
– L'auto 28 guizza sulla strada, come una pantera. Dopo dieci minuti Felice Cantoni, agente, scarica Sarti Antonio, sergente, davanti al numero 1 di via dell'Unione: ex casino.

– Vieni anche tu?

– Vengo a fare che?

– A cercare i quadri, no?

– È vero; cerchiamo i quadri. Come entriamo?

Un questurino che si rispetti non si ferma davanti a nessuna porta chiusa, tanto meno alla porta di un casino. Cominciano a guardare, ma dei quadri non c'è traccia da nessuna parte. Visitano tutte le camere e i salotti, guardano sotto le poltroncine e i divani: niente di niente. Un altro buco nell'acqua. Stanno per uscire quando Felice Cantoni dice:

– È difficile trovare dei quadri in un casino: di solito i quadri stanno dove ci sono i pittori e i pittori stanno nelle soffitte.

– È vero. Vieni con me!

– Vengo. Dove?

Salgono di corsa le scale e all'ultimo piano c'è una botola nel soffitto.

– Devono essere lí. Come ci arrivo?

Felice Cantoni, oggi, è in vena di idee piuttosto luminose. Osserva:

– Ci vorrebbe una scala.

– È un'idea: solo che la scala non c'è. Reggimi.

– Non credo di essere in grado: ho l'ulcera...

– Reggimi e piantala! – Sarti Antonio gli monta sulle spalle, si appoggia al muro e pianta i piedi di fianco al collo. Felice Cantoni barcolla, bestemmia e sta per cadere:

– Fa' presto; fa' presto che mi tremano le gambe.

– Dovresti andare in palestra e fare un po' di ginnastica.

Il sergente spinge con le spalle e riesce ad aprire la botola: poi si issa fino alla cintura. La ribalta gli preme contro la nuca ed è piuttosto pesante. Sotto bestemmiano. Sopra bestemmia lui. Appoggia i piedi al muro e ce la fa a issarsi nel sottotetto. E li vede! Accatastati uno sull'altro, su due pile da dodici-tredici tele ogni pila.

– Quel figlio di puttana!

– Ci sono?

– Ci sono! Quel farabutto! – Guarda ancora qua e là, ma non trova altro. Basta cosí. Sarti si sporge dalla botola e sgambetta in aria come un impiccato, finché non sente, sotto le suole, le spalle di Cantoni. Alla meglio rimette i piedi sul pianerottolo; è sporco come un muratore; la bella giacca azzurra di Felice Cantoni è ridotta a un letamaio e poveraccio non riesce a pulirla, per quanto spazzoli con le mani. Continua a bestemmiare:

– Guarda qua se sono cose da fare! Me la sono messa questa mattina!

– Portala in lavanderia: pago io il conto! E smettila di rompere le balle!

– Non è questione di lavanderia o di balle… è che me la sono messa questa mattina e l'altra non è ancora pronta.

In macchina Sarti Antonio, sergente, ricomincia il rosario sottovoce:

– I quadri non erano assicurati: cosa ci guadagna a raccontare che glieli hanno rubati? Gli serve per pubblicità? Ha approfittato della visita dei ladri e ha fatto sparire anche i quadri. Ma pare che non gli abbiano rubato niente: solo i preziosi dipinti… O è un bugiardo, oltreché figlio di puttana, o non vuole far sapere cosa gli hanno fregato.

– Può anche aver ragione…

– Chi?

– Può essere che non gli hanno rubato niente. Non hanno trovato niente che valesse la pena di essere rubato…

– O non hanno trovato quello che cercavano. È la storia di Rosas. Andiamo dal signor Letizia.

Ma allo studio non lo trova: gli apre la donna dalle tette mostruose. È vestita e non sta leggendo il giornale. Sorride e dice:

– Buongiorno.

– C'è l'architetto?

– No! Oggi non è venuto: è malato.

– Buongiorno.

– Buongiorno.

Letizia è davvero malato. Cioè: è a letto e dice di avere la febbre. La moglie, Angela Scampini, gli siede a fianco.

– Cosa vuole ancora? Non ha finito di tormentarmi? Non vede che sono malato? Farò rapporto ai suoi superiori! Farò…

– Faccia, faccia! Cos'ha?

– Ho la febbre! Da quando ho lei fra i piedi, non vivo piú! Mi uccidono la suocera, mi svuotano lo studio, mi assaltano per le scale! Vuole lasciarmi in pace?

La cosa comincia a farsi interessante. Sarti Antonio, sergente, si siede sul letto e cerca di consolarlo:

– Su, non faccia cosí. Mi dica che cos'è successo ancora. Lei deve capire, architetto, che sono qui per aiutarla.

Ma quello deve avere la febbre alta e delira:

– Vada via! Vada via o chiamo la polizia! Mi lasci in pace! Non si sieda sul mio letto!

La signora Angela «ecco» Scampini prende per un braccio il sergente e lo porta in cucina. Dice:

– Deve perdonarlo: ha la febbre. Cerchi di capirlo… ecco…

– Mi spieghi lei, allora…

– È successo che ieri sera… cioè questa notte, mentre rincasava, è stato aggredito per le scale da un delinquente. È molto scosso, ecco: prima i ladri in studio, adesso il delinquente per le scale…

– Le dispiace raccontarmi tutto per bene?

Dalla camera arrivano le grida del malato:

– È andato via? Angela, è andato via?

– Sí, caro, è andato! Adesso calmati.

Parla a voce bassa in modo che il matto, a letto, non la senta:

– Ecco, è andata cosí: è entrato dal portone e il battente gli si è chiuso alle spalle. La luce non funzionava. Qualcuno gli ha piantato una lampada tascabile, accesa, in faccia e gli ha strappato il borsetto. L'aggressore, a sentir lui, aveva anche una pistola, ecco!

– Doveva avere molte mani quel delinquente: ha chiuso il portone, gli ha piantato la lampada in faccia, gli ha strappato il borsetto, gli ha puntato la pistola… e con l'altra?

– Con l'altra cosa?

Angela «ecco» non ha capito la finezza: è inutile stare a spiegargliela. Sarti brontola:

– Niente, vada avanti...

– Tutto qui: adesso è molto scosso e può essersi anche sbagliato nel raccontare. Il medico ha detto di lasciarlo riposare.

– Perché non avete avvertito la polizia?

– Non ha voluto, ecco: non c'è stato modo di convincerlo! Dice che tanto è inutile, che è come per mia madre, che tanto non si risolve niente... che i suoi guai sono cominciati quando è arrivato lei! Poi, non gli hanno rubato niente.

– Niente?

– È proprio cosí! Sembra incredibile, ecco: hanno rovistato nel borsetto, hanno sparso tutto per le scale, gli hanno frugato in tasca e se ne sono andati. E non gli hanno preso niente.

È veramente il colmo: adesso l'egregio architetto deve raccontare quello che sa, se non vuole finire dentro, almeno per simulazione di reato. Sarti va in camera, si siede di nuovo sul letto e cerca di essere il piú gentile possibile:

– Caro architetto, adesso mi deve dire cosa cercano da lei. Cosa vogliono. Non è possibile che quello che sta succedendo sia casuale. Bisogna che lei si decida!

– Cosa vuole ancora? Vada via! Vada via o grido! Aiuto! Aiuto!

– Sta' calmo, caro. Il sergente cerca solo di aiutarti... – Angela «ecco» lo coccola un po' e quello smette di starnazzare. Adesso si mette a piangere...

– Non lo so! Non capisco piú niente. Cosa vogliono da me?

– Sono io che lo chiedo a lei: cosa cercano? Cosa nasconde?

– Se le dico che non lo so! Mi sembra di stare in manicomio... – Vincenzo Letizia piange forte, come un bambino; non ci si cava piú niente e Sarti Antonio, se ne torna di dove è venuto con un problema in piú da risolvere: quello dell'aggressione. Ammesso che ci sia stata un'aggressione, visto il tipo col quale si ha a che fare... Quando racconta l'ultima a Rosas, quello è felice: non si capisce perché, ma è felice. Dice:

– È proprio come dicevo io: due piú due, quattro.

Sarti Antonio, sergente, sarà un minorato mentale, io sarò un ritardato (di voi non posso dire perché, magari, avete già capito tutto, come Rosas), ma non è proprio il caso di essere felici.

– Un accidente che ti pigli! Vuoi dirmi cos'è che fa quattro?

– Due piú due! – Rosas lo prende per il braccio e lo porta a spasso sotto i portici di Santa Caterina, al sole. Dice:

– È chiaro, no? Cos'è che manca in questa storia?

– Quasi niente. Mancano solo un assassino, un ladro, un delinquente che assalta la gente per le scale di casa, quattro individui che si sono volatilizzati... E se vuoi, posso continuare!

– Voglio dire: prova a ripensare a tutto e dimmi quali sono le cose che non si trovano e che magari sta proprio cercando l'assassino –. Sarti Antonio, sergente, cerca di radunare le idee e per farlo deve ragionare a voce alta. Si fa passare davanti agli occhi gli avvenimenti. Dice:

– Mancano cinquecentottantamila lire, una busta bianca che forse le conteneva, manca una cartolina-invito del Comune. Nient'altro.

– Manca ancora una cosa: una cassetta di canzoni registrate...

– E allora?

– Le cinquecentottantamila lire saranno da qualche parte, assieme alla busta, ma non credo che siano importanti. Credo invece che qualcuno stia cercando la cartolina-invito del Comune e che questo qualcuno supponga che sia in mano dell'architetto. Ma pare che finora non l'abbia trovata.

Intanto sono arrivati in piazza Maggiore. Rosas si siede sui gradini del palazzo del Podestà: c'è il sole, su quei gradini, dalle nove del mattino fino al tramonto.

Rosas spiega una pianta che sembra un lenzuolo: c'è tutto il centro storico, con una serie di tratteggi, di colori, simboli, da non capire piú niente. Dice, seguendo i disegni col dito:

– Via dell'Unione. Questo è il numero 1 e questo il numero 31.

– È la pianta che stava attaccata alla cartolina-invito della vecchia... Dove l'hai trovata?

– Non è la stessa. Le vendono all'Ufficio tecnico del Comune. Questo è il centro storico... Il piano regolatore per il centro storico.

– Parla chiaro in modo che possa capire...

– Qui sono indicati gli interventi edilizi permessi nel centro storico. I fabbricati con il tratteggio non possono essere demoliti, in quelli scuri si può solo fare la manutenzione, quelli colorati sono monumenti importanti e niente da fare, nei quadrettati c'è il vincolo conservativo e questi neri sono soggetti all'esproprio da parte del Comune. In quelli senza simbologia si può intervenire in qualsiasi modo. Cioè, puoi demolirli o ricostruirli come piace a te. Ora, in via dell'Unione tutti i fabbricati sono neri e quindi devono essere espropriati dal Comune che li demolirà e li ricostruirà per la cosiddetta ristrutturazione del centro storico. Una cosa molto importante, dicono. Una volta ricostruiti i fabbricati, il Comune li affitterà a un prezzo equo a tutti quelli che vi abitano adesso. Solo che, una volta ricostruiti, saranno case come si deve e non le topaie puzzolenti e senza cesso come quella dove abito io. Adesso sono le undici e al palazzo comunale i tecnici possono ricevere il pubblico. Io direi di chiedere notizie sul piano.

– Andiamo.

Polacchi Franco, impeccabile, è a disposizione dei cittadini dalle undici alle tredici di tutti i martedí e venerdí.

Saluta Sarti Antonio con un largo sorriso, e lo fa sedere. Chiede:

– Un collega? – e accenna a Rosas. Sarti Antonio, sergente, alza le spalle e non dice né sí né no.

– Che novità, caro sergente?

– È un casino: ogni giorno che passa le cose si complicano. Fai vedere il piano –. Rosas stende la pianta-lenzuolo sul tavolo. Il Polacchi Franco, sorride:

– Lo conosco: è il piano per il centro storico.

– Vorrei sapere se è a disposizione del pubblico.

– Certamente: il piano è regolarmente approvato e quindi a disposizione dei cittadini che possono prenderne visione, controllarlo, discuterlo eccetera...

– Quindi l'architetto Letizia lo conosce?

– Lui prima degli altri. Ha seguito, in qualità di tecnico, tutte le fasi di studio fino all'elaborato finale. Come del resto anche gli altri liberi professionisti seri della città –. Rosas non ha ancora aperto bocca, ma quando lo fa, Sarti Antonio, sergente, gliela tapperebbe volentieri. Perché dice:

– Vincenzo Letizia non è un libero professionista serio.

Polacchi Franco non è abituato a simili apprezzamenti sui tecnici e domanda:

– Cosa glielo fa credere? – Ha un tono un po' seccato: un poliziotto non può fare apprezzamenti su un architetto. Rosas non ci fa caso e risponde:

– Il fatto che simuli il furto dei suoi quadri e vada a nasconderli nel solaio dell'ex casa di tolleranza. Mi pare che da un tipo simile ci si possa aspettare poca serietà professionale –. Polacchi Franco spalanca gli occhi:

– Cosa mi dice?

Sarti Antonio, sergente, appena fuori, cercherà di spaccare la faccia a quel brutto essere miope e mezzo suonato di Rosas. Per il momento si limita a dire:

– Scherza! Sta facendo dell'umorismo. L'architetto Vincenzo Letizia, è una degnissima persona.

Prende per la manica Rosas e se lo trascina in piazza Maggiore, dopo aver salutato distintamente il distintissimo tecnico comunale Polacchi Franco.

– Io penso che tu non sia del tutto normale! E penso di essere ancora piú scemo di te perché ti parlo dei miei affari! Penso che sarebbe un bene, per la società, se qualcuno decidesse di farti ricoverare in una casa di cura per malattie mentali! Io penso che tu sei tutto cretino!

Il sergente urla, in piazza Maggiore, e i passanti si fermano ad aspettare il seguito.

– Cosa significano quei discorsi? Chi ti ha autorizzato a farli? Cosa ti è saltato in mente?

Poi la smette perché il pubblico è già troppo numeroso e non ha nessuna voglia di continuare lo spettacolo.

Volta la schiena a Rosas e lo lascia in mezzo alla piazza, sotto gli occhi di quelli che avevano fatto cerchio e che adesso non sanno piú chi seguire: se Sarti Antonio, sergente che se ne va, o Rosas che resta a godersi il sole, come se quello che è successo non lo riguardasse.

Io seguo Sarti Antonio, sergente, perché sono curioso di sapere come andrà a finire.

E faccio un cenno al pubblico come per dire che sono un po' suonati tutti due.

18. Un'ombra furtiva piuttosto maleducata

Fra poco Sarti Antonio, sergente, si troverà Rosas anche nell'insalata.

Per il momento se lo trova seduto sui gradini di casa, di fianco alla porta, sorridente come la mattina in piazza Maggiore.

– Cosa vuoi?

– Prendiamo un caffè assieme? – Sarti lo fa entrare senza una parola e si mette a tavola. Un po' d'insalata, un paio di fettine di formaggio e una bottiglia di vino.

– Vuoi qualcosa? Hai mangiato?

– No, non voglio niente: solo un caffè quando hai finito. Di sera meglio stare leggeri.

Lo guarda mentre mangia e fischietta in sordina, il capo appoggiato alle mani e i gomiti appoggiati al tavolo.

– Allora? – Rosas non gli risponde: continua la sinfonia per fischio solista. Al caffè smette e sorseggia la sua tazza. Fuori è già buio. Quando ha finito, Sarti torna a chiedergli:

– E allora?

– Andiamo a vedere i quadri «rubati».

– Adesso?

– E perché no?

– Sei proprio suonato! Adesso io vado a dormire.

Rosas si alza e si stiracchia. Dice:

– Peccato! Forse nei quadri «rubati» c'è quello che stanno cercando... Peccato. Buonanotte!

– Andiamo. Tu hai il potere di indisporre la gente, ti pigliasse un colpo!

– Perché? – Inutile continuare il discorso.

Sull'ottoecinquanta fino in via San Vitale, poi a piedi fino in via dell'Unione. Non c'è nessuno in giro e possono entrare tranquillamente, senza dare nell'occhio.

Accendono la luce e cominciano a salire le scale. Di colpo la luce se ne va. I due rimangono inchiodati, come salami, a mezza scala.

– Cristo, chi ci vede qui?

Dopo un attimo gli occhi si abituano e dal lucernario, in cima alle scale, filtra un po' di luce. Poca.

Quanto basta per scorgere una sagoma, un'ombra furtiva, che sta scendendo le scale. Sarti Antonio, sergente, urla:

– Accendi un cerino.

– Non fumo!

– Chi è là? Fermo! – Vorrebbe aggiungere qualche altra cosa, ma l'ombra furtiva lo travolge e lo fa ruzzolare dalle scale fino al pianerottolo. Sarti bestemmia e cerca di afferrare qualcosa dell'ombra furtiva che gli scivola a fianco, ma quella lo calpesta come uno stuoino e scende fino al piano terreno, quasi ci vedesse come un gatto. Sbatte la porta nel preciso momento in cui Sarti Antonio, sergente, riesce ad alzarsi, pesto e indolenzito (fra l'altro ha sbattuto la testa nei ferri della ringhiera e sta sanguinando) e cerca di scendere attaccandosi alla ringhiera. Rosas, nell'ombra, ridacchia come se la cosa lo divertisse. E credo proprio che sia cosí: si sta divertendo, quel figlio di buona donna.

Quando Sarti Antonio, sergente, mette piede nella strada, dell'ombra furtiva neppure l'ombra. Non gli resta che asciugarsi il sangue che gli cola dalla fronte e andare all'ottoecinquanta a prendere la torcia elettrica.

Rientra e trova il Rosas seduto su una poltroncina del salotto al piano terra. Ride ancora, il maledetto!

Adesso Sarti Antonio, sergente, è tutto un dolore; si tiene la testa e si massaggia un ginocchio, ma dovrebbe massaggiarsi un po' dappertutto.

– Cristo, che botta! Quel... quel... Cristo, che botta! Ma come ha fatto a spegnere le luci?

– Basta strappare i fili da un interruttore e fare corto circuito. Vieni, sergente, fammi luce.

Salgono di nuovo i gradini e trovano i fili di un interruttore strappati (l'impianto è tutto esterno). Rosas li sistema e scende a pianterreno: le valvole sono saltate e lui sistema anche quelle con un filo volante. Torna la luce, la buona, la bella, la cara luce! E Rosas può rendersi conto dello stato di Sarti Antonio, sergente: è pietoso.

– Vieni –. Gli lava il sangue sulla fronte e cerca di tamponarlo alla meglio, ma è messo male.

– Lascia stare: basta cosí –. Sarti si annoda il fazzoletto alla fronte, come ai bei tempi di Meazza e Schiavio. Dice:

– E adesso?

– Andiamo a vedere i quadri «rubati» –. Salgono per la terza volta: all'ultimo piano, appoggiata al muro, c'è una scala e quindi non è necessario montare sulle spalle di nessuno per arrivare in solaio. Sarti Antonio, sergente, gira il raggio della torcia: non c'è piú un quadro che possa chiamarsi quadro. È un massacro: le cornici spezzate, i vetri rotti, le tele squarciate. Un brutto colpo per il pittore.

Seduti sulle poltroncine rosse, nel salottino dell'ex casino, i due si guardano in faccia senza parlare. Sarti Antonio, sergente, ripete, per la millesima volta:

– E adesso?

– Andiamo a letto. Domattina ho un esame...

Tutto qui. Rosas non ha nient'altro da dire. Lo ha trascinato fin lí, di notte, per poco non ci rimette la pelle, in solaio c'è un massacro di quadri e adesso gli dice: «Domattina ho un esame». Non so come si possa stare calmi. Io non ce la farei. Sarti Antonio ce la fa: dev'essere il dolore.

Rosas non apre bocca. Da prenderlo a calci nel culo! Sarti Antonio, sergente, è svuotato e non parla: si alza, spegne la luce ed esce. Rosas dice:

– Guido io: siediti di fianco.

Sarti Antonio si tiene la testa con le mani perché il dolore si fa sempre piú vivo. Rosas lo aiuta a salire le scale, lo mette a letto, lo copre. Gli spegne anche la luce e dice:

– Buonanotte. La macchina te la riporto domani, va bene? Il sergente mugola qualcosa perché anche il solo muovere le labbra gli fa male. Chiude gli occhi.

– Grazie. Dammi retta, sergente, quando ti sentirai meglio e avrai voglia di ricominciare, perché non provi a trovare l'altra cosa che manca in tutta la faccenda?

Sarti Antonio fa uno sforzo tremendo, apre la bocca piú che può e chiede: – Cosa devo cercare?

Sempre dal buio, Rosas risponde: – Non ti capisco: parla piú forte.

Un altro sforzo. – Cosa devo cercare?

– Il nastro. La musicassetta che stava nella scatola vuota, per terra, vicino al cadavere della cara, dolce vecchietta.

Sottovoce, piano per non soffrire, Sarti dichiara al mondo: – Chi se ne frega.

– Non ti capisco: parla piú forte.

– Chi se ne frega! Erano canzoncine d'amore: chi se ne frega!

– Appunto, chi se ne frega. Erano canzoncine d'amore ma non si trovano piú. Dove saranno finite? – E Rosas toglie il disturbo, questa volta sul serio e definitivamente.

Sarti Antonio, sergente, dorme male: sarà il dolore o saranno gli incubi che gli tormentano il sonno. Il piú brutto: Andrea Pappalardo, immenso, deforme, con un martello in mano (ma forse è una mazza) lo rincorre e tenta di colpirlo sulla testa. Proprio sulla nuca, come la cara, dolce vecchietta. Per colmo d'incubo, mentre lo rincorre, gli sussurra o gli urla nelle orecchie le sue «piú belle canzoni d'amore».

Quando si sveglia il sergente sta peggio di quando si è messo a letto: non riesce neppure ad alzarsi perché, se solo ci prova, rischia di cadere lungo disteso sul pavimento. Sembra che sia stato travolto da un carro armato.

Provo a preparargli un caffè, ma so già cosa mi dirà:

– Fa schifo –. Difatti lo dice, però lo beve ugualmente. Anche perché io non so fare di meglio e si deve accontentare di quello che passa il convento.

Lo trovo, davanti allo specchio a studiarsi la ferita sulla fronte e a borbottare:

– ... E se gli metto le mani addosso, gli lascio un segno che se lo ricorda per un pezzo! Guarda che roba! Mi resterà la cicatrice fino alla tomba... Ma ci arrivo! Oh, se ci arrivo!

Si appiccica un cerotto che gli copre tutta la fronte e cerca di infilarsi i pantaloni reggendosi la testa con una mano.

Quando l'agente Felice Cantoni suona dalla strada, Sarti è quasi pronto e può scendere le scale, traballando e lamentandosi. E per le scale incrocia la grassona bionda della porta accanto che sale, carica di spesa. Lei sfodera il solito radioso sorriso che però le muore sulle labbra non appena riesce a metterlo a fuoco:

– Dio santo, signor Sarti! Cos'è successo? Ha bisogno di una mano? Vuole che l'aiuti?... – E gli si strofina contro lasciando rotolare giú per i gradini un chilo e mezzo di arance appena comperate. Ma la piú grossa preferisce direttamente la tromba delle scale e finisce sulla testa di Felice Cantoni, agente, che da basso si è appena tolto il berretto d'ordinanza. Le bestemmie che gli esplodono nel cervello le conosce solo lui; il succo appiccicoso e giallo gli scende lungo il collo e finisce sulla giacca:

– Puttana! Un'altra giacca rovinata! Puttana! Qui fate apposta a rovinarmi le giacche! Dopo la sinfonia di mia moglie l'altro ieri... Adesso chi la fa tacere quella!

Sarti Antonio, sergente, ha il suo da fare con la grassona bionda:

– Non è niente! Non è niente le dico! – Ma quella vuole per forza aiutarlo:

– Ho detto che non è niente!

– Mamma santa, com'è conciato! E lei non mi dice niente, non mi avverte. Magari aveva bisogno di aiuto...

Quella andrebbe avanti chissà quanto se Sarti Antonio, sergente, non tagliasse corto:

– Mi lasci andare! Ho detto che non è niente! – Solo che, nell'urlo, ha teso i muscoli del collo e il dolore gli si ripercuote fino alla radice dei capelli. Per poco non sviene: vacilla.

– Ma lei sta molto male. Agente! Signor agente! – Felice Cantoni, agente, lascia perdere con il succo d'arancia e strepita, dal basso:

– Cosa c'è ancora?

– Mi aiuti! Il signor Sarti sta male!

– Puttana! – Cantoni sale le scale di corsa e fa appena in tempo ad aprire le braccia per ricevere Sarti Antonio, sergente, che si è svincolato dalla presa della grassona bionda.

– Andiamo via! Andiamo via di qui prima che io... Quella è matta! – Sull'auto 28 può appoggiarsi allo schienale e rilassarsi. Felice Cantoni lo guarda, mentre guida, ma non chiede, per ora. Sa che non è il momento. Dice solo:

– Dove? – e si infila un fazzoletto pulito fra il colletto della giacca e il collo sporco di succo.

– In via Irnerio, dall'architetto.

Vincenzo Letizia sta meglio: è alzato e si accinge a prendere una tazzina di caffè, una spremuta d'arancia dello stesso colore del bavero di Felice Cantoni e quattro fettine imburrate. Non ha piú febbre. Sarti Antonio, sergente, non ha tempo da perdere: sente di essere vicino, molto vicino alla conclusione. Lo aggredisce:

– Perché ha distrutto i quadri? Cosa faceva stanotte nell'ex casino? Dov'è la musicassetta di Pappalardo? Dov'è la cartolina-invito del Comune?

Quello gli spalanca due occhi cosí: sembra che non abbia capito bene. Balbetta:

– Quali quadri?

– Non faccia lo spiritoso: non è la mattina adatta! Sto male!

– Lo vedo: cos'è successo?

– Mi ha travolto lei per le scale di quel fottutissimo casino! Non faccia lo spiritoso! Perché ha distrutto i quadri?

– Io... non riesco a capire!

– I quadri che lei aveva nascosto nella soffitta! Non faccia lo spiritoso!

– Lei... lei... li ha trovati?

– Li avevo trovati! Adesso sono un ammasso di rottami.

Se l'architetto Vincenzo Letizia finge, finge bene: si affloscia sulla sedia come un pupazzo di plastica gonfiato al quale hanno tolto il tappo. Dalle labbra gli esce un sospiro sibilante che accresce l'illusione:

– I miei quadri distrutti... Oddio! È la fine! – Da un momento all'altro gli tornerà la febbre. Sarti Antonio, sergente, non ha pietà:

– Cosí lei non sa niente! Lei non era in via dell'Unione questa notte? – Angela Scampini cerca di far vento al consorte con un tovagliolino di carta. Esclama:

– Ma se non si è mosso dal letto! Ma se è malato! Ecco...

– Gli chieda allora perché ha detto di essere stato derubato dei quadri e invece li aveva nascosti! Lo sa cos'è questo? Simulazione di reato: da sei mesi a tre anni di reclusione.

Vincenzo Letizia sta riprendendo fiato:

– Ho detto... ho pensato che poteva essere utile come pubblicità. Visto che non avevano rubato niente, ho creduto... Oddio, i miei quadri! – L'architetto ripiomba nella semincoscienza dell'infelicità.

– La musicassetta di Andrea Pappalardo dov'è?

– Non lo... non abbiamo musicassette. Ecco, noi non abbiamo neppure il registratore!

– E allora, con cosa ascoltava *Le piú belle canzoni d'amore* la cara, dolce vecchietta di sua madre?

– Ecco, mia mamma sí: a lei piacevano molto le canzoni...

– E comperava le musicassette! Quella di Pappalardo dov'è finita?

– Sarà in camera sua, fra le altre...

– Ho guardato l'altra volta: non c'è! Dov'è finita?

– Ecco... io... Ecco, io non lo so proprio: lo imparo adesso –. E si mette a piangere. È il turno di Vincenzo Letizia di consolare la consorte.

– Peggio per voi! – Sarti va a piantarsi sotto il naso dell'architetto:

– Voglio la cartolina-invito del Comune con la pianta del centro storico! Non mi dica che non sa dov'è...

– Quella roba? È nel mio ufficio!

– Perché l'ha tenuta nascosta?

– Non l'ho nascosta: volevo solo andare in Comune a chiedere di cosa si trattava e perché avevano convocato mia suocera... Non l'ho nascosta.

– Perché non l'ha detto prima?

– Lei... lei non me lo ha mai chiesto.

– Peggio per voi! – Sarti se ne va sbattendo la porta. Dice a Felice Cantoni:

– Allo studio di questo... di questo architetto. Di corsa! – Entra appena la donna dalle tette mostruose gli apre la porta e comincia a buttare all'aria tutto:

– Dov'è? Si può sapere dov'è? – La donna lo lascia fare per un pezzo, poi gli si avvicina. Domanda:

– Posso esserle utile?

– Spogliati! – Quella deve esserci abituata perché non batte ciglio e comincia a spogliarsi a partire dalle scarpe. Sarti Antonio, sergente, le rivolta gli abiti, man mano che quella se li toglie:

– Niente! Niente! – Nuda è proprio un fenomeno: sono sicuro che in un baraccone da fiera potrebbe fare soldi come la donna ragno, la donna cannone e la donna sirena. Potrebbe essere la donna tettona.

Sarti Antonio, sergente, le butta in faccia gli abiti:

– Dov'è la cartolina-invito del Comune con la pianta del centro storico?

– Ah, quella?

– Sí, quella! Dov'è?

– Nella mia borsetta. Perché non le chiede le cose?

Il sergente rimane di sasso; è nel posto piú semplice, ovvio: nella borsetta della segretaria. Ecco perché il ladro non l'ha trovata nello studio, non l'ha trovata nel borsetto di Vincenzo Letizia, e non l'ha trovata nascosta nei quadri.

Sarti Antonio siede, si rilassa, respira forte, quel tanto che gli consente la ferita sulla fronte, poi chiede:

– Perché l'hai tu?

– Dovevo passare dall'Ufficio tecnico comunale per chiedere notizie, poi, con tutti i guai che sono successi, non l'ho fatto e me ne sono dimenticata...

– Dammela!

La tettona fruga nella borsetta; fruga ancora e diventa scura. Dice:

– Non c'è piú!

– Non è vero! Voi volete farmi diventare matto! – Sarti corre alla finestra e chiama:

– Cantoni! Cantoni! Vieni su.

Quando Felice Cantoni entra, rimane di pietra sulla soglia, non per il casino che c'è in giro: per la donna nuda con le tette mostruose al vento. Mormora fra sé:

– Dio, che roba!

– Picchiala! – Felice Cantoni, agente, non ha capito bene. Domanda:

– Come?

– Picchiala! Picchiala perché io non ce la faccio!

– Picchio... lei?

– E chi? Me?

– Ma... ma è contro il regolamento! Io non...

La donna, nuda, urla come una sirena:

– Aaahhh! Adesso ricordo: ho cambiato la borsetta.

Sarti Antonio si alza a fatica, le butta gli abiti che erano finiti a terra e dice: – Andiamo a prendere la borsetta.

Vanno a casa della segretaria, a sirene spiegate che tutti si tirano di lato. Arrivano, salgono, aprono, richiudono, cercano, trovano e aprono la borsetta: tutti assieme! A sei mani: un casino!

– Eccola! – Sarti Antonio, sergente, se la gira fra le mani e spera che non gli sparisca di sotto gli occhi. Non ci trova niente di strano e niente di strano trova nella pianta del centro storico se non i soliti simboli, tratteggi, colori e via dicendo che ormai ha già visto troppe volte. Infila tutto nella tasca interna della giacca. Domanda:

– Conosci Andrea Pappalardo?

– No! Chi è?

– Un cantante: *Le piú belle canzoni d'amore*.

– Mai sentito. Posso tornare in ufficio? – Sarti Antonio, sergente, se ne va senza rispondere. Non ha ancora capito niente. E neppure io. Non resta che andare a sentire quel fottutissimo nastro. E Sarti ci va. Anzi, ci andiamo, perché adesso sono proprio curioso di sapere come finiranno le cose.

Ragazzi: una lagna! Posso capire che i gusti sono gusti, ma quella è una lagna. E Sarti Antonio, sergente, ha il coraggio di passare tutto il nastro due volte: parte prima e parte seconda. La ragazza del negozio è visibilmente scocciata e si calma solo quando Sarti Antonio, sergente, le mostra la tessera e le spiega:

– Non mi diverto: sono in servizio!

Quella non capisce che razza di servizio, ma lascia finire il nastro per la seconda volta.

Ce ne andiamo, io, Felice e Sarti, completamente suonati: ci vuole una buona nottata di sonno, senza incubi e senza Pappalardo.

19. Un ultimo bacio d'amor...

Il risveglio è il solito risveglio dei miei due. Almeno per me. Per Sarti Antonio, sergente, è meglio, anche se è provocato dallo squillo del telefono.

– Ciao, sono Antonietta.

Sente una stretta nello stomaco: Antonietta gli è sempre rimasta addosso. Chiede:

– Che ore sono?

– Le dieci: stavi a letto?

– No. È un po' che non ti fai viva... Credevo di non essere piú nel tuo calendario.

– Lo so, mi dispiace.

Sarti Antonio cerca di essere distante, ma non sa se ci riesce bene:

– Oppure lui è tornato e io non ti servo piú?

– Volevo notizie...

– Mi chiami solo per le notizie? Non ne ho!

C'è un po' di silenzio dall'altra parte. Poi:

– Non è vero! Volevo anche venire a trovarti: è domenica e possiamo stare assieme, se vuoi.

– Voglio: però non parliamo di lui...

– D'accordo. Dove?

– Vengo da te... – Non lo fa finire; lo interrompe, violenta:

– No, no! Vengo io. Da te è meglio –. Riattacca senza dire altro. Arriva verso mezzogiorno e rimane male quando vede il cerotto sulla fronte di Sarti Antonio. S'informa:

– Cos'è stato?

– Il mio mestiere di merda! Adesso va meglio. Come mai non ti sei fatta sentire?

– Ho avuto molto da fare... – Antonietta è profumata, è bella, è fresca, è donna come sempre e Sarti Antonio, sergente, darebbe un po' del suo stipendio perché non parlasse di Gastone Grossi. Anche perché non saprebbe cosa risponderle. E lei non ne parla. Cosí potrebbe essere una di quelle giornate che si ricordano a lungo... Piena di calma, di calore, di tenerezza.

Ha l'impressione di essere sempre stato con lei; ha l'impressione di averla sempre conosciuta; ha l'impressione di sapere tutto di lei; ha l'impressione di non doverla mai vedere andar via; ha l'impressione di essere felice...

Almeno per il tempo che le sta vicino.

Torna indietro di anni. Quanti? Tutti quelli che pensava lo separassero da oggi; ma non era vero. Perché sente spuntare dentro (non capisce bene dove) quello che era morto da troppo tempo. Lei non è presa a prestito: è stabile, sua.

E lui può chiudere gli occhi e vivere una vita passata che però è rimasta da qualche parte.

Come aprire un sogno e ricordarsi di averlo già vissuto.

– Ti voglio bene.

Non significa niente.

– Anch'io!

Non significa niente. Poi:

– Ti ricordi di me?

– Di te, quando?

– Non lo so! Una volta...

Non significa niente.

– Credo di ricordarmi. Era un giorno come oggi, ma non era qui... – Possibile che non significhi niente?

Si perde nel passato dei suoi capelli, con il viso, con l'anima... Quando se ne va (è sera), ha l'impressione che non potrà mai piú risentirla tremare vicino a lui: appoggiata alla porta, già pronta per uscire, è lei che gli sfiora le labbra con le sue, chiuse. Sottovoce:

– Addio –. Sulle guance, sugli occhi, sul collo, sulla bocca, è un lungo, delicato, tenerissimo addio.

20. Un breve riepilogo...

A questo punto non gli resta che dare le dimissioni da sergente di polizia.

Ha raccontato tutto a Rosas e adesso aspetta il resto da lui; sa che deve venire: Rosas è fatto cosí e non può deluderlo. Ma quello continua col suo fischio e con gli occhi chiusi, dietro le lenti. Finalmente alza la testa e parla. Dice l'oracolo:

– Vediamo il riepilogo: il cadavere, prima di diventare tale, aveva in mano una busta che, supponiamo, conteneva le cinquecentottantamila lire da consegnare a qualcuno. «Qualcuno» arriva, colpisce la vecchia alla testa finché non sopraggiunge la morte, e intasca i soldi. Vuota il contenuto della borsetta per terra in cerca di qualcosa: non dei soldi, dal momento che li aveva già. Poi se ne va portandosi via i soldi e una musicassetta. Non la scatola esterna: solo il nastro registrato. Tu trovi, a casa dalla vecchia, una cartolina-invito del Comune e una pianta del centro storico...

– Ecco il tutto! – Rosas si alza e da un libro prende qualcosa che tende a Sarti Antonio, sergente e dice:

– Guarda –. Consegna una cartolina-invito. Sarti Antonio guarda la sua e guarda quella che Rosas gli ha consegnato:

– Sono diverse, – fa notare Rosas. Sarti le guarda. Conferma:

– Sono diverse: in quella di Imelde Scampini c'è il francobollo. Nella tua c'è un timbro del Comune e non il francobollo.

– Infatti! La mia l'ha spedita il Comune, quella di Imelde Scampini l'ha spedita «qualcuno» facendo credere che la spedisse il Comune. Ecco perché nella pratica che tu hai visto all'Ufficio tecnico, da Polacchi, c'è un appunto sulla spedizione di una sola cartolina-invito. Cartolina-invito che risale a piú di due anni fa: quando cioè l'Ufficio tecnico stava predisponendosi allo studio del centro storico. Questa porta la data di una settimana prima della morte della vecchia...

– Qui c'è il timbro di Polacchi...

– Non vuol dire; chiunque può timbrare «geom. Polacchi Franco»; anche l'architetto Vincenzo Letizia, anche Loriano Macchiavelli, scrittore di teatro e di gialli, anche Angela Scampini... Tu sei stato nel suo ufficio, solo, per piú di un'ora e hai potuto frugare qua e là senza che nessuno ti dicesse niente. Di positivo c'è che «qualcuno» ha tentato in tutti i modi di riavere questo materiale. E per farlo ha messo sottosopra lo studio di Vincenzo Letizia, lo ha assalito, ha distrutto i quadri in soffitta... «Qualcuno» ha cercato la cartolina-invito e la pianta dappertutto salvo che a casa di Imelde Scampini, dove era logico che la si cercasse. Chi sapeva che di là era sparita?

A Sarti Antonio, sergente, brillano gli occhi. Crede di aver capito. (Io no). Sorride e risponde:

– «Qualcuno» lo sapeva.

– Bene, quel qualcuno sapeva anche che la cartolina-invito e la pianta del centro storico potevano essere nello studio o nel borsetto di Letizia. E per giunta sapeva che i quadri erano nascosti nel solaio dell'ex casino.

Sarti Antonio, sergente, rimugina per un po'. Poi domanda: – Ma a che scopo? E perché far fuori la vecchia?

Rosas gli apre sotto il naso la pianta del centro storico che era con la cartolina-invito, poi va a prendere l'altra, quella che gli aveva già mostrato qualche giorno prima. Dice:

– Sono diverse.

Sarti Antonio, sergente, non ci capisce molto in quel casino di simboli che gli sembrano tutti uguali. Rosas gli indica via dell'Unione e Sarti Antonio, sergente, trova la differenza: in una pianta (quella di Rosas) tutti i fabbricati di via dell'Unione sono colorati in nero; nell'altra (quella della vecchia) ci sono due fabbricati bianchi. Rosas ricomincia:

– Bene: i due fabbricati bianchi sono il numero 1 e il numero 31… Significa che non sono soggetti a esproprio. Gli unici due stabili della via. Il proprietario possiede una fortuna…

– L'architetto Vincenzo Letizia possiede una fortuna! – Ma Rosas non ha finito. Continua:

– Sí. Solo che questa pianta è falsa: l'autentica, quella approvata, è l'altra. «Qualcuno» ha fatto vedere alla vecchia una pianta dove i suoi fabbricati non venivano espropriati…

Sarti Antonio, sergente, crede di aver capito e beato lui! Magari avete capito anche voi; per quello che mi riguarda, non mi resta che continuare a seguirlo per vedere la fine. Sarti si alza ed esclama:

– È tutto chiaro! E credo anche di sapere dove sono nascosti i quattro barboni che hanno tagliato la corda dalla cripta del teatro –. Se ne va.

Per prima cosa passa dal *Sanleonardo* e ci trova quello dei gialli. Gli dice:

– Vieni con me, bello! Il capo ha qualcosa da chiederti!

Escono e fa sedere il tipo di fianco a Felice Cantoni, sull'auto 28. Poi prende il microfono:

– Auto 28 a centrale! Mandate un'auto in via San Vitale 63, al teatro *Sanleonardo*: urgente. Aspetto qui. Intanto fammi parlare coll'ispettore capo Raimondi –. Passano alcuni minuti:

– Qui Raimondi Cesare!

– Non si muova dall'ufficio. Le porto il pollo. Arrivo! – Stacca: tre minuti e arriva l'auto 36 con due agenti a bordo, a tutta sirena. Sarti urla, dal finestrino della 28:

– Venitemi dietro! – E a Felice Cantoni: – In via Irnerio. Da Vincenzo Letizia.

L'auto 28 fa un altro carico: Vincenzo Letizia e signora. E sono tre.

– A casa mia! – L'agente Felice Cantoni non batte ciglio. Non ci capisce niente, ma non batte ciglio. Esegue. A casa sua Sarti Antonio, sergente, prima di saltare sull'ottoecinquanta urla ancora:

– Venitemi dietro –. È su di giri come poche volte lo è stato ed è deciso a chiudere tutta la storia prima di sera. Niente morsi di colite; niente voglia di gabinetto...

Arriva da Antonietta Carioli e sale le scale di corsa. Suona: – Ciao –. Quella è molto sorpresa e direi che è anche un po' spaventata. Infatti diventa rossa. Dice:

– Esco subito, aspettami qui! – Sarti non l'ascolta: la spinge da parte ed entra.

Li trova tutti e quattro seduti davanti al televisore acceso: Italia-Argentina. Dice:

– Mi dispiace, ma dovete leggere il risultato sul giornale di domani. Andiamo!

Nessuno fiata: anche perché gli agenti sono in tre e armati. Il tono di Sarti è deciso e non c'è da replicare. I quattro passano, uno dopo l'altro, davanti ad Antonietta Carioli, ancora impietrita sulla porta. Sarti Antonio le dice:

– Ecco perché non hai voluto che venissi io da te! Ecco perché hai tagliato corto, al telefono: «No, no! Vengo io. Da te è meglio...» e hai attaccato, senza neppure aspettare che io dicessi «Va bene». Ecco perché ogni tanto ti facevi viva: ti andava di sapere in che acque stavo io, a che punto erano le ricerche e se potevano ancora dormire tranquilli, i tuoi quattro barboni! Nasconderli da te è stata una buona idea: non mi sarei mai sognato di venire a cercarli qui se tu non fossi stata cosí precipitosa –. Aspetta un attimo, la guarda bene in faccia. E conclude:

– Vieni con me anche tu!

In auto: e fanno otto. Sono sbalordito per tutto il movimento, e pare che non sia ancora finita:

– Palazzo del Comune! – Via di nuovo col carosello. È ridicolo: un'ottoecinquanta fra due pantere a sirena spiegata. Una strana processione.

Di corsa per lo scalone del Comune, poi l'ufficio di Polacchi:

– Gradirei che lei venisse con me per confermare un paio di notizie al mio capo. Le dispiace? Dopo non le darò piú nessun fastidio –. Quello è sempre elegante come il primo giorno, parla con la voce impostata, da attore, con la esse dolce, per niente emiliana. Dice:

– Devo chiedere il permesso ai miei superiori –. Se ne va dall'ufficio e lascia solo Sarti Antonio, sergente, che, per ingannare il tempo, sfoglia un po' di pratiche, apre qualche cassetto e controlla qua e là: la mania delle indagini non lo lascia mai. Polacchi Franco ritorna, sorridente, e dice:

– Andiamo pure, sono a sua disposizione.

Sarti lo fa salire sull'ottoecinquanta: un riguardo. Non lo mescola ai delinquenti.

Pare che non ce ne siano altri da caricare perché la prossima tappa è la Questura. Sarti Antonio, sergente, aspetta sulla porta, li controlla uno per uno e dice:

– Venitemi dietro! – Una fila di nove individui: dai barboni all'architetto, dallo straccione dei gialli all'impeccabile tecnico comunale. E davanti a tutti, per le scale e i corridoi della Questura, Sarti Antonio, sergente.

E dietro tutti, a chiudere il corteo, Felice Cantoni, agente, che non ha ancora capito bene, come me, che cosa stia succedendo.

Sarti bussa da Raimondi Cesare, ispettore capo, ed entra senza aspettare l'«avanti». Dice agli altri, di fuori:

– Prego: accomodatevi –. Uno, due, tre, quattro...

Raimondi Cesare, ispettore capo, li conta mentre gli entrano in ufficio. Entrato l'ultimo, fa un cenno a Sarti che gli si avvicina. Domanda, sottovoce:

– Cosa vogliono?

– Le ho portato il pollo!

– Mi ha portato un pollaio...

Non ci sono sedie per tutti e cosí se ne stanno in piedi e aspettano: qualcosa deve succedere. E infatti succede. Sarti Antonio, sergente, comincia le presentazioni:

– I quattro: Gastone Grossi, Michele Spinola, Filippo Coco, Andrea de' Cerchi... – All'ultimo nome Raimondi Cesare, ispettore capo, abbassa la testa in un saluto, senza accorgersene...

– Antonietta Carioli: li teneva nascosti in casa sua... Il geometra Polacchi Franco, tecnico del Comune: ci darà alcune informazioni. Loriano Macchiavelli, scrittore di teatro e di gialli; è stato l'ultimo a vedere viva la defunta Imelde Scampini. Vincenzo Letizia, architetto, pittore, scultore, simulatore di rapine e malato quando gli fa comodo. La di lui consorte e figlia della defunta: Angela Scampini in Letizia. Mi pare che ci siano tutti.

Ha deciso di far colpo, per cui si siede sull'unica sedia disponibile e aspetta. Aspettano tutti; alla fine Raimondi Cesare, ispettore capo, dopo essersi studiato uno per uno i nove individui e aver guardato per un po' Sarti Antonio in faccia, chiede:

– E allora? – Sarti Antonio, sergente, si alza; l'ha visto fare in qualche film, passa in rassegna il gruppo e attacca:

– Adesso io racconto qui all'ispettore capo Raimondi Cesare come si sono svolti i fatti: ognuno di voi, quando sarà chiamato in causa, dovrà solo far di sí con la testa o smentirmi –. Aspetta un istante che tutti abbiano capito bene, poi parte:

– La defunta Imelde Scampini, una settimana prima di finire a martellate in testa, riceve la presente cartolina-invito dal Comune –. La porge al Polacchi Franco, distintissimo tecnico, che se la rigira fra le mani e dichiara:

– Non è stata spedita dal Comune: il francobollo lo testimonia. Né io l'ho mai timbrata, anche se c'è il mio timbro.

– Come lo spiega?

– Non lo so. Ma chiunque può entrare nel mio ufficio, prendere una cartolina che sta sul mio tavolo, metterci il mio timbro, che sta anche quello sul tavolo, uscire, comprare un francobollo e spedirla. Anche lei, caro sergente, ha frugato qua e là nel mio ufficio senza essere disturbato –. Sarti Antonio, sergente, dimentica la seconda parte del discorso e chiede: – Ma a quale scopo l'avrebbero fatto?

– Non lo so: non lo so proprio.

– E lei, lo sa? – chiede Sarti a Vincenzo Letizia.

– Cosa vuole che ne sappia, io! Viene a casa mia, mi porta in Questura come se fossi un ladro… Con mia moglie, poi! Cosa vuole che ne sappia io!

Raimondi Cesare, ispettore capo, nei suoi lunghi anni di servizio ha imparato almeno una cosa: non ci vuole fretta. Mai! Arriverà, arriverà! Sarti Antonio, sergente, continua:

– Non può darsi che qualcuno volesse parlare alla vecchia signora dei due fabbricati di via dell'Unione di sua proprietà?

E Polacchi Franco:

– Non credo. La storia è già definita da piú di un anno…

Sarti Antonio:

– Definita come?

Polacchi Franco:

– Come per tutta la via dell'Unione: esproprio.

E Sarti Antonio: – No, niente esproprio. I due fabbricati, il numero 1 e il numero 31, contrariamente a tutti gli altri della stessa via, non sono soggetti a esproprio.

Polacchi Franco:

– Lei è matto! – Sarti Antonio, sergente, spiega sul tavolo di Raimondi Cesare la pianta del centro storico e indica i due quadrettini bianchi. Polacchi Franco fa tanto d'occhi.

– Non è possibile! Questa pianta… questa pianta è stata alterata!

– È possibile?

E Polacchi Franco:

– È possibile: basta fare delle copie eliografiche in lucido, raschiare la simbologia scura indicante l'esproprio e quindi ristampare delle copie normali… Come queste. È possibile.

– E lei, architetto, cosa dice?

– Cosa vuole che ne sappia io! E perché interroga sempre me? Qui siamo in nove, mi pare.

– Perché lei è architetto e queste cose le deve sapere… Deve sapere come si può falsificare una pianta.

La storia comincia a farsi interessante anche per Raimondi Cesare, ispettore capo, che si rilassa sulla poltrona e socchiude gli occhi, beato. Sorride, anche. Dice:

– Va' pure avanti, caro Sarti, è vero, come si dice, va' pure avanti.

– Ho quasi finito. «Qualcuno» ha fatto credere alla cara,

dolce vecchietta che fosse possibile, dietro compenso, stralciare i suoi due amati stabili di via dell'Unione dal piano degli espropri. A questo scopo il nostro tipo ha fornito alla signora Imelde Scampini la pianta falsa che vi ho mostrato. Lei è caduta nel tranello perché voleva troppo bene al suo ex casino: ci aveva passato tutta la vita. Cosí quella sera è uscita senza dir niente a nessuno per portare il compenso pattuito al caro amico: cinquecentottantamila lire. Quale posto piú tranquillo, meno frequentato dell'amato stabile di via dell'Unione? Adesso entra in ballo il tipo dei gialli. Infatti, se sbaglio mi correggi, questo tipo passa da via della Unione e trova la porta socchiusa. Entra e vede la vecchietta con una busta in mano. Vero?

Il «giallo» fa di sí con la testa.

– La signora Imelde Scampini però non ha tempo da perdere con l'intruso e lo congeda in malo modo: aspetta l'amico che, poco dopo, arriva. Gli versa il compenso e vorrebbe mandarlo via subito. Ma si sa che l'appetito vien mangiando: il tipo ha idea che si possano cavare altri soldi dalla miniera d'oro. E dice pressappoco cosí: «Cara signora, il nostro amico, quello che ci ha aiutato a modificare il piano regolatore, ha dovuto pagare delle persone e pertanto chiede un rimborso spese di altre cinquecentomila lire». Dico bene? – Si ferma e li guarda tutti. Nessun cenno dai nove:

– Molti di voi non possono saperlo. Vado avanti: la vecchietta, che non è poi cosí stupida, sente odore di ricatto e trova subito il modo di uscire dalla situazione. Le viene in mente che nel pomeriggio ha comprato una musicassetta da Borsari e Sarti: le canzoni d'amore sono il suo debole. Ha una pila di nastri in camera sua, ma tutti completi di contenitore esterno. Mette la mano nella borsetta, toglie il nastro dal contenitore (sempre con la mano nella borsetta, perché se mostra il contenitore si vede subito che si tratta di musica) e lo sventola sotto il naso del nostro. Gli dice pressappoco: «Caro amico, qui sono registrati tutti i colloqui che abbiamo avuto durante i precedenti incontri. Se non ti togli subito di torno, io ti denuncio per concorso in falsificazione di atti d'ufficio, per interesse privato in atti d'ufficio, per peculato eccetera...» Il tipo capisce di aver rischiato troppo e per mettersi al sicuro afferra la prima cosa che gli capita in mano, un martello che serviva alla vecchia per chiudersi dentro, e la fa secca. Ecco perché io, a pochi passi di distanza, non ho sentito le grida: non ha fatto a tempo a gridare. Il nostro amico prende i soldi e il nastro... Avrei voluto vedere la sua faccia quando si è accorto che conteneva *Le piú belle canzoni d'amore di Andrea Pappalardo* e non l'incisione degli incontri: avrei proprio voluto vederlo! Ha ucciso per un nastro da tremila lire! Magari l'ha anche tenuto, il nastro, visto quello che gli è costato! Perché buttarlo, poi? Cerca la cartolina-invito e la pianta falsa del centro storico: meglio non lasciare tracce compromettenti. Per questo rovescia a terra il contenuto della borsetta. Ma non la trova. Fuori intanto è cominciato il casino fra la polizia e questi quattro suonati, cosí il nostro pensa bene di togliere il disturbo. Se ne va e lascia aperta la porta perché, per chiuderla, ci vuole la chiave. E cosí la trovano i nostri quattro barboni i quali, oltre la porta aperta, trovano anche un cadavere fresco di martello, dolcemente seduto su una poltroncina rossa. Se dico male, correggetemi pure, fratelli.

Sarti Antonio, sergente, ha parlato senza sosta per un bel po', cosí adesso pensa di riposarsi. I quattro non fiatano: lo guardano e aspettano.

Raimondi Cesare non gli dà tregua. Chiede di nuovo:

– E allora?

– Tutto qui; il tipo ha continuato a cercare la pianta e la cartolina-invito dappertutto: nello studio del nostro architetto, nel suo borsetto, dietro i quadri... Una sola persona, oltre al sottoscritto e a Rosas, sapeva che la cartolina-invito e la pianta non erano piú in casa di Vincenzo Letizia. E glielo avevo detto io! Una sola persona, oltre al sottoscritto e a Rosas, sapeva che i quadri «rubati» si trovavano nel solaio di via dell'Unione 1. Gliel'aveva detto Rosas. Una sola persona si diletta di canzoni incise su nastro e una sola persona ha un nastro *Le piú belle canzoni d'amore di Andrea Pappalardo* privo di contenitore esterno. E il signor ispettore capo Raimondi Cesare può trovare detto nastro nell'ufficio del nostro amico a palazzo comunale.

Adesso finalmente ho capito anch'io. E ha capito anche Polacchi Franco, che non è piú elegante come prima: suda, è pallido e gli è spuntato anche uno strano tic. Sbatte senza sosta la palpebra sinistra e contemporaneamente alza il labbro superiore, sempre nell'angolo sinistro. Anche la sua voce non è piú come prima: è sottile come quella di un finocchio e striscia l'esse proprio come uno che sia nato e cresciuto sotto le due torri:

– Ma... ma cosa sta dicendo? Sono... sono tutte... Io ho dei nastri, certamente! Tutti ne hanno: anche il signor commissario, scommetto...

– No, io non ne ho proprio!

Sarti Antonio, sergente, lo tranquillizza:

– Tutti abbiamo dei nastri, certamente! Ma li abbiamo completi di scatola esterna, perché è cosí che si comprano. Tu, invece, nella fretta di tagliare la corda, ti sei dimenticato di raccogliere il contenitore. E lo hai anche conservato, il nastro, dopo che ti sei accorto che conteneva le canzoni. Hai fatto male: dovevi bruciarlo, gettarlo nel cesso, liberartene, perché su quel nastro troveremo anche le impronte della vecchia.

Polacchi Franco accelera i battiti di palpebra.

Raimondi Cesare, ispettore capo, si alza soddisfatto dalla sedia dietro la scrivania. Chiama ancora, con un cenno, Sarti Antonio e gli sussurra:

– E di tutti gli altri, è vero, come si dice, cosa ne faccio?

Sottovoce, Sarti Antonio, sergente, gli risponde:

– Per quello che mi riguarda, li metterei dentro tutti!

– Sí? E di cosa li accusiamo?

– Quei quattro di non aver denunciato il rinvenimento di un cadavere morto ammazzato, omissione di testimonianza e mancato rispetto al sottoscritto. Vincenzo Letizia e la gentile consorte di simulazione di reato. La signorina Antonietta Carioli per aver dato asilo a ricercati. Il geometra Polacchi Franco... – Raimondi Cesare, ispettore capo, lo interrompe:

– Questo lo so –. Rimane il tipo dei gialli. Che s'informa:

– Io posso andare? – Sarti Antonio, sergente, gli va vicino. Dice:

– Se dipendesse da me, tu saresti da tenere d'occhio: non devi essere normale –. Gli sorride sotto il naso e se ne va fuori: al bar. Un buon caffè è proprio il finale che ci vuole.

Glielo offro io.

21. ...e un brevissimo epilogo

Stiamo seduti sotto i portici, al tavolino del bar, di fronte alla Questura e, uno alla volta, li vediamo uscire tutti: il sole tiepido di una primavera che promette bene ci entra nelle ossa e asciuga dall'umidità dell'inverno. Nel fondo della tazzina, lo zucchero non sciolto si fa di cristallo scuro.

Vincenzo Letizia, architetto-pittore-scultore: serio, a capo chino, pensa forse a cosa si potrà realizzare con la vendita di due immobili soggetti a esproprio. O pensa a come pagherà i debiti... La moglie, Angela Scampini in Letizia, gli sta appesa al braccio: è triste per la morte della madre... Si guarda attorno e ci vede, seduti al bar. Abbozza un sorriso e dà di gomito all'artista che alza il viso e ci rivolge uno sguardo da cane bastonato: sorride a Sarti Antonio, sergente, ma solo con le labbra. Tutto il resto del viso continua a essere da cane bastonato. Il prossimo è il tipo dei gialli: alza il braccio e ci urla: «Ehilà!» e se ne va per la sua strada come se niente gli fosse accaduto. In effetti credo proprio che di tutta la storia a lui interessi solo la parte relativa all'affitto della cameretta di un ex casino di via dell'Unione 1. Adesso deve andare da Franca: ha da raccontarle una storia di matti...

Gastone Grossi, Michele Spinola, Filippo Coco e Andrea de' Cerchi: ognuno ha i suoi problemi. Escono, uno per volta, come indiani sul piede di guerra e cercano qualche amico, fuori dal portone, con la speranza di non farsi notare. Tagliano per quattro direzioni diverse: dopo tanto tempo insieme, adesso cercano una solitudine che serva a pulirli dai ricordi di una brutta notte. E se ne vanno, senza una parola, un cenno di saluto, fra loro...

Ultima Antonietta Carioli, e Sarti Antonio, sergente, l'aspettava. L'aspettava tanto che si alza e le va incontro e mi lascia solo al tavolino del bar sotto i portici.

Si guardano in faccia ed è Antonietta che sorride per prima. Non so cosa si dicano, ma parlano fitto, sottovoce. Poi se ne vanno, uno a destra e l'altra a sinistra: non si sono neppure sfiorati. Avevano paura... Sarti Antonio, sergente, si volta prima di girare l'angolo e mi grida:

– Non aspettare Polacchi Franco! Quello se ne va sul cellulare dall'uscita automezzi!

Ha la voce strozzata, come se avesse in gola qualcosa che non va né su né giú:

– Ti saluto!

Lo saluto anch'io.

Appendice

Questo brano è stato pubblicato in *Ombre sotto i portici*, Einaudi Stile libero noir, 2003, con il titolo *Nota in margine a questa edizione*.

È il mio terzo romanzo giallo. L'ho scritto nel 1975 ed è stato pubblicato nel 1976 nella bellissima e mai abbastanza rimpianta collana «Gialli Garzanti», quella con la copertina gialla e due occhietti neri e sbarrati in alto a sinistra. L'illustrazione della copertina era essenziale ma efficace: quattro semplici linee orizzontali ad angolo e una verticale stilizzavano una stanza nel mezzo della quale stava, sdraiata sul pavimento e a faccia in giú, una donna in sottoveste e senza le scarpe dai tacchi alti, che erano gettate lí accanto. Sul fondo, una finestra dalle persiane chiuse velate da una tenda.

I raffinati, quelli che hanno sempre un vocabolo elegante per dire cose sconvenienti (sconvenienti per chi, poi?), i casini li chiamavano «case dalle persiane chiuse». Fra l'altro, casino mi sembra una parola piuttosto efficace per quello che vuol dire.

Ombre sotto i portici dunque: negli anni Settanta, i casini erano stati chiusi da un bel po' grazie alla legge Merlin. Qualcuno ricorda la legge Merlin?

Se andate a cercare Merlin Angelina su un'enciclopedia, trovate la sua data di nascita, quella di morte e due righe che spiegano che la senatrice socialista presentò al Parlamento italiano, e fece approvare, una legge per la chiusura dei casini. Nel centro storico di Bologna ce n'era una quantità esagerata in rapporto al numero di abitanti di allora.

Ma per Bologna non era e non è una cosa anomala. Pensate che nel 1700 a Bologna c'erano oltre dodicimila prostitute regolarmente autorizzate alla professione e iscritte nel libro della loro compagnia, una specie di albo professionale. Ce n'erano quasi altrettante non iscritte (oggi si direbbe «in nero» e chissà cosa darebbe il ministro Tremonti per farle «emergere») e per una città di poco piú di sessantamila abitanti, mi sembra un bel record.

Furono molti, in quel 1958, dopo l'approvazione della legge Merlin, che piansero.

Sempre negli anni Settanta, il democratico Comune di Bologna era noto per il suo piano di salvaguardia del centro storico. Mostre su come si intendeva conservare un patrimonio straordinario di storia, arte e cultura viaggiavano per il mondo. Un fiore all'occhiello.

Venite a vederlo oggi quel fiore all'occhiello. Venite a vedere come l'hanno ridotto.

Ma questo non c'entra con il mio romanzo.

C'entra però il piano di salvaguardia del centro storico di Bologna perché è da lí che sono partito. Il piano aveva vincolato una quantità di zone nelle quali non era possibile intervenire e i vincoli edilizi avevano scatenato una caccia all'ultimo sangue alle zone edificabili. Ma, come sapete di certo, la speculazione edilizia non si è mai fermata, e non si ferma, davanti a niente.

Le zone dov'era possibile costruire divennero miniere d'oro, e quelle dove non si poteva si fece di tutto per trasformarle in edificabili. Niente fermava gli speculatori e un vecchio casino abbandonato, in pieno centro storico, era troppo invitante per non provarci.

Sono partito di lí e ho denunciato i costi drammatici delle abitazioni. La conservazione del centro storico di Bologna non era certo per i bolognesi. Non per la maggior parte di loro, che erano pochi quelli che potevano permettersi un metro quadrato di appartamento. Ne scrivo, a un certo punto del romanzo, ma fate attenzione, le cifre che riporto sono del 1976. Provate a trasformarle in euro di oggi, calcolate l'inflazione e vedrete.

Poi, per chi ha buona memoria, c'erano gli extraparlamentari. Gran brutto periodo, come vedete. Oggi gli extraparlamentari non ci sono piú, ma è un gran brutto periodo lo stesso. C'è Bush, c'è Saddam Hussein, ci sono la Palestina e Israele e c'è tutto quello che c'è. Si stava meglio allora?

La quarta di copertina della prima edizione riportava:

> A Sarti Antonio, sergente, sulle prime sembra un caso davvero facile. Chi può essere stato a far fuori la vecchietta, pensa Sarti Antonio, se non uno dei quattro extraparlamentari che egli stesso ha visto entrare in casa della Scampini all'ora del delitto? E anche l'ispettore capo Raimondi Cesare una volta tanto è d'accordo: sono stati senza dubbio i quattro giovani. Poi, sul piú bello, per Sarti Antonio tutto si complica: non solo non riesce a trovare i quattro, ma si accorge anche che la famiglia Scampini (gli eredi Scampini) racconta troppe bugie. Allora Sarti Antonio, sergente, pensa di ricorrere a Rosas...

Avete notato come si è evitata con cura la parola «casino»?

Nel romanzo, come avrete letto, la vecchietta, la Scampini, viene trovata uccisa nel vecchio casino del quale era tenutaria. Non in «casa», come riporta la copertina. Ci tornava spesso in quel casino, forse per rivivere un po' della sua gioventú.

4 ottobre 2002.

Indice

Trilogia di Sarti Antonio

Le piste dell'attentato

Fiori alla memoria

Ombre sotto i portici

Stampato per conto della Casa editrice Einaudi
Presso Mondadori Printing S.p.a., Stabilimento N.S.M., Cles (Trento)
nel mese di novembre 2009

C.L. 20238

Edizione							Anno			
1	2	3	4	5	6	7	2009	2010	2011	2012